五代十国

宋福聚 著

中国历史上的一段乱世、乱世。
皇帝轮流做,谁的拳头硬谁称霸。
不只有虚伪、残暴和血腥,还有智谋、励志和传奇。

华文出版社
SINO CULTURE PRESS

图书在版编目（CIP）数据

　　五代十国 / 宋福聚著. —— 北京：华文出版社，2019.10
　　ISBN 978-7-5075-5191-4

　　Ⅰ.①五… Ⅱ.①宋… Ⅲ.①长篇小说－中国－当代 Ⅳ.①I247.5

中国版本图书馆CIP数据核字(2019)第225955号

五代十国
WUDAISHIGUO

作　　者：	宋福聚
策划编辑：	胡　子
责任编辑：	孟志成
出版发行：	华文出版社
地　　址：	北京市西城区广安门外大街305号8区2号楼
邮政编码：	100055
网　　址：	http://www.hwcbs.com.cn
电　　话：	总 编 室 010-58336239　发 行 部 010-58336267 58336230
	责任编辑 010-58336209
经　　销：	新华书店
印　　刷：	三河市航远印刷有限公司
开　　本：	710×1000　1/16
印　　张：	18.5
字　　数：	250千
版　　次：	2019年10月第1版
印　　次：	2019年10月第1次印刷
标准书号：	ISBN 978-7-5075-5191-4
定　　价：	48.00元

版权所有，侵权必究

目　录

第 一 章　平叛又激新叛乱　沙陀南下埋隐患／001

　　田令孜恨恨地一咬牙，趁李国昌还没离开京城，赶忙悄悄进殿，对唐懿宗说："陛下万不可做'驱走一狼，迎来一虎'的事情啊！前者是庞勋叛贼据守徐州，弄成了大气候，以致陛下忧心了一年多。后来康承训占据徐州之后，又有不测之心，幸亏陛下未雨绸缪，没形成大害。如今李国昌父子又要到徐州成为藩镇，他们胡人性格凶狠，根本没什么忠义的念头，一旦盘踞在那里，比起庞勋和康承训来，只怕更难以对付啊！"

第 二 章　闯京师意外识黄巢　举义旗引出大魔头／015

　　朱温却忽然受到启发似的，眼睛闪闪发亮，更加扯紧了朱存的衣袖说："二哥，你越说我心里越透彻了。眼下情势和当年刘秀再相像不过啦！你看看，如今大唐的江山已经是四处变乱，到处不是贼就是盗，我听人讲，好多地方都在打仗呢！远点的有王仙芝在濮州发难，近处有冤句的黄巢起兵响应，听说已经成了大气候。咱们与其在山里跟野鸡、兔子周旋，哪里比得上投奔他们，在战场上杀敌立功，往小里说，抢些金银钱财，也当当富贵人家，要是运气好，或许真能弄个执金吾呢！要是那样，这张家小姐……"

第 三 章　遇英雄朱温误打误撞　献贺礼克用惹火烧身／029

　　李克用热血沸腾，脑门子简直要炸裂开来，他浑身颤抖着忽然怒吼一声："段文楚，你这个狐假虎威的狗东西，祸害百姓不算，又欺负到藩镇头上来了，爷爷今天叫你知道，沙陀不是泥捏的！"不等段文楚反应过来，李克用已经一把揪住他的衣领，一只手顺势抓住他的玉带,"嗨"地举过头顶,对着窗户扔了出去。伴着一阵窗棂断裂的咔嚓声,段文楚像个巨大的沙袋飞出窗外,外边随即传来一声闷响,然后就没了动静。

第 四 章　死里逃生扯起造反旗　黑云压城血战雁门关／043

李国昌一愣,沉吟片刻,苦笑着摇摇头说:"唉,看来人同此心,心同此理啊!朝中奸党篡权,天下百姓苦难重重,这时候还讲什么酸腐的报国,还是算了吧!"说着赌气似的把诏书展开来撕扯成碎片,大声叫道:"召集全体将士到教场去,老夫有话要说!"

第 五 章　药儿岭沙陀遭大难　福州城黄巢初得手／057

震人心魄的喊叫中,巨石从山上滚落下来。箭镞如雨点般从两侧倾泻而下,接着又有燃烧着火焰的叉车从山坡上滑落,把炭火无情地倾倒在士兵们身上。山谷中顿时乱作一团,负痛的惨叫声、垂死的呻吟声连同将领们指挥的吆喝声混杂在一起,大家抱头四处乱窜,谁也看不清敌人在哪里,谁也不知道该如何躲避,凶悍的沙陀兵此时如同沸水中的鱼虾,拼命挣扎,却怎样也逃脱不了死亡的命运。

第 六 章　受排挤历尽艰险　得英才宏图大展／067

谢瞳整理一下衣襟,气呼呼地说:"齐鲁大地是豪杰云集之所,正因如此,黄巢才能够起兵震惊天下。你既然只知道厮杀,没有招纳贤士的胸怀,我和你讨论怎么取胜又有何用!"啊,真是碰见高人了。朱温听人讲过不少诸如刘备三请诸葛亮之类的故事,忙效仿着堆起笑脸,冲谢瞳连连拱手:"有道是不打不相识,朱温莽撞了,请先生不必介意。如今天下大势如何,还请先生指教在下一二。"

第 七 章　冲天豪气透长安　格局变乱战钱塘／081

黄巢在宫中左搂右抱,昏天黑地尽情抛洒雨露,一直折腾到精疲力竭才缓过一口气,想起了正事。光顾上招惹唐僖宗留下的花草了,他本人并未被擒,也就是说,李唐江山并没有彻底完蛋,谁最终安坐皇位还在两可。这还了得?醒过神来的黄巢惊出一身冷汗,立刻命令尚让为领兵大元帅,任命杨能、林言等人为大将,率领五万精兵即日起程,务必追杀唐僖宗于半途之上。

第 八 章　错谋划黄巢败亡　出狂言晋王遇险／095

看李存璋他们走远了,众人大眼瞪小眼,沉默良久,王彦章把手中酒杯狠狠一摔:"独眼贼李克用,欺人太甚!羞辱我们也就罢了,连主公也不放在眼里。主公,这等家伙,迟早是个祸患,不如趁这个机会,杀掉算了!"朱温骨碌着大眼珠子,扫视众人片刻,忽然手拍桌案:"他在河东,我在河南,迟早是个绊腿货,他不讲情分,也别怪我不顾道义!"随即招呼众人坐下,压低声音说:"要干就得有把握干,来,听我安排!"

第 九 章　三垂岗上百年歌　潞州城下血成河 / 109

二十二员大将如同下山猛虎,混战成一片。宽阔的两军阵前立刻陷入到无边的杀气之中,烟尘弥漫笼罩住整个军阵,几乎看不清他们拼杀的招数,大家屏住呼吸,擂鼓的士卒忘记了手中的鼓桴,沉寂让厮杀显得更加悲壮和惨烈。每个人的心都提到了嗓子眼儿,完全不知道此时身在何处。

第 十 章　痛遭反间存孝遇害　怜惜美人淮南动荡 / 123

杨行密平息扬州战乱之后的第一件事情,就是下令把孙儒斩首,接着有人把和孙儒在一起的瑶琴带上大堂。杨行密见瑶琴美艳不俗,尤其是惊恐之中低声啜泣,更如梨花带雨,令人格外怜惜,禁不住有些怦然心动。旁边的袁袭见状,忙低声说:"将军,这个女子可是祸水呀!要不是她,毕师铎也不会倒霉,孙儒或许还真能成事。"

第十一章　战徐州吴国建国　攻董昌钱镠立业 / 139

董昌重新当皇帝的消息,立刻传遍四方。反应最为激烈的当然是钱镠。他拍打着桌案大叫:"董昌这个不知好歹的家伙,反复无常,真是活腻歪了!传我命令,立刻南下,诛杀乱贼!"

第十二章　进长安朱温挟天子　受血诏晋王再出征 / 159

李克用沉吟片刻,眼圈渐渐泛红,抹把眼睛有些哽咽地对众人说:"本王虽是沙陀野人,但皇上待我如同手足,赐予国姓,恩德如山,永世报答。只可惜小人离间,造成不少误会,皇上数次问罪,这次若是发兵勤王,唯恐引起天下猜度。可是坐视不管,又有违心志,唉,进退两难哪!"

第十三章　失幽州晋军腹背受困　逞淫威梁王翻云覆雨 / 175

二更天的时候,忽然有人急促叩打皇帝寝宫大门。宫娥一开门见是蒋玄晖,身后跟随大批全副武装的兵将,还没来得及问话,就被蒋玄晖一刀砍死。朱友恭则随后领兵一拥而入。唐昭宗被响动惊起,惊慌失措地要赤脚逃走,但没走出几步,就被追上来的兵将乱刀砍死。

第十四章　朱温称帝大唐寿终　潞州交兵谢瞳倒霉／189

朱温称帝成为梁太祖,首先以封王的手段安抚各地势力,然后便采取武力来消除异己的隐患。他的头一个目标,当然也是近在跟前而针锋相对斗争了大半生的晋王李克用。朱温以李克用不受天命仍旧延用唐朝年号为由,亲率兵马十余万,对李克用展开讨伐。他的第一个攻击目标,则自然而然地落在晋阳南部的门户——潞州。

第十五章　李克用临终遗恨　大太保危局平乱／203

李克用从中抽出一支雕翎箭,交给李存勖,响亮地说:"朱温老贼弑君篡位,是大唐最大的奸贼。可惜我与他争斗十余年,却不能将其剿灭,此平生第一大遗恨!"接着抽出第二支箭交到李存勖手上:"幽州的刘仁恭,受我恩惠不少,最后却投降朱温,未能诛杀掉这个反复无常的小人,这是平生第二大遗恨!"喘息片刻颤抖着手抽出第三支箭递给李存勖:"契丹首领耶律阿保机,曾与我结为兄弟,不料他见利忘义,竟暗中勾结朱温,此等无情无义之辈未能铲除,这是平生第三大遗恨!三大遗恨不除,孤心存不甘,你们定要用心,完成孤之心愿!"

第十六章　初战大胜存勖显神威　造孽多端后梁斗犹酣／217

朱友珪一马当先,直冲内室,斩杀侍奉左右的宫女太监二十多人。朱温正病卧在床,见朱友珪提刀气势汹汹地走进帷帐,惊讶地问:"我儿深夜来此,有什么紧急军情?"朱友珪恶狠狠地大吼一声:"老贼,奸淫我老婆,却传位给朱友文,要你能干什么!"朱温立刻知道不妙,刚要辩解,朱友珪抡起大刀:"快给老子腾开地方!"一刀直插进朱温腹中,朱温闷声闷气地惨号一嗓子,随即一命呜呼。

第十七章　征幽燕战契丹完遗愿　攻濮阳据黄河乘势起／229

闻听皇帝朱友贞归天,后梁大臣以太傅张全义为首,率领后梁朝廷中文武百官,献城归降,迎接李存勖率兵入城。大功告成的李存勖意气风发,在朱温后宫椒兰殿前,祭祀李克用亡灵,折断他交给自己的最后一支雕翎箭。彻底战胜宿敌的李存勖进驻开封之后,降旨大赦天下。

第十八章　宠优伶庄宗命丧乱箭　争皇位朝堂内忧外患 / 247

　　郭从谦恼怒之际,索性起了响应李嗣源的念头,他丢弃车辆,率三千禁兵轻装返回京师,挥兵直杀内宫。庄宗李存勖正在绛霄殿用膳,猝不及防,禁军已经杀到眼前。李存勖当年的雄风丝毫未减,挥舞宝剑劈斩禁兵数十人,众人竟然一时攻不进去。郭从谦见状,唯恐时间一长发生变故,喝令士卒放箭,李存勖就这样被乱箭射死在宫殿廊下。

第十九章　儿皇帝引发朝代更迭　唐后主导致江南变乱 / 259

　　桑维翰振振有词,他对石敬瑭说:"这有什么,他漫天要价总比我们被人宰割强出许多。主公不妨狠下血本,割让雁门以北的幽云十六州作为答谢。二十年前先皇李克用与耶律阿保机结为金兰,先帝李嗣源与耶律德光互称兄弟,主公是驸马,理当小耶律德光一辈,可尊其为父辈。"石敬瑭急于解除眼下的危机,立刻派他出使契丹,表明心意。

第二十章　顺时势陈桥兵变　叹兴亡一统江山 / 273

　　石守信等人这才听出了赵匡胤话中有话,连忙离席叩头说:"陛下何出此言?现在天命已定,谁还敢有异心?"赵匡胤神情开始严肃起来:"朕并非说诸位有什么异心,可是诸位想一想,倘若你们的部下想要富贵,一旦把黄袍加在你身上,你即使不想当皇帝,到时也身不由己了。朕就是先例呀!"

第一章

平叛又激新叛乱　沙陀南下埋隐患

田令孜恨恨地一咬牙，趁李国昌还没离开京城，赶忙悄悄进殿，对唐懿宗说："陛下万不可做'驱走一狼，迎来一虎'的事情啊！前者是庞勋叛贼据守徐州，弄成了大气候，以致陛下忧心了一年多。后来康承训占据徐州之后，又有不测之心，幸亏陛下未雨绸缪，没形成大害。如今李国昌父子又要到徐州成为藩镇，他们胡人性格凶狠，根本没什么忠义的念头，一旦盘踞在那里，比起庞勋和康承训来，只怕更难以对付啊！"

枯黄的落叶随着秋风不住打旋,忽高忽低,簌簌有声。掐指算来,大唐帝国已经磕磕绊绊走过二百多个春花冬雪,所有贞观、开元的盛世,武则天称帝的美梦,以及安史之乱的刀光剑影,都已烟消尘封。时光车轮沉重地碾轧到了唐懿宗当朝的咸通年间的门槛上,大唐江山正处在无边的风雨飘摇之中。咸通六年(865)的初秋,秋雨潇潇阴霾漫天的时候,一场更大的风暴不期然地悄悄袭来,一段惨烈的时光不动声色地登上历史舞台。

而当时并没有人会想到,导致王朝倾覆的巨大变乱,在唐懿宗看来,不过是由一个个小小的疏漏所引发。

六年前,南诏国国王去世,他的儿子世隆继承王位。由于世隆正好犯了李世民和李隆基的名讳,唐懿宗便下诏要世隆立刻改名,否则就不承认他的国王地位。而唐懿宗并没想到,如今的唐朝已经不能和李世民、李隆基时候相提并论。内有宦官当政,外有藩镇割据,朝廷只能调动有限的兵马,圣旨大多并非皇上本人的意思,皇帝的权势早就被大多数有实力的人所轻视,山高皇帝远的南诏国,更是满腹这样的心思。接到要求自己改名的诏书后,世隆不但没有遵命,更是借题发挥,宣布不再向唐朝称臣,要自己当皇帝,定国号为大理,并率军攻占了大唐在南方的重镇交趾。

尽管南诏地处偏远,但大唐毕竟还没倒架子,面子总是要遮掩照顾一下。于是,朝廷紧急征调徐州兵驻守桂林,抗击南诏。然而,在藩镇割据的大背景下,朝廷发号施令也变得小心翼翼,调兵之前许诺徐州的这些兵将们说,此次出征,三年后即可返回家乡,朝廷绝不失信。不料,国衰兵弱,战斗力大不如前,一直对抗到第六年时,南诏国仍没有被彻底制服,而徐州兵已经忍无可忍。他们不知道,如今朝廷征调军队相当困难,好容易逮住他们这帮冤大头,岂能轻易让他们回去?至于当初的许诺,也不过是随便说说，哄劝他们罢了。面对遥遥无期的厮杀、寂寞、孤单，还有愤懑，这群汉子终于忍耐不下去了，他们在粮料判官庞勋的带领下，扯旗造反，既然朝廷言而无信不准许我们回去，那我们就杀回去！有道是"树起招兵旗，就有吃粮人"。沿途之上，衣食无着的贫苦百姓纷纷加入，队伍迅速扩大到十多万人。数月间，徐州、寿州相继失陷，江淮一带顿时陷入血与火的战乱。

唐懿宗对此十分震惊，立刻四处颁发诏书，要各地藩镇发兵勤王，共同平乱，并任命金吾大将军康承训为各路兵马督招讨，集结军队于宋州。而各藩镇眼见天下即将大乱，更加倾向于保存实力，不约而同地装聋作哑，各自看守起自己的地盘，只要庞勋不威胁到自己的利益，也就乐得相安无事。不过让唐懿宗略感欣慰的是，北方胡人部落却表现得很积极，沙陀、吐谷浑和鞑靼等部族的头领听说皇上要招兵平叛，立刻率领各自的人马南下，中原地带顿时涌现出一队队装束怪异、凶狠异常的奇特大军。

这些北方部族中，兵力最为强大的，当数沙陀部落，共出动剽悍骑兵五千多人。他们在头领朱邪赤心的率领下，从蔚州出发，直奔宋州与康承训会合。康承训见来的这帮人马装束奇异，头上缠着狐尾巾，脖子上挂着一串串野兽牙齿做的项链，还有的干脆把野兽的头骨挂在胸前，他们个个赤裸着右肩，肩上扛着弯月状的胡刀，腰间扎一张羊皮，或者披头散发，或者光头像个头陀，显得凶恶狰狞，从气势上先是比中原军队强悍许多。康承训立刻感觉心里踏实不少，忙客气地对朱邪赤心以礼相待，请他担当先锋。

庞勋的先头部队驻扎在徐州外围的柳子镇，由大将姚周率四万义军镇守。康承训观察过地形后，发觉柳子镇地处平原，城墙低矮，而姚周正指挥部队和当地百姓急着加固城墙，准备迎接大战，这是一个迅速决战的好机会。康承训立刻下战书，表示三天后要在柳子镇决一死战，如果叛军有胆量，就不要推辞。而姚周其实对能否守得住这个小城很没把握，也想马上见个分晓，当下立刻答应。

第三天一大早，两军列阵，康承训一马当先，左边是招讨副使王晏全,右侧是沙陀部的大头领朱邪赤心,其余大将簇拥在身后,显得威风凛凛,格外有气势。而相对于官军,姚周这边就寒酸许多,兵士们多半是盔甲不整,更多的则是像个农夫,还没有交战,败象已经显见,但不管怎样,事到临头,还是要拼上一拼的。姚周回身看看众人,大声吆喝:"哪位将军愿意去立头功?"

身后一员叫孙喜的小将猛地窜出,一边叫嚷着:"我来会会这帮狗官军!"一边挥动长枪冲到两军阵前。对方一个叫薛尤的将官闻声出动,两人战在一处。孙喜虽然年龄小,但臂力很大,没几个照面,薛尤就处于下风,几次险些被孙喜给刺下马来。康承训正要想办法换人,就听身边有个略显稚嫩的声音响起:"薛将军歇息一下,我来帮你!"伴着一阵急促的马蹄声,一员小将冲了上去。康承训吃惊地望去,见这个小将也就将近二十岁的样子,身披一件银白色的锁子甲,骑一匹枣红色高头大马,四个马蹄部位的毛呈雪白色,分明是罕见的西域踏雪胭脂马。他手里挥舞着一杆闪闪发亮的长戟,有着超越他这个年龄的威猛。更让康承训吃惊的是,这个小将一只眼睛塌陷成了黑窟窿,只有一只眼睛闪闪发亮,闪烁着骇人的凶光。这个明显特征让康承训一下记起来,这不正是朱邪赤心的大儿子朱邪克用吗?

只见朱邪克用也不多废话,上前拦住孙喜就是一阵连戳带打,手法很快,力道极狠,几乎是一招就要致敌于非命。孙喜或许从没见过这么不要命的打法,顿时手忙脚乱,没两个回合,就被长戟横扫到肩膀上,手中的武器略一停滞,朱邪克用已是一戟刺进他的心窝,孙喜"扑通"掉下马背。

义军方面见状大惊,忙让武艺更为精通的大将倪焕上阵。倪焕虽然勇猛,但也仅仅和朱邪克用战了十多个回合,就被朱邪克用瞅准一个破绽,一戟戳于马下,然后迅即上前再补上一下。

看到连损两员大将,姚周沉不住气了,慌忙挥动令旗,指挥人马仓皇撤回城内。官军趁机掩杀,一直扑到城墙下才住脚,不但擒杀了许多兵丁,也夺取了不少刀枪铠甲。

仓皇退回柳子镇的城中,天色也渐渐昏暗下来,不知不觉已是薄暮时分了。姚周召集众人商议说:"本以为李唐的天下奄奄一息,我们摧枯拉朽,很快就能大获全胜。不料他们竟然还有这么大的势力!看来,只能坚守柳子镇等待救援了。轻举妄动只怕随时都可能被吃掉。"大将孟敬文却有些担心地说:"我们兵少,柳子镇城墙矮小,容易攻破,加上敌人粮草充足,人强马壮,只怕坚守下去,于我们不利呀!"顿一顿看看大家的满面愁容,忙补充说,"要是想坚守待援,也得把城防布置坚固些才有可能。"

大家都觉得这话有道理。姚周立刻命令下去,让士兵在附近山林砍伐树木,夯土筑墙,唯恐人手不够,就把城中的男女老幼也一起征调使用。果然是人多力量大,加之柳子镇本身也小,用了四天工夫,一座两丈多高的城墙就修筑起来。姚周又指挥着在城的四角建造几座木塔,既可以登高瞭望,又可随时观察敌情,并把剩余的木料做成弓箭,准备死守。

看到柳子镇发生这么大的变化,康承训把主要将领召集到一起,愁眉苦脸地说:"诸位,本以为柳子镇不过弹丸之地,不用费多大劲就可拿下。没想到贼兵中还有能人,几天就把城防加固成这样!你们看,如今的柳子镇不但难以攀登,里边塔楼林立,每个塔楼之间还有木头走廊可以来回行走,相互增添兵力,如此一来,攻城的难度就很大了呀!唉,倘若在这等小城功败垂成,岂不叫人笑话?"

见主帅这样,大家也都觉得有些棘手。朱邪克用见众人低头不说话,一个眼睛转动着四下看看,忽然高声说:"其实也没什么嘛!他们的塔楼、走廊全是原木搭建而成,就连城墙也是木头加固再用土夯实。火能克木,一把火烧掉不就完了嘛!"

这话立刻提醒了大家,众人直冲这个相貌有些怪异的年轻人点头。可是康承训最终还是摇了摇头:"这个法子昨日就曾想过。唉,如今是深秋季节,前几天刚刚下过透雨,我到树林里看过,木桩内外都非常潮湿,故意点火都点不着,指望几支火箭射过去,恐怕无济于事呀!"

这话倒也是实情,大家立刻又垂头丧气起来。

"元帅不必担心。"坐在朱邪克用旁边的朱邪赤心沉吟着慢慢说,"在下也观察过了,连日秋雨以致树木潮湿不假,但近几日却是晴好,秋风很大,贼兵搭建塔楼的木材,极容易被风吹干,城内的情况,和元帅在树林里看到的木桩,其实情形大不一样了。叫在下看,只需要等一个有风的日子,用火攻必然会得手!"

"对呀!树林里的木头和搭建成岗楼的木头,肯定不一样嘛!"朱邪赤心的话提醒了大家,众人七嘴八舌地议论起来。

康承训一扫脸上的阴霾,双眸闪光地点头说:"不是将军提醒,险些贻误了战机。好,传令各队做好准备,多弄些硫硝火箭,明天风起时,火攻破敌!"

也是上天照应,第二天黄昏时分,北风忽然大作,附近的树林如同波涛汹涌,铺天盖地的吼声摄人心魄。在瑟瑟寒风中,康承训和各路大将一个个喜形于色,迅速集结队伍,围拢到城下。

"朱邪赤心将军率领一万兵马,等城北大火烧起后,立刻从东西两侧杀进城中!"

"朱邪克用将军,你和令弟朱邪克宁率五千骑兵,埋伏于柳子镇东南侧,等贼兵败退后从这里出逃时,立刻迎头截击,杀他个断子绝孙!"

由于兴奋,康承训的话铿锵有力。朱邪父子齐声答应,接受命令。其余将领们忽然意识到,在眼下大小战事中,北方的胡人部族兵力,似乎已经成了主角。不过这也没办法,汉人军队要么被藩镇所控制,拥兵自重只顾保地盘,要么被贼兵所争取,实在无人可用哪!许多人内心深处有种本能的预感,这样下去,天下大乱恐怕还在后头。只是会乱到何种程度,会怎么样乱,谁也说不清楚。

傍晚时分,秋风一阵紧似一阵,寒气直浸皮肉到达骨髓。柳子镇中的义军裹紧身上的单衣,正分头做饭,忽听城外锣鼓大作,号角划破天边的余霞。不等他们反应过来,成千上万的箭镞冒着火苗,从四面八方飞射进来。火箭如蝗虫一般,迅速扎满了塔楼、走廊以及城墙的立柱。这些被连日风干的木头,片刻工夫就被点燃,整个柳子镇顷刻间成了一片火海。义军立刻大乱,一部分人忙着找水救火,一部分人则操起家伙防备敌军攻打城池。姚周知道抑子镇无论如何是守不住了,赶忙组织众人从南门撤退,企图突围出去寻找大部队。而城中的情形,早在康承训的掌握之中,他一马当先,带领本部五万多士卒从正面猛烈进攻。混乱中已经没有多少人守城,官兵没费多大劲便冲杀进去。而此刻姚周已经带领残余兵力冲出南门,向东南方向败退。然而没走出多远,忽听前方一片骚乱,伴着鼓角声响起,朱邪克用如同猛虎一般,沙陀骑兵漫山遍野地冲杀过来。他们的装束和那不要命的架势,把姚周他们吓了一大跳,没有接战已经感到心虚不已。

不容有别的考虑,朱邪兄弟已经冲到跟前,他们身后的沙陀兵好像嗜血恶魔,弯月状的胡刀在昏暗中闪电般上下飞舞,惨叫声此起彼伏,义军几乎没有任何招架之力。姚周很快被朱邪克用盯上,他大喝一声,上前一戟刺在姚周肩膀上,姚周拧着眉头还没来得及抵挡,朱邪克宁从另一侧窜出来,一刀砍在姚周的胳膊上,姚周手中的兵器应声而落。朱邪兄弟刀戟并举,转眼间姚周成了一摊肉泥。义军队伍中的其他兵将运气也没好到哪里去,经过小半个时辰的打斗,大部分义军便缺头少胳膊地成了一堆烂肉,场面血腥至极,惨不忍睹。而沙陀兵将们却似乎习以为常,哈哈大笑着继续追逐逃窜的少数义军人马。

这场战斗速战速决,干净利落。柳子镇几乎化成一片废墟,镇中的男女老幼十有八九死于非命。当康承训视察战场,见到朱邪兄弟大胜的场面时,禁不住一阵反胃,差点呕吐出来。这帮胡人真够狠的,倘若哪天他们想造大唐江山的反,只怕比庞勋之流更可怕呀!虽然闪过这个念头,但眼下能指望上的兵力,也只有他们,康承训也只得夸奖朱邪父子一番,命令他们作为先锋,立刻率领沙陀兵马直逼徐州叛军老巢,他自己则同大部队随后跟进。

等回到朝廷后,一定得把胡人的情况向陛下好好禀奏,加紧提防北边的这股可怕势力。行军路上,康承训一直在想这个问题。另外,困扰康承训的还有一个重要问题,就是朝廷划拨的军饷迟迟没有下来,眼看着坐吃山空,乘胜追击的大好时机下,军队却面临着挨饿的危险。不行,得赶紧上奏折催上一催,不然功败垂成,太可惜啦!康承训忧心忡忡地长叹一口气。然而他并不知道,此刻朝廷中正酝酿着一场针对自己的大阴谋。

和前代一样，唐懿宗如今最信任的人不是文武大臣，而是身边的大小太监。和他的父辈们想法一样，他觉得，人都是有私心的，无论指望哪个大臣，心里都不够踏实。而太监似乎是个特例，他们没有儿女家室，真正是赤条条无牵挂，最大程度地做到了一心为皇家效劳。正因如此，他也和父辈们一样，把太监们作为了贴心人。如今他最信任的是大太监田令孜。田令孜年岁五十上下，为人圆滑，各种点子极多，每每在自己跟前出个主意，总能合乎自己的心意。唐懿宗任命他为侍中，总管朝廷内外的事务，田令孜似乎也表现得任劳任怨，非常乐意承担重任，忙里忙外不辞辛劳。唐懿宗并不知道，不知不觉中，田令孜这个外表恭顺忠心的老太监，已经逐渐取代了自己，朝廷大权慢慢攥到了他的手中。诸如官员的升迁、朝廷财政的支配，乃至军队的调动等大权，都由田令孜一手掌握，皇上不过是个传声筒而已。各级官员对此也是心知肚明，彼此心照不宣，但凡有表示孝敬之心的宝物，总是先献给田令孜，有多余的才想起给皇上。朝廷征收的赋税，则几乎成了田令孜的私家财产，他可以随意挥霍或者调拨。但田令孜却对此仍不满足，总在寻找机会打击不给自己面子的官员，总在想办法往怀里捞钱，多多益善。这次平息庞勋叛乱，田令孜就借机发了一笔横财，他把朝廷供应给前线的粮饷截留大半，据为己有。依他想来，军队在外作战，不可能会饿肚子。哪里都有百姓，他们手中有刀有枪，随便抢上一抢，还能吃不饱肚子？除非是一群傻瓜！可是当康承训十万火急递交给皇上的奏折到了他手里，田令孜感到事态有些严重了。

这个康承训，死脑筋！田令孜把奏折狠狠摔在地上，平日里在朝中处处跟老夫作对，如今领兵在外，还想找老夫的碴儿，不知天高地厚的东西！他应该知道军饷不到位是怎么回事嘛，上什么奏折？分明是跟老夫过不去。哼，那就别怪老夫手狠了！

不过，让田令孜有些措手不及的是，还没等他有所动作，前方接连有捷报传来。康承训率领大军，已经拿下徐州城，叛军首领庞勋被迫退到梁城，已是苟延残喘。康承训认为士兵连续作战，已经疲惫不堪，就驻扎在徐州一边休整，一边等待军饷的划拨到位。唐懿宗接到战报，当然格外高兴,召集群臣举行盛大宴席,美美庆贺了一番。席间不断有大臣敬酒,等宴会结束时,唐懿宗已经有些醉意了,在一片道贺声中,他大声说:"朕承蒙祖上恩德,定要以此为契机,中兴朝纲,整顿吏治。康承训在奏折上提到,粮饷迟迟没有到位。朝廷明明已经调拨过去,何人胆敢克扣?明日一定要查清楚!"

大家当然能猜测出这个胆敢克扣军饷的人是谁,于是一起唯唯地含糊答应着,赶忙接着敬酒转移话题,然后相继告辞,唯恐言多必失出什么差错。

看到大臣们告退散开,身边没了什么人,田令孜忽然灵机一动,扶起醉眼蒙眬的唐懿宗,一边给他擦拭嘴角的残羹,一边低声细语地说:"恭喜皇上。皇上洪福齐天,消灭些许叛军,自然是在情理之中。"

唐懿宗点点头,有些含糊不清地吹嘘:"那是自然。不过,也多亏了康承训他们尽力呀!"

"明君之下必有能臣。"田令孜连连点头,语气格外谦恭,"将士效忠皇上,那是他们的本分。不过……"田令孜忽然眉头一皱,显得有些忧虑,"陛下想过没有,福祸相倚,很多时候都是灭一小祸而兴一大害呀!"

"哦?"唐懿宗一愣,斜眼看看田令孜。

"老奴一片忠心,斗胆说出实话,还望陛下恕罪。"田令孜忙一拱手,一副诚惶诚恐的样子,"陛下您想,为什么叛贼要把徐州作为老巢呢?因为徐州这个地方地理位置极好。进可以夺取中原,退可以称雄一方。加上那里地肥水美,物产丰富,是个宝地呀!而如今康承训攻占徐州之后,竟然一个多月按兵不动,没有乘胜追击彻底消灭叛匪,陛下不觉得很奇怪吗?"

唐懿宗一愣,坐直了身子,认真地看着田令孜:"这有什么可奇怪的?他在奏折里已经提到,一来要休整军马,再者粮草不继。朕正要让田公公严查是哪个胆大妄为之徒克扣了军饷呢!"

见皇上对自己并没起疑心,田令孜放心一笑:"克扣军饷的妄为之徒当然要查,包在老奴身上,请陛下放心。不过,康承训按兵不动,其中还大有文章呢!"见唐懿宗眼光发直地望着自己,田令孜做出推心置腹的样子,"康承训久在朝中,常常听他发牢骚说,空有满腹的文韬武略却得不到赏识。如今他率领朝廷全部精锐兵马,又来到用兵的绝佳地方,他岂能不起心思?"

唐懿宗一脸疑惑:"你是说……?"

田令孜重重一点头:"陛下圣明。自古腐木不可为柱,卑人不可为主。康承训手握重兵有恃无恐,定然有盘踞一方之意。陛下一定要提早做准备,有备无患,免得将来平一叛贼又生一叛贼,后悔莫及。凡事往坏处打算往好处争取,总是没错的。"

唐懿宗若有所思地点点头:"说的也是……"田令孜则扭过脸去偷偷笑了,接下来的事情,对他来说,已经很好处理了。

果然,有了这次铺垫,效果很快显现出来。田令孜知道,唐懿宗的心是相当脆弱的,他已经被藩镇割据和接踵而至的变乱给吓怕了,他最大的心愿就是平平安安地把皇上的位子坐到死,只要对他这一心愿有威胁的,他都会十分放在心上。第二天,唐懿宗就颁下诏书,免去康承训的招讨使职务,让他返回朝廷继续原先的职务。同时令朱邪赤心担任元帅,统领各路人马,立刻彻底消灭叛军。在唐懿宗看来,朱邪赤心是异族,在中原很难站住脚跟,任用他还是比较放心的。

对于克扣粮饷的人员,田令孜也很容易找到替罪羊。装模作样地追查一通,他告诉唐懿宗,问题出在粮草转运使葛遇贤头上。葛遇贤利用职务便利,瞒报数量,欺上瞒下,从中渔利。由于田令孜早已安排好许多证人,大家众口一词,说的有鼻子有眼,唐懿宗当然深信不疑,立刻委托田令孜,一定要严惩不贷!

朱邪赤心父子接到皇上诏书,立刻全体出动,向庞勋的残余兵力冲杀过去。庞勋他们抵挡不住,只得连续后退,最后被逼到涣水岸边,只剩下两千多将士,他们连夜寻找船只,企图过河到南方去寻找落脚地盘。接到探子打探来的消息后,朱邪赤心建功心切,不给庞勋他们一点喘息的机会,选拔三千精锐骑兵,乘着夜色,掩杀到涣水岸边。庞勋再无退路,只能作最后挣扎。经过两个多时辰惊心动魄的搏杀,义军全部阵亡,庞勋也被砍成了几块。等到第二天查看阵地时,望着暗红色的河滩和脚下到处散弃的尸体,大家才倍感昨夜战斗的惨烈。

　　涣水河边这场惨烈大战,具有决定性意义。得知头领庞勋已经战死,义军群龙无首,散布在山东和江淮一带的小股义军很快或散或降,震惊了大半个国土的叛乱就此被平息下去。消息传到长安,唐懿宗大喜过望,痛快淋漓地召集了几场盛大宴会以示祝贺,同时颁布诏书,要大赏有功之臣。论功行赏时,朱邪赤心父子功劳当数第一,受到皇上的召见,当面赐他们父子改为国姓,并赐给朱邪赤心一个名字叫国昌。于是,朱邪赤心父子便改名换姓,从内到外彻底一新。朱邪赤心改为李国昌,他的长子改为李克用,次子改作李克宁,老三叫做李克修,老四叫李克恭,老五叫李克让。唐懿宗加封李国昌为徐州观察使,统领徐州、濠州和宿州等地的兵马。从实力上讲,这也就成为东部最强大的藩镇。

　　不过,就在李国昌欢天喜地接受了官爵,准备离开的时候,却出现了一个差错。或许是风俗习惯不同,或者是不了解朝廷内部的实际情形。李国昌忙于整顿随行部下,忙于收拾行装,却单单没有去田令孜府上拜会,更没有孝敬什么战利品。这让田令孜很丢面子,心里格外不舒服。既然你不懂规矩,当然要吃些暗亏,不然,大家都学着你,我怎么办?田令孜恨恨地一咬牙,趁李国昌还没离开京城,赶忙悄悄进殿,对唐懿宗说:"陛下万不可做'驱走一狼,迎来一虎'的事情啊!前者是庞勋叛贼据守徐州,弄成了大气候,以致陛下忧心了一年多。后来康承训占据徐州之后,又有不臣之心,幸亏陛下未雨绸缪,没形成大害。如今李国昌父子又要到徐州成为藩镇,他们胡人性格凶狠,根本没什么忠义的念头,一旦盘踞在那里,比起庞勋和康承训来,只怕更难以对付啊!"见唐懿宗凝神细思,田令孜知道奏效了,接着说:"老奴得到最新消息,近来塞北各部族变乱频繁,戍边兵将难以抵挡。老奴保举李国昌担任大同节度使,镇守边庭,为朝廷再立新功。如此一来,李国昌官阶既没有降低,又可以充分发挥他的作用,还能为朝廷解决许多烦忧,何乐而不为呀!"

　　唐懿宗眼睛一亮,连连点头:"这倒是个好主意。"

　　就这样,神不知鬼不觉中,李国昌从统领三州兵马改作到大同去守边。不过李国昌并没多想,他觉得北边是自己的老家,去那里并没有什么不好。相反,在中原地带,和周边的汉人将领打交道,他倒觉得不大自然。

收拾停当后,李国昌带着五个儿子和本部人马,不紧不慢地向大同方向行进。由于大同那边并没什么紧急战报,大家乐得沿途欣赏风光。在路过汾州地界时,看到这里茂林修竹,风景怡人,令人耳目为之一新,李国昌顿时动了雅兴,要大家暂时驻扎两天,进山打猎游乐。经过这么长时间的艰苦拼杀,能优哉游哉地随意玩耍,大家当然没意见。看父亲带着亲兵进山去了,李克用也约上弟弟李克宁和李克修,到附近的山中看看景致。他们在山林里行走半日,边看风景边谈论,不觉中走出很远,看看头顶的日头,早过了午饭时间。这时,大家才觉得肚子咕噜作响,身上软绵绵的没了力气。

"大哥,你看,那边竹林里好像有人家。"三弟李克修指着不远处,"还有青烟冒出来呢!"

大家顺着手指的方向望去,果然看见竹林中隐隐透出一座白墙小屋。他们迈开脚步,走上山坡。然而出乎大家意料,看上去如同神仙隐居的地方,走近了却听到一阵抽泣声。一直走到房屋门口,大家才看清,这是一座茅草房,门外靠墙立着锄头等农具,门槛上正蹲着一个老汉,低头抹泪。

李克用上前看看老汉,好奇地问:"老丈,在这风景如画的地方过日子,应该逍遥似神仙,大白天的,你哭什么?"

老头这才有气无力地抬头看看他们,对他们的装束似乎司空见惯,并不吃惊,揉一揉红肿的眼睛,那黧黑的脸上,皱纹紧缩成一个去了皮的核桃。"兵爷,不怕你们笑话,我老汉年纪这一大把了,没想到,我那该死的老婆子,昨天夜里,又给我生了个儿子。唉!"

李克用和两个弟弟对视一眼,不禁哑然失笑:"娶妻生子乃是人间最大的喜事,别人高兴还来不及,你倒抹开了鼻子,真是少见。"

"唉,好事也得看在谁家。"老汉又是一阵摇头叹息,"兵爷有所不知,老汉我前边有了三个儿子,都到山下自己谋生路去了。如今我一天比一天干不动庄稼活,再加上兵荒马乱的,官家赋税又重,养活我们老两口已经吃力,如今添个小的,迟早也是饿死呀!"

这倒是实情。这几年见惯了生民凋敝的情形,他们毕竟年轻,平日里杀人放火凭着一股劲头,也没觉得什么,但在这山清水秀的幽雅地方,同情心不觉中被唤醒,大家低着头没说话。

"对了,大哥,"二弟李克宁忽然想起来,高兴地说,"父亲不是常说,人是世间至宝,朱邪家族人丁越多越好吗?要不,咱们把这个婴孩抱回去吧,将来长大些了,传授给他刀枪骑射的本事,多个人手多份力气嘛!"

李克宁的这个提议让李克用吃了一惊,他从没想过弄什么婴孩。不料老汉听后却立刻来了精神,忙不迭地回身到茅屋中,抱出一个胖嘟嘟的男婴,双手托到李克用面前。"多谢兵爷,这年头,想吃饱饭,除了当官当兵,哪还有别的出路?这孩子要是命大,是他的造化,要是兵爷打仗打得紧了顾不上,随便扔了也行,那是他命不该活。只要别让他当着我的面饿死了,就是兵爷们积德呀!"

听老汉絮絮叨叨地哭诉着,看看眼前这个腿脚乱踢腾的孩子,手指头含在嘴里,正眨巴着大眼睛看着自己,李克用忽然有些心动,竟然不舍得放下了。不过,如今正是行军时节,自己年纪轻轻,抱个孩子回去,算什么呢?他还是有些犹豫。

李克宁和李克修也觉得孩子可爱,他们怂恿李克用说:"大哥,不用担心。咱们如今是去赴任当大官,又不是去打仗。等到了大同府,找个乳母给抚养起来,还怕什么?快走吧,爹见了一定会高兴的!"

就这样,李克用糊里糊涂地给老汉丢下几两银子,真的把小孩抱回了营地。不过,让他放心的是,父亲李国昌很高兴,他逗弄着小孩,眉开眼笑地说:"为父征战半生,知道什么都可以硬抢或者花钱去买,唯独真心不可强求不可收买。什么人最真心呢,当然是兄弟父子了。所以呢,兄弟父子的人数越多越好。这孩子生在灵秀之地,我看竹林中不断有青烟升起,是个祥瑞兆头,就给他取名叫李嗣昭吧。克用,他既然是你抱养的,年岁上也正合适,以后,他就算你的儿子了,你要好生照料他!"

李克用没想到自己上山游玩一趟,竟然弄了个儿子回来,感觉有些好笑,就高兴地答应下来。大家满怀希望地重新踏上奔赴大同的征程。

13

第二章

闯京师意外识黄巢　举义旗引出大魔头

朱温却忽然受到启发似的,眼睛闪闪发亮,更加扯紧了朱存的衣袖说:"二哥,你越说我心里越透彻了。眼下情势和当年刘秀再相像不过啦!你看看,如今大唐的江山已经是四处变乱,到处不是贼就是盗,我听人讲,好多地方都在打仗呢!远点的有王仙芝在濮州发难,近处有冤句的黄巢起兵响应,听说已经成了大气候。咱们与其在山里跟野鸡、兔子周旋,哪里比得上投奔他们,在战场上杀敌立功,往小里说,抢些金银钱财,也当当富贵人家,要是运气好,或许真能弄个执金吾呢!要是那样,这张家小姐……"

外患清除干净,唐懿宗紧绷的神经立刻松懈下来,除了每日饮酒宴乐外,便是督促田令孜整肃朝纲,整顿吏治,扬言要做一个中兴明君。田令孜当然要应付一下,首先拿影响最大的克扣军饷案件开刀。审议的结果当然是田令孜当初认定的,粮草转运使葛遇贤中饱私囊,十恶不赦,应当斩首示众。

葛遇贤是山东濮州人,消息传到家乡,全家老小和亲友,无不震惊。可是皇上要治他的罪,谁也没办法解救,只能躲在家里闷头痛哭。还有不少亲戚朋友唯恐被株连,悄悄搬家投奔到异乡去躲避。后来有消息灵通的人提醒葛家,说如今朝廷官员能改变皇上心思的,只有大太监田令孜,找关系通融通融,或许还能有转机。只是人家胃口大,不知道能不能打动人家的心。

也是实在没有办法,抱着死马当活马医的想法,家里东拼西凑些银子,又多弄些土特产,让儿子葛从周带上,到京城去跑门路。葛从周今年刚满十八岁,从小跟随乡里的武师练习武艺,刀枪棍棒无所不精,是十里八乡有名的小教头。葛从周紧赶慢赶,赶到长安时已是秋冬交替的季节,天气十分寒冷。在瑟瑟寒风中,葛从周奔走于长安街头,四处打听如何营救父亲。然而实际难度比他想象的还要大许多,不但父亲的下落没人能说得清,就连当今最有权势的大太监田令孜的府邸,也是费尽周折才找到。可是在距离人家大门很远的地方,就被一队兵将给拦住,盘问葛从周来这里要找谁,有什么事情。当听说他是来找田令孜的,众人轻蔑地上下打量他一番,鼻孔里哼都不哼一声,把他推搡出很远。葛从周虽然少年气盛,但也不得不强忍着怒火,和人家说自己有要紧的事情。可对方根本不听,只是带着嘲讽的口气说:"我看你这小子是穷昏了头,竟然跑来找田大人。别说是你,就是你们的刺史,想和田大人说句话,也得等个三年五载的。快滚,一会儿卫队过来了,有你好看的!"

碰上这群人,有理讲不清,葛从周垂头丧气地在街头踟蹰,实在想不出什么好法子。直到这时,他才真正领会到了什么是"侯门深似海",才真正感到一个平头百姓在这偌大的长安是何等的渺小。一连两天,毫无进展。第三天,葛从周彻夜无眠,一大早就从旅店走出来,站在街边,望着萧瑟寒风中的小商小贩奔忙劳碌,脑子里乱糟糟的理不出个头绪。忽然从路口拥过来一大队兵丁,刀枪在阳光下闪着红光。队伍中央簇拥着一辆车子,周围还有许多人追逐着围观。这队人沿大街一直走向那边的街头。

葛从周看着奇怪,忙问跟前的一个老者:"这群人是干什么的,这么热闹?"

老者摇头叹息一下:"眼下不是过了重阳节了嘛,到了秋后问斩的时节啦!听说,今儿要斩首的是个贪官,因为克扣军饷,惹恼了皇上。唉,看来当官也不容易哟,在台上时挺威风,倒霉的时候比谁都惨!"

葛从周心头一动,急忙问:"老伯,这个贪官叫什么名字?"

老者摇摇头:"朝廷里边的官多了,咱小百姓,哪管人家这么多闲事?今儿这个好像是什么葛大人,专管给军队调拨粮草的……"

不等老者说完,葛从周就飞跑着追了过去。等他追上那群官兵,已经到了行刑的场地。他一眼就看见,囚车上捆绑着的正是自己的父亲葛遇贤。两年没见,父亲半个身子露在外边,披头散发,铁青的脸上伤痕累累,身上衣服被扯成一条一缕,到处血迹斑斑。葛从周一阵心疼,还没想好该怎么办,就听一个骑在高头大马上的官员模样的人高声吆喝:"众人靠后,开始行刑!"

几个凶神恶煞的彪形大汉上前,把囚车打开,拉出五花大绑的葛遇贤,三下两下把他捆在一根粗大的木桩上。一个肥头大耳的刽子手,双手握住鬼头大砍刀,一步一步走到跟前。只等号令一下,就要动手。

见此情形,葛从周脑袋发晕,着急得两眼直冒金星。怎么办?别的门路根本都不用想了,如今要眼睁睁地看着父亲挨刀,真比自己死了还要难受。葛从周再也压抑不住自己,他腾地跳到围观者前边,抢过一个士兵手中的腰刀,大声喊叫着:"快放了我爹!"一边挥舞着单刀冲上前去。

骑在马上奉旨监斩的官员不提防有人闯过来,吓一大跳。葛从周满头大汗,冲监斩官大喊:"大人,快放了我爹,他是好人,他被冤枉了!"

监斩官这才看清,来者是个毛头小子,衣衫粗陋,蓬头垢面,一副火急火燎的神情。看他这情形,既不像是劫法场的,也不像是个疯子。不过,见葛从周手中拎着一柄短刀,监斩官还是很有些紧张,警惕地拉马后退两步,厉声喝道:"哪来的疯子,也不看看这是什么地方!快给我拿下,听候发落!"

立刻有两个兵丁上来,一个人去夺葛从周手中的刀,另一个企图把葛从周按倒在地给捆绑起来。葛从周这才知道,这里也根本不是说理的地方,情急之下,一把将两个兵丁推倒在地,连续两个空翻,跳到葛遇贤跟前。"爹,我带你走!"葛从周说着,挥刀猛砍葛遇贤身上的铁链。葛遇贤此刻已经处于半昏迷状态,见儿子忽然从天而降,简直不敢相信自己的眼睛,等他终于看清楚就是自己的儿子,不禁焦急万分地沙哑着嗓子叫嚷:"从周,傻小子,这是你来的地方吗?快走,快,慢一步葛家就要断子绝孙啊!"

葛从周猛砍铁链,腰刀被砍出几个豁口,铁链却丝毫没断的迹象,而四周的官兵已经回过神来,在监斩官的催促下,大喊着:"有人劫法场,别放跑了!"一边蜂拥围上来。

见情况紧急,而葛从周仍不甘心地摆弄铁链,还想着救自己走,葛遇贤顿时眼珠子通红,使尽全身力气飞起一脚,把葛从周踢出老远,咬牙挤出一句:"快,出城逃命!"话音刚落,仰头把脑袋狠狠磕在身后的柱子上,顷刻脑勺碎裂断了气。

葛从周亲眼看见父亲惨死,最后一线希望破灭,他大吼一声:"该死的朝廷,害死我爹,爷爷跟你们拼了!"挥舞起满是豁口的腰刀,发疯般横冲直撞,转眼间好几个兵将倒在他的刀光下。监斩官没想到这不起眼的小子这么勇猛,猝不及防被葛从周跳起来一刀砍在脖子上,哼也没哼一声,便从马上掉下来死了。众人见监斩官都死了,立刻更加猛烈地哄闹喊叫着:"快呀,快把他抓住!"却没人敢真的上前厮杀,只是把他围在中间,等着大队官兵过来帮忙。葛从周此刻也从满腔愤懑中清醒过来,爹死了不能再活,自己可千万不能死,要不葛家绝后,可就真对不起爹娘了。这样想着,葛从周使出十二分的力气,杀开一条血路,沿着大街飞快地逃走,只想着赶快出了城门,城外有高山树林,容易躲藏。不料刚跑上大街没多远,大队官兵赶到了,他们和原先的追兵合在一处,声势顿时大了许多,呐喊着紧追不舍,情势越来越危急。

葛从周这才意识到,从大街上逃跑不是好办法,万一对面再有官兵过来,自己就插翅难飞了。好在此时已经跑到这几天居住的小旅店旁,这里的几个胡同他比较熟悉,赶忙一转身拐进了一个小巷道,七拐八拐,绕到另一条不太宽阔的街道上。这一绕路,后边的官兵速度慢了不少,拉开一段距离,但喊杀声还是充耳可闻。这时葛从周才感觉到,自己浑身松软,再也跑不动了。这可怎么办?他着急地四下察看,却根本没有可供躲藏的地方。

就在这个紧要关头,迎面过来一排车队,前后有十多辆,各有一个车夫推着,每个车上装着一个半丈多高合抱粗的大木桶,看不出里边装的是什么。领头的那个车夫老远就冲葛从周喊:"喂,壮士,快过来,跳到木桶里!"说着已经掀开木桶的上盖。

葛从周一愣,自己从没见过这帮人,他们为什么要帮自己,他们是不是配合官兵来捉拿自己的?但急切间也没工夫多想,管他是福是祸,听天由命吧!葛从周冲那人一抱拳,一个鱼跃,跳进木桶,随即木盖重重地盖上。葛从周只觉得一股说不上来的刺鼻味道直呛肺腑,差点没晕过去。但他不敢乱动,蜷缩在桶底一动不动。

几乎就在同时,官兵拐过胡同追到跟前,他们四处张望,不见了葛从周,心下疑惑地走到缓缓过来的车队跟前。一个领头的牙将用刀指指最前边的车夫:"喂,看见一个浑身是血的家伙跑过去了吗?"

车夫有些害怕地抖声说:"没……好像有个人,年岁不大……往南边跑了……"

那牙将似信非信地盯住车夫:"放老实点,爷爷一句话就能要了你吃饭的家伙！桶里装的是什么？打开看看！"

车夫似乎更害怕了："兵爷，我们本分百姓，不敢扯谎。这桶里……是户部让运送的官盐，刚卸了货……"葛从周觉得眼前一亮，知道是掀开了桶盖，他赶忙屏息静气，一动不动。

牙将探头朝木桶里边看看，黑糊糊的什么也看不清楚，一股陈年盐硝的腥臭味道直扑鼻孔，他皱着眉头赶紧离远点。"快走，快走，挡在路上耽误大爷的公务！"他虚张声势地吆喝着，一阵杂乱的脚步声渐渐远去。葛从周在黑暗中摇摇晃晃不知走了有多久，越来越浓烈的刺鼻味道让他几乎窒息。

就在难以忍受的时候，眼前又是一亮，听见车夫在外边说："壮士，壮士，出来吧，没事了。"

葛从周强忍着头晕眼花，从大木桶里爬出来。外边的清新空气让他精神一振，顿时舒爽了很多。抬头看看，自己是在一处花园中，四周花木虽然有凋谢的迹象，却还是显得葱茏。刚才那个车夫正端过来一碗热水，笑眯眯地看着自己："壮士，先喝碗热水，一会儿他们就送饭过来。哎呀，这一阵折腾，真够受的，好好歇歇吧。"

"大伯，咱们素不相识，大伯冒险救我，晚辈感恩不尽！"死里逃生的侥幸让葛从周不知说什么好，眼睛里涌出泪花来。

车夫双手摇摆着连声说："壮士客气了。不要谢我，我是奉我家主人之命搭救壮士的。你先别着急，吃饱休息一阵，我领你去见我家主人。"

他家主人是谁？干什么的？为什么要冒这么大的风险救我？葛从周满腹疑虑，却不好多问。先不管这么多，吃饱休息好了再说。葛从周饱餐一顿，由车夫领到一间卧房，一直昏睡到第二天清晨时分，才伸展懒腰彻底恢复元气。

走出房门，站在台阶上看着满园的花草，葛从周的疑惑又涌上心头。他不知道他要见的救命恩人是何等人物，也弄不清楚他搭救自己的动机到底是什么。不过，凭直觉，他感到似乎不单单是心眼好这么简单。

正胡思乱想着，嗵嗵的脚步声传来，一个身材高大的汉子在车夫引领下走过来。葛从周知道,这个高个子一定是昨天所说的主人了,忙迎上去拱手施礼。客气几句,葛从周才有机会看看此人,见他身穿湖绸长袍,年纪在四十上下,四方脸盘,眉毛粗短而浓黑,面色黑红而透着几许书生气息,嘴巴大得出奇,简直如同一只大蛤蟆,这让他的五官似乎不大协调,致使整体看上去显得有些怪异。见对方也正盯着自己,葛从周忙移开眼光,再次抱拳施礼说:"在下葛从周,山东濮州人,为搭救父亲莽撞闯荡京师。晚辈和恩公素未谋面,却得恩公搭救,实在是感激不尽……不知恩公尊姓大名,晚辈当牢记在心,异日一定竭力报答!"

那大汉不在意地笑笑:"举手之劳,何足挂齿?壮士不必客气。这里是我在长安城郊购置的一处庄园,严实得很,壮士安心休养,不必担心有人追杀捉拿。在下姓黄名巢,字巨天,说来咱们还是老乡呢,我是山东冤句人,和濮州相距不远。"

"哦,前两年我去过冤句,咱们还真是老乡呢!"葛从周顿感亲切,说话也不再那么拘束,"恩公在京师做什么生意?若是在京担任官职,晚辈就要立刻告辞,免得有小人告状,牵连恩公。"

黄巢嘴角掠过一丝苦笑,摇摇头说:"昏君当道,朝廷官员皆是无耻小人,岂容我辈立足?"接着,黄巢大致讲了讲自己的情况。他原本是个读书人,十多年的寒窗苦读,终于考中进士,不料殿试时,皇上发觉他相貌丑陋,很是不高兴,就责问考官说,我大唐再没有贤人了,弄这么个貌似青蛙的家伙来恶心朕?不但把考官给问罪下狱,更把黄巢给革去功名赶了出来,让他返乡为民再不得参加科考。就这样,糊里糊涂断绝了上进机会的黄巢,只得回乡成了老百姓。不过如今赋税繁重,百姓的日子实在不好过,不甘心的黄巢便纠集一伙胆大的乡民,干起贩卖私盐的买卖。盐是朝廷严格控制的东西,只能官家买卖,私人贩卖和造反同罪,抓住了是要杀头的。但由于获利极高,还是有很多人冒着生命危险贩运。这个情况,葛从周听人说过不少,并不吃惊。

"脑袋拴在裤腰上干这个买卖,倒也弄来不少家业,可惜并非长远之计呀!"黄巢叹口气,"加之近一两年,各地变乱迭起,朝廷军饷吃紧,就肆意提高盐价,让我们这些贩私盐的,越来越没有什么赚头,眼看连卖命钱也拿不到了！这都是昏君当朝，百姓不得好活呀！"

对此葛从周深有同感，他点点头气愤地说："可不是咋地！我爹当个粮草转运使，多少年来兢兢业业，从没往家里拿过一个线头，我和我娘一年四季在地里拼命干活才能填饱肚子。就这，还不照样被狗官诬陷，活活被害死了！而那些真正贪赃枉法的家伙，照旧作威作福，这世道，真叫好人没法活了！"

黄巢眼光严肃起来，语气沉重地说："如今朝廷官员，哪个不是满嘴的仁义道德，其实肚子里男盗女娼。唉，病在骨髓中，无药可治啦！要想过上好日子，除非推倒昏君，杀尽贪官污吏，重新造就一个新天地！"见葛从周信服地看着自己，黄巢提高声音说："眼下就有个绝好机会。我有个贩私盐的朋友叫王仙芝，为人智勇双全，和我们见解相同。他已经在曹州起兵，杀贪官救济百姓，把富裕大户的钱粮分给穷人，目前势头正旺。我想扯起一支人马，响应王仙芝，推翻这个吃人的朝廷！壮士，我见你在法场上勇力过人，又有股不怕死的劲头，将来一定有大展雄风的机会，惺惺惜惺惺，也就不惜冒着危险相救。不知壮士有没有兴趣和我共同举事？大丈夫在世间走一遭，不为生民立命，不干一番轰轰烈烈的大事业，岂不可惜了这六尺身躯？"

一番话把葛从周鼓动起来，家恨和雄心让他热血沸腾，他捏紧了拳头大喊一声："就听恩公的，好好干他一番！"

就这样，葛从周跟随黄巢回到冤句，召集起十里八乡的穷苦百姓，响应王仙芝起义。由于跟随义军至少可以有饱饭吃，还能瓜分那些贪官污吏和富裕大户的钱财，大家当然乐得加入。没几天工夫，黄巢率领的部众人数剧增，气势大振，攻城略地，很快成了气候。

不过，当时并没有人会想到，这场由黄巢最先起头的大起义，却牵带出一个混世魔王的横空出世，使天下形势陷入到一场无边的混乱之中。

距离黄巢起义地点冤句不远有个萧县，隶属宋州。萧县乡下有个穷困书生叫朱诚，由于每日嘴里念叨着"四书五经"，乡亲们都戏称他为"朱五经"。然而朱诚虽然读书刻苦，却运气不佳，屡次参加科举考试，不但没能中进士,连举人的边也没沾上。心灰意懒之余却已经把大半辈子搭了进去,地里的活计做不了,买卖生意干不来,家里一日穷似一日,最后连吃饭都成了问题。朱诚满脑子都是书本里治国平天下的大事业,而现实生活落差如此之大,让他心情终日郁闷至极,最后刚到中年就郁郁而终了。

朱诚读书读死了,抛下的妻子王氏和三个未成年的孩子,却还得想法子活下去。实在没办法,王氏想到朱诚同乡的同学刘崇。刘崇也是屡试不中,但他家境好,没运气成为进士,就在乡里做起了员外。王氏带着三个儿子去投奔刘崇,愿意给刘崇家当个仆人,洒扫庭除,只求让孩子们别饿死。刘崇看他们娘几个可怜,就答应下来。他们母子总算有了个安身之处。

时光荏苒,一晃几年过去,朱诚的三个儿子渐渐长大。大家发现,虽然是一母所生,但三人性情却相去甚远。长子朱昱生性老实,只知道勤谨劳作,是个好劳力。老二朱存生性粗疏,对耕种之类的事情根本看不到眼里,每日游手好闲,总想弄个清闲又发财的美差干干。老三朱温则是另一番气象,他和二哥一样懒散,却并不一心追求不劳而获,他最大的梦想是找到一条好的出路,如登天梯般到达芸芸众生的高处。不过,在外人看来,朱家老二和老三没太大的区别,都是不务正业的浪荡家伙,要说他们兄弟俩有什么不同,也就是老三给人的感觉更加狡诈些,心眼子多。乡下人讲究实际,他们当然更喜欢老实巴交只知道干活的老大朱昱。刘崇作为供养他们母子吃喝的主人,曾不止一次地当面训斥朱温:"朱三,你说你,岁数也不小了,成个什么样子! 乡里的老百姓活一辈子,还不就忙个吃喝? 吃喝就得花费银钱,俗话说得好,有钱一时办,没钱空自喊皇天。不老老实实干活,哪来的银钱? 你不学学你大哥,趁着年轻力壮多下苦力,好好挣上一份家业。你看看你,整天东游西荡,吹嘘大话,有什么用处! 你睁眼看看,外人都知道你娘带了三个壮劳力来我这里,好像我沾了你们的光。其实呢,你娘上了岁数,干不动活,也就你大哥一个人扛着,你和你二哥跟没有一个样! 刘家这么多田地,哪一块是你种的,哪一垄是你收的? 你跟你二哥纯粹就是吃白饭! 朱三,你这是土地老爷坐深山,自在没香火呀!等长大了,你就知道了!"

朱温却根本听不进去,照旧我行我素。有时候还顶撞他说:"男子汉大丈夫,侍弄这些玩意儿有什么意思,就是累死也混不到人前去。要弄就弄大的!"

听朱温这样大言不惭,刘崇有好几次气得要让人把他给绑到柱子上揍一顿。而刘崇的母亲却独独偏爱这个人见人烦的朱家老三。每当朱温要挨打的时候,她都跑出来劝阻说:"相书上说,印堂一红线,富贵赛半仙。你们仔细看看,朱三这孩子可不就是这个样子?说不定真有大出息也未可知。再说,百姓百姓,百个人百样性情,别难为孩子!"

刘崇生性孝敬,见母亲这样说,虽然心里不以为然,但朱温因此而躲过了好几次棍棒。不过,日子长了,寄居在别人家里,总会生出各样事端。没过多久,朱温赌博输个精光,还欠下赌债。思来想去家中已经没什么可卖,就悄悄从刘家灶间揭下一口铁锅,背在后背上,外边罩件破衣裳,准备溜出去卖了还钱。不料刚走到门口,正好和刘崇打个照面。刘崇看他神情不大对劲,就留个小心,走到他背后转身观察,发现朱温脊背上鼓起老大个疙瘩,知道一定有鬼,大喝一声:"朱三,你背上是什么东西,叫我看看!"

朱温冷不防吓一大跳,托在铁锅下边的手一松,哐啷几声脆响,铁锅掉在地上摔成几片。"好啊,不干活白吃白喝也就罢了,还当起家贼来了!"刘崇又是气愤又是心疼,暴跳如雷,当即让家丁过来,把朱温绑在前庭门柱上,顺手捞起一根马鞭劈头盖脸就是几鞭,疼得朱温扯着嗓子喊叫,希望能让救星听见。这招果然奏效,刘崇母亲见前边乱糟糟的,赶忙出来看发生了什么事情。见几个家丁站在跟前,刘崇正挥动马鞭,朱温脸上已经被打得鼓起几道血痕,忙厉声吆喝:"说过多少遍了,不要打孩子,不要打孩子,怎么还拿孩子撒气?"

刘崇理直气壮地说:"你老护着他,看把他都惯成什么样子了!今天敢偷拿,明天就敢明抢!不教训教训他,就没体统了!"

刘崇母亲问问一旁的家丁,明白了事情的缘由,摇头叹口气,不过仍没责备的意思。她走到朱温跟前,半是无奈半是心疼地说:"孩子,木朽了要生虫,你不爱种庄稼不要紧,总得找个事情干,不然时候一长,人就荒废了。你说,你愿意干什么营生?"

对于刘崇母亲的一次次宽容和理解,朱温当然是有说不出的感激,但他一时也想不清楚自己到底做什么才觉得有意思。很快地想一想,朱温满是歉疚地说:"我……我不想受那些拘束,能自由自在地就好……我看人家到后山打猎就不错,既没人管束,也能练习射箭使刀的本领。不光能带回来山上的野味供府上享用,说不定学到的本事将来还能有大用处呢!"

听他这样说,刘崇母亲点点头:"这样好,合乎朱三的本性。给你准备下弓箭刀枪,明天你就和你二哥上山打猎去吧。不过,也得小心点,别射中山里的村民,那事情可就大了!"

朱温当然满口答应,高兴得直咧嘴。刘崇正发愁没地方打发这两个小瘟神,又是母亲发的话,当然也就没什么可说。

从那以后,朱温和二哥朱存终于有了事情可做,生活充实起来。他们每天早早起床,穿起紧身衣裤,背上背着硬弓和长箭,腰间悬一柄明晃晃的钢刀,手中握根长枪,别提有多神气了。他们也从打猎中找到了从未有过的乐趣。朱存最大的感受是好奇和无拘无束,而朱温则没把上山打猎当作好玩,他告诉二哥,这好比就是行军打仗,什么山鸡啦兔子啦,都是敌人,要通过武力和机智来逮住它们。逮住了就是作战胜利,让它们从眼皮子底下跑掉,就是打了败仗。至于狼啦虎啦之类的猛兽,则可以把它们看成强硬对手,这个时候,是对武力和机智的最好考验,要是能射杀了这些东西而自己又没受伤,那就是好将领。

朱存没想过这里边还有这么多道道,佩服地连连点头。兄弟二人每天把山里当成战场,把自己当成将军,又是跑又是跳,又是躲藏又是迂回,弓箭和刀枪并用,力气跟脑子都使。过了半年工夫,两人体格比以前更加强壮,脑子也感觉活络许多。他们早出晚归,不但不觉得辛苦,倒是兴致格外高涨,每次带回来的猎物也越来越多。看着灶间里堆积的野味,刘崇很是高兴,对朱温也就客气了一些。朱温母亲见主家满意,儿子们都有了正经事情做,心情自然就好许多。孤儿寡母的日子开始逐渐充满了喜气。

有一天,朱温和朱存大清早出门,沿宋州城外的官道走出一截,正要拐上小路上山的时候,忽听身后有马车的声音,回头一看,是几个家将模样的人,簇拥着一辆精致马车,缓缓走来,一看就是富贵人家的家眷。或许是天气有些闷热,加之城外空旷无人,马车前边的帘子高高卷起。朱温闪在路边,看见车上端坐着两个人,一个是半老的妇人,衣着配饰雍容华贵,阔太太无疑。而让朱温眼睛一亮的则是妇人旁边的那位小姐。

那年轻女子也就十六七岁的模样,穿一件素净的粉红色夹衫,被风微微吹起,更让人感觉体态轻盈,飘然如同仙子。被夹衫映衬得艳如桃花的脸庞,宛若透彻秋水的大眼睛似乎时时都在流盼,小巧玲珑的鼻子和嘴巴,让人简直无可挑剔。朱温看得呆住,一股从没有过的感觉倏然涌上心头,令他不能自持,身不由己地迈开脚步要走上去看个仔细。朱存在旁边看出了他的不对劲,忙拉他一把,低声说:"干什么你,不要命啦!"

马车从身旁缓缓驰过,朱温分明看见车上的那位小姐也注意到了自己,给自己留下一缕如兰的芳香和一个动人心魄的微笑,笑声似乎许久还袅袅飘荡在耳畔。看朱温失魂落魄的样子,朱存扑哧一笑:"三弟,你这是怎么啦,莫非是看上了车上的小姐?"

"啊,啊,"朱温终于转过神来,面红耳赤地晃一下大脑袋,"这丫头倒还有点意思。哎,二哥,看样子也是个大户人家,只是不知道是哪家?"

朱存不屑地看看朱温:"知道又能怎样,你还想去求婚不成?你不知道,人家来头大着呢!是咱宋州刺史张蕤家的闺女。多少公子哥儿连人家的门都进不去,你就别癞蛤蟆想吃天鹅肉啦!"

"哦,"朱温心底一沉,刚才发热的头脑立刻冰凉下来,不甘心地问一句,"你怎么知道的,瞎猜的吧?"

"那几个家将我都面熟,错不了!"朱存已经不耐烦地往山路上走了。

朱温赶忙跟上去,心里颓丧大半截,嘴上却不服气地说:"刺史怎么啦,皇帝都还是轮流做呢!心摇生艰难,风劲百花残,世上无难事,只要下功夫,什么事情都有可能做成!"见朱存没理会他,他忽然想起什么,几步追上去拉住朱存的袖子,"二哥,你还记得不?咱爹在世时,给咱们讲起过汉光武帝刘秀的故事。刘秀当年还没当皇帝时,只不过是个毛头小子,那时人家就发过大话说,为官当做执金吾,娶妻当得阴丽华。当时人都笑他大言不惭,可后来人家不是真的做到了吗?我看上张刺史家的闺女,为什么就没可能呢?"

朱存不以为然地摇头大笑:"现实的光景能和书上说的比吗?书上还说有神仙呢!谁见过神仙到底什么样?咱们现在托人家刘崇的福,饿不着冻不着已经不错了,还想跟人家刘秀比,你想当皇帝,一个穷打猎的,从哪儿做起?"

朱温却忽然受到启发似的,眼睛闪闪发亮,更加扯紧了朱存的衣袖说:"二哥,你越说我心里越透彻了。眼下情势和当年刘秀再相像不过啦!你看看,如今大唐的江山已经是四处变乱,到处不是贼就是盗,我听人讲,好多地方都在打仗呢!远点的有王仙芝在濮州发难,近处有冤句的黄巢起兵响应,听说已经成了大气候。咱们与其在山里跟野鸡、兔子周旋,哪里比得上投奔他们,在战场上杀敌立功,往小里说,抢些金银钱财,也当当富贵人家,要是运气好,或许真能弄个执金吾呢!要是那样,这张家小姐……"

朱存听他说得绘声绘色,又有金钱美女又有大官当,立刻也心动起来,把长枪往地上一插:"哎,还真是这样!走,不打猎了,杀人放火抢富贵去!咱们给娘打个招呼,明天就动身去投奔黄巢!"

兄弟两人合计一番,匆忙返回家中,给母亲王氏说:"娘,我们有几个伙伴在外边搞买卖,都发家了。他们捎信叫我们也去一块儿干,我们想过去看看。"

王氏不放心地看他俩一眼:"如今世道不太平,做事艰难,能饿不着就行了,还想什么发家。现在就挺好,别到处乱跑叫娘操心了。"

大哥朱昱也是一脸不放心地说:"你俩和我一样,一天的书都没读过,睁大俩眼不识一个字,搞买卖也得有学问呢!还是老老实实待在家里,种几亩地比什么都省心!"

朱温和朱存对视一眼，朱温脑子反应快，接过话头说："娘，大哥，我们没读过书不要紧，穷人家的孩子，有几个读书的。穷不读书，富不教书，自古都是这样嘛！没读过书的人多了，人家不照样搞买卖？反正认准一个道理，千卖万卖，折本不卖，保准不出大差错。再说，我们也不小了，又不喜欢种地耕作，总这样憋在家里，非憋出病来不可！好歹叫我们出去走走，要是真不是发家的料，回来种地心里也就踏实了。况且我们俩一起出门，相互有个照应，你们不用担心。成不成的尽快回来就是了。"

听朱温这样说，王氏叹口气，想想要是不遂了他们的心愿，只怕又要生出许多事端，也就只好点头答应下来。含着眼泪起身，把他们平时穿的几件衣物包裹起来，摸出家里仅有的几吊铜钱，作为盘缠。

朱温和朱存如愿以偿，背起行囊，告别母亲和哥哥，走出家门。到了村口，朱温对朱存说："二哥，主人家的刘母，这些年来对我照顾不少，咱们这次投军，也不知道几时再回来，不跟人家说一声，显得太薄情寡义。"朱存也得过刘母不少恩惠，点头同意。两人来到刘家府上，刘崇正好不在家，刘母听说他们哥俩要出门闯荡，也不多劝阻，叫丫头拿出自己积攒的二十两银子送给他们，再三叮嘱说："我老婆子早就说过，你们兄弟是龙是虎，咱浅水秃山的，养不住你们。你们出去后，一定别赌博，相互照应。"

兄弟二人含泪答应着，向刘母磕头告别，踏上连他们也深感茫然的前路。

第三章

逞英雄朱温误打误撞　献贺礼克用惹火烧身

李克用热血沸腾,脑门子简直要炸裂开来,他浑身颤抖着忽然怒吼一声:"段文楚,你这个狐假虎威的狗东西,祸害百姓不算,又欺负到藩镇头上来了,爷爷今天叫你知道,沙陀不是泥捏的!"不等段文楚反应过来,李克用已经一把揪住他的衣领,一只手顺势抓住他的玉带,"嗨"地举过头顶,对着窗户扔了出去。伴着一阵窗棂断裂的咔嚓声,段文楚像个巨大的沙袋飞出窗外,外边随即传来一声闷响,然后就没了动静。

也是恰逢机缘。两人星夜兼程地来到山东,正赶上黄巢义军急于扩充兵将,他们很顺利地就进了军队。由于两人体格魁梧,浑身充满英气,没隔几天都成了小队长,作战时可以追随在大帅黄巢的左右。几次小的交战下来,朱温和朱存把打猎时练就的腿脚功夫和射箭本领都派上了用场,接连立了几次战功,更让他们充满信心。

顺利占领冤句一带之后,黄巢率领大队人马,直逼郓州城下。负责镇守郓州的东平节度使薛崇并没太把他们当回事,认为不过是一群饥民草寇而已,立刻出城迎战。两军对垒,薛崇骑一匹枣红色战马,身披锁子连环鱼鳞铁甲,戴着四棱形青铜头盔,手握一柄白光闪闪的开山大斧,威风凛凛。他身后的兵将也是盔甲整齐,十分威严。相比之下,义军就寒酸许多,大半是原先的庄稼人装束,破衣烂衫,少部分穿戴着从官军死尸上扒下来的衣服,也是长短很不合身,和唱戏的差不多。

阵容的差距让薛崇更加得意,他挥动大斧,冲黄巢高声叫嚷:"喂,贩卖私盐的贼人,本节度使念你们愚昧无知,赶紧投降,尚有一条生路,迟了脑袋就搬家啦!"

黄巢脸色沉静,催动战马上前两步,不卑不亢地说:"你是什么人,竟敢口出狂言。想我义军自从起兵以来,接连杀败官军,招降纳叛不在少数。眼下李家江山气数已尽,满天下的百姓无不咬牙切齿恨不得早日推翻朝廷。你大睁着双眼却认不清形势,岂不可笑?最该投降的,倒是你们!"

薛崇眯起眼睛冷冷一笑:"我是谁?我是天朝东平节度使,堂堂的朝廷大员!和你们这帮草寇搭话,已经是屈尊降贵,别不识抬举,一会儿哭爹叫娘地求饶,只怕就晚了!"

见对方张狂不堪,黄巢也不多说,回头看看众将领:"谁去替我收拾了这个张狂东西?"

部将孟楷急于立功,抢先答应一声:"我来试试,活捉了这狗官!"放开战马挥舞着大刀冲上前去。不料薛崇言语狂傲,却也有些真本事,只两个回合,孟楷就气喘吁吁,险象环生。黄巢怕他有个闪失,折了自家锐气,忙令人鸣金收兵,把孟楷召回。薛崇也不追赶,更加得意地哈哈大笑,官兵士气顿时大增。朱温站在队伍前列,看得清清楚楚,心想,大将交手也不过如此嘛,你一来我一往的,跟士卒们厮杀差不了多少。要是能在这个时候宰了这个节度使,那肯定是大功一件,也就出头有日了!当下头脑一热,来不及多考虑地大喊:"大帅,给我一匹战马骑骑,我保证把那个节度使的人头献给大帅!"

众人一愣,发现说话的原来是个没资格骑战马的小队长,都不以为然地笑笑。黄巢疑虑地迟疑一下:"你……练习过马上对阵的本领?"

不等朱温回答,孟楷在一旁抢着说:"主公,让一个小兵出战,叫人家打死了不要紧,显得咱们太丢人!"

朱温急忙分辩:"站在这里是小兵,骑上战马就是大将,丢人不丢人要看结果。大帅,要是杀不了人家,我当场自杀来激励士气!"话一出口,连朱温自己也吃了一惊,这不是把自己逼到绝路上了吗?都是孟楷这个狗东西闹的!但既然已经说出来,再怎么想挽回也不可能,只能拼死碰运气了。

黄巢沉吟一下:"好,本帅成全你!"冲旁边一挥手,"给他牵匹马!"

在万人瞩目下,朱温歪歪斜斜跨上战马,手中拎着单刀,跑到两军阵前。薛崇乜斜着眼看着这个破落户一般的人物,虽然体格魁梧,眼神中流露出一股说不出的杀气,但衣着实在太寒酸,怎么也不配跟自己交手。可是朱温已经呐喊着冲到近前,薛崇懒洋洋地挥起大斧,当头就是一下。朱温猝不及防,急忙举单刀招架。"当啷"一声脆响,把朱温胳膊震得酸麻发痛。好家伙,还真和士卒们打仗不一样,力气不小。朱温在心里吃惊地刚闪过这个念头,薛崇又是一斧头劈下来,朱温本想着闪到旁边躲避,可他并不会使唤战马,一只手拽动缰绳却不管事。没办法,只好咬牙再用刀抵挡一下,这次不但胳膊,整个身子都被震得快要失去知觉,肚子里五脏六腑似乎都在翻腾。更要命的是,胯下的战马不是时候地蹦跳了一下,把手忙脚乱的朱温一下给掀翻在地,狗吃屎般重重地趴在地上,手中的单刀也被甩出老远。薛崇见状哈哈大笑,边笑边说:"小刁民耍个把戏给官军开心,真有意思!"他身后官军队伍中的兵将也都立刻哄堂大笑。

朱温知道自己已经到了绝境,即使这个节度使不杀自己,自己也没脸再活着回队。一瞬间他真后悔自己欠考虑,但倏忽转念间,复仇的血气和求生的欲望又让他不甘就这样了结,他忽然怪叫着,猛地扑上去,在薛崇不提防中一把把他拽下马来,扭住厮打在一起。刚才在马上交战,朱温深切体会到将官作战和以前在乡村打架不是一回事,现在厮打中,他却立刻找到过去逞凶称霸的感觉。薛崇虽然力气大,但穿着铠甲,手脚不利索,片刻工夫就被朱温压在身子底下,朱温见他浑身上下硬邦邦的没法下手,就狠命掐住他的脖子,任凭他怎么挣扎踢腾,就是不放手。

这样的交战实在太过奇特和突然,两边的兵将都看呆了,鸦雀无声地注视着两人在地上翻滚撕扯,谁也没作出反应。等到官军队伍中有人醒悟过来,叫嚷着冲上前来要解救薛崇时,薛崇已经脸色铁青地蹬直了双腿窒息而死了。朱温见状大喜过望,撒腿往自己队伍那边跑,边跑边喊:"狗官死了,我把狗官掐死了!"

黄巢不失时机地挥动令旗大喊:"敌帅已死,冲啊,杀尽狗官军!"

义军被朱温刚才的壮举所激励,立刻叫嚷着冲杀过来。官军也看得很清楚,薛崇真的死了,没了主心骨,兵与将都没心思交战,没怎么抵挡就纷纷逃窜。原本以为会有一场恶战,却因为朱温,义军几乎没受损失就杀进郓州城,大获全胜。

事后论功劳,朱温当属第一。黄巢把朱温和朱存兄弟叫到大帐,仔细打量他们,见他们两人虽然衣衫破烂,但体格高大强壮,五官粗犷,双目闪烁着遮掩不住的凶光,倒很适合刀头舐血地混迹于大乱年代。尤其是这个朱温,虽然相貌与朱存相似,但眼睛里有股精明之气,言谈举止粗俗中似乎有许多想法在其中,更显得凶狠勇猛而有心机。不过,让黄巢不大舒服的是,他发现,这个朱温眉毛浓黑而粗短,黄巢看过一些相书,记得好像有这么一句话:眉毛如扫把,野心极其大。野心大的人,往往更愿意给你卖命,但卖到一定程度,就怕不好控制。这个念头也只是在脑中一闪,黄巢并没特别在意。因为他太需要人才了,至于以后,还来不及考虑得如此长久。况且通过和他们的交谈,黄巢觉得,这个朱温颇有几分自己年轻时的豪情,令他感慨又喜爱,便当即任命他们为将官,侍奉在自己左右。

投军没有多久,就真的出人头地脱颖而出,让朱温欣喜不已,虽然那是自己赌上性命换来的,也值了。从此以后,他便牢牢跟随在黄巢身边,和黄巢身边几员大将如葛从周、孟绝海、邓天王、孟楷等人一起,成为重要领头人物之一,攻城略地、杀奔中原,在接连作战中得以磨炼,为以后他惊心动魄的一生作好了铺垫。

就在朱温兄弟追随黄巢,憧憬着干一番轰轰烈烈大事业的同时,远在长安的朝廷却正沉浸在一片哭声和哀号之中。唐懿宗李漼恰逢其时地丢下这堆烂摊子,驾崩了。

好在君王更迭有现成的模式,并不需要费太多周折。十二岁的太子李俨,在舅舅段文楚和大太监田令孜的主持下,于灵柩前继位,他就是沾惹尽一身晦气的唐僖宗。先皇大丧,当然要举国哀伤,不过那是弄给死人的,纯属官样文章,自然远不及朝贺新皇登基那么热烈隆重。

以前的朝廷大小事务,都是大太监田令孜说了算,段文楚作为外戚没机会发威。如今好不容易熬成了国舅,野心和虚荣心如同春雨之后的荒草一样疯长起来。段文楚首先要做点能让人看得见的成就。他借外甥之口,发号施令,说是为了各地官员朝贺方便,要在宫院内建造一座气势格外宏大的宫殿,取名叫"五凤楼",无外乎讨个有凤来仪的吉利兆头。既然要借此树威,段文楚当然要极尽奢华,上下全用合抱粗的上等木材卯榫相扣,楼顶用镏金覆盖,远远望去金光闪闪,如同天上宫阙。殿内则全部用金箔铺就,站立其中,不由得令人心生敬畏。单是这座五凤楼,就耗尽关中大部分人力物力,闹得民怨沸腾,国库空虚。段文楚还嫌不够尽兴,又发动各地官员,要求人人进奉当地宝物,务求朝贺的规格超越古今。

要求地方官员朝贺的文书散发四方,大江南北顿时掀起一片搜刮民财的旋风,如此利国利己的好事,官员们当然乐得奉命。远在北方边塞的大同节度使李国昌也接到了文书,他却没有内地官员们那种窃喜的心情,他并不太懂得做大唐官员的机关。他只是忧心忡忡地想,自从庞勋变乱之后,如今内地奸民四起,争相闹事反叛,边塞之外的回鹘、突厥、鞑靼乃至契丹,无不蠢蠢欲动,想借机入侵中原,分得一杯羹。在这个节骨眼上,朝廷又是要求准备贺礼,又是要自己离职进京朝贺,合适吗?

踌躇再三,李国昌觉得,朝贺不过是个形式,还是应当以大局为重。他召集身边几个儿子说:"你们也看到了,如今边庭吃紧,虽然朝廷有文书下来,但为了以防万一,我还是不能轻易远行。俗话说,父不在,长子代。就让克用代我去应付一下吧。"

父亲发话,大家当然没有什么异议。当下抓紧时间准备土特产,装了满满六辆大车。李克用率领百余名随行护卫,由贴身侍从李存璋陪同,择个吉日上路,奔长安而来。临行时,李国昌又把李克用叫到跟前,不无担忧地说:"克用,为父知道你性情刚烈,遇事容易冲动,让你远行,实在是不放心得很。不过,其他人去,又显得对朝廷不够恭敬。唉,左右为难哪!"见李克用要急于分辩,李国昌摆摆手,"你只要记住为父一句话,可保万无一失。常言说得好,弦紧容易断,人强祸必随。这次进京,你只管低头送礼,不管别人说什么好听难听的话,一概装聋作哑,半痴不癫,只要平安回来,就算大功一件。记住了?"

李克用明白父亲的意思,连忙点头答应。李国昌仍不放心地叮嘱李存璋几句,让他一定起到劝诫和约束的职责。李存璋也是朱邪家族血统,世代忠心,他虽然年龄不大,遇事却极有主见,李国昌父子对他也就分外看重。

一行人迤逦南下,将近一个月的工夫才来到长安。先把贺礼交到指定地方,住进驿馆,等候入朝拜贺。看到淮南、天平等节度使也因为贼兵迫近,节度使并没有亲自赶来,也是派了儿子或副手代贺,李克用和李存璋都心里踏实许多。过了两天,终于等到朝贺的日子。一大早,李克用穿戴一新,早早进宫,来到五凤楼下。抬眼一看,果然是天子气象,非同凡响。五凤楼高大雄伟，楼顶耸入天际，每层的飞檐远伸，如同凤翼冲天飞翔。从正门进去，只见崇阁巍峨，玉栏环绕，到处金碧辉煌，实在是富丽至极。李克用暗想，难怪中原要出那么多造反的刁民，单是这一座没大用处的楼，就要花掉多少百姓血汗，至于那看不见的，恐怕更是多得难以计数。唉，要是放在我身上，也非得反了不可！胡思乱想着，随同众人进到大殿，坐在大同节度使的位子上。满眼的金雕玉琢中，只见正前边的丹墀之上，鎏金衣钩拉开大红的撒花软帘，帘下是朱红色宽大御案，一个十二三岁模样的半大少年正斜倚在龙床上，和几个太监调笑玩耍，不用说，那就是新皇上李俨了。两旁匆忙来去取送东西的宫女络绎不绝，少说也有几百个。丹墀下边两排包裹着黄缎的墩子，分别端坐着文武百官，领头的是尚书左仆射萧仿和尚书右仆射王铎。和节度使们坐在一起的还有许多天竺、大食等国的藩王。整个大厅满满当当，嗡嗡嘤嘤的议论声不绝于耳。

看看时辰差不多了，国舅段文楚代皇上宣布宴会开始。少顷，热气腾腾的饭菜端上来，顿时各种香气搅混在一起，更加激起大家的兴致，高低议论的说笑声此起彼伏。好在新皇上也不管这些，只顾自己玩得高兴。不大一会儿众人已经接连几杯酒下肚，言谈举止都完全放开。段文楚这段日子格外得意，不但成功压过田令孜一头，而且从修建五凤楼中发了一笔颇为可观的外财，这让他感觉光明坦途已经在眼前铺开。借着好心情，他眯缝起醉眼打量下边诸多官员，俨然有种君临天下的感觉。不过，当他的眼光扫过李克用的时候，这个只有一只眼睛的年轻后生，却引起了他的不愉快。他忽然想起，昨天检点各路贺礼的时候，发现大家都不约而同地带来各式金银珠宝，价值连城的宝物不在少数，唯有这个毛头小子，竟然弄来几马车荞麦、毛毡、牛肉干之类的土玩意儿。看着一堆黑乎乎的礼物，段文楚在心里直骂娘，老子要的是实打实的硬家伙，谁稀罕这些臭烘烘的破烂！这个李国昌，是真傻还是装傻，要是以后都进奉这等东西，还不让老子喝西北风去？

昨天的恼恨让他到现在还未消尽，李克用那灼灼闪光的独眼模样也就格外让他不舒服。乘着酒性，段文楚信步走到节度使和藩王们就坐的席位中间,先是随意接受了两个人的敬酒,似乎漫无目的地踱步来到李克用跟前,似笑非笑地看着他问:"这位少将军,莫非就是大战庞勋叛贼的大同节度使李国昌将军?"

李克用来不及咂摸他的语气,忙起身拱手回答:"回禀国舅,在下是其长子李克用。如今边境形势吃紧,家父率兵镇守唯恐有所差池,故此命我代他进京朝贺。"

段文楚斜视着他,鼻孔里哼一声:"李国昌身为节度使,怎么连个替身也不会找,弄了这么个东西来,岂不叫人看笑话?"

李克用这才回过神来,怒火腾地窜上头顶,圆睁了那只独眼,愤愤地盯住段文楚。不过,父亲临行时的吩咐让他敢怒不敢言,只好咬牙不吭声。

对于沙陀将领的野蛮禀性,段文楚本来是有几分顾忌的。而李克用的沉默,则无意中助长了他的气焰。段文楚觉得,成了国舅果然就是不一样,任你什么沙陀还是鞑靼,在权力面前,还不都是狗屁,浇你一头狗屎你都不敢擦。"怎么,本国舅说你,你还不服气?"段文楚阴阳怪气地提高了声音,"李克用,你放眼看看,我大唐江山万里,人才济济,什么样的人物拿不出来,怎好偏偏让你这相貌丑陋的独眼之辈在此现眼,叫外邦使臣看了,岂不笑我朝廷无人?快喝了这杯酒,赶紧下殿到外边去,本国舅向来慈悲,给你另备一桌酒席,躲到角落里悄悄享用去!"

这话已经是无比尖刻了,更何况还有不少人讨好段文楚,跟着起哄发笑。李克用热血沸腾,脑门子简直要炸裂开来,他浑身颤抖着忽然怒吼一声:"段文楚,你这个狐假虎威的狗东西,祸害百姓不算,又欺负到藩镇头上来了,爷爷今天叫你知道,沙陀不是泥捏的!"不等段文楚反应过来,李克用已经一把揪住他的衣领,一只手顺势抓住他的玉带,"嗨"地举过头顶,对着窗户扔了出去。伴着一阵窗棂断裂的咔嚓声,段文楚像个巨大的沙袋飞出窗外,外边随即传来一声闷响,然后就没了动静。整个大殿立刻炸开了锅,文臣武将们慌忙躲到一边,两侧武士刀枪并举,做好厮杀的准备。李克用的怒气立刻消解,他这才意识到,坏了,闯下大祸了!愣怔中,大殿卫士已经冲到跟前。李克用此时只想着怎样才能挽回过失,没怎么抵挡就让人按倒在地,捆绑了起来。

几乎与此同时,有人哭着跑上来禀报:"不好啦,国舅爷从楼上掉下去,脑浆迸裂,已经没治啦!"

唐僖宗虽然少不更事,但也知道舅舅让这个家伙给摔死了,第一次自作主张地拍打着御案:"好啊,造反造到家里啦,赶紧把他杀头,还等什么?快点,就在这里杀!"

新皇上发话,侍卫们不敢怠慢,把李克用推搡到大殿门口,举起兵刃就要动手。李克用此刻追悔莫及,不甘心又无可奈何,还担心朝廷会连带着追究父亲的罪责,心乱如麻中已经顾不上害怕。

就在刀光闪动的同时,一个尖细的声音突然响起:"慢着,我有话说!"

听声音,大家就知道是当朝最大的红人,大太监田令孜田公公。田令孜是先皇唐懿宗最得力的助手,说话比宰相管用得多。如今换成了小皇上,除了国舅,恐怕还要数田公公,毕竟小皇上就是人家调教出来的。见场面立刻冷静下来,田令孜面无表情地走到唐僖宗跟前,不紧不慢地说:"皇上,恕老奴多嘴。李克用狗胆包天,竟敢大殿之上殴打国舅弄出人命,诛灭他的九族也不过分。不过,如今的天下不比以往喽,刁民叛贼攻城略地四处横行,边庭内外也不省事,全指望着这些藩镇节度使给支撑着。尤其是这个大同沙陀部,兵力不弱,要是把他们给逼急了,整出事来,陛下可就不是丢个国舅那么简单喽!"

这话似乎提醒了众人。不等唐僖宗说话,尚书左仆射萧仿凑过去禀奏:"陛下,田公公言之有理,情形确是如此。如今天下汹汹,再也经不起任何冲击。李国昌李克用父子统率沙陀兵力,雄踞塞北,一旦激起事变,后果不堪设想!再者说,刚才的情形陛下也都看见了,实在是事出有因,是国舅戏弄李克用在前,李克用负气动手在后。倘若传扬出去,又是个朝廷轻慢大臣的不良名声。所以说,杀不杀李克用,还请陛下三思!"

唐僖宗并不知道,田令孜之所以第一个跳出来阻拦,是要在新皇上面前树立自己的权威。更何况段文楚被摔死,正是田令孜求之不得的好事,他当然会趁机收复险些脱手的权柄。不过,他们一唱一和的劝阻,却让唐僖宗感到事情的严重性。国舅死了事小，自己当不成皇上享受不上快乐，那才真是要命呢！唐僖宗年龄虽小，这个道理却还是立刻就能想清楚的。他马上一改怒容，探头看着田令孜和萧仿问："那怎么办，打死人就白打了不成？"

"那倒不至于。"田令孜不动声色地一笑，"李克用大殿行凶，罪不可恕。陛下可念其事出有因，暂时押到大牢，由刑部会审以定罪名。大同节度使李国昌教子不严，当降职为大同防御使，令其戴罪立功。如此一来，既为国舅出了恶气，也起到恩威并施拉拢边庭将帅的作用，两全其美呀！"

没了舅舅的唐僖宗，只能把主心骨转移到田令孜身上。见众人也都随声附和，便点头应允，一一照办。

等候在驿馆里的李存璋等人，闻听消息后焦急万分，但事关朝廷和皇上，他们也只能干着急却无可奈何。但不管怎么样，得先弄清楚事情的原委。李存璋带了些银两，接连给各道把守的兵卒行贿，终于见到李克用。低声询问几句，还没等问出个头绪，那边已经催促着叫赶紧离开。"公子千万不要再鲁莽行事，我这就设法救公子出去。"李存璋安抚一句，匆忙走出乌黑一片的大牢。

漫步走在街市上，李存璋头脑混乱，京城的茫茫人海中，一个熟识的面孔也没有，要想救出朝廷要犯，真比登天还难呀！他长叹一口气，无奈地摇了摇头。

"咦，这位小公子，看样子是沙陀人吧？"忽然有个声音在耳畔响起，吓了李存璋一跳。急忙转脸看时，身边站着两个大汉，一个脸色煞白，一个紫红色脸膛，都穿着灰土布衣裤，毛乎乎的胸膛半露在外边，看上去粗犷而凶恶。李存璋看他们不像好人，加之有紧急事情要处理，便装作没听见，侧身闪到一旁。那两个人却不依不饶，白脸大汉凑近了盯住李存璋："喂，这位兄弟，出门在外乡土最亲，大家都是一路人，何必躲躲闪闪的？"

李存璋心头一动，忍不住好奇地问："这么说，你们也是沙陀部的人了？"顿一顿又想起来，"你们如何知道我是沙陀人？"

紫红色脸膛大汉呵呵大笑:"咱沙陀人久居塞外,风沙侵蚀的印记都刻在脸上呢!再说了,你追随李大帅经常带兵外出,走在街面上,你不认得大家,大家却记住了你的模样。少年有为呀!"

哦,是这样。李存璋心里踏实许多。见李存璋默认了,两个大汉不由分说,拉起他的胳膊走进一家酒馆,点了几样小菜,斟满三大碗烈酒,咕咚几口下肚,情绪更加热烈。三人相互通报姓名。白脸大汉名叫安休休,紫红色脸膛的叫薛阿檀,两人从小喜欢舞刀弄枪,练就一身的好武艺,本打算到李国昌营中投军,又听人说长安是高人聚居的场所,便一起来到这里,希望多增长些见识再参军立功。"兄弟,你怎么一个人跑到长安来了,莫非,李大帅也来了?"安休休疑惑地问,"对了,今天街上吵吵着说有个沙陀将军因为打死国舅被押进大牢,十有八九是活不成了。难不成是李大帅?"

人在难处时心理防线就脆弱许多。面对难得的两个同族同乡,李存璋也不隐瞒,把李克用的事情说个大概,说到救人无门时,忍不住流下眼泪。

"昏君当道,奸贼得志,指望他们,天下不乱才怪呢!"薛阿檀压抑不住气愤,"如今的朝廷,文官爱财如命,武将贪生怕死,碰到好处如同苍蝇见血,要想找个主持公道的人,比上天还难,别指望了!"

"是啊,"李存璋长叹一口气,"我奉大帅之命护送公子来京,没承想……唉,没法回去交差是小,万一折损了公子,那罪责可就大啦!"

沉默片刻,安休休看看周围没什么人,压低了声音说:"兄弟,叫我说,通过正当渠道救人,想都不用想!干脆,咱们来个硬碰硬,把公子抢出来拉倒!"

"你是说……劫狱?"李存璋心头"咯噔"一下,眼中亮光闪动片刻随即黯淡下去,"朝廷天牢戒备森严,就咱们三个,实在太冒险了。只怕人救不出,连两位壮士也得搭进去。不行,不行。"

薛阿檀却不以为然:"我觉得安兄说得有道理。劫狱这种事情,人少才机密,多了反而闹出动静没法收场。我听说,如今朝廷腐败,从上到下都是人浮于事,根本没人真心办差。天牢怎么啦,也不过如此,防守松散得很。只要咱们筹划得当,没有不成的道理。"

李存璋心头突地一动,除了这条过于冒险的出路,也实在没有好办法可想了。他满脸感激地捧起酒碗:"没想到能得两位壮士相助,可见天不绝我家公子。事成之后,两位当记第一大功。不过,事不机密则害成,咱们一定要小心仔细。来,我敬二位一杯!"

三人用完了酒饭,一同回到驿馆。李存璋把百余名随从召集起来,简单说明当下的情形,要他们分批悄悄出城,就在北门外候着,等自己救出公子冲出城后及时接应。安排好后,看看窗外已是薄暮时分,李存璋和安休休、薛阿檀三人换上紧身衣裤,各自一柄短刀斜插在背后,外边再罩上粗布大衫,乍一看也就是普通百姓,没什么异样。

在李存璋带领下,他们很快来到刑部衙门外边的大牢门口。门外的狱卒已经认识了李存璋,皮笑肉不笑地打招呼:"怎么,又来看你家公子啦?刚才上边关照过,他是朝廷重犯,轻易见不得的。你还是快回去吧。"

李存璋何等机灵,逢场作戏地嬉笑着搭腔:"知道爷们辛苦,替我们担着风险。你敬我一尺,我敬你一丈,也不能白叫各位大爷受累不是?"说着从怀里摸出一锭足有二十两重的雪花马蹄银,明晃晃地递到领头狱卒手中。"改日再请各位到酒楼谢恩。说好了,长安城最大的酒楼,永春轩,不见不散!"见狱卒笑眯眯地把银子接过去了,其他人也都喜笑颜开,李存璋趁机拉过安休休和薛阿檀两人,"各位大爷,他俩是我家公子身边看管库房的,上次我家公子叮嘱我,一定要见他俩一面,有些账目得交代清楚。求各位开恩,反正我家公子也没几天了,活人不跟死人较劲,就让我带他们进去说几句话,保证片刻就出来。"

众人正在兴头上,对这点事情并没在意。领头的狱卒呵呵笑着说:"看不出,你家公子小小年纪比我们还看重钱财,死到临头了还想着账目。去吧,快点出来,别让上边的人正好撞见!"挥手叫一个年轻狱卒领他们进去。

李存璋千恩万谢地连声答应着,拉住安休休和薛阿檀紧随其后。大牢内黑咕隆咚,走出十多步才逐渐适应过来。沿台阶往下走了约一丈多,便进入到关押重犯的地方。两侧每隔几步远就有兵卒把守,他们手持明晃晃的兵刃,在黑暗中格外刺眼,李存璋三人有狱卒带领,他们倒也不过问什么。狭长的过道两侧,竖立着大腿粗细的木桩,从木桩缝隙中看去,里边东倒西歪的全是犯人,他们或坐或躺,死人一般地没有声息。李克用关押在最里边的单人牢房中,走出好大一截才来到跟前。"到了,有话快说,大家可都担着责任呢!"狱卒闪身站在一边,声音在阴森而空旷的牢狱中嗡嗡作响。

"大爷,您就干脆好人做到底,"李存璋用哀求的语气说,"打开门让我们进去,说话更方便些。"

"看看,你这就得寸进尺了。"狱卒不耐烦地嘟囔,"隔着栅栏能说上话就不错了,还想进去。进去干什么,还想搞什么密谋不成!"

李存璋忙赔着笑应付:"大爷说笑了。在这种地方,我们连个蚂蚁都不是,哪里谈得上什么密谋。不过是想仔细看看公子的情况,有些话不便大声喧哗。反正这是最后一回,完了我回大同也好有个交代。法理如铁,顺乎人情,求大爷网开一面。"说着又从怀里摸出一锭银子塞到狱卒手中。

狱卒做出不耐烦的样子,把银子揣起来,拿出一串钥匙放在眼前仔细看着,找出其中一个,铁链哗啦响动,牢门被打开了。李存璋冲安休休和薛阿檀使个眼色,两人会意,安休休趁狱卒背对着自己的当口,一拳砸在他的天灵盖上,狱卒立刻悄无声息地瘫倒在地上没了动静。李存璋推开牢门,一个箭步冲进去。李克用半卧着斜倚在墙角,已经听到了外边的动静,也听出了是李存璋的声音。他不知道发生了什么事情,腾地跳起来,胳膊和腿脚上的铁链一起乱响,吓李存璋一跳。

"公子不要惊慌,我们来救你了!"李存璋趴在李克用耳旁低声说。安休休随后跟进来,薛阿檀则按事先谋划好的,三下两下把狱卒的衣服扒下来,将尸体拖进牢房。安休休从背后拔出短刀,猛地发力,几下剁断李克用手脚上的铁链。"此处不是说话的地方,来,换上衣服,快走!"李存璋低声招呼大家,接过薛阿檀递过来的衣服,让李克用套上。四个人顺着过道疾步往外走。

把守在过道两侧的兵卒已经感觉到了这边的不对劲,四个人朝这边走过来,正好和他们迎面撞见。"站住!"一个领队模样的人凑近他们,昏暗中发现他们还是四个人,其中一个是狱卒打扮,这才长出一口气,"慌张什么,吓老子一跳,以为碰上劫狱的呢!"

　　李存璋他们打个哈哈,疾步从他们身边走过。反常的动作让兵卒们更加奇怪,却谁也不愿意多事,放他们走出过道。四人很快登上台阶,再往前走就是大门了。"里边的人可以蒙混过关,外边就不行了,他们都认识,一眼就能看穿。"李存璋抽出短刀,"一定要速战速决,时间一长咱们就更难脱身。要是万一走散了,北门外边集合!"话音未落,忽听身后传来嘈杂的大声呼叫:"有人劫狱,别让那四个人跑了!快!"

　　"糟了,到底被他们发现了!"四人来不及多想,飞跑着冲到门口。把守在门口的众狱卒尚没明白过来发生了什么,就被安休休和薛阿檀从天而降挥刀乱砍,霎时间连死带伤,倒下一大片。等后边的兵卒冲到门口时,到处一片血肉横飞,而这几个人已经消失在茫茫夜色中了……

第四章

死里逃生扯起造反旗　黑云压城血战雁门关

李国昌一愣,沉吟片刻,苦笑着摇摇头说:"唉,看来人同此心,心同此理啊!朝中奸党篡权,天下百姓苦难重重,这个时候还讲什么酸腐的报国,还是算了吧!"说着赌气似的把诏书展开来撕扯成碎片,大声叫道:"召集全体将士到教场去,老夫有话要说!"

随着锣鼓的急速敲响,刑部大牢附近立刻混乱起来。火把如游龙般从各个方向聚拢过来,到处是"不要放跑了劫狱贼人!"的呼喊声。李存璋四人则借着夜色的掩护,顺着大街小巷,很快来到北门跟前。城门早已关闭,城门附近有大队官兵巡逻值勤。四人隐藏在一处残垣断壁后边,探头张望。李克用此刻已经恢复了元气,他沉吟一下说:"城门乃是长安兵营的重点防守之处。咱们虽然侥幸从牢狱中轻易逃脱,在这里却不大可能如此幸运。硬闯绝对不行。"

　　安休休从腰间解下一盘指头粗细的麻绳,绳头还有铁爪钩。"公子说得对。幸亏咱早有准备,找处防守松懈的地方,从城上放绳子下去!"

　　大家立刻起身猫腰前行,悄悄绕过城门。身后的叫喊声和马蹄杂沓的响声越来越清晰,也越来越近。他们沿城墙走出一大截,发现前边有个豁口,巡逻队伍刚刚走过去,周围再没人影。大家赶忙跑上前,安休休甩动绳索,"吧嗒"一声,爪钩牢牢钩在城头的青砖上。安休休打头,薛阿檀断后,李存璋护着李克用在中间,大家相继爬上城头。然后安休休再把绳子拉上来放到城墙外边,大家依次顺着绳子滑落到城外。安休休熟悉长安城的情况,他带领大家沿城墙外的护城河走出一段,竟然在草丛中拉出一只木船。木船极小,但也够四个人勉强站立。安休休招呼大家上船,轻轻划动着飘向对岸,悄声解释说,长安郊外的百姓有个习惯,他们盖房子的时候,总喜欢到城墙下掘一块青砖或者撮一筐墙根的土,放在房屋地基下边,取个坚固如长安城的吉利兆头。小船就是用来做这个的,他们怕被官府发现,就把船藏在草窝子里边,护城河两岸都有,只是一般人轻易发现不了。

　　说话间船到岸边,四人跳到地上,心里顿时踏实下来。几乎就在同时,城墙上火把晃动,有人发现了留在城墙上的绳子。"快,劫狱的贼人跑出城了,快开城门追啊!"喊声此起彼伏,显然人马都聚集到了城门这边。

"哎呀,怪我!"安休休一拍脑门,"向来都是贼过如风声,闻声不留影,这回实在是太过慌张了!"

李存璋却并不惊慌,拍一把安休休的肩膀:"壮士不必自责,如今天下群雄风起云涌,长安守兵心有余悸,黑灯瞎火的,他们必然不敢出城追赶,不过是虚张声势罢了。走,咱们赶紧离开这里,尽快往北去,天亮前走得越远越好。"

果然,城内只是鼓噪喊叫,并没有开城门的意思,这让大家更加安心。摸黑走出不知有几里路,忽听对面和身后有杂沓的脚步声,听动静似乎人数还不少。大家暗吃一惊,要是在这里被官兵围困住,那可真是前功尽弃,在劫难逃了。就在大家不知该如何对付时,前边有黑影跑过来,边跑边喊:"李将军,是李将军吧?"

李存璋听出来了,是百余名护卫的领队将军史敬思,昨天正是他带领这些护卫先期出城的。史敬思见李克用真的被救出来,惊喜交集,慌忙拜见,吹口哨让护卫们赶紧过来,并牵出准备好的马匹让李克用等人骑上。看似不大可能的从刑部牢狱救人,就这样轻巧地完成了,李存璋手抚胸口,在心里连声感谢上天眷顾。不过,他知道,这样一来,事情也就闹大了,不用说,皇上明天就会龙颜大怒,通缉的榜文也会四面八方地沿途传递张贴,唉,不是反贼也成反贼啦!看看身旁的李克用,他也是脸色凝重,双眉紧锁,不用问,大家的心情都一样。

"公子,"走出很远的一段路,李存璋终于犹豫着说,"公子在京城闯下大祸,不救是必死无疑,救了就是朝廷叛贼。如今大唐江山摇摇欲坠,从内到外都是腐朽不堪。堂堂刑部大狱都能轻巧脱身,由此可见,朝廷外强中干,已经是不堪一击。公子久有凌云之志,又有沙陀强悍兵马为后盾,何不趁此乱世之际,大展身手,强似受朝廷小儿的窝囊气!"

经历过一番囹圄之灾的李克用,早就对朝廷从上到下恨之入骨,当即同意他的提议。为了躲避沿途通缉追捕,李克用把百余名护卫遣散,让他们化整为零,悄悄潜回大同,向父亲说明情况。而李克用和李存璋、安休休、薛阿檀等人,则快马加鞭,赶在地方官兵围捕堵截之前来到蔚州城中。蔚州是李克用的出生之地,地形和人情易于掌握不说,更重要的是,蔚州守将是二弟李克宁,割据起事的事情自然就水到渠成,好办许多。

李克宁迎接兄长进城后,了解到大哥的遭遇和想法,当即表示愿意让出兵权,听从大哥指挥。几天之后,蔚州城头大唐旗号改换为"李"字大旗,李克用号称蔚州之主,公开与朝廷对立。这个消息一出,蔚州附近的各路豪杰纷纷响应,他们早就对官府的百般欺凌心怀怨愤,有李克用这样一个既有威望又有实力的人物率先倡导,当然乐得追随。一时间,李克用手下兵马云集,声势大震。

重新夺到对朝廷和小皇上控制权的田令孜,正唯恐李克用逃回大同挑唆李国昌起兵造反,一直心神不定。不料未等到大同的消息,蔚州反叛的战报却接连而来。唐僖宗倒没表现得怎样,田令孜却从心底涌上一阵深深的恐惧。他深知,李国昌屯兵大同,他的儿子李克用如今占据蔚州,倘若他们父子联合,塞内外连成割据,长安面临的威胁也就迫在眉睫了。田令孜不敢怠慢,立刻传令,让云州刺史柳汉璋火速出兵,讨伐李克用,务求速战速决。同时,田令孜再次发挥心地阴险的特长,他以天子名义向大同节度史李国昌颁下诏书,令李国昌戴罪立功,要他亲率大军讨伐他这个逆子。田令孜盘算着,倘若李国昌遵命行事,他们父子自相残杀,彼此损耗,当然是最好不过了。要是李国昌不上这个套,那就是抗旨不遵纵容逆子,朝廷也就有了收拾他的借口。对于这样的危险人物,早下手总比等他们连成一片再下手要好。

然而,田令孜的如意算盘并没有打对,讨伐刚开始便横生枝节。云州刺史柳汉璋生性贪婪,经常克扣朝廷下拨的粮饷,弄得手下兵将缺衣少食,人人不满。就在朝廷下令出兵征战蔚州的文书到达之时,云州兵将已有三个月未领到军饷了,大家心头激愤的怒火,立刻被朝廷的诏令点燃起来。"吃饭吃不饱,走路都打晃,还打她娘的什么仗?"牙将薛克勤和程怀信从刺史大帐中领命出来,一路愤愤不平,骂骂咧咧,直奔兵马使康君立的营帐中。他们支开侍卫,向康君立提议说:"康将军,如今的形势你也看到了,近些年来,庞勋变乱,黄巢起义,天下已经陷于大乱。

而朝廷内部,小皇上不过是个摆设,大权握在阉党手中。朝政腐败至极,百姓处于水深火热之中,正是英雄豪杰奋起干大事业的绝佳良机。而咱们这里,柳汉璋贪婪成性,残暴苛刻,追随他只有死路一条!如今正好有李克用率先起兵,我们何不趁乱归顺了李克用,将来轰轰烈烈为将为侯,封妻荫子,也不枉活了一辈子!李克用父子是当今真豪杰,跟随他们应该没错。这一点,康将军比我们更清楚。"

康君立若有所思地点点头。他和李克用是蔚州老乡,很久以前就熟悉,对于李家父子的实力,他是完全信得过的。三人仔细商议一番行动计划,以确保万无一失。康君立当天便找个借口出城,单枪匹马来到蔚州。见到李克用后,康君立把云州城内的情况讲述一番,希望李克用发兵相助,里应外合,铲除柳汉璋,占据云州。虽说是有些交情的同乡,但这么长时间未通音讯,李克用不敢贸然完全相信康君立。不过,李克用眼下所面临的问题也不小,朝廷发兵征讨自己,单凭一个蔚州城能否抗拒得住,实在没有把握。另外,自己虽然号称凶悍,其实手下只有几千沙陀骑兵,真的要与朝廷展开大规模厮杀,的确有些势单力孤。出于这几层考虑,尽管心存警戒,李克用还是很快决定,宁可信其有,冒险碰一碰运气。

下定决心之后,李克用立刻召集沙陀骑兵主力约一千余人,由李存璋率领,主动对云州发动袭击。柳汉璋听康君立禀报说敌军突袭,一时摸不清底细,不敢轻易应战,便在康君立的建议下,让康君立和副将李尽忠持兵符统兵以静制动,防止城内发生变故。他没想到,自己最信任的康君立此刻已经成了要命的灾星,而副将李尽忠祖上也是沙陀人,大家一拍即合。如此一来,原本异常凶险的事情立刻变得格外简单,康君立、李尽忠手持兵符,与薛克勤、程怀信等人各自调动所率兵将,不费多大周折便攻进柳汉璋大营,活捉了柳汉璋一家老小。

得到消息的李克用率兵赶到云州,在郊外屯兵扎营。兵卒们把柳汉璋及其部属推搡到大帐之中,以李克用的暴躁脾性,简单问了几句,便下令将其一家三十余口全部斩首。然而就在刀斧手拉扯着这帮已经吓得处于半昏迷状态的人往外边走时,忽听其中一个人拧着脖梗回头大声叫嚷:"我还以为是什么威武大将军呢,有仇说仇,有事说事,杀一帮手无缚鸡之力的妻儿老小,算哪门子本事?可见根本不是个英雄!"

众人一愣,纷纷偷眼去看坐在上位的李克用。李克用也是暗吃一惊,尽量压抑住,表面不动声色,循声看过去,大声叫嚷的是个青年后生,大约十七八岁的样子,青布衣裤,显然是柳家奴仆一类的人。李克用招手叫刀斧手把这个后生带到跟前,见他眉目还算清秀,胳膊腿脚却粗壮有力,分明是练过武艺的,从他那精光四射的眼光中,李克用感觉此人武艺似乎还相当不错。

"喂,你这个不知死活的小子,知道不知道,现在逞能,只会让你死得更惨!你叫什么名字?在柳家负责哪门子营生?"李克用故意做出一副漫不经心的神情问道。

那后生不卑不亢,眼睛直视着李克用,一字一顿地回答说:"我乃是柳大人随身马童,姓拔野古,名叫进通。你既然不是什么英雄豪杰,对你说什么也没用。"

拔野古有些放肆甚至挑衅的话语,让两旁站立的将领直笑这小子犯傻,惹恼了性情容易冲动的李克用,非把你活活撕扯成碎块不可。死就死了,还得多受这一番罪,何苦来?

不料李克用却来了兴趣,他点点头,语气更加温和:"哦,拔野古,这么说,你也是沙陀人了。既然是沙陀后代,怎么能受命于他族之人?你虽然理直气壮,但所做的事情却不大对头呀!"

拔野古鼻孔里哼一声,不服气地晃一下脑袋:"怎么不对头?自古都是受人恩典,忠人差遣。我从小在柳府长大,当然要誓死保卫柳家。你原本是朱邪家后代,不也成了朝廷大臣,改为李姓了吗?"

"好,反戈一击,驳得巧妙!"李克用忽然哈哈大笑,拍案而起,"就凭你的胆识,我就刀下留情,给你个面子,饶了柳汉璋家眷。不过,柳汉璋本人多行不义,说到天上去也饶恕不得!"

拔野古双手抱拳,"扑通"跪在地上说:"我虽然粗鄙,是非大义却还能分得清楚。柳汉璋其罪当诛,其家小并未协同作恶,理当宽恕,将军能有这般见识,似乎也是个英雄豪杰。"

李克用哈哈大笑，绕过桌案，扶起拔野古，让人把他带到将军府中换衣吃饭，收留在身边，并替他取个名字叫李存颢，成为自己的贴身护卫。蔚州和云州从此连成一片，沙陀反唐势力顿时大振。

几乎与此同时，驻守在大同的李国昌接到命他讨逆的诏书，立刻陷入左右为难当中。看到大帅手捏诏书，眉头紧锁着在书房里踱来踱去，不时长吁短叹，副将李霓不待吩咐，走进来问："看主公如此焦躁犹豫，定然是为大公子的事情了？"

李霓是李国昌身边信得过的大将，智谋勇略都很有一套，同李家众兄弟的关系也相当不错。李国昌并不隐瞒，长叹口气说："朝廷这是陷我于两难呀！遵命则骨肉相残，让天下人耻笑；不遵命，就是逆臣，少不了会遭到朝廷讨伐。唉，动辄得咎呀！"

李霓不以为然地说："将军其实把问题看得复杂了。依在下看来，这个选择并不困难。有道是虎毒不食子，自相残杀的事情，将军可以断然不予考虑。从另一个方面来说，如今朝廷昏庸，天下大乱，我们为朝廷所做的一切，不过是徒然为他人做嫁衣裳而已。一旦人家翻脸，以前的功劳苦劳都是白费。如今的情势明摆着，将军征战这么多年，除了名声满天下，沙陀其实并无立锥之地。天下大乱之际，将军理应顺应形势，同公子合兵一处，占据北方半壁江山，唯有如此，才是长久之计啊！"

李国昌一愣，沉吟片刻，苦笑着摇摇头说："你的话简直跟老夫想得一模一样。唉，看来人同此心，心同此理啊！朝中奸党篡权，天下百姓苦难重重，这个时候还讲什么酸腐的报国，还是算了吧！"说着赌气似的把诏书展开来撕扯成碎片，大声叫道："召集全体将士到教场去，老夫有话要说！"

接连几天，田令孜和唐僖宗惶惶不可终日，一直感觉头顶悬挂着一柄利剑，似乎随时都会大祸临头。一箭双雕的计谋不但没成功，反倒把李国昌推到他儿子那一边去了。如今李国昌和李克用遥相呼应，李国昌不但割据了大同，还派兵驻守宁武和岢岚，自称兼任雁门、大同和振武三镇节度使，如今正向蔚州方向运动，倘若他们在短时间内连成一片，后果不堪设想啊。唐僖宗虽然没考虑到这么多,但他从田令孜的眼神中意识到了事情的严重性,惊慌失措地接连催促田令孜赶紧想办法。田令孜不敢松懈,打着皇命的旗号,任命太仆卿李琢为征北兵马招讨都统,率昭义节度使李钧,与幽州节度使李可举、吐谷浑都督赫连铎,三路兵马共同讨伐李克用。田令孜认为,李国昌实力相对强大,不如先拿李克用开刀,李克用败亡,李国昌自然就没了底气,也就好收拾了。

听到战报,李克用不敢掉以轻心,在没有和父亲的兵力连接成一片之前,他总觉得不大踏实,时刻都有覆亡的危险。他派部将高文集坚守朔州,自己率主力部队驻扎在雁门关,准备依靠险要关塞来坚守以等待时机。

一个多月之后,朝廷大队兵马会同幽州和吐谷浑的兵将,齐聚雁门关下。从城头上望下去,朝廷兵马盔甲鲜亮,大旗迎风猎猎,鼓角之声此起彼伏,黑压压的一直延伸到几十里地之外,声势异常雄壮,无形中给人以"黑云压城城欲摧"的威压。但不管怎样,事到临头,就得全力应对,加之李克用手下兵将都是经历过许多作战场面的,并没有对此有太多的恐慌。大家追随着李克用,冲出城门,与朝廷兵马对阵。

帅旗招摇之下,太仆卿李琢披挂整齐,显得精神抖擞胸有成竹,身上的鱼鳞铠甲闪闪发亮,胯下铁骅骝四蹄踏地,一副急于冲锋的样子。李琢上前几步,脸色阴阳不定地高声大喝:"李克用,你也是一条好汉,怎么会做出如此不忠不孝的事情来?看看你做的好事,既让你自己惶惶如丧家之犬,也连累你老爹一世英名扫地。要是识相的,就赶紧下马投降,跟我回朝廷把事情说清楚,或许圣上开恩,还能给你个重新做人的机会!"

李克用打马走出战阵,晃动手中的大戟,字句铿锵地说:"如今的朝廷专门把人变作鬼,哪里还谈得上重新做人?多谢将军美意,我却万难从命。也请将军认清形势,早日和昏庸朝廷做个了断,免得将来玉石俱焚。"

李琢并未奢望几句话就能不战而胜,正要再说几句,身后的昭义节度使李钧很不耐烦地大嚷:"李大人,和他一个反贼啰嗦个甚!我割了他的脑袋带回朝廷,让他重新做鬼去吧!"说着摆动手中的长枪,催马冲上来,直刺李克用。

李克用向来吃软不吃硬,最不害怕的就是厮杀。见李钧冲上来,他大喝一声,挺大戟迎上去。两马相交,叮当作响,枪戟碰撞溅起一片火花。两人来来往往,交手有十多个回合,幽州节度使李可举见李钧手脚放慢,知道他已经力不从心,不是李克用的对手,忙催动战马,挥舞着长杆大刀冲上去劈杀。三匹马在阵中盘旋厮杀,没多大工夫,李克用被他俩一前一后夹在中间,顾前顾不了后,险情迭出,眼看就要吃亏。旁边站立的薛克勤和程怀信见状,唯恐他有所闪失,折了全军的锐气,忙杀入阵中。官兵那边见叛军人数占了上风,赶忙也派出几员大将助阵,转眼间,双方各上去五六员大将,战场上一时出现十多员大将混战的激烈场面。双方兵卒看得目瞪口呆,几乎忘记了击鼓助威。

激烈的厮杀中,李克用逮住李钧狠命追打。李钧哪里抵挡得住李克用的威猛,暗叫倒霉,想趁乱逃出阵去歇一口气。就在他拨转马头退出战场的时候,李克用也不失时机地紧追出来。两人你逃我追转眼跑出七八里地开外,已经远离了战场和部下。李钧见李克用如同中了邪似的把自己死死咬住,又气又怕,只好冒险使出绝命招数,他故意放慢一点脚步,等李克用略微靠近的时候,突然回身,把手中的钢枪"嗖"地投掷过去。由于距离太近,钢枪如同一道白色闪电,迅雷不及掩耳地直刺过来。李克用没想到他还有这一手,本能地低头躲避,只听当地一声脆响,枪尖击打到李克用的头盔上,震得李克用头脑嗡地一阵闷响,差点从马背上掉下去,头盔歪斜着挂在脑袋上,遮住了大半个脸。好在眼睛还能看到前方,李克用憋足了劲,就在身子歪斜的时候,顺势把挂在马鞍后边的弯弓摘下来,搭箭在弦,瞄准了李钧的心窝射过去。李钧偷眼看见李克用如此狼狈,抽出背后的宝剑,正要转身斩杀了他,就在这一瞬间,利箭"扑哧"射中前胸,穿透护心镜,直扎进心窝。李钧来不及叫喊就"扑通"掉下马来,腿脚踢腾几下死掉了。

李克用看得真切,长舒一口气,跳下战马,上前把李钧的首级割下,挂到马脖子上,喘着粗气慢悠悠地往回走。不料刚走出几步,就听对面山林中人马杂沓，一队身影老远就呐喊着冲过来："不要放跑了反贼李克用！""快解救昭义节度使李将军！"等他们靠近些了，李克用才看清，对面冲过来的是一队胡人兵马，个个衣着怪诞，脸上花花绿绿地涂抹着颜料，活像一群恶鬼。为首的将领脸膛漆黑，一双白眼珠子显得格外凶狠，蓬松的头发上高高顶着毗卢头盔，浑身上下披着犀牛皮做的铠甲，胯下骑一匹火红色的似马又不太像马的怪物，手中一柄三股猎叉形制奇特，一看就是大漠深处的物件。再看看对方高举的旗号，李克用才明白，原来是吐谷浑都督赫连铎。都说吐谷浑兵将神勇，他们认为战死之后一定能升天成神，所以巴不得赶紧战死，以至于他们根本不怕死，而自己单枪匹马，看来得小心应付了。

没等想好对策，赫连铎已经率领兵卒怪叫着冲上来，把李克用团团围在中间，二话不说，挥动刀枪拼命砍杀。李克用抖擞精神，一杆大戟舞动得密不透风，叮当碰撞中，接连有人惨叫着被戟刺中倒地。然而正如李克用所听说的那样，对方并不畏怯，反而迎着兵刃冲撞得更加猛烈。转眼半个多时辰过去，赫连铎带领的追兵死伤好几十，但李克用也已经是精疲力竭，腿上身上多处受伤，动作明显慢了许多。赫连铎看出门道，哈哈大笑着挥动钢叉又挑又刺，李克用招架不及，好几次险些被刺落马下，同时还要对付脚下一拨一拨涌上来的士兵，真是危机四伏，随时都有丧命的可能。李克用绝望地闪过一个念头，不是说大丈夫要干一番轰轰烈烈的大事业吗，难道刚一开始就这么完蛋了？真不甘心啊！

就在险象环生的生死当口，从树林那边传来一阵急促的马蹄声，一队骑兵飞驰而来。凭直觉，李克用知道，救星到了，再坚持片刻或许就能化险为夷。求生的欲望让他顿时精神倍增，挥舞兵刃的动作加快了许多，暂时抵挡住赫连铎的进攻。骑兵远远就看出了这边的险情，跑在最前边的一员战将边跑边喊："公子不用惊慌，我们来了！"

是李存璋！李克用心头一喜。不等赫连铎反应过来，骑兵已经冲进阵中，把吐谷浑兵卒杀得七零八落，赫连铎也被围住乱杀一气，最终匆忙逃窜。李存璋等人把李克用护卫在队伍中间，一行人立刻返回雁门关内。站在城头望下去，周边几里地范围内到处都是血流成河，尸首和胳膊腿脚,四散丢弃,看上去真是惨不忍睹。唉,这城池表面上是青砖巨石垒就,其实真正支撑起来的,是兵将尸骸呀!李克用在心里叹口气,下令以后不要轻易出战,死守关隘,等待父亲的会合。

各路官兵陆续退回大营,检点发现,死伤不算太多,但也不是很少,看来李克用的实力还真是不容小觑,硬战下去,恐怕只能落个两败俱伤的结果。当大家听李琢说出自己的担心后,都纷纷点头称是。但奉命讨贼,不硬拼,又能有什么好办法?大帐内一片沉寂。

"叫我说,硬拼固然不是好办法,但相持着消耗下去,也不大好。"众人循声看去,是幽州节度使李可举,他手抚短须一副深思熟虑的神情,"正如李大人所说,硬拼下去两败俱伤,我们虽然取胜,但手下没了兵马,朝廷也难免会看轻我们。但相持着打消耗战,一来朝廷那边难免有小人暗中诋毁,说我们消极怠战,弄得出力不讨好。再者,雁门关实力雄厚,有足够的粮草和耐心来抵挡我们。所以说,都不是好办法。"

"那,这么说来,李将军一定有好对策成竹在胸了?"对于李可举的卖关子,大家都不以为然,但困局面前,又不得不做出很钦佩的神情。李琢欠起身子,客气地问道。

"好对策倒谈不上,"李可举矜持地笑笑,"依在下看,雁门关地势险要,易守难攻,历来是兵家头疼之地,要想正面攻破,谈何容易。当下唯有施展离间之计,让叛贼从内部乱起来,到时候就能够不攻自破,省去许多力气。"

"哦。"众人不置可否地点点头。李琢急切地追问一句,"那敌营中,谁可离间?"

"当然是朔州守将高文集了!"李可举很有把握地一挥手。大家顿时眼睛一亮,果然不错,倘若能从雁门关撬下一块活动的砖,那必定是高文集最有可能。李琢也是这样想的,他当即听从李可举的推荐,让李可举的幕僚杨泰作为说客,赶往朔州高文集的大营中。

高文集本是汉人将领,当初平定庞勋叛乱的时候,受朝廷调遣,追随了李国昌,称得上是李克用的心腹人物。李可举之所以看中高文集有空子可钻,当然还是从他的出身着眼。杨泰自然明白这层意思,他凭着以前与高文集相识并共过事,并不特别费劲就来到了朔州城高文集的将军府。对于杨泰的突然到来,高文集立刻咂摸出一些异样,寒暄两句便单刀直入地问:"杨先生如今替那李唐朝廷效力,这个时候赶来,莫非是想劝说我投降?"

杨泰并不回避,端正脸色明确回答说:"正如将军所猜测,我这次冒险过来,没别的事情,就是要将军认清形势,与叛贼李国昌父子决裂,回归到朝廷的行列。"

高文集立刻拉下脸来,带着斥责的语气低声说:"胡言乱语!也不看看这是什么地方。我要不是看在咱们有过旧交的分上,加之你是文弱书生,非把你斩首祭旗不可!你,快走吧。"说着站起身,冲杨泰摆摆手,示意他赶紧离开。

杨泰似乎早有预料,端坐着没动,依旧满脸带笑地轻声说:"既然将军心坚如铁,要一条道儿走下去,杨某也没什么好说的。不过也不必急着下逐客令嘛!当初咱们分别时,我记得将军好像三十出头的样子,如今转眼几年过去,将军贵庚几何,现居什么职位,总要让老朋友知道一下吧。"

高文集没好气儿地嘟囔一句:"今年正好三十有四,担任蔚州牙将之职。这个,和你有什么关系?"

"哎呀,我当将军怎样受他们李家父子重用呢,原来不过如此!"杨泰故作吃惊地站起身,走到高文集身旁,"将军不会不知道,在官兵那边,如将军这般勇武盖世的英才,过了而立之年的,至少也到了副将职位上。看来沙陀终究是沙陀,和我汉人到底是两路人哪!"见高文集脸色渐渐缓和,低下头去若有所思,杨泰慢声细语地接着说:"当然,杨某知道,将军向来以忠义为重,不是那种贪恋功名利禄之辈。可是将军想想,从忠义的角度而言,李家父子世代受朝廷恩惠,成为封疆大吏,独霸一方,就这他们还不满足,还要扯旗造反,能算是忠义吗?将军为不忠义之人卖命,算是哪门子忠义?从个人方面来讲,将军如今年富力强,正是谋取功名建立大业的绝佳时候,却屈居于胡人手下做一牙将,熬到哪年哪月是个出头的时候?李家父子不管说得怎么好听,终究不会信任一个汉人,也就是说,将军只怕永无出头之日呀!唉,无论于公于私,将军都该认真考虑何去何从啦!"

一番话听上去推心置腹,高文集呆立着没吭声。杨泰也不着急,踱步回到桌前,慢慢品茶。

半晌工夫,高文集忽然折身坐到杨泰身边,有几分急切地问:"那,朝廷方面怎么说的?"

杨泰不动声色地微微一笑:"将军放心,皇上已经把大权下放给了都督李琢。李都督说,只要将军深明大义献出朔州,以前对抗朝廷的事情就既往不咎,回去后要启奏皇上,加封将军为振武防御使,并赐五百封邑以做将军的日常用度。"

"啪"地一掌拍在桌子上,高文集霍然起身:"那好,我听先生的,立刻改旗易帜回归朝廷!"

朔州兵力基本掌握在高文集手中,献城投降的计划进行得很是顺利。不过,驻扎在城外的守将傅文达生性忠直,率领三百多部下和高文集混战一场,最终寡不敌众,单枪匹马地冲出重围,跑向雁门关去报告情况。

朔州是雁门关的第一大门户,朔州失守,雁门关也就完全暴露在对方兵力之下,基本上无险可依。听到傅文达的禀报,如同一瓢凉水兜头泼下,李克用惊慌得目瞪口呆,嘴唇哆嗦着说不出话来。站在旁边的康君立见状,也是异常着急:"若是朔州丢失,雁门关再坚守下去就没有太大意义,当务之急,应当火速以全力夺回朔州,让官兵不能向北蔓延,然后再商量下一步行动。"

"康将军说得对,高文集这个小人,贪图高官厚禄,毁我长城,绝不能让他得逞!"李克用终于下定决心,"另外,家父率兵与我们会合,必定会经过朔州,他并不知道情况,倘若中了官兵奸计,后果将不堪设想。薛将军,你立刻带领本部人马赶往大同,告诉家父这个消息,路上千万不要耽搁,定要星夜兼程,越快越好!"

薛克勤抱拳答应一声,急忙走出大帐,召集兵马即刻出发。

接着,李克用率领几乎所有精兵悍将,星夜出动,放弃雁门关,杀奔朔州。

逡巡在雁门关附近的官兵探马,早把李克用的动向飞马传递到已经进入朔州的李琢那里。李琢冷笑一声:"独眼叛贼,来得正好,我叫你这回死无葬身之地!"命行军司马韩玄绍率领一万兵力埋伏在地势最为险要的药儿岭的山谷之上,务必全歼李克用的部众。

第五章

药儿岭沙陀遭大难　福州城黄巢初得手

震人心魄的喊叫中,巨石从山上滚落下来。箭镞如雨点般从两侧倾泻而下,接着又有燃烧着火焰的叉车从山坡上滑落,把炭火无情地倾倒在士兵们身上。山谷中顿时乱作一团,负痛的惨叫声、垂死的呻吟声连同将领们指挥的吆喝声混杂在一起,大家抱头四处乱窜,谁也看不清敌人在哪里,谁也不知道该如何躲避,凶悍的沙陀兵此时如同沸水中的鱼虾,拼命挣扎,却怎样也逃脱不了死亡的命运。

李克用对此却毫无察觉,他一心指望赶在李琢进入朔州之前,把朔州夺回来,挽救败局。从雁门关到朔州,一行几乎都是山路,沟沟坎坎连绵不断,星夜行军,道路更显得异常崎岖。一万余沙陀兵将磕磕绊绊,在李克用的一再催促下,个个大汗淋漓。下半夜的时候,前队牙将过来禀报,说是再往前走就是药儿岭了,此处地势险要,两旁尽是山岭,部队在峡谷中穿行,倘若敌人在山岭上有埋伏,我军就会如同案板上的鱼肉,毫无反抗之力,请求暂时就地驻扎,等天亮后探明情形再往前走。

　　此时李克用心急如焚,恨不得立刻插翅飞到朔州城内,亲手宰了高文集出口恶气,对牙将的话根本不予理睬,气急败坏地大声叫嚷:"休要把官兵吹嘘神了,他们难道比本将军行动更为神速?!兵贵神速,走走停停,让高文集和官兵有了防备,朔州怎么能拿下?传我命令,加速进军,天亮之前赶到朔州城下,有贻误战机者,斩!"

　　大家见李克用如此焦躁,也不好当面劝阻,大军在黑沉沉的夜色中迤逦进入到药儿岭。药儿岭如同一只张着血盆大口的怪兽,静卧在山谷间,等着猎物自动上门,大家顿时有种不祥的预感。沿狭窄的山谷走出十多里地,前不见出口,后边的入口也消失在黑暗中。抬眼向上望去,犬牙一般的山岭横亘在头顶,似乎随时都会坍塌下来把他们活埋。大家心惊胆战地再走出一段,忽然听到一声爆响,如炸雷一般,山岭上密密麻麻的火把伴随着锣鼓齐鸣,惊醒的夜鸟哇哇怪叫着扑棱翅膀到处乱飞,更增加了恐怖气氛。

　　"糟了,果然有埋伏!"这个念头刚在每个人心头闪过,还没来得及作出反应,就听头顶上喊叫声此起彼伏:"别放跑了一个叛贼!""砸死他们!""烧死他们!"

　　震人心魄的喊叫中,巨石从山上滚落下来,箭镞如雨点般从两侧倾泻而下,接着又有燃烧着火焰的叉车从山坡上滑落,把炭火无情地倾倒在士兵们身上。山谷中顿时乱作一团,负痛的惨叫声、垂死的呻吟声连同将领们指挥的吆喝声混杂在一起,大家抱头四处乱窜,谁也看不清敌人在哪里,谁也不知道该如何躲避,凶悍的沙陀兵此时如同沸水中的鱼虾,拼命挣扎却怎样也逃脱不了死亡的命运。

　　李克用在最初的慌乱之后,立刻意识到要赶紧冲出这段峡谷,否则有冲天的本领也难免一死。在人声鼎沸异常混乱中,他顾不上多想,也来不及招呼其他将领,挥舞着方天大戟一边抵挡两侧滚落的巨石,一边吆喝兵卒跟随自己向前冲。几乎是马蹄踏着自己部下的尸体,终于冲到药儿岭峡谷的出口,回头看看,跟上来的已经不到三分之一。然而来不及喘口气,等候在前方的韩玄绍便率领精锐骑兵冲杀过来。李克用拼尽最后一点力气,咬牙挥舞着大戟狠命冲杀,他身后的兵将们紧随其后,杀出一条血路,突破敌军围困,终于钻出峡谷,来到平地上。此时浑身是血的李克用肢体麻木,弄不清楚到底受没受伤。回头大致清点一下残存的兵力,万余人也就仅剩下两千左右,而这两千多人也是个个带伤,疲惫至极,一站住脚简直再也挪动不得。至于将领们是死是活,尚且来不及弄明白。

　　在心底哀叹一声,李克用知道,此处仍然是危机四伏,必须赶紧离开。他咬牙正要吩咐众人坚持住再往前走,话未出口,前边又有一队兵马叫喊着"活捉李克用!"冲杀过来。李克用强打精神看去,发现冲在最前头的正是高文集。新仇旧恨倏地涌上心头,但李克用明白自己的处境,不敢正面交锋,虚晃一戟从侧翼冲杀出去。好在高文集以为李克用等人必定死在药儿岭,并没带多少人马,给了李克用一个侥幸逃生的机会。他们用尽最后一丝力气跑出十多里地,路面才渐渐平坦,喊杀声也慢慢远去,危险似乎终于过去。李克用这才发现,跟上来的,只剩下十多个健壮士卒,其他人都被高文集的兵将如宰杀猪羊般屠杀了。不仅如此,刚才还跟随自己的李尽忠、程怀信等将领,也不见了踪影,显然是死在了乱军之中。

　　"上天,上天!"李克用"扑通"从马背上滚落下来,流血的嘴里喃喃自语却说不出更多的话。面对后边路上洒落成行的鲜血,他朝药儿岭方向俯身叩拜下去。士卒们也跟随着屈身跪拜,个个泣不成声。天色已经完全大亮,太阳跳跃在山巅之上,阳光穿透迷蒙雾气照射在这些疲惫不堪的兵将身上,大家却不由得打了个哆嗦。也就在此时,迷蒙雾气中传来一阵马蹄声,夹杂着刀枪碰撞的清脆响动,分明是有兵马向这边移动。

李克用暗吃一惊,绝望顿时袭上心头。他清楚,自己此刻恐怕连战马都爬不上去了,无论来的是什么将领,哪怕是个普通士卒,都能要了自己的命。上天,难道我真的要葬身于此处,一切才刚刚展开,真不甘心哪!他握紧了手中的兵器,准备最后也是最惨烈的一搏。

"哎呀,是老将军的旗号!"站在旁边的康君立忽然激动地大叫,"快看,是老将军来了!"

来者果然是李国昌所率部众。李克用如同受气的孩子见到了亲娘,挣扎起来扑到李国昌马前叫一声"父亲!"便哽咽着说不出话来。

李国昌惊愕地看着浑身是血的儿子,立刻就明白了是怎么回事。儿子看上去苍老了许多,李国昌长叹口气,有些笨拙地从马上下来,拉起李克用仔细看看,确信没有大伤,才放心地招呼身后兵将,就地歇息,听候下一步安排。从父亲的话中,李克用才知道,原来自己最害怕的事情还是发生了。李琢占据朔州后,利用李国昌消息不通的空当,将计就计,派人伪装成李克用的部下,到李国昌那里请求立刻赶往朔州会合。结果在朔州附近的一个峡谷中遭遇唐军夹击,伤亡惨重,最小的儿子李克让被冲散,眼下不知是死是活。身边最得力的大将李霓也受重伤身亡,临终前把儿子托付给自己。

李国昌说着招手叫过一个面目清秀的少年,约有十七八岁的样子。"克用,这就是李霓将军的儿子邈佶烈,他从小跟随李将军习武征战,别看外表文弱,其实是员猛将的苗子。以后,就跟在你身边做个护卫吧。"

李克用点点头,当下为他取名叫李嗣源,当成一家人来看待。大家等了一个多时辰,也不见李克让他们跟上来,为了避免再遭到唐军袭击,只好起程赶往蔚州,匆忙收拾东西接了家眷,投往大漠深处的鞑靼,以躲避唐军锋芒。

就在朝廷兵马与沙陀激战不休的时候,黄巢与王仙芝的义军在中原一带来往驰骋,屡败官军,威震大江南北,已成星火燎原之势。王仙芝高举"天补平均大将军"的旗号,号令四方,积聚兵力,准备进攻京师长安。而朱温和朱存兄弟,凭着一股蛮劲和狡黠,此时在黄巢麾下,也已经混到统兵大头领的职位。朱存在军中还娶了妻子,生有两个儿子,倒是朱温比较特别,他牢记当初要娶大户人家张小姐的念头,虽然也和其他头目一样,每攻下一座城池都会强拉几个女子陪侍,但从未有过娶妻纳妾的想法。

面对义军的汹汹来势,田令孜知道他们的威胁要远大于沙陀。沙陀造反只是让自己心里有些紧张,而王仙芝和黄巢这帮不要命的泥腿子,或许真能要了自己的命。慌作一团的时候,尚书右仆射王铎提议说,倒不如颁诏书招安王仙芝,随便给他封个官,但对其他贼人不予理睬。这样一来,其他逆贼就会和王仙芝离心离德,最后自相残杀,那个时候朝廷再发兵剿灭,就容易许多。田令孜感觉这是个很好的办法,当即派特使裴渥手捧诏书到义军大营。

正如王铎所预料的那样,王仙芝见诏书上又是封自己大官又是赏赐封邑,待遇优厚,不顾众人劝阻,欣然接受招安。但其他头领没捞到丝毫好处,心头格外不满。尤其是义军的二号人物黄巢,愤怒地上前要和王仙芝厮打,被众人拉开后,愤愤地带领自己的部众离开大营,到河南山东交界处另立地盘和朝廷对抗,扬言与王仙芝恩断义绝从此不相往来。闹腾一场后,王仙芝也意识到自己其实犯了个大错误,没了兵力,自己在朝廷里连个狗都不如,还谈做什么大官?于是他又翻悔不接受招安,率领剩余兵马辗转南下,到荆州一带攻城略地,扩大势力。

王铎的一番离间计,虽然达到了分化义军的目的,但朝廷所面临的威胁不但没有解除,反而损失的州县更多。田令孜徒然气恼却也无可奈何,只得打着小皇上唐僖宗的幌子,整日忙着调兵遣将疲于应付。不过,王仙芝毕竟受过朝廷招安,名节上有了污损,加之他自己对朝廷总抱着一些幻想,最终被唐军瞅准个机会成功偷袭,一场恶战之后,王仙芝和两万多兵将英勇战死,突围逃脱的几千兵力在军师尚让的带领下,投奔了黄巢。

自此以后，天下义军统属黄巢领导，黄巢竖起大旗自号"冲天大将军"，封尚让为军师，葛从周为大都督，队伍很快增至二十多万。在尚让的建议下，黄巢任命朱温留守根据地郓州，他自己率领主力南下，到富庶丰饶的江南去开辟新的地盘，以便和朝廷长期对抗。

或许是因为有了王仙芝的铺垫，义军南下的征程还算顺利，几个月内便杀至浙西，直捣福州城下。

镇守在福州城内的是镇海节度使高骈。和别的将领不同，高骈素来喜好钻研道术，整日烧香炼丹，和一帮道士们厮混在一起。其中道士诸葛殷最受高骈信任，被任命为军师。惊闻黄巢已经来到福州城下，高骈慌忙召集他这位高人军师商议对策。诸葛殷轻摇羽扇，不屑地说："不就是一群未曾开化的泥腿子嘛，将军不必惊慌，贫道略施法术，管保叫他们损兵折将逃回江北老家。"

对于他的法力，高骈自是深信不疑，一脸惊喜地问："我就知道军师定有良策。说说看，用什么法术来退敌？"

诸葛殷神秘地笑笑："无量天尊。法术多得很，随便一个就足以让泥腿子们吃尽苦头。比如这个最简单的。"说着从道袍袖子中取出一方手帕，"这手帕叫'百中夺魂帕'，看上去平常，其实玄机颇深，明日两军交战，将军到时自会明白。"

高骈好奇地想拿过来仔细看看，诸葛殷已经很快塞回了袖筒内。

黄巢十万大军还在福州城下陆续集结，高骈抱着击敌于仓促的想法，第二天一大早便出城迎敌，试探一下这群庄稼汉们的实力。两军对阵，只见高骈身穿道袍，头顶发髻高高挽起，盘腿坐在一辆战车上，战车前端设着香坛。高骈先是把剪好的一些纸人放在蜡烛上烧掉，接着念念有词，从身旁的一个罐子中抓几把黄豆撒向空中，边撒边用另一只手挥舞宝剑，似乎是在给黄豆施加某种法力。

黄巢等人在对面看得清清楚楚。已经升为副将的朱存骑着高头战马，紧挨在黄巢身边，疑惑地问："主公，他这是在干什么？神神道道的。"

"道家所谓撒豆成兵,高骈大概就是这个意思吧。"黄巢轻蔑地一笑,"可惜他忘了,豆子都是我们这些庄稼汉兄弟种出来的,难道还会向着他?就是撒出兵来,也是和咱们一伙。"

旁边的将领都笑了。这时只见高骈作法完毕,已经脱去道袍,换上盔甲提起长枪跳到战马上。他旁边的战马上端坐着一个道士,干瘪的脸上透出一股说不出的阴气,花白胡须煞有介事地飘在胸前,身上穿件宽大的暗红色阴阳道袍,道袍上描绘着五彩花纹,更平添几分神秘气息,这就是军师诸葛殷。等场面安静下来后,诸葛殷催马上前,把手中的扫魔宝剑挥动两下,沙哑着嗓子大叫:"念尔等无知,不识天尊威严,这次姑且饶恕尔等罪孽,快快下马投降,保全一条性命!"

黄巢身边的将领感到又好气又好笑。朱存忍耐不住地叫嚷:"好你个妖道,一身狐狸皮吓唬谁?我去会会宰了他,给大伙儿凑个乐子!"说着催动战马冲出去。黄巢连忙下令擂鼓呐喊,给朱存助威。

朱存觉得老道那身宽大衣袍看上去并不威猛,借着自己一身蛮力,冲上去抢刀就砍。诸葛殷被他这莽撞气势吓一大跳,慌忙仗剑抵挡。诸葛殷虽然粗通剑术,但只学了些花架子,功力差出很远,两三个回合之后便难以招架朱存的狠命砍杀,气喘吁吁,险象环生。不过诸葛殷并不着慌,他缩脖子躲过一刀,拨转马头便败退而逃。大好的立功机会,朱存当然不会放过,他催马追赶着砍杀。两人一前一后放马跑到距离官军队列附近时,诸葛殷从袖筒取出那方手帕,扭身迎风抖动,一股黄烟顺风直扑朱存的眼睛和鼻孔。朱存猝不及防,只觉得喘不上气睁不开眼,一阵眩晕跌落马下。官军立刻冲上来把朱存扭住拉回阵中。黄巢那边眼睁睁地看着朱存被俘却无法搭救。黄巢一时弄不清楚妖道使的是什么机关,不敢轻举妄动,只好鸣金收兵再想办法。

朱存被抓进福州城元帅府内,高骈本想劝降他,借此重重折损一下义军的锐气。不料朱存生性火暴脾气,大骂朝廷无道,又大骂妖道不守规矩,暗器伤人,算不得好汉。高骈和诸葛殷被骂得勃然大怒,把朱存吊在旗杆上,朱存被乱箭穿身而死。高骈命人把朱存的人头悬挂于城门之上,并让人喊话说,军师乃得道高人,如不赶紧退兵撤围,其他贼人也是这个下场。

诸葛殷的装神弄鬼还真吓住了众人,大家都不敢再去叫阵。黄巢也是心有余悸,不知那道人究竟有多大本事。正在一筹莫展之时,黄巢的远房侄女黄姑奉命押运军粮回来了,听大家谈论妖道的手帕,忽然想起来,禀报黄巢说:"叔父,您还记得吗,前几年我爹贩私盐的时候,曾换得一面从西域过来的宝镜,是用精钢白金锻造,格外耀眼,在太阳下没人敢正视它。当时我爹还说,要是打仗的时候用它晃上一晃,保管敌人头晕眼花。常言说一物降一物,这镜子我正好带在身上,明天试上一试,说不定真能管大用呢!"

黄巢虽然对此不敢抱有太大的希望,但当下也没有好办法,只好再三叮嘱她小心为上,千万不要冒险。

第二天,恰好艳阳高照,黄姑信心十足。两军再次对阵,依旧是诸葛殷一副世外高人的装扮率先出马,手仗宝剑,一手挥舞着拂尘大叫:"尔等目无君上,犯了天条尚不自知,实在可怜!哪个胆大妄为之徒先来送死?"

话音未落,黄姑已经冲出队列,她头戴五凤花冠头盔,身披紫金连环甲,骑一匹通身雪白的战马,看上去既威风八面又有一股说不出的娇媚。诸葛殷一愣,转动眼珠在黄姑身上扫视,猥亵地哈哈大笑:"没想到泥腿子还种下这么一朵鲜花来!好,今天本道就不客气了,采摘回去慢慢受用!"

黄姑羞红了脸,呸地吐他一口:"下流妖道,看你还能猖狂几时!"冲上来挥刀就砍。诸葛殷仗剑相迎,两人交手四五个回合,诸葛殷还没感觉到对方到底有多大本事,黄姑忽然轻轻"哎呀"一声,掉头败逃。哼,我虽武艺不济,对付你一个娇滴滴的小娘们,还是绰绰有余!诸葛殷完全丧失了警惕,又一心想活捉她,不假思索地催马紧追。看着快要追上,诸葛殷习惯地从袖筒里掏手帕。可立刻又意识到,手帕里的迷药是顺风飘散的,只能在别人追自己的时候使用,现在根本派不上用场。

一愣神间,黄姑手中忽然多了一个明晃晃的东西,在太阳下闪闪发亮,如一团异样的火焰,刺得自己睁不开眼。诸葛殷暗叫不好,还没来得及有所反应,黄姑已经扭身一刀劈来,一股黑红的血从脖腔蹿起老高,诸葛殷人头滚出很远。高骈和众多官兵将领惊得目瞪口呆,黄巢则不失时机地振臂高呼:"妖道死啦,冲啊,杀尽狗官兵,到福州城歇脚去!"

义军立刻排山倒海般奔涌而来,呐喊声响彻云霄,令官兵心惊胆战,急忙后撤。兵败如山倒,局面更加混乱,高骈等人来不及进城就被冲散,只好带领万余残兵败将逃往镇江。

义军没费多大力气便进占了福州城,黄巢在这里招叛纳降,实力进一步增强,俨然成为南部皇上。为了表示对朱存勇可嘉的奖赏,黄巢特意下令,为朱存的头颅打造一副银身,厚葬在岭南。

怀揣着闯荡天下成大事的朱家兄弟,只剩下一个远在山东留守的朱温。

第六章

受排挤历尽艰险　得英才宏图大展

　　谢瞳整理一下衣襟，气呼呼地说："齐鲁大地是豪杰云集之所，正因如此，黄巢才能够起兵震惊天下。你既然只知道厮杀，没有招纳贤士的胸怀，我和你讨论怎么取胜又有何用！"啊，真是碰见高人了。朱温听人讲过不少诸如刘备三请诸葛亮之类的故事，忙效仿着堆起笑脸，冲谢瞳连连拱手："有道是不打不相识，朱温莽撞了，请先生不必介意。如今天下大势如何，还请先生指教在下一二。"

李国昌带领在接连惨败中侥幸逃生的沙陀兵马，一路风餐露宿，迤逦向北逃窜。但沿路之上的各游牧部落听说他们因为反叛朝廷而被打败，都唯恐连累了自己，谁也不敢收留，对他们冷眼相看。沙陀失势之际，只能忍气吞声，继续向北流窜。最后来到大漠深处的鞑靼部落所在地。或许是天高皇帝远的缘故，加之他们早年有过一些交情，鞑靼部落的大酋长慕容扎齐热情地接待了他们，并毫不犹豫地答应让沙陀部族在他的地盘上驻扎休养，还颇为豪情地说，威震朝廷的李家父子来我这里，是我的荣幸，我这肥沃辽阔的草原，必定能把沙陀兵马养得人肥马壮。

　　走投无路之际能碰到这样讲义气的朋友，李国昌当然感激不尽，再三表示只是临时休整一下，等缓过这口气，就另寻地盘安居，绝不长时间打搅。若是酋长有需要出力的地方，可以随时调遣沙陀兵马使用。

　　气氛融洽的接风宴会结束后，还没等宾主散开，慕容扎齐的弟弟慕容扎托终于忍不住，站起身说："哥哥切莫只顾上豪爽，还得为沙陀李将军着想嘛！李将军如今所率兵力加上男女老幼等眷属，数万人之多，又有那么多马匹，我们小小的鞑靼部落供养起来很是吃力不说，从将军的角度考虑，李将军是干大事的人，总不能窝在咱们这穷乡僻壤碌碌无为吧。所以说，我觉得，哥哥最好还是资助李将军一笔盘费，请李将军尽快图谋大事，这才是朋友的做法。"

　　慕容扎齐是个直性子人，并没听出弟弟话里的意思，醉眼迷离地摆摆手："当然要为朋友着想，先歇着，慢慢再说，慢慢再说。"李国昌和李克用等人虽然知道慕容扎托的意思，但也不好说什么，只能默不作声地拱手告辞。

　　看李国昌父子走了，慕容扎托拉住慕容扎齐的手说："哥哥，你太直爽了，当心叫坏人钻了空子。李家父子是什么人？那都是杀人如麻喝人血吃人肉才壮大到这个地步的，他们骨子里有狼性！哥哥让他们驻扎在我们这里,时间一长,他们还不取而代之?"

慕容扎齐这才明白过来他的意思,但仍不以为意地摇摇头:"我草原上狮虎同为猛兽,但彼此都能相安。李国昌是我的老朋友,也是一条讲义气的好汉,你的担心只是多余,快回家睡觉去吧。"

慕容扎托一脸的焦急,提高了声音说:"哥哥你这只苍鹰被软风迷住了眼睛,已经辨不清方向了!你要知道,在生存和利益面前,义气只能退居其次!中原百姓有句俗话,一山不容二虎,一个家庭不能有两个主人。等把沙陀这只猛虎养得恢复了力气,它要吞并我们草原,你就是鞑靼最大的罪人!"

慕容扎齐这才意识到问题原来这么严重,顿时有些慌张:"那,那,我已经答应了收留他们,怎好再开口撵他们走开?"

见哥哥醒悟过来,慕容扎托转动着眼珠说:"李国昌不过是一个鲁莽武夫,倒是他的儿子李克用有些心计。哥哥明天可以约李克用围猎,试探他今后的打算,他若是一心要反攻大唐,那我们的威胁就小些。他要是没有这个心思,要一直留在我们这里,那就得必须杀掉他们!"

李国昌等人回到驻地,心里很不安稳。他们知道,一个部落要收留另一个非本民族的部落,确实是犯了大忌讳,事情并没有慕容扎齐允诺的那样顺利,单从他弟弟慕容扎托和其他头领的脸色言行中就能看出来。但如今人在难处,也只好将就着看下一步的变化了。

第二天天刚亮,就有人过来传信,说酋长安排了围猎,想请大公子过去一同游乐,一来散散心,二来也可以熟悉一下这里的环境。

李克用沉吟片刻,看看围在身边的李存璋、李克宁、李克修、李嗣昭和康君立等人:"这么凑巧?昨天散席的时候,慕容扎托出言不逊,明摆着要赶我们走,今天就来邀请狩猎,我看其中必定有什么玄机。"

昨天的宴会大家也都参加了,纷纷点头称是。康君立微皱着眉头说:"如今我们是深入虎穴,丝毫不敢大意。要不,我带上几百弟兄,远远地跟着,以防有什么变故。"

李克用立刻摆手回绝:"这样不好。在人家的地盘上,他们若要加害于我,几百人马根本起不了作用,反倒给他们以口实。再说,他们若没有加害我的心思,倒显得咱们不够朋友,也是自绝出路。"

大家都点头称是。李存璋想一想说:"那,这样,我和公子一起去,大家留在驻地悄悄集合兵马,一旦有什么变化,也好迅速应对。"

"这样可以。"李克用点头答应,"那咱们这就收拾好赶快过去,别让人家觉出什么。你们要悄悄行动,不要让他们看出异样。"

再三叮嘱之后,李克用简单向李国昌说明情况,就带着李存璋和几名亲兵,匆匆赶到围猎场。慕容扎齐和慕容扎托率领百余名精壮卫士,个个全副武装,看上去很有气势。大家彼此寒暄几句,慕容扎齐便按照事先商量好的问:"李公子,我知道你们将军父子都是忠勇干才,是我胡人的骄傲。我想请公子长期留下来,担任鞑靼部落的左贤王,帮我治理这方美丽的大漠草原。不知公子是否乐意?"

李克用一愣,原本以为他们会大讲收留沙陀的难处,没想到他们却比昨天更加热情。不过这倒更增加了李克用的警惕,他飞快地想了想,十分客气地拱手回答:"唉,酋长错爱,实在让我更加无地自容。想我父子在朝廷为官,却因为误会而成了叛贼,我如今最大的心愿就是早日返回朝廷,把那些奸邪小人除掉,然后尽忠报国,使当今圣上知道我父子的忠心。眼下黄巢作乱日甚一日,我和父亲谋划着,稍微歇息几日,就想办法和朝廷取得联系,早日南下。"

慕容扎齐满意地点点头,张了张嘴似乎无话可说。慕容扎托盯着李克用,似乎在观察他是否言不由衷,场面顿时尴尬起来。"不是要狩猎吗?太阳都老高了,赶紧开始吧,一会儿就晌午了。"李存璋见状,忙打圆场招呼大家。

狩猎场是一片还算茂密的大树林,大家各自带领部下散开,约好一个半时辰左右在林外会合,看看谁的收获最多。李克用带着李存璋和几个亲兵,手持弓箭刀枪,小心翼翼地搜索着猎物。李克用没注意到,在他的不远处,浓密枝叶缝隙中,一双眼睛正恶狠狠地盯着自己。慕容扎托刚才察言观色,知道李克用所说的不过是敷衍之词,哼,效忠朝廷,说得好听,自己都成为被讨伐的逆贼了,还效忠哪门子朝廷?不过是花言巧语哄人喜欢罢了。不行,无论如何不能把这群虎狼留在我鞑靼的草原!

哥哥不忍心,我就来个木已成舟,先把这个最勇猛最有心计的李克用除掉,然后借此挑起事端,杀光沙陀,占有他们的妻女和财物!

李克用一行只顾在密林中寻找猎物,对身边的巨大危险一无所知。慕容扎托心头暗喜,悄无声息地拉弓上箭,瞄准了李克用。李克用今天没戴头盔,只是用青布方巾扎在头顶,更是一箭毙命的绝佳机会。或许是太过于激动,慕容扎托的手忍不住地有些颤抖,以至于把枝叶也带动得簌簌作响。响动虽然轻微,但足以让久经沙场警惕性极高的李克用觉察到,李克用忽然站住脚步大喝一声:"谁?"

怒喝如同炸雷一般,让本就心底发虚的慕容扎托浑身一颤,双手略为松动,拉弓上弦的利箭飞出去,直射李克用头部。虽然相距很近,但箭的力道大为减弱,被李克用轻巧地躲过,擦着面颊钉在旁边的树干上。不等慕容扎托反应过来,李克用已经几步跳到跟前,铁青着脸责问:"我们无冤无仇,你为何要暗箭伤人?"说着伸手去拽腰间宝剑。

慕容扎托自知不是对手,在这里拼起来肯定吃亏,忙一脸赔笑地打哈哈:"误会,误会,是我看花了眼,将军勿怪,勿怪。"说着扭头便往园林外跑。这时李存璋和亲兵们也赶了过来,李存璋跳上战马要找慕容扎托去理论,李克用拉住他说:"事情已经再明白不过,多说也是无益。忍得一时之气,可保万年无虞,不用追了。既然到了这个地步,是去是留,我们必须作出决断了。走,赶紧回去禀报给父亲,请他拿主意!"

然而事情的发展比预料的还要糟糕。就在李国昌召集众人商议何去何从尚未拿定主意时,忽然一个牧民打扮的人叫嚷着不顾侍卫阻拦,硬要往大帐内闯。李国昌起身一看,原来是鞑靼部落左贤王慕容垂手下的大将张君政。张君政是回鹘人,曾与自己有过一面之交,感觉甚是投缘,彼此印象很好。张君政见到李国昌,喘着粗气双手乱摆:"李将军,大事……不好,你们赶紧逃命去吧!"见李国昌一脸的惊愕,忙打住话头,缓口气才把话说清楚,"看我急的,是这样,慕容扎托诬陷公子在狩猎时要杀他,还说公子亲口扬言要吞并鞑靼部落,永远占据草原。慕容扎齐是个没主意的人,也就听信了,他们正集结兵马,要在天黑后袭击将军。他们人多势众,好汉不吃眼前亏,你们快快离开这里!"张君政说完便抱拳转身匆匆离去。

李国昌知道张君政是唯恐被人发现他的行踪,也不挽留,感激之情一时也说不清楚,只是默默地站在帐外,看他的背影渐渐消失在大漠深处。

事情紧急,李国昌立刻命令,李克宁和李克修为前锋,负责探路,康君立护卫着家眷,走在中间,自己和李克用、李嗣源、李嗣昭、李存璋等人带兵断后,给慕容扎齐和慕容扎托他们一个教训。入夜时分,前锋和家眷们已经远远地离开,寂静如混沌初开的草原上,忽然出现无数的火把,如同萤火虫般密集地窜向沙陀驻扎的营地。慕容扎托一马当先,指挥众人直扑各个营帐。不料却发现营寨中早已是人去寨空,连零星细软都没留下,显然是对方早有准备。"不好,怕要中他们的埋伏,快撤!"慕容扎托忽然醒悟似的大声喊叫,自己带头向营寨外边跑去。

"奸邪小人,哪里逃!"晴天霹雳般的一声怒喝,李克用跃马横戟挡住去路。其他兵将见果然有埋伏,立刻呐喊着往外边冲。李国昌也带领众兵将从黑暗中冲出来,双方展开一场混战。黑暗中也看不清沙陀兵马到底有多少,只觉得四面八方不断有人涌出,还有人在暗处放箭,鞑靼兵将无处躲闪,死伤不少。混战大半个时辰,眼看支撑不住,慕容扎托在亲兵的保护下,夺路而逃,营寨内外丢下一大片鞑靼兵将的尸体。

消了心头恶气之后,李国昌父子带领断后兵马,追上前队,经过几天的行军,迁移至阴山脚下。这里是阴山的背风处,土地肥美,草木丰茂,正适合游牧部落生存。大家欣喜异常,认为这是上天赐予的繁衍生息的大好机会,便安心驻扎下来,慢慢恢复元气,谋求今后的发展。

慕容扎托大败逃回后,认为一定是有人告密,否则李家父子不可能聪明到这种程度。查来查去,终于追查出张君政当天曾乔装打扮去过沙陀驻地。慕容扎托怒不可遏,把怨气全发泄到他身上,下令杀掉张君政全家,一个活口不留。大屠杀中张君政的小儿子侥幸逃脱,一路奔逃前来投奔李国昌。李克用感激张家为沙陀做出的牺牲,便按照沙陀部落的风俗,把恩人的儿子认作义子,给他取名李存信,百般爱护管教。

沙陀部落的生活暂时安定了下来,李国昌却在连续不断的战乱和奔波流离中积郁成疾,此时略一松懈,便支撑不住地倒下了。延医吃药也不起什么作用,没过多长时间就带着满腹的忧虑和迷茫离开了人世。整个部落为之哀伤,为他举行了最为隆重的葬礼,大半年之后人们的心情才逐渐平息下来。作为长子的李克用继承父位,号称沙陀郡王,封李克宁为都督,李克修、李克恭、康君立、薛克勤和傅文达等人为偏将军。年龄更小一些的李家将军,依照年龄和文韬武略,李嗣源为大太保,李嗣昭为二太保,李存璋为三太保,李存信为四太保。在阴山环绕的丰美草原滋养下,沙陀部落一日胜似一日地强大起来,先后收服了吐谷浑猛将符存和鞑靼部落左贤王慕容垂,兵强马壮,一时称雄北疆。

黄巢在江南纵横驰骋的时候,奉命留守山东郓州的朱温,却遭遇到格外严峻的挑战。朝廷无力对付江南变乱,对于北方的零星反抗势力就显得毫不留情。尤其对于黄巢的老巢更是不遗余力,派出吐谷浑大将赫连铎,率两万多如狼似虎的吐谷浑壮汉前来讨伐,大有一举踏平郓州之势。

闻听战报,朱温连忙叫来丁会和胡真两个副手,商议对策。丁会满是恐慌地说:"这次来的赫连铎,可不是一般的人物,真正是凶猛赛过野兽,再加上他手下的西北铁骑,简直是战无不胜。当年庞勋和沙陀都是败在他的手下。叫我说,咱郓州城根本禁不起打,提前撤出避其锋芒,还可以保存实力。"

刚刚出人头地正要大干一番的朱温却不信邪,他不以为然地大笑着说:"你看你,黑脸都吓成白脸了。他是大将,我也是大将,他打败过沙陀,我掐死过薛崇。他赫连铎要是敢来,我照样死缠烂打地掐死他!"

见朱温这么自信,胡真只好顺着他的意思提议说:"要是决定坚守郓州,就得赶紧招兵买马,到时候咱们人多势众,一拥而上,踩也踩死他们!"这话正对朱温的脾气,当即让两人负责招兵,只要有报名的,不管什么人都收,多多益善。

十多天后,赫连铎率领他的西北铁骑浩浩荡荡开到了城下。朱温站在城头上望去,吐谷浑阵容果然非同一般,乌亮的盔甲如同山石般叫人感觉坚不可摧,一队一列地整齐排出去,旌旗蔽日威武雄壮。位于队列正中央的赫连铎人高马大,好像半截子铁塔。朱温这才意识到,丁会的话不是虚言,这个赫连铎绝非自己掐死的那个薛崇所能比。但敌人已经来到眼前,好歹总得应付。朱温硬着头皮下令:"城中所有兵将,全部出城迎敌,叫他赫连铎也看看,我郓州军民可不是好惹的!"

伴着几声沙哑的擂鼓和一阵破锣敲响,郓州城门大开,朱温带领队伍呐喊着冲了出来,聚积在吐谷浑兵马的对面。赫连铎被这嘈杂放肆的阵势吓一大跳,凝神望过去,更是为之一愣。对面杂乱无章地站立着一大群人,衣服长襟短袖花花绿绿无所不有,从七八岁的小孩到七十岁的老翁无所不包。这些人个个手拎刀枪棍棒,有些则扛着锄头锹耙,给人感觉似乎不是打仗,倒像是赶来凑热闹。

"真是瞎胡闹,和这帮泥腿子对阵,传出去还不大大折损了我吐谷浑的名头!"赫连铎黑着脸,暗暗恼恨朝廷,皇上把贼兵说得多么可怕,说是官兵已经吓破了胆,非得调我铁骑过来,原来贼兵就这副德性!真是的,朝廷养着那么多官兵是干什么吃的!

朱温骑在战马上,盔甲整齐,倒有一副猛将的模样。他叫嚷着让队伍安静下来,然后跃马跳到两军阵前,横刀大叫:"哪个是赫连铎,快点放马过来与我决一死战!"

也是朱温命大,赫连铎根本没将这群乌合之众看作对手,他不屑于和朱温对答,挥动令旗大喝一声:"杀掉,全部!"便拨马闪到旁边。

面对这些杂七杂八的所谓军队,吐谷浑骑兵犹如打开笼门的猛兽,先从两侧开始包抄,然后是正前方迎头冲击,三股力量似旋风如洪水,转眼冲到跟前,一点没有给他们对抗的机会,砍瓜切菜一般,义军兵卒挨个受死,顷刻间倒下一大片。队列后边的人眼看就要轮到屠宰自己,都慌了神,哭爹叫娘地扔了棍棒锄头往城内跑。朱温在人马杂沓中见势不妙,也混杂在人潮中挤进城内,一迭声地吆喝:"快关城门!快!"

吐谷浑骑兵暂时被阻挡在城墙外,朱温本想喘口气再商议怎么固守待援。可是赫连铎已经在城下准备好器械,午后开始攻城,随着一声令下,冲车轰隆隆地猛烈撞击城门,弓弩和抛石车一字排开,箭镞和石块如雨点般飞上城头,接着云梯搭起,吐谷浑精兵个个身手矫捷,手持利刃飞快地向上攀爬。守城士兵大多是刚刚从田地里召集起来的庄稼汉,何曾见过这等阵势,不到一个时辰,已是死的死跑的跑,城头上几乎无人敢去防守。丁会和胡真赶忙劝朱温说:"快趁乱突围吧,敌军一时半刻就要杀进来,保命要紧,用不着和这小城共存亡!"朱温一边哈腰躲避头顶流箭一边摆手:"快点,能跑的都从北门往外跑,那边暂时还没发现吐谷浑的兵马!"

在赫连铎杀进郓州城之时,朱温带着两三千兵丁终于闯出北门,一路不敢歇气地撒脚跑出二三十里,躲藏在山林之中。良久发现吐谷浑骑兵并没有追赶而来,大概是忙于在城中烧杀抢掠了,大家才松了口气。

在树林中一直蜷缩到天黑,外边仍没有追兵赶来搜寻的迹象,大家彻底放下心来。这时才感觉到腹中饥饿难耐,一个个躺倒在地上不愿意动弹。朱温心有余悸,唯恐大队人马走出山林会惊动赫连铎,只好派贴身护卫氏叔琮带上两名士兵,换成普通百姓装束,下山探查哪里能弄到吃的,最好先搬运一些来救急。氏叔琮是本地人,平时小偷小摸,被官府捉拿要去坐牢,迫不得已投奔到义军队伍中。他平日里言辞乖巧,善于察言观色,很对朱温的脾气,一直被朱温带在身边。

氏叔琮答应着带人摸出山林,钻进茫茫夜色中。众人耐心等待一个多时辰,一阵窸窸窣窣的响动,氏叔琮气喘吁吁地回来了。大家满怀热望地围上去,却见他两手空空,两名士兵扭住一个身材高大的书生跟在身后。朱温不解地指指书生问氏叔琮:"这是……你弄来的粮食呢?"氏叔琮一屁股坐在石头上:"唉,眼下兵荒马乱的,跑了几十里的路,别说粮食,活人也没见几个!正好,回来时碰见这个倒霉家伙,就顺便捉来了,剁碎了煮几大锅,连汤带肉的,也凑合一顿,总比吃树叶子强。"

朱温踱步走上前,打量一番这个书生,见他青色衣帽,虽然几处被扯破,但穿着还算整齐。特别是他毫不畏惧的眼神和轩昂的神态,让朱温心头一动,他顺手扯下那书生嘴里塞的破布,不动声色地问:"你叫什么名字,一个人深更半夜乱跑,要干什么事情?"

那书生直视着朱温,眸子在夜色中闪闪发亮,不卑不亢地回答说:

"鄙人姓谢名瞳,字子明,正要赶去会见一个朋友。"

朱温点点头:"这年头敢深夜外出会朋友的,必定不是一般人。你骑马射箭的技艺还不错吧?平时使什么兵器?"

谢瞳扫视几眼朱温旁边这些东倒西歪的士兵,停顿片刻说:"我是一个文弱书生,平日里以读书思索为要务,既不会骑马射箭,更不曾耍弄任何兵器。"

朱温冷冷一笑:"你也不看看眼下是什么世道,还谈什么读书思索。这年头,不能骑马射箭拎刀厮杀,就只能下锅做成一道菜啦!"说着一挥手,氐叔琮会意,赶忙上前拉住谢瞳往旁边拖,要杀掉吃肉。谢瞳挣扎着甩开氐叔琮,大声冲朱温说:"哼,说的好听。这年头怎么啦,有人自诩能够骑马射箭,不照样成了败军之将,让人追杀得钻进山林不敢出头?可惜我谢某没遇见识货的,读书思索照样力敌千军纵横天下!"

这几年的军旅生活,让朱温长了不少见识,他知道往往有异人高手隐藏于乡间,也懂得搜罗人才是称王称霸之根基的道理。他见这个谢瞳出言不凡,似乎不是普通乡民,忙招手制止住氐叔琮:"谢瞳,你说我是败军之将,可惜你没看见,吐谷浑骑兵有多厉害,要是换了你,难道还有办法取胜?"

谢瞳整理一下衣襟,气呼呼地说:"齐鲁大地是豪杰云集之所,正因如此,黄巢才能够起兵震惊天下。你既然只知道厮杀,没有招纳贤士的胸怀,我和你讨论怎么取胜又有何用?"

啊,真是碰见高人了。朱温听人讲过不少诸如刘备三请诸葛亮之类的故事,忙效仿着堆起笑脸,冲谢瞳连连拱手:"有道是不打不相识,朱温莽撞了,请先生不必介意。如今天下大势如何,还请先生指教在下一二。"

谢瞳鼻孔里哼一声:"眼下连肚子都混不饱,何谈天下大势,岂不是痴人说梦?我看,你们还是把我做成菜吃上一顿,然后等着做吐谷浑的刀下死鬼吧。"

朱温知道高人都是要耍一下小脾性的,也不气恼,拱着手继续赔笑:"方才一时误会,先生何必当真?朱温乃是一介莽夫,自从追随义军以来,只知道杀尽官兵解救百姓,却不懂得如何顺应天下形势,以至于如今败落在此地,走投无路。我想请先生为军师,解救万民于危难。此等利国利民的事情,先生想来不会推辞吧?"

见朱温言辞恳切,势已做足,谢瞳也放下架子,拱了拱手还礼说:"谢某虽然饱读诗书,却并不迂腐,平素以解救天下苍生为最大快事。今幸得将军赏识,可谓天意。谢某当竭尽绵薄之力,以报将军知遇之恩。"顿一顿见众人都伸长脖子等着下文,知道大家的心思,便抬手指指山下,"如何顺应形势反败为胜,尚可退一步再仔细商量。眼下先填饱肚子为要务。谢某今夜赶去要会见的朋友,是临濮县的张全义。此人家道丰裕,广有良田,钱财粮食积蓄颇多。张全义武略儒雅俱有过人之处,又胸怀大志,以振兴天下为己任。而且,他喜好结交各路朋友,惜老怜贫,几年来在乡间搭设粥棚,不知解救了多少受难百姓。将军若是愿意随我会会此人,粮草给养的事情,也就暂时不用担忧了。说不定,还可以借此大大扩充一下兵力。"

"那再好不过了!"朱温眉开眼笑地一拍大腿,"我就知道先生高人自有高招。那就快走吧!"

两三千残兵败将趁着夜色作掩护,忍饥挨饿赶了大半夜的路,终于在黎明前来到临濮县郊外的张全义家。张家果然是了不得的大户人家,门楼巍峨高耸,高高低低的房屋院落绵延出一里多地。见此情形,朱温放下心来,心中暗想,这下粮饷有着落了,实在不行,抢!

谢瞳示意大家远远地站着,让朱温跟在自己身后,走上台阶,轻轻拍动门环,略过片刻,大门开了一条缝,有个脑袋探出来张望。谢瞳和颜悦色地说:"啊,那就有劳通告公子一声,就说谢子明前来求见,有要事商议。"

门内的人点点头,随即把门关上。

又过了一炷香的工夫,两扇大门同时敞开,一个身材高挑穿着白色长袍的年轻男子大步走出来,冲谢瞳拱手笑着说:"算计着昨夜就该到了,怎么现在才来,害得我一夜没睡好!"说话间见谢瞳身后的朱温,忙指了指问,"这位壮士是……"

谢瞳拉朱温走进门内，低声说："他就是追随黄巢起兵的义军头领，朱温朱头领。"

"啊，久闻大名，幸会，幸会。"张全义显然一愣，随即回过神来，"咱们到里边说话。"

拐弯抹角来到后堂，彼此谦让着坐下。仆人端上茶水，张全义吩咐："到外边去看着，什么人都别让进来，我们有重要事情商谈。"

看仆从答应一声走出门去，张全义仍掩饰不住内心的不安，冲朱温笑笑说："朱头领乃是黄巢大帅帐下远近闻名的好汉，不知此刻来到鄙处，有何见教啊？"

朱温扭头看看谢瞳，一副诚恳的神情回答："在下追随黄大帅解救百姓危苦，几年来屡次大败官军，震动朝廷。不料眼下粮饷匮乏，自古无粮不聚兵，真叫人着急啊！久闻张义士仗义乡里，甚为敬仰，幸好谢先生……"

谢瞳在旁边冷眼旁观，见张全义脸色渐渐变得很是勉强，忙抢过话头说："张兄，不是小弟要给你找麻烦。如今天下大乱，朝廷昏暗，阉党田令孜一手遮天，各地军阀纷纷割地自立，皇帝诏令仅通行于长安城内，似这样下去，改朝换代势在必然。张兄平素胸怀大志，经常表示要干一番大事业，大好的机会就在眼前，现在不趁机着手，还要等到什么时候？"

张全义沉吟良久，忽然长叹一声站起身，手拍桌案大声说："是啊，人生短短数十年，大丈夫不振臂救护天下苍生，穷守一点家业，有什么意思！朱头领，张某家中所囤积的粮食，与其将来被官府征调，何如接济我义军弟兄！不仅如此，我愿捐献出全部家产，追随义军效力！"

"哎呀，真是义士，爽快！爽快！"朱温大喜过望，腾地跳起来，抓住张全义的手使劲摇晃，"张公子救我义军于水火，将来我必禀报大帅，请公子担任一军之主！"

此刻天已大亮，张全义招呼守候在门外的义军都到家中，点火做饭，大家饱餐一顿，然后整理家中财物粮食，能带走的都让义军带走，带不走的，则留下作为家眷的度日本钱。

有了粮饷，朱温立刻又变得豪气冲天。他挥舞着手臂对着谢瞳等人叫嚷:"走,杀回郓州,宰了赫连铎个狗日的,替咱们死难的弟兄和百姓报仇!"

丁会和胡真没有异议,张全义不明形势,也无话可说,谢瞳站出来说:"将军不可莽撞。赫连铎兵强马壮勇猛无比,吃过一回亏切不可再重蹈覆辙。眼下最好的去处,是向北占据营州作为立脚的地盘,然后再慢慢想办法扩大势力,和赫连铎争锋。营州防守薄弱,容易得手。更重要的是,到了那里可以邀请王铁枪兄弟加入义军。有了他们,比收复十个郓州更有意义。"

听谢瞳如此高抬什么王铁枪兄弟,朱温不解地眨着眼睛说:"谢先生,听你的意思,王铁枪也不过就是个练武的人嘛,有这么重要,抵得上一座城池?再说,我现在文有先生和张义士,武有丁会和胡真,犯不着为一个人长途奔波吧?"

谢瞳摇头笑笑:"将军分明是故意装糊涂了,自古都是千军易得,一将难求,成大事者必定是身边才俊云集,否则一切都是空谈。纵观山东河北,营州有王彦章,也就是王铁枪;鄄城有葛从周,清河有张归霸,幽州有高思继,朔州有周阳五。这五个人都是天下豪杰之冠,得五人则轻松得天下,失此五人则必定功败垂成。如今葛从周和张归霸已是黄大帅部下得力战将,高思继和周阳五远在千里之外,将军一定要抓住机会请到王彦章,其中好处日后自然会体会得到。"

虽然相处才不过一日,但朱温已经把谢瞳当作了军师,听他分析得如此透彻,当然乐意听从。

第七章

冲天豪气透长安　格局变乱战钱塘

黄巢在宫中左搂右抱,昏天黑地地尽情抛洒雨露,一直折腾到精疲力竭才缓过一口气,想起了正事。光顾上招惹唐僖宗留下的花草了,他本人并未被擒,也就是说,李唐江山并没有彻底完蛋,谁最终安坐皇位还在两可。这还了得?醒过神来的黄巢惊出一身冷汗,立刻命令尚让为领兵大元帅,任命杨能、林言等人为大将,率领五万精兵即日起程,务必追杀唐僖宗于半途之上。

为了不惊动官军,义军昼伏夜行,悄悄接近营州。朱温命令兵马在距离营州三十里外的一个山林里扎寨,自己和谢瞳换上便装,随着进城的百姓来到城中,先去寻访王彦章。两人沿路打听,很快就在一条偏僻的小街边找到那家打铁的作坊。两间低矮的土屋,门口挂着一面小旗,上边写着"王家打铁"。谢瞳和朱温低头进去,里边光线昏暗,一股烟火气息直刺鼻孔。稍过片刻,眼睛渐渐适应后才看清,作坊内墙上挂满了刀剑和矛头等兵器,地上也堆积了不少。一个身材高大的壮汉光着膀子,露出一身的疙瘩肉块,看上去格外结实,正埋头叮叮当当地敲打刚出炉的铁块,火花四溅,热气逼人。听到有人进来,那个大汉也不抬头,只是瓮声瓮气地说:"这几天顾不过来,有什么犁耙之类的先放一放,改天来吧。"

　　朱温知道,这人就是王铁枪王彦章了,忙凑近些说:"师傅的买卖这么好,活计都接不过来了,真是值得道贺呀!"

　　那大汉没好声气地嘟囔一句:"道什么贺,都是给官府支差,白忙活,连个饭钱都不给!"

　　朱温听出了他的怨气,正要再说些什么,谢瞳笑呵呵地走上前来说:"官府不给钱,我们给。你收拾一下,算算这些兵器值多少钱,我们保证一文不少。"

　　那大汉愣了一下,抬头看看两人,似乎看出了些门道,古铜色的四方脸露出一丝惊讶,随即又不动声色地说:"官府征用的东西,谁敢乱卖,除非是不要命了。不卖,不卖,你们到别处去买吧。"

　　谢瞳从袖筒里掏出一张折叠起来的纸,拾起炭块压在旁边的桌子上:"东西贵贱,买卖成败,全在于人掌握。卖与不卖,你再合计合计,要是决定卖了,就按照纸上的地址送过去,保证叫你满意就是。"说着拉一把朱温,两人走出门外。

那个打铁的大汉正是号称"王铁枪"的王彦章,他外表粗犷,其实内心一向精细,又读过不少历史和兵法之类的书,比一般文士还要精明。他刚才就感觉出了这两个人的异样,加之义军和官兵作战情况的传闻,他在心里已经猜出了十之七八。等两人走了,王彦章打开纸片一看,上边写着:"人生短短几十秋,岂可无为到白头?若是早日得醒悟,必定功成封列侯。周王亲推太公车,玄德三顾诸葛留。天下苍生望穿眼,大好时机不再有。"下边有小字写着:"时局紧迫,不能效仿当年贤人志士,若壮士有意,可速往北门城外三十里山林中会合,稍迟则开拔他处,失之交臂。切切。"

王彦章拧着眉头陷入沉思,沉闷地叹一口气,把纸片再看一遍,然后丢进了熊熊的炭火之中。

谢瞳拉着朱温走出铁匠铺,匆匆忙忙地往城外赶。朱温不解地边走边问:"军师,咱们来请王铁枪,还没让人家知道咱是谁呢,就这么走了,岂不是白跑一趟吗!"

"将军不必担心,"谢瞳满有把握地看看四周,"王彦章非比一般武夫,可以说是百世一出的将才,此人久有雄才大略,只需轻轻点透这层窗纸就可以了,多说反而显得咱们底气不足。我来时就写好了一封简略书信,压在了他的桌上。我在信中晓以利害激以大志,他必定会主动投奔将军。咱们赶紧回去调动兵马,只等他兄弟过来,就可以采取下一步行动了。"

朱温钦佩地点点头,心想读书人的道道还真不少,以后有像样的读书人,也得想法子留在身边,说不定会有大用处。

正如谢瞳所预料的,第二天一大早,山林中的义军刚吃过早饭,就有兵丁报告,说山下有两个推车的大汉,不知车上装的什么东西,他们声称受将军邀请来见将军。"王家兄弟来了!"朱温赶忙招呼谢瞳、张全义和军中将领,小跑着下山迎接。昨天铁匠铺里光线昏暗,没看清楚王彦章的模样,现在看去,身材比自己高出足有两头,黄白面色中透着豪情,浓眉大眼却并不让人感觉粗鲁,反倒有几分书卷气息,比印象中更加威猛雄壮,也更印证了谢瞳对他的评价。站在旁边推车的那个大汉,肤色略黑,和王彦章有些相像,只是脸上多了络腮胡子,不用说,一定是谢瞳说过的王铁枪弟弟王彦童了。

　　大家一见面都感到分外亲切和激动。王彦章兄弟屈膝跪倒要叩拜朱温,朱温忙双手将兄弟俩拉起来,一手一个拉住两人,哈哈大笑说:"以后大家就是一家人了,何必见面就这么多礼数,反倒显得见外了!走,先喝酒吃肉去!"

　　有了王家兄弟的成功加入,义军不但力量上增强了许多,更重要的是士气猛然增高。朱温趁热打铁,休整一天,第二天天不亮时分,就率兵对营州发起突袭。义军悄悄摸到城墙脚下时,营州守将夏侯逵才得到消息,慌忙列队出城迎战。王彦章初来乍到,正要在朱温等人面前露上一手,也不枉了人家如此器重,所以看到对方将领夏侯逵刚一出城,王彦章就挥动铁枪催马冲了上去,不等对方反应过来,已经手起枪到,夏侯逵栽倒在马下一命呜呼。没了主将,官兵顿时炸了锅般四散逃窜,义军趁势掩杀,几乎没费什么力气就占领了营州城。

　　"这仗说难打也难打,打对了倒也不难。"朱温满心欢喜,似乎看到一条通天坦途在眼前徐徐铺开,他乐呵呵地传令,在营州抓紧招兵买马扩充力量,要大干一场!

　　南下的黄巢虽然取得重大胜利,占领福州这座大城,但日子却反倒没有朱温过得舒坦。黄巢手下号称数十万的精兵强将,绝大多数是从北方带过去的,他们完全不能适应福建这边潮湿闷热的天气,加之连年战乱,暴露野外的无主尸骨日益增多,以至瘟疫蔓延,军中患上各种疾病的人越来越多,严重影响了战斗实力。

　　在这种情况下,军师尚让建议说:"主公,我们义军本是土生土长的北方人,南下这么长时间了,难免水土不服。而南方降卒又靠不住,不敢实打实指望。我看,不如还是北上,北方才是我们成就大业的根基,还是在那里谋图攻破京城为上策。"

　　黄巢正为军队几乎陷于瘫痪而忧心忡忡,尚让的建议正中下怀,当下点头称是:"军师说得对,在这里好比蛟龙出水,总感觉底虚。还是北上的好,北上以后,可以先攻取洛阳,再占领长安,把狗皇帝赶下宝座,为天下苍生出一口恶气!"

说干就干,黄巢立刻改变策略,主动放弃福州,任命张归霸为先锋,尚让断后,自己居中指挥,大军北上江陵,接连攻破襄阳和荆门,从采石这个地方横渡长江,转战杀回河南。一回到老家,许多人的病不治自愈,士气也再度高涨,义军威力大震,连续打败各路官兵,兵锋直指洛阳。

洛阳是唐代的东都,其地位仅次于长安,如果东都沦陷,也就意味着国家亡了半边。此刻已经逐渐长大懂事的唐僖宗李儇意识到了问题的严重性,他连忙找来主心骨田令孜。这么多年来,朝廷大小事情都是田令孜当家做主,如今当家当到这种地步,总得想个法子收拾残局吧?不料田令孜对内排挤倾轧同僚是内行,对外如何抗争却是外行,当下也脸色煞白,说不出个所以然来。这时右仆射王铎出主意说,朝廷眼下最缺乏的不是兵力,而是调不动兵马,各地节度使拥兵自重,不服从朝廷调遣,所以才让贼兵得以四下横行。如今能指挥动的,只有已经调任为淮南节度使的高骈了,他上次虽然在福州吃了大败仗,但实力尚存,应当赶紧下令让他北进,抵御黄巢护卫朝廷。唐僖宗和田令孜也是病急见药先尝一尝,立刻按王铎说的,颁布诏令,调遣高骈的人马北上对抗黄巢。

殊不料在保存实力上,所有节度使都是一样,比鬼还精明。高骈并不傻,他对时局看得很清楚。接到皇上的诏书,高骈冷笑着对心腹将领们说:"朝廷也是扯淡,吃柿子专拣软的捏!我老高如今独揽东南半壁江山,纵然北上灭了黄巢,朝廷也给不了咱们什么好处,倒落个叫人家猜忌,哪里比得上在这里自得其乐,看他们闹腾到何种地步,咱再顺水推舟想对策!"众将领当然乐得清闲,一致赞同。于是高骈也和其他割据势力一样,找出各种理由应付朝廷,就是按兵不动。

朝廷中有兵力的将领要保存自己的实力,黄巢自然就有许多空隙可钻,数十万义军如入无人之境,在河南平原上往来驰骋,所向披靡。没过几天,便逼近大唐东都洛阳城下。洛阳留守大将刘允章早在黄巢到来之前就对局势探听清楚,他知道,洛阳不同于西京长安,洛阳地处平原,四面无险可守,在各方面兵力希图自保的情况下,死守只能把自己推向死路,而献城投降,倒还有几许生机。"管他呢,朝廷不昏庸,贼兵能闹腾到这么大?既然朝廷昏庸,我又何必愚忠?"刘允章轻易给自己找好理由,大开城门,恭迎黄巢大军。被朝廷苛捐杂税压得喘不过气来的洛阳百姓,人人喜笑颜开,家家敲锣打鼓张灯结彩,都觉得这下好了,改天换地,往后要有好日子过了。黄巢倒也没让大家失望,进城之初就四处张贴告示约法三章,严格约束军队,不许搅扰平民,同时开仓放粮赈济穷困。

在洛阳休整几天后,黄巢听从尚让的建议,没多耽搁便发兵潼关,向长安进军,不给朝廷以喘息的机会。黄巢同时传令占据在营州的朱温,迅速进入河南,攻取同州等战略要地,以策应主力西进。

东都洛阳轻易丢失,贼兵正急速向潼关防线发起进攻。让人心惊肉跳的消息一个接着一个,唐僖宗略显稚嫩而消瘦的脸上除了惊讶就是恐惧,他坐在龙椅之上屁股来回挪动,一遍又一遍地问身旁的田令孜和阶下站立的大臣:"怎么办?你们倒是赶紧说说,到底该怎么办?"

大家面面相觑,大殿上鸦雀无声。就在这时,一个黄门郎脚步急促地来到大门外侧,跪倒叩头,大声禀报:"启禀陛下,最新战报。奉命守卫潼关的神策军统领张承范、齐克让,与贼兵交战失利,副将宋真战死,大将李茂被贼将葛从周生擒,张承范和齐克让弃关而逃,至今下落不明。贼兵现已经越过潼关天险,距离长安不远了,望陛下速做安排!"

"啊?"唐僖宗险些从龙椅上跌落下来,他两手挥舞着似乎要抓住一根救命稻草,"你们,有什么好办法,快说啊!莫非都等着投降贼兵?朕待你们……"

见皇上真是急到火烧眉毛,身为文臣之首的王铎不得不站出来,斟词酌句地说:"陛下,事情到了这个地步,也只能是息事宁人了。黄巢他起兵造反图的是什么,无外乎做官发财而已。陛下可投其所好,加封他为天平节度使,准其带领部下前去赴任。这样,暂时解除眼前危局,再徐徐图谋。"

田令孜坐在唐僖宗旁边,一副老谋深算的样子点点头:"唔,这样也好,先试上一试,不行的话,老夫还有办法。"

只要不沦为阶下囚,唐僖宗当然怎么都愿意。他立刻派天官使臣带诏书前去黄巢营寨中,企图通过封官许愿来解决燃眉之急。但他没有想到,黄巢如今已经不再是当初刚起兵时的心态了,他知道自己此刻完全有取大唐而代之的本钱,一个节度使当然满足不了他的胃口,反倒有几分哄小孩子的味道。当着使臣的面,黄巢怒气冲天地把诏书扯成碎片,狠狠摔在使臣脸上:"本将军正因为朝廷昏庸残害百姓才起兵,岂肯做他的狗官?真是笑话!去,告诉李俨和田令孜那个老阉狗,十天之内不来投降,大军就踏平长安送他去见他的狗屁先帝!"

斩钉截铁的话语虽然没能原封不动地传到唐僖宗耳中,但陡然严峻的局面已经让朝廷濒临崩溃。唐僖宗脸色灰白地拉住田令孜:"公公,前几天你说还有良策,赶紧说出来听听。"

田令孜也是掩饰不住地恐慌,但仍尽量显得胸有成竹地说:"当年安史之乱,先帝驾幸西蜀,然后诏令天下,最终渡过难关。自古无例不可兴,有例不可灭,陛下何不效仿先帝,驾临西蜀以躲避贼人兵锋?蜀地物产丰美,退可自得其乐,进可夺回天下,可谓是最好的缓兵之策呀!"

唐僖宗倒没想什么进退,只要能逃避了眼前被捉拿杀头的危险,能远远地离开这帮杀人恶魔,他当然非常乐意。尽管有部分大臣持反对意见,唐僖宗也顾不上理会,命人赶紧收拾行装,带上嫔妃和宗族近臣好几百人,在神策军的护卫下,半夜时分匆匆离开长安,向西川方向逃奔。

黄巢大军浩浩荡荡绵延几十里地,沿途之上再无对手。军师尚让每到一地都令人四处张贴告示,告诉当地百姓和大小官吏,黄大帅起兵,是为了让百姓过上好日子,不会像李唐朝廷那样残害虐待臣民,大军所过之处,谁也不用害怕,只要你们安分守己,就不会受到伤害。这个安民告示果然起到了安定人心的效果,大军不费一兵一卒,就顺利地进入到大唐的核心——都城长安。

直到义军先锋部队进到城中之后,大臣们才惊讶地获悉,原来皇上和田公公早就卷起细软逃走了。没了皇上的大臣,当然就很容易把黄巢看作是新的皇上。大唐朝廷中那些没来得及追随唐僖宗逃走的各级官员,连同长安城中有头有脸的土豪士绅,他们披红挂绿,吹吹打打,出城迎接义军一直迎到灞上。黄巢在一片"万岁"的欢呼声中,坐上这帮人弄来的御用金辇,换上一身杏黄色的细鳞金甲,兴冲冲而豪气万丈地进入大唐都城长安。金辇一直来到宫城内太极殿前才停下,众将领和那些旧臣子簇拥着黄巢端坐在高台之上的龙椅上,然后大家山呼朝拜,高喊万岁。这样的礼仪,对于刚打下天下的义军将领来说还有些陌生,不大自然,但对于这些旧臣来说则轻车熟路,虽说朝拜的主子换了,但只要能继续以前的生活,拜谁不是拜,没什么区别。

然而黄巢让他们或多或少地失望了。黄巢趁着这股热烈的气势,水到渠成地成了天子,定国号为齐,改年号为金统,封妻子曹氏为皇后,册立儿子黄球为太子。身边将领,根据功劳大小和关系远近,也都一一封赏。封尚让为太尉、尚书令,葛从周为大都督,孟绝海为龙骧将军,邓天王为骠骑将军,其余人则依次顺延下去。但是旧臣被封赏的却是非常之少,不仅不加封赏,而且以前对朝廷"狗官"的敌视心态仍没有消除,对他们格外鄙视。这让李唐留下的旧臣们后悔不迭。不过噩运还在后边。驻扎在长安城的义军兵将,最初还能遵命不惹事生非,但没过几天,大家都按捺不住了,老子拎着脑袋从河南打到长安,图了个啥,不升官不发财,你当老子是傻二爷呀?抢!于是长安大乱,城内的豪强旧官,很快被洗劫一空,义军还美其名曰"淘物"。他们在淘物的时候,难免要与豪强们发生冲突,义军大开杀戒,乱杀一通,罪有应得者和不该死的,都死的不在少数。就连没逃出长安城的大唐皇家宗室,也大多死于抢劫滥杀。这些消息接二连三地传进黄巢耳中,他也并未在意,弟兄们的心思他也有,谁说谁去?并且他已经在含元殿正式登基称帝,捞取了最大的好处,去号令别人别捞好处难免心虚。况且,他还占用了唐僖宗留下的数不胜数的美貌嫔妃,连原来皇室的公主只要有几分姿色的,也都揽在怀中咂摸一下滋味,这样一来更顾不上约束部下了。于是长安城就成了大唐朝廷中达官贵人的地狱和噩梦。

在田令孜的引导下,唐僖宗拖家带口跌跌撞撞地逃往西川。大队人马行至骆谷这个地方的时候,突然发现前边烟尘四起,分明是有军队迎面冲过来。坏了,一定是贼兵在此设有埋伏!众人禁不住失声惊叫,唐僖宗更是瘫软在车辇上神情恍惚。

等看清对面的装束和面孔之后,众人的惊叫随即变作了欢呼。原来是凤翔节度使郑畋闻听消息赶来接驾了。郑畋把唐僖宗接到营寨中安顿好,力主皇上留在这里,就近指挥各路兵马对抗黄巢。但唐僖宗心有余悸,而田令孜老家在成都,更是急于回去。郑畋好说歹说,最后终于征得两人同意,暂时停留在凤翔小住几日作为抵御敌兵的一块招牌,要是一旦失利,郑畋必须全力护送他们入川。有了皇帝在身边,也就容易鼓舞士气,郑畋开始踌躇满志地调遣手下的一万多人马,积极做好战斗准备。

黄巢在宫中左搂右抱,昏天黑地地尽情抛洒雨露,一直折腾到精疲力竭才缓过一口气,想起了正事。光顾上招惹唐僖宗留下的花草了,他本人并未被擒,也就是说,李唐江山并没有彻底完蛋,谁最终安坐皇位还在两可。这还了得?醒过神来的黄巢惊出一身冷汗,立刻命令尚让为领兵大元帅,任命杨能、林言等人为大将,率领五万精兵即日起程,务必追杀唐僖宗于半途之上。

无论是将领还是士卒,大家都还在寻欢作乐的兴头上,尽管满腹的不乐意,但君令难违,为了将来更长久的享乐,大家还是怏怏不乐地出发了。

接到战报,郑畋不敢懈怠,联合泾原节度使程宗楚和朔方节度使唐弘夫合力抵挡。在郑畋的提议下,选定龙尾陂为阻击地点,这里地势险要,两边高山耸立,中间只有一条狭谷可以通过,一旦敌人进入到这里,就如同猪羊进了屠场,毫无侥幸可言。

尚让率领义军精锐沿途追赶唐僖宗行踪,很快便进入到凤翔地界。据打探消息的人禀报说,唐僖宗就驻扎在这里,看来一场决定性的大战很快就要开始了。不过,尚让并不特别在意,在他的印象中,官兵已成惊弓之鸟,逃命尚且唯恐来不及,哪里还谈得上用心交战?紧接着又有消息传来,先锋官霍存大败官兵将领程宗楚,残余敌兵正在向龙尾陂败退。锦上添花的一笔似乎更加印证了尚让的想法,以至于他根本不屑于去怀疑这是敌人的诱兵之计。"传我命令,全队冲锋,立刻进军龙尾陂,活捉狗皇帝李俨!"尚让豪气万丈地挥动宝剑,战鼓顿时激烈敲响,黄土在急促的马蹄和士兵脚下跳跃,化作浑黄色烟尘遮天蔽日,一直进入到龙尾陂深处崎岖蜿蜒的小路上,才不得已慢了下来。

"太尉,此处山高林密,两侧悬崖高耸,会不会……有埋伏?"将军林言走在尚让身边,不住地仰头张望,终于忍不住,吞吞吐吐说出心中的担忧。

最初的狂妄豪情消退下去,尚让也冷静下来,他仔细查看一下周围的地形,不禁倒吸一口凉气,正要开口说什么,忽然头顶一阵锣鼓喧天,伴随着呐喊声,两侧山顶之上涌现出无数官兵。不等众人反应过来,巨石、檑木、火把连同利箭如雨点般砸落下来。义军身处狭窄的山谷缝隙中,连个躲藏的地方也没有,龙尾陂顿时成为义军毙命的屠宰场,片刻工夫便惨死大半,到处是飞溅的血肉和凄厉的呼号。尚让在众兵将的保护下,掉头往回跑,拼死跑出峡谷,又被埋伏在谷口的唐弘夫追杀一阵,等到逃脱时,身边的兵将已是寥寥无几。

出乎意料的一场大胜,从唐僖宗到文武官员再到各地的节度使,都感受到了极大的震动。大家分明看到,百足之虫,死而不僵,大唐江山虽然没落,但最终倒霉的,很可能是眼下声势震天的逆贼黄巢。田令孜敏锐地看到了这一点,他立刻鼓动唐僖宗趁热打铁,发布诏令,号令天下节度使迅速发兵讨贼,凡勤王兵马一律重赏。诏令四散发出后,果真有所反响,不断有各地兵马赶到凤翔和长安附近,协助郑畋进攻义军。大唐反败为胜的气象似乎越来越明显。不过,唐僖宗无论如何也想不到,他的勤王诏书无意中催生了江南格局的变化。

江南的浙东节度使名叫刘汉宏,他接到勤王诏书之后突然产生了一个大胆的想法。刘汉宏盘算,如今大江南北一片混乱,朝廷和黄巢到底鹿死谁手还很不明朗,在这种情况下,最要紧的是扩大地盘扩充实力,只要手握重兵,就是一家老小安身立命的最好本钱。想到扩大地盘,他很自然地把目光投向位于浙西的杭州,要是把杭州收归己有,那整个江浙就全是自己的了,将来的荣华富贵自然也就不在话下。于是他找来弟弟刘汉宥商议说:"我想趁着响应皇上勤王的机会,假装北上,借道杭州,然后趁其不备,攻占了它,进而把整个江浙地区抓在手中。要是黄巢最终取胜,我们手中有兵有地盘,投降过去,仍不失做个诸侯。要是朝廷反败为胜,反正我们已经做出勤王的姿态,仍然可以……"

话未说完,刘汉宥已经明白意思,当即拍手同意:"哥哥高明,身处乱世能如哥哥这般左右逢源,不富贵才怪呢!我愿意为先锋,前边开路!"

镇守杭州的杭州刺史董昌,接到刘汉宏要借道杭州北上勤王的书信,立刻猜度出他的真实用意。董昌身边有个兵马使名叫钱镠,一向足智多谋善于谋划,董昌忙把他叫来商议。钱镠听了事情的经过,立刻摆着手说:"刺史大人万不可被其迷惑,刘汉宏假借讨伐黄巢,实际上要吞并杭州拥兵自重。大人应当从速组织兵力,不使刘汉宏跨过钱塘江。"

"真是英雄所见略同啊,具美说到我心里去了。"董昌赞赏地拍拍钱镠的肩膀,叫着他的字说,"那我就委任你为大将,率领一万精兵抵挡刘汉宥!"

钱镠当即答应,带领兵马驻扎在钱塘江畔,准备作战。而此刻刘汉宥已经把大小战船集结到大江的另一边,各类战船一字排开,如同高低起伏的山岭,很是威猛。面对强敌,钱镠知道硬拼肯定不行,可是怎样巧妙地克敌制胜呢?他一直想不出什么办法。正好第二天赶上大雾,江面上烟雾弥漫,相隔不到一条船的距离,就什么也看不清楚了。黄昏时分,在江边巡逻的钱镠望着一片白茫茫的江面,忽然心头一动,大声喝令:"快,集结战船,准备过江杀敌!"

当钱镠率领全部战船悄悄离开码头的时候,天色已经昏暗了,大家只能依据经验来辨别方向,向着正前方的敌营悄无声息地逼近。由于江水流速比较湍急,哗啦啦的声音把船桨击水的动静完全淹没,当钱镠带兵接近敌船跟前时,刘汉宥竟然丝毫没感觉到异常。钱镠率兵悄悄上岸,在昏黑中点起火把,相互呼应着杀进刘汉宥大营。刘家兵将正准备早早安歇,忽然喊杀声震天,顿时乱了手脚,弄不明白敌人到底有多少,从哪个方向进攻而来,大家惊慌失措,本能地向后逃窜。钱镠则趁势猛攻猛杀,半夜下来,除刘汉宥带领少数兵将逃脱,其余绝大多数或散或降,粮草辎重则全部被拉到杭州,钱镠初战就获得全面胜利。

刘汉宥逃回去后不敢说自己是疏于防范遭到惨败,而是一味推说是兵力太少。刘汉宏当然不甘心就这样失败,当即发动全部兵力,大约有七万人马,亲自挂帅,仍任命刘汉宥为先锋,浩浩荡荡杀向杭州。由于有了上次在江岸被袭击的教训,刘汉宏命令稍微后退,在距离钱塘江东岸十里多地的地方驻扎营寨,准备过江。

杭州刺史董昌闻听消息,忙调兵遣将,把手中所有兵力共两万多人马,全部集结到钱塘江西岸,同时一再催促钱镠,赶紧拿出一个万全的退敌之策。钱镠在江边巡视几次,终于满脸喜色地对董昌说:"刺史大人,上次我们借助大雾偷袭得手,这等事情只能侥幸成功一次,却不能故伎重演,因为敌人已经有了防范。不过,他们的防范却给咱们提供了另一个机会。大人请看,刘汉宏唯恐再遭偷袭,把营寨安扎在距离江岸十多里外,昔日楚霸王破釜沉舟的好戏可以再展示一次了!"董昌目前把钱镠看成济世的菩萨,当然言听计从,于是把兵马全交付给钱镠,让他见机行事。

钱镠立刻传令下去,两万兵马留一半守候,另一半随自己火速过江杀敌!顿时江面上千帆并立,钱镠指挥战舰,顺着风向迅即冲向对岸。刘汉宏闻听战报,犹豫片刻对众将领说:"钱镠这小子诡计多端,上次趁着大雾偷袭,这回又不知弄什么把戏。不用管他,横竖是我们兵力占绝对优势,等他上岸后,前有重兵后是大江,叫他死得好看!"

正是刘汉宏怀揣着这层想法,钱镠大军得以顺利登岸,并迅速排列好阵势,并当着大家的面命人凿沉战船。正在这时,刘汉宏率领大队人马冲杀过来。面对气势汹汹的敌人,钱镠大声疾呼:"大家都看见了,如今我们已经是无路可退,只有奋力冲杀,尚有一线活路。敌军一路奔跑,必定队列松动,虽然人多,也不顶用。要活命的随我冲上去杀敌!"

一系列动作果然起到效果,士兵们知道不杀退敌兵,不是战死就是淹死,所以格外拼命卖力。刘汉宏本来自恃兵力众多,志在必得,不料对方这么凶猛,刘家兵马一时竟然被冲乱了阵脚。阵脚一乱,便有人情不自禁地想往后退,钱镠边冲杀边大喊:"敌人败了,快追杀啊!"钱镠身边的将士见状,也跟着喊叫。

两军交战,气势最为重要。听到喊叫声,刘家人马果然上当,他们以为又和上次一样,便真的随着喊声向后退却。兵败如山倒,任刘汉宏再跳着脚骂娘,再挥舞宝剑杀掉逃跑的士兵,都无济于事,末了刘汉宏也只得跟着四散败逃,不然就得被人马踩成肉饼。还是刘汉宥有上次逃跑的经验,人喊马嘶中命令大家,赶紧把钱粮辎重等物件丢在路上,逃命要紧。钱镠的浙西兵卒追杀途中被这些东西绊腿,要停下来清理,这才给了刘汉宏逃脱的时间。

一个多时辰的恶战,刘汉宥等所有重要将领都死于乱兵,刘汉宏独身逃到半途,见大势已去,多年积累的本钱全部耗尽,心灰意冷中拔剑自刎了。如此一来,刘家兄弟没能实现独霸江浙的野心,倒给董昌做了一锅现成好饭,江浙十三州统归在了他的名下。不过,大家都知道,这其中全部得力于钱镠的智勇和谋略,钱镠一时成了董昌身边最得力的红人,同时也掌握了实际兵权,为他以后大展宏图,奠定了坚实基础。

第八章

错谋划黄巢败亡　出狂言晋王遇险

看李存璋他们走远了，众人大眼瞪小眼，沉默良久，王彦章把手中酒杯狠狠一摔："独眼贼李克用，欺人太甚！羞辱我们也就罢了，连主公也不放在眼里。主公，这等家伙，迟早是个祸患，不如趁这个机会，杀掉算了！"朱温骨碌着大眼珠子，扫视众人片刻，忽然手拍桌案："他在河东，我在河南，迟早是个绊腿货，他不讲情分，也别怪我不顾道义！"随即招呼众人坐下，压低声音说："要干就得有把握干，来，听我安排！"

黄巢占领了他梦寐以求的长安,当起了皇帝,树立了大齐的国号,似乎已经功德圆满,遂了平生志愿。但他也清楚,其实目前义军所控制的地盘极其有限,仅仅是长安城连同周边的狭小地区,而天下之大,绝大多数的土地,仍然姓李,是人家李唐的天下。更为严峻的是,随着尚让追赶唐僖宗遭到空前惨败,直接影响到各地节度使的态度,他们现在更倾向于大唐。各路勤王兵马接连进兵长安周遭,让黄巢紧张得喘不过气来。在这种情况下,黄巢听从了尚让的建议,多积攒粮草,在敌人围困之前做好长期坚守的准备。黄巢让他最信任的大将孟楷冲出重围,到河间府给那里的守将王重荣送信,要他火速筹备大批粮草,想办法尽快送到长安前线。

负责把守河间府的大齐将领王重荣,原本是大唐朝廷的河中节度使,也是曾经威风一时的朝廷大员。只是黄巢大军横扫而过的时候,迫于形势,不得已投降了黄巢,担任起供应粮草的职责。连年来黄巢大军不停地作战转移,所需粮草不计其数,每隔几天就要来催促送粮,弄得王重荣不胜其烦,却也无可奈何。这次孟楷又来催粮,王重荣终于忍不住了,找来弟弟王重盈商议说:"真是的,没想到黄巢这么窝囊,都在长安当皇帝了,还要依靠咱们来养活兵马!这样下去何年何月是个头啊,河间府都快让咱们给掏空了,弄得百姓怨声载道,好像咱们捞取了多少似的,唉!"

王重盈点头说:"哥,你还没听说,黄巢快不行啦!他领着那帮穷鬼居无定所,跟猴子掰玉米棒子似的,拣一个大的扔一个小的,结果现在他手头就一座长安城,其实没多大本钱。朝廷兵马如今已经四下里集结,黄巢倒霉就是这几个月的事!叫我说,咱们当初投降他是为了活命,现在为了更长久的活命,还得再回到朝廷这边,跟着黄巢迟早是死路一条!"

其实王重荣也看到了这点,只是在心里犹豫不决。现在王重盈也这样认为,他立刻下了决心:"对,咱就是属草的,风朝哪边刮咱就往哪边倒!正好眼下朝廷有勤王诏令,咱就抓住这个机会!"于是王重荣杀掉留守在河间府中的黄巢使臣,高举大唐旗号,象征性地发兵长安,攻打黄巢。

粮草没催来,粮草主要来源地的大后方又丢失,黄巢立刻意识到危机迫在眉睫。情急之下,他只好抓起另一张王牌,命令弟弟黄邺带领兵马,会同驻扎在同州的朱温,火速攻打王重荣,夺取河间,确保粮草供应。

而朱温此刻正沉浸在无限的温柔与幸福当中,他不久前碰到了一个极富戏剧性和传奇色彩的艳遇。

当初朱温虽然败走郓州,不料却因祸得福,接连收纳了谢瞳和王彦章兄弟,从此是文武双全,接连得手,顺利占据营州,随后又攻打下同州。志得意满的朱温本就是个放纵不羁的混世魔王,如今顺风顺水,自然是更加得意,进入到同州城后,为了慰劳兄弟们,他便默许部下抢劫大户,奸淫妇女,一时间整个城中鸡飞狗跳,沸反盈天。朱温当然不会守规矩自甘寂寞,氏叔琮早已把抢来的上好女子弄进中军衙门,等着头领挑选。

面对着这么多如花似玉娇滴滴的小娘子,朱温口水滴答直流,根本无暇细看,挥着手说:"别着急,细水长流嘛,都给我关押到那边屋子里去,本大王一天一个,谁都不受冷落……"话没说完,他忽然发现一个似曾相识的面孔,那淡如烟黛的细眉,那俏如弯月的美目,不是她还能是谁?虽然当初只打过一个照面,虽然她现在灰尘蒙面,但朱温当时的印象实在太深刻了,绝对不会认错的。朱温如发现了奇迹一般猛扑过去,拉出队列中那个女子,追问她姓甚名谁家住何处。那女子虽然惶恐却也颇有大家风范,一一对答,果然正是当初自己暗恋的张家姑娘!自从天下大乱之后,张家也受了兵灾,一家人在逃难中离散,张家姑娘随着难民人潮身不由己地流落到这里,还没等找到安身之处就被乱兵抓住。

这可真是求之不得的奇迹,那些年轻时的梦想让朱温顿时变了个人似的,他要氏叔琮把其余女子都送回去,只留下张氏,向她表白自己当初是如何心仪于她,并说自己这些年南征北战但从没有过和谁成亲的念头,其实骨子里就是在等她。在这个痴心魔头的再三表白下,张氏或许被他的诚意所打动,或许更多的是出于无奈,终于含羞答应了嫁给他。就这样,一桩旷世姻缘得以成真,朱温大宴宾客,正式和张氏拜过天地,终于有了固定家室。在张氏的要求下,朱温答应不再胡闹,要手下弟兄把抢来的女子都释放回去,同州城终于安定许多。

眼下正是新婚燕尔之际,黄巢却一再催促发兵进攻河中,朱温心里虽然老大不情愿,但君命难违,只得安置好张氏,怏怏地领兵动身。王重荣在投降黄巢期间和朱温等义军将领没少打交道,对他们的用兵方式很是了解,他知道黄邺依仗哥哥是大王,向来骄横,而朱温是个大老粗,如今没有谢瞳等人跟在身边,他就是傻瓜一个。于是王重荣采用诈败诱敌之计,把黄邺和朱温两路兵马引到一个峡谷中间,然后扒开渭河的堤岸,放水淹没了山谷。这比从山上滚石头更有杀伤力,除了朱温和黄邺等主要将领夺命逃出外,大部分人马和粮饷都化作了泡影。朱温吃了大亏,手中兵力减损不少。兵力就是本钱,就是自己在大乱之际的身价,这让他很是心疼,他连忙派人到长安请求增援。而此时蜷缩在长安城内的黄巢,除了信任尚让之外,将领孟楷也堪称心腹,许多战报都是通过孟楷交给黄巢。而孟楷素来与朱温勾心斗角,都想成为黄巢身边的大红人。手拿朱温的求救书信,孟楷耍了个小心眼,并没让黄巢过目,反而接连说朱温的坏话,说朱温之所以到现在还没收拾掉王重荣,主要是想拥兵自重,想割据一方,要黄巢下诏书斥责朱温,让他赶紧进兵。

眼下长安已是四面楚歌,焦头烂额的黄巢病急乱用药,对孟楷的话根本不加思量便照着做了。朱温此时已经搬兵回到同州夫妻团聚,接到诏书后,让谢瞳一念,才知道人家不但没有增援的意思,反而责怪自己为什么没有和王重荣拼命。朱温当下气愤得咬牙切齿,把诏书揉成一团狠狠踩在脚下,破口骂娘。

谢瞳在一旁察言观色,朱温的暴怒让他心中不禁有些窃喜。时刻留意分析天下形势的谢瞳非常明白,如今的黄巢虽然名震天下,但大齐朝廷其实已经如同将要落山的夕阳,灿烂辉煌只是一瞬间的事情了。他其实等待的,就是朱温和黄巢翻脸的这一天。

"将军,请恕在下冒昧,在下想问一问,将军几年来南征北战,何时可以将李唐江山彻底推翻呢?将军心中可有个大致期限?"谢瞳不动声色地问。

"大致个屁!"朱温余怒未消,恨恨地直搓手,"黄巢跟游魂似的,占住这个城丢了那个镇,打来打去,到现在手头也只有座长安城。他贪恋享乐当那空头皇帝,让这帮兄弟没完没了地卖命。眼下朝廷兵马越聚越多,能晚死几天就不错了,哪里谈得上推翻人家?"

谢瞳点点头:"将军有如此见识,实在是我军之莫大福分。黄巢占据都城长安,按理说应当对内安抚民众,对外追剿残敌。但他却恰恰相反,痛杀投降的大唐官员,纵兵抢掠财物,他自己则秽乱宫闱,得过且过,不但没能趁势消灭残敌,反而被逃亡在半路的朝廷杀得大败,丧失了锐气和威信,使本来呈观望态度的节度使们纷纷站在了朝廷一边,这绝对是黄巢必定败亡的兆头。将军再追随下去,一辈子也只能是个贼兵头领,朝不保夕啊!"

朱温脸上的肌肉不住地抖动,眼神中明显透着凶狠和慌乱。良久,他终于飞起一脚把桌案踢翻:"吃饭穿衣看节气,就这么定了!"

在谢瞳的参谋下,朱温杀掉黄巢派在身边的监军,派使臣送书信到王重荣处,请求招安。这可是大事,王重荣不敢怠慢,立刻上报给远在成都的唐僖宗。黄巢手下最得力的大将朱温主动请降,表明黄巢确实已经日薄西山,这让唐僖宗君臣大喜过望。唐僖宗当即下诏,封朱温为左金吾大将军,兼任同州节度使,并御赐给他一个名字叫朱全忠。莫大的荣耀传到同州,大家立刻摇身一变成了官兵,心里顿时感觉踏实许多,整个军营一片欢腾。

犹如锦上添花一般,紧接着又有一个更大的好消息传来。唐僖宗听取田令孜和郑畋等人的提议,派使臣到漠北,主动与李克用冰释前嫌,请沙陀兵马南下参与消灭叛军。李克用也正思谋着如何扩大地盘,开拓出更多的生存空间。两下一拍即合,沙陀兵马立刻南下,沿途收集山林蟊贼,队伍又扩大不少,特别是接纳了周德威、李存孝等智勇过人的大将,更是实力倍增。大军沿路如同秋风扫落叶,迅速收复了黄巢势力盘踞的三晋区域,直逼长安。

此时已经到了大唐中和二年(882),也是黄巢进占长安称帝的第二年,官兵分二十多路纷至沓来,渐渐聚集在长安城下。黄巢手下兵力只减不增,眼看着到处吃紧,却也无可奈何。虽然有葛从周这样的猛将勉力支撑,但谁都能看出来,败亡只是迟早的事情。

黄巢焦头烂额之际,已经改叫朱全忠的朱温却格外悠闲。在争夺长安之战中,他负责押运粮饷,可以安居同州坐观成败而不必上阵厮杀。难得的悠闲中,朱温派人把宋州的母亲王氏、哥哥朱昱还有当初曾帮助过自己的刘崇母亲一并接到自己这里。一来家人团聚,二来也趁此机会光宗耀祖,叫世人看看,当初大家并不看好的朱温,远非他们所想象的那么不成器,而是成了大器!两位老太太到达之时,朱温亲自到城外十里迎接,大路两侧数千壮士盔甲鲜亮,列队致敬。吹鼓手敲敲打打,喜庆气氛浓烈得让当地百姓闻所未闻。朱温下马,亲自为两位老夫人驾车,在同州城中招摇过市,引得围观百姓无不啧啧称赞,一边羡慕人家老人有福气,一边钦佩朱温有本事。朱温的虚荣心得到极大满足。

进到节度使衙门之后,朱温自然要引出妻子张氏来拜见母亲和刘崇母亲,又大摆宴席,招待众人。席间朱温又是劝酒又是谈论自己以前如何顽劣,谈笑风生,一派喜气洋洋,得意之色溢于言表。但朱温母亲王氏却显得很冷静,她略带戚色地说:"儿呀,今儿大喜,你娘还是要说句扫兴的话。常言说,富贵如风中秉烛,名利似水上浮瓢,千万别贪恋过甚,忘了根本哪!比方说,你二哥跟你一起投军,现如今他死在外边,留下两个孩子也没人照管,你光顾上自己高兴,不赶紧把他的尸骨找回来安葬,不把两个侄子带在身边抚养,总不是个事情。"

王氏的话让朱温大为扫兴,但他没敢表现出来,赶忙唯唯诺诺地答应一定尽快照做。宴席结束后,朱温让两位老人住在衙门后边的小院中,静心养老,又派人给刘崇和哥哥送去许多金银。接着又有部下前来看望老人,一连热热闹闹的十多天才算消停。

似乎正应了好事成双的俗话,朱温忠孝两全大大出了一回风头之后,没过几天,黄巢密令北上增援的心腹将领率军从同州路过。朱温毫不犹豫,立刻突然出击,打得对方措手不及。两军混战一场,朱温以极小的代价,斩杀敌将多名,全歼其部众,一时间声势大震。战报传到成都,唐僖宗喜不自胜,加封朱温为河中行营招讨副使,兼汴州节度使,命令他火速会同各路兵马,进攻长安。

奉命南下勤王的李克用,沿路之上也是收获颇丰,三晋之地几乎尽数收归其囊中。所幸大乱之际,你争我夺,倒也没引起太多的注意。加之李克用在长安郊外的沙苑大败黄巢精兵,唐僖宗高兴还来不及,当然无暇追究这些细节。但是一直对沙陀和李克用心存芥蒂的田令孜,却明显觉察到了李克用的野心以及这个野心对自己的威胁。田令孜向唐僖宗建议说,李克用反复无常,他这次奉诏南下,虽然名义上是勤王,其实骨子里是想占据三晋,为沙陀开辟盘踞之地。眼下可以将计就计,索性把三晋封赏给李克用,以为诱饵,命他全力进攻长安,尽快与黄巢展开生死决战。到时候黄巢覆灭,李克用也元气大伤,然后重用朱温,让他来对付李克用,朝廷坐收渔翁之利,大唐江山便可恢复中兴。

唐僖宗对田令孜向来言听计从,这样一个颇有玩火自焚意味的主张,他想也不想地便满口答应:"就依田公公。"

分别受到封赏的朱温和李克用更是鼓舞振奋,无不尽力对长安发起猛攻。大唐中和三年(883)四月初七这天,长安城外铁骑如山,刀光剑影如同暗夜寒星,黑云压城城欲摧的凝重气氛几乎让人窒息。这一天,以朱温、李克用为首的二十多路官兵会师城下,决定生死存亡的大战开始了!

长安城中几经战乱,此刻已经是生民凋敝,粮饷不继,兵将士气极度衰落颓废。李克用的沙陀兵一马当先,其他官兵纷纷跟进,城墙上到处是云梯林立,士卒们奋勇攀爬,擂鼓喧天中,各种箭镞雨点般飞向城头。黄巢已经顾不上自己大齐皇帝的身份,换上铠甲登上城墙指挥抵御。然而官兵的人马数量实在太多,兵力也实在太强大,整整一天苦战,血流成河,尸骨堆积如山,城门最终还是被攻破。李克用率兵从光泰门杀进城中,朱温则带兵由延秋门冲破防御。沙陀兵马中最勇猛剽悍的李存孝率先冲进皇城,横冲直闯,如入无人之境,殿前侍卫将军根本不是敌手。黄巢见状,知道一会儿大部队来了,更是逃脱不掉,便听从尚让的建议,命人把宫中金银珠宝到处丢弃,自己则率领少数亲兵退出京城,从蓝田到商山,然后一路向东逃窜。由于满路都是散落的钱财宝贝,官兵忙于捡拾哄抢,黄巢等人终于侥幸逃过一劫。大军收复长安,一场轰轰烈烈转战南北的大起义,顿时进入到了尾声。

虽然南征北战这么多年,黄巢一直是流动作战,手下兵力不少,但可以落脚的坚定根据地却几乎没有。数万兵马仓皇向东逃窜,目标却很模糊。最后还是接受了孟楷的建议,残兵退入到秦宗权把守的蔡州。急于翻盘的黄巢不等安稳下来,就立刻命令孟楷进攻陈州,秦宗权进攻湖北,尚让进攻汴梁,自己则出兵大梁,企图一举拿下中原腹地,继续与朝廷分庭抗礼。此时朱温正毫无防备地驻守在陈州,陡然被孟楷围攻,顿时手忙脚乱,疲于应付。雪上加霜的是,就在朱温全力抵御孟楷攻打陈州的当口,汴梁传来十万火急的军情,黄巢派太尉尚让率领万余兵马围困汴梁,情况十分危急。汴梁是朱温的大本营,那里住着他的家小,朱温当然比谁都焦急万分。好在此时谢瞳追随在身边,他建议派大将王彦章闯营去向河东节度使李克用搬救兵。关键时刻,王彦章没有辜负众人的期望,他威猛如同天神,接连马踏敌军三座营寨,闯出包围圈,飞奔一百多里,赶到李克用所在的昭义大营。李克用听到友军被围困的消息,毫不犹豫,当即点兵出征,令周德威、李嗣源和李嗣昭率一万精锐骑兵直逼汴梁;命李存孝、史敬思带领一万骑兵火速赶赴陈州;李克用自己则亲率一万人马进兵大梁。三路大军同时进兵,情况立刻得以扭转。

黄巢兵马做梦也没想到会有如此凶悍的精锐骑兵从天而降,三个战场同时展开厮杀,令黄巢首尾不能相顾,全面陷入混乱。朱温的兵力趁机杀出,内外夹击,仅仅一天的工夫,黄巢便全面溃败,彻底丧失战斗能力。眼看着大势已去无力再挽狂澜,葛从周率大将张归霸、张归厚、张归弁、霍存、李谠、杨能等人以及千余将士,投降归顺了曾经的老战友朱温。黄巢的太尉、中书令尚让,则被康君立斩杀。黄巢本人率领千余残兵在向东的败退途中,于泰山附近遭遇地方兵力的伏击,最终没能逃过一劫。轰轰烈烈的一场大起义,就这样凄惨地落下帷幕。

就在大获全胜之际，唐僖宗差遣身边的太监张承业赶到李克用大营颁布诏书。李克用以前曾和张承业有过一面之交，彼此感觉很投缘，相见之后也就比较随意。张承业宣读了皇上的诏书，加封李克用为大司空、领工部尚书衔、同中书门下平章事，希望他以后多为朝廷出力，不可懈怠。李克用跪拜谢恩过后，招呼摆下酒宴为张承业洗尘。席间微醺之时，张承业低声说："李将军，老奴听人说，和将军一起作战的朱温，此人表面粗鲁，其实内心恶毒，淫色成性，迟早是大唐的后患。还望大司空多多提防。"李克用心头一动，若有所思地点点头，并未多说。

黄巢之乱被彻底剿灭，此时宰相郑畋病故，由尚书左仆射张浚护送唐僖宗回到京师，改元光启。李克用在剿灭黄巢之乱中立下大功，论功行赏，又被加封为陇西郡王，朱温也立下不小的战功，被任命为检校司徒、同中书门下平章事，封沛郡侯。其余众路诸侯也都各有封赏。

随着战事的平息，李克用所率沙陀兵马大功告成，高奏凯歌返回根据地河东。途中路过朱温驻守的汴州，大家都是战友，朱温自然要表示地主之谊，把李克用请进城中，安置在上源驿，大摆筵席，热情款待。由于不用再劳心征战，大家都格外轻松，饮酒作乐十分尽兴。朱温和部将们轮番敬酒，半晌的工夫，李克用已是眼光迷离，满是醉意。这时恰好葛从周走到近前，双手捧着酒杯举到李克用跟前敬酒，李克用睁大眼睛端详片刻，忽然摇晃着脑袋说："你不就是那个投降过来的叛将葛从周吗？你的酒，不喝！不喝！"

葛从周面红耳赤，下不了台，求救地看看朱温。朱温忙上前和稀泥地打消大家的尴尬："天下大乱，大家难免走些弯路。以后咱们同朝做官，都是同僚，李将军何必拘泥这些小节？有道是别人敬酒不吃，自家矮三分，李将军大人大量，就赏他个面子嘛！"

李克用酒劲上来，嗓门更加响亮："同僚？我和你朱三是同僚？太可笑了！想我李克用世代效忠大唐，是名闻天下的世族大家，和你这些市井混混为同僚，岂不是凤凰跟乌鸦住到一个窝里头？"说着竟然仰天大笑起来，弄得朱温也是面色难堪，不知该如何应付。坐在李克用旁边的李存璋见状，赶忙起身对众人拱手道歉："我主公醉了，诸位千万别介意,对不住,对不住得很!我这就扶他回房歇息。"说着,强拉硬拽把李克用推出门去。李克用却乘着酒性依旧胡言乱语:"朱三,你藏污纳垢,收留这么多叛贼,看我不在皇上跟前禀奏,让你吃些苦头。哈哈!"

看李存璋他们走远了,众人大眼瞪小眼,沉默良久,王彦章把手中酒杯狠狠一摔:"独眼贼李克用,欺人太甚!羞辱我们也就罢了,连主公也不放在眼里。主公,这等家伙,迟早是个祸患,不如趁这个机会,杀掉算了!"

朱温骨碌着大眼珠子,扫视众人片刻,忽然手拍桌案:"他在河东,我在河南,迟早是个绊腿货,他不讲情分,也别怪我不顾道义!"随即招呼众人坐下,压低声音说,"要干就得有把握干,来,听我安排!"

李克用进汴州城时,身边只带了李嗣源、阿登啜、史敬思、安休休、郭绍古、薛阿檀、李存璋七员将领和少数侍卫,其余大部队都由李存孝和康君立带领着驻扎在城外。朱温当然知道这一情况,他做了非常细致的安排,要毫无纰漏地置李克用于死地。在他的安排下,氏叔琮带兵把守住各个城门;葛从周和杨能率两千兵马包围上源驿,务必杀掉李克用;王彦章和王彦童兄弟各自率领五千人马,袭击驻扎在城外的李克用大营。另外,又派胡真、丁会、霍存、李谠、张归霸、张归厚、张归弁等军中猛将,各率两千人马沿途巡逻,消灭走脱的沙陀残余兵将。

李克用只图一时痛快,自己也不知道自己说了些什么,毫不在意,回去后倒头呼呼大睡。倒是李存璋心下颇有些不安,身披铁甲在院中不时巡视,倾听附近动静。忽然他隐约中感觉不大对劲,似乎有股浓烈的杀气从四面八方迅猛扑来。这种感觉越来越强烈,促使他登上屋顶,暗夜中向远处眺望。汴梁城的各条街道上黑糊糊一片,什么也看不清楚。然而很快,有星星点点的火把闪过,火光下边,似乎有大队人马在悄无声息地快速移动。李存璋心头咯噔一下,凭直觉他意识到,肯定要有重大的事情发生。来不及多想,李存璋跳下屋顶,命人叫醒众将领,所有侍卫紧急集合。

命令刚刚传下去一炷香的工夫,就开始隐约听到外边人声嘈杂,夹杂着刀枪的撞击声。驿馆守将惊慌失措地跑来报告："不知什么原因，驿馆被汴梁兵马突然包围！"

不等众人反应过来，外边的喊杀声已经响起，大门被杨能"通"地一脚踹开，汴梁兵将决了堤般涌进来。"见人就杀，不要留下一个活口！"杨能挥舞着大刀，恶魔一般嘶声大叫。此时李克用部下兵将刚刚集合起来，不由分说，双方混战在一处。李克用醉酒过深尚未清醒，被侍从郭景铢背出房门，安休休帮着放在马背上，边打边往外冲。杨能手持大刀，挡在门口，指挥众人四处冲杀。史敬思见状，舞动长枪跳过去，交手不到四个回合，便把杨能一枪刺倒，一边大喊："快护送主公出去，我来断后！"就在这个关键时刻，忽然一阵浓烟腾起，杨能部下已经点燃了屋子，风助火势，很快就火光冲天。火光中汴梁兵将面目狰狞，如同一个个夺命小鬼，更让人感觉大限将尽。然而就在这雪上加霜的时刻，忽然阴风呼啸的天空中划过一道闪电，紧接着咔嚓巨响，雷声隆隆，密集的雨点打落下来，火苗顷刻被电闪雷鸣所吞没，驿馆重新陷入到黑暗之中。

汴梁兵将纷纷一愣，李嗣源带领众人乘势冲出驿馆。街上到处都是汴梁兵马，大家顾不上许多，把李克用围在核心，边杀边走，很快来到北门下。李嗣源奋起神威，接连杀死数员敌将，推开城门，招呼大家赶紧出去。城头上的氏叔琮看得清楚，急忙下令放下城门上方的铁闸。铁闸用生铁铸造，至少有上千斤的分量。铁闸门吱吱呀呀徐徐落下的时候，李嗣源已经带领十几名亲兵冲到城门外，但半醉半醒伏在马背上的李克用，仍在城门内。李嗣源转身见势不妙，焦急地大喊："主公，快跑啊！"安休休牵着马缰，一手持刀抵挡着敌兵围攻，一边拼命加快脚步冲向城门。氏叔琮在城头上指挥，见李克用在众人保护下，眼看就要出城，声嘶力竭地大叫："快放铁闸，快放！"眼看城门被迅速堵住大半个，就在绝望袭上众人心头的关键时刻，薛阿檀由后边蹿出，以迅雷不及掩耳之势站在了铁闸下，"嗨"地一声怒吼，高举双臂，托住落下来的闸门，薛阿檀膀大腰圆，在军中以力大无穷著称，但手托千斤铁闸，仍然是力不能支，浑身肌肉颤抖着，涨红的脸扭曲变形，他艰难地喊出一句："主公，快走！"就在这延迟的一瞬间，安休休得以保护着李克用跑出城门，其他将领也紧跟着冲杀而出。

氏叔琮见李克用竟然从眼皮子底下跑了,气急败坏,跳着脚大骂:"煮熟的鸭子都给飞了,我叫你逞能!"掉转弩机,对准薛阿檀,"嘭"地一声,粗大尖利的强弩正射中薛阿檀心窝。薛阿檀负痛大吼一声,终于支撑不住,千斤铁闸轰然落下,将他砸得血肉迸溅。面对惨象,氏叔琮也呆愣住,不禁涌上阵阵干呕。

逃出城外老远,李克用终于清醒过来,虽然浑身无力,但可以自己骑马,也能勉强抵挡一下冲过来的汴梁追兵。然而城外的情况也并不乐观,葛从周把围攻上源驿的任务交给杨能,自己和王彦章、王彦童兄弟出城袭击沙陀大营。三人都是当代少有的猛将,沙陀铁骑虽然凌厉,但在毫无准备的情况下,被冲杀一场,几乎死伤殆尽。李克用他们如同没头苍蝇一般,处处遭到伏兵截杀追击,只顾闷着头向西死命逃窜。也不知到底跑了有多远,一直逃到天光大亮,实在精疲力竭,几乎要昏厥在地,才不得不收住脚,在一处山冈上的小树林中喘息。大半天中,陆陆续续有逃出来的人赶来会合。清点一下人数,所率三千铁骑和亲兵侍卫,只残存不足一百,薛阿檀、郭绍古、史敬思和阿登啜等十多员大将战死。

面对惨状,李克用欲哭无泪,一只眼睛几乎要喷出火来,他手指汴梁方向,发出狼嚎一样的长啸:"朱三,我李克用不报此仇,万箭穿身!"

正式采用这些手段,朱温把当世枭雄李克用收拾得一败涂地,跑回河东老窝不敢动弹,还让他声名大振,大有诸多割据势力的领头军之势。志得意满的朱温遍观四方,发现据守蔡州的秦宗权属于黄巢余孽,更重要的是蔡州这个地方是南下北上的战略要地,不捏在手心里实在可惜。于是在军师谢瞳的谋划下,朱温亲率五万大军,直逼蔡州城下。

秦宗权经营蔡州这么多年,当然很有些根基,朱温对此预料不足,围攻城下头一仗,竟然被打得大败。不过,秦宗权毕竟是山贼出身的一介武夫,头脑简单,有勇无谋,加之习惯了颐指气使,有很多属下并不真心拥戴他。这就让谢瞳钻了空子,他一边建议朱温向郓州节度使朱宣、兖州节度使朱瑾求助,以增加城内守兵的心理压力,一边作出长期围困不达目的决不撤兵的架势。果然没隔几天,秦宗权部下的大将孙儒、马殷和刘建峰就沉不住气了,他们感到朱温实力雄厚,蔡州城迟早必破,倒不如趁早弄点功劳投靠新主子,免得到时候玉石俱焚。于是他们一拍即合,深更半夜带兵杀入秦宗权府中,将其捉拿,献城投降。

朱温拿下蔡州,除去秦宗权,又接纳了这么多兵将,心中自是兴奋不已。谢瞳和另一个谋士张全义锦上添花,又向朱温献计说:"如今郓州节度使朱宣和兖州节度使朱瑾正带兵赶来救助我们,反正现在蔡州已经拿下,他们已是无用,何不将错就错,打他们一个措手不及,趁势占据山东地盘?"

只要有利可图,管他采用什么方式,朱温都乐得接受。就这样,在朱宣和朱瑾丝毫没有防备的情况下,他们自认为是友军的汴梁兵马对他们突然发动袭击。几乎没费多大周折,朱温大获全胜,占据郓州和兖州。如此一来,朱温势力横跨河南山东,一举成为众多割据势力中最为强大者。被胜利和野心充满头脑的朱温禁不住本性复发,所有被击败的节度使家眷,凡有几分姿色的,都被他招到卧房,轮流侍寝,压抑多年的好色本性,终于尽情释放。反正爱妻张氏也不在跟前,就是在跟前,谁能管得了自己?

就在朱温的势力极度膨胀的过程中,大唐朝廷发生了一系列变化。黄巢覆灭,朝廷重新搬回长安,唐僖宗最宠信的公公田令孜,则老奸巨猾地看透了朝廷的将来,他主动要求留在成都安享晚年。唐僖宗或许就是颠沛流离的命,回到长安没过几天舒心日子,便一命呜呼驾崩了。唐僖宗没有儿子,便由他的弟弟李晔继承了皇位,他就是唐昭宗。唐昭宗面对各地纷争不止犹如狂风掠海的大唐江山,根本拿不出什么治国方略,便事事听从宰相张浚的安排。张浚倒也乐于崭露头角,他先是劝唐昭宗趁李克用被朱温重创之际,动用朝廷禁军,收复三晋,扩大朝廷的影响,重振大唐江山。唐昭宗虽然照做不误,但朝廷缺乏能征善战的将领,张浚又是只会纸上谈兵的书生,如何是李克用这帮沙场老将的对手?大军浩浩荡荡出征,没过一个月便四散溃败逃回。不但没有收复三晋一寸土地,反而给了李克用进攻长安的充足理由。沙陀大军气势汹汹,直逼潼关。

唐昭宗引火烧身,吓得不知所措,唯恐重蹈哥哥的覆辙。吏部尚书程敬思出主意说:"如今各处拥兵自重者甚多,他们彼此牵制,李克用还不敢冒天下之大不韪攻打朝廷,他大半不过是做个样子罢了。陛下应当立即下诏抚慰,加封官爵,这样,他得了面子,又出师无名,自然会退兵而回。"

唐昭宗巴不得赶紧平息这场没事硬找的战事,当即拟写诏书,封李克用为晋王,兼任中书令,准其驻守河东,占有三晋土地。由于太监张承业和李克用有些交情,便派他去传旨,并担当说客。李克用得了实惠,名利双收,自然没什么异议,很快撤兵回去,朝廷上下都舒了一口长气。

不过,张浚并不甘心自己的建议失败,那样太折损宰相的面子,他又向唐昭宗提议,如今中原势力最强盛者,当数朱温和李克用,而他们俩又有深仇大恨,不如大力提协朱温,暗中让他攻打李克用。不管他们谁胜谁负,必然是两虎相斗一死一伤,到时候朝廷坐收渔翁之利,重振大唐基业的愿望,轻易就可实现。

唐昭宗觉得这个主意比上次那个好出许多,又没有多少风险,欣然采纳。他下密诏加封朱温为梁王,又指出许多李克用野心昭彰威胁君王之类的罪名,命朱温出师讨伐。朱温眼下势力大增,所顾虑者唯有西边近邻李克用,正好皇上征调,师出有名,马上表现得忠心耿耿,表示要尽快出兵。由于许多将领分别驻守在外地,来不及调遣,朱温便任命哥哥朱昱的儿子朱友谅为先锋,自己会同大将朱珍,以敬翔为参军,帮助谋划。聚集十万兵马,奔杀扼守三晋东南的门户潞州城。

第九章

三垂岗上百年歌　潞州城下血成河

　　二十二员大将如同下山猛虎,混战成一片。宽阔的两军阵前立刻陷入到无边的杀气之中,烟尘弥漫笼罩住整个军阵,几乎看不清他们拼杀的招数,大家屏住呼吸,擂鼓的士卒忘记了手中的鼓桴,沉寂让厮杀显得更加悲壮和惨烈。每个人的心都提到了嗓子眼儿,完全不知道此时身在何处。

驻守潞州的晋军守将是李克用的三弟李克修和四弟李克恭。开战头一天，梁军先锋朱友谅和大将朱珍先后出阵迎战李克修和李克恭，四人武艺相当，混战一场也没分出个高下，双方草草收兵。朱温正在阵前观战指挥，忽然发现东南方向烟尘滚滚，似有千军万马席卷而来，分不清对方是敌是友，众人只能收束战阵准备迎战，一颗心悬到嗓子眼上。等来到跟前才看清旗号，原来是各路梁军赶来增援。朱温大喜过望，立刻趁热打铁，组织所有兵力和战将，猛攻潞州城。此时李克修和李克恭还没退回城中，他们也发现远处兵马踏起的烟尘，也想看看是不是大哥派兵赶来共诛朱温，便等候在护城河旁观望。朱温发动的攻击突然而凌厉，晋兵来不及退回城中，只能迎头拼死一战，由于众寡悬殊，晋兵大部分或战死或投降，只有零星兵马冲出去落荒而逃。李克修、李克恭两兄弟无一幸免，被乱刀砍死，尸体也被践踏成肉泥。

　　落荒而逃的晋兵日夜兼程跑回晋阳，向李克用禀报军情。闻听潞州失陷，两个弟弟惨死，李克用如同五雷轰顶，痛哭失声，立刻集合兵马，命庶长子李落落为左军主将，与大太保李嗣源一起为先锋，率领三千精兵先行，自己则亲率八万铁骑，随后跟进。当时李克用的次子李存勖，小名亚子，刚满十岁，虎头虎脑而不乏机敏聪慧，深得李克用喜爱。李存勖见大家都要出发，便吵闹着要一块儿去。李克用拗不过他，也想让他从小多长些见识，就把他带在身边，并托付众将军好生照顾。

　　李嗣源和李落落率领先锋部队火速南下，为大队人马打探沿路情况。不过，李落落自小生长在王府，众星捧月，养成高傲和过于自信的性格，李嗣源纵然生性稳重作战经验丰富，但在如何进军的问题上总是做不了主。快要接近潞州地界时，要穿过一处名叫洞子沟的山谷，李嗣源认为此处地势险要，不可轻进，应先派少许人马仔细打探，确保无虞后再通过。李落落却不耐烦地叫嚷："先锋先锋，快速先行。我们日夜不停急速行军,就是为了不让敌人知晓,好打他个措手不及。如今眼看就到潞州城了,再磨磨蹭蹭,被敌人发觉了,岂不是前功尽弃?传我命令,不许耽搁,火速穿过洞子沟!"

殊不知正应了李嗣源的担心,朱温早就在山谷两侧的悬崖之上派驻重兵,檑木、滚石和箭弩堆得满满当当,只等晋军前来受死。又有上万精兵,分别埋伏在峡谷的出口与入口,务求一网打尽。等李落落和李嗣源这三千先锋队伍完全进入洞子沟后,伏击战立刻开始,晋军顷刻陷入檑木、滚石和箭弩织成的漫天暴雨之中,根本无处躲闪。被打蒙了头的晋兵拼命掉头往回冲,企图赶紧摆脱这噩梦一般的惨杀。但梁军堵住两头,如同屠夫见到猪羊,狠命砍杀,能够逃得出去的,寥寥无几。混战一场的结果是三千晋兵基本全军覆没,李落落被乱箭穿身,死于山谷中。李嗣源和部将石绍雄还有少数亲兵,在混战结束后,丢盔弃甲,全没了晋兵身份的标志,竟然混在同样衣甲不整的梁军队伍中,一直进入到潞州城内,也没有人注意到他们。

李嗣源他们本打算先保住性命,再伺机跑回去。进城之后李嗣源才发现,有不少李克修部下的降兵,自己以前曾指挥过,彼此见面,还都认识。由此李嗣源有了个大胆的想法,他要利用这些旧部,反败为胜,拿下潞州城!拿定主意后,李嗣源等人先暂时在军营中充作兵卒,隐迹藏身。有那些降兵照应,倒也没让梁军将官发现破绽。随后李嗣源写好一封密信,让一名亲兵贴身藏好,趁着跟随梁军出城巡逻的机会,偷偷溜走,直奔李克用大营。

此时李克用已经知道了前方战况,也知道长子李落落惨死于乱兵之中,悲愤交加,卧病在军中。当他打开密信,见上边写着:"父王千岁,孩儿嗣源无能,未能保护好少主人,罪不可恕!孩儿现藏身于潞州城内梁军大寨,身边旧部颇多,欲约父王于月底夜半三更,举火为号,父王发起猛攻,孩儿内中接应,里应外合,诛杀朱贼,以报所有前仇!切切。"仔细看过几遍,又让督都周德威等人过目,大家一致觉得,确实是大太保李嗣源的笔迹,可以相信。李克用腾地跳下床,咬牙切齿地大叫:"立刻召集将领帐前听令,让朱三狗贼,活不过这个月去!"

为了迷惑敌人,李克用命令大军走走停停,一直到月底那天黄昏时分,距离潞州城还有七八十里,探马报到城中,朱温并不特别在意,命令各营寨官兵早些歇息,明日准备迎敌交战。等天色完全暗了下来,没有半点月色的夜晚黑得出奇,几步之内便不辨人影。李克用突然下令,急行军直奔潞州,必须在三更之前赶到城下!接着又严令各队,谁也不准弄出丝毫亮光,更不准点火把之类的东西照路,完全摸黑前进,不得让人发现任何行踪!命令下达后,大家不敢懈怠,立刻开拔前进。道路虽然崎岖不平,所幸深沟高崖并不是很多,深一脚浅一脚地走出大半个时辰后,大家逐渐适应了摸黑前行,速度明显加快。将近三更的时候,大批晋兵如同巨大的乌云,渐渐笼罩住潞州城池。

　　三更的梆子刚刚响过,李嗣源带着石绍雄从北门城墙上探身下望,只见城下霎时火把并举,一瞬间亮如白昼,紧接着喊杀声冲天,直冲城门而来。李嗣源点点头,冲身后打个手势,亲兵们见状,立刻打开城门,放下吊桥,引导晋军进城。而另外一些降兵则按计划高举火把,冲向各个营寨又是砍杀又是放火,整个潞州城从北门开始立刻陷入到无边的混乱之中。

　　朱温和各大营的将官们一样,此刻正是熟睡的时候,火光映天喊杀声四处响起时,他们才从睡梦中惊醒。朱温一直怀疑是在梦中,但怎么摇晃脑袋都弄不醒自己,他踉跄着走出屋外,正碰上风风火火跑进来的葛从周。

　　"葛将军,发……发生了什么事?"

　　"晋军已经从北门杀进来,主公,快随我从南门出去!"葛从周一把拽住朱温往大门外跑。这么多年的作战经验让朱温比谁都明白,没有什么事不可能发生。他也不多问,顺手从侍卫手中接过一柄宝剑,在亲军簇拥下,从南门夺路而逃,溃败至附近的泽州,才暂时站稳脚跟。

　　一夜的放火和混战,梁军先前的战果全部丧失,还搭上三万多精锐部卒。潞州城内外到处都是尸体和半死不活的伤兵,一直忙活了三四天才清理干净。李克用虽然反败为胜,重新夺回潞州,但没能抓住朱温,心中毕竟深感遗憾。况且朱温并未跑远,实力犹存,李克用丝毫不敢掉以轻心。而朱温狼狈败退泽州后,来不及反省到底为什么莫名其妙地吃了败仗,眼下最迫切的是确保不再有丢掉性命的危险。似乎是上天有意眷顾,就在朱温惶恐不安的时候,梁军的各路人马接踵而至,几天之内集结了将近十万。更重要的是,让朱温引以为利器的那些猛将,如王彦章、王彦童、庞师古、张归霸、张归厚等人,随军陆续赶到。这下朱温有了主心骨,丧失殆尽的底气立刻十足起来,他忍不住手舞足蹈地拍案大叫:"俺有这么多好兵好将,怕什么李克用?杀回去!"

李克用正与众将筹划着如何把朱温从泽州赶走,以确保三晋门户万无一失,忽然部将前来禀报:"梁军号称二十万,从泽州杀来,目前已接近潞州城下!"李克用一愣,招呼众人:"集合兵马,出城迎敌!"

潞州城下,两军对阵时李克用才知道,几天不见,朱温从里到外已经焕然一新。他精神抖擞,嘴角撇着冷冷的笑意,丝毫看不出刚吃过败仗的颓丧。李克用明白,他的精神抖擞自有其原因,看看人家身后一眼望不到边际的千军万马,再看看猎猎战旗下簇拥人家两侧的众多战将,一个个都是威震四方的传奇人物。李克用倒吸一口凉气,忽然觉得心里实在没底。随着战鼓擂响,梁军阵营中率先冲出一员战将,此人身材高大,骑在健硕犹如游龙的枣红战马上,仍如半截铁塔一般,马匹都相形见绌地显得小了。他身披散发着乌亮寒光的铁甲,本来就一团黑气的脸膛更映衬得如同天神,令人望而生畏。不用通报姓名,许多晋军兵将都知道,这就是武艺异常高强号称"王铁枪"的王彦章了。

王彦章高举镔铁打制的长枪,指着对面高喊:"谁敢出战,与我王彦章大战三百回合!"

晋军将领多半只是听说过王彦章的威名,并没真正见识过他的身手,有些人畏怯躲让,唯恐点名点到自己头上,但更多的大将则是不相信他能厉害到何种程度,跃跃欲试地想要领教一下。最先出战的是老将薛克勤,他怀抱豹尾大枪,朝李克用拱一拱手,便打马跳跃出去。李克用本能地伸手想拦他一下,但来不及了。薛克勤追随李克用已有十多年,所有重大事件如云州哗变、深入大漠败走戈壁、南下东征剿灭黄巢,他都一一经历过并立下汗马功劳,正因如此,不祥的阴云才更让李克用忐忑不安。

薛克勤挥动手中长杆大枪,飞马冲入阵中。王彦章也挺枪来迎,两人往来冲杀,战了有六七个回合。叮叮当当的铁枪撞击中,王彦章渐渐感觉出了门道,他利用薛克勤上了年岁,眼光不太灵便的空当,在两马错镫的一瞬间,使了个神龙摆尾,"嗨"地发力,一枪杆把薛克勤打落马下。不等薛克勤从地上爬起,甩手又是一枪,正刺在他的小腹上,枪尖挑动,薛克勤胸膛被整个挑开,肠子心肺等花花绿绿的东西随着热血"嘭"地喷溅开来,场面惨不忍睹。

薛克勤惨死,令李克用痛彻心肺,他大叫一声就要冲上去和王彦章拼杀。驻马站立在旁边的安福迁说声:"王爷慢着,让我来为薛老将军报仇!"打马挥起手中两只大铁锤冲上前去。两人也不搭话,拼命死战。不料安福迁的铁锤固然有力,但属于短兵器,一时贴近不了王彦章。王彦章也发挥出自己长枪的长处,铁枪挥舞得呼呼生风,不停地刺向对方各处要害,弄得安福迁手忙脚乱,招架不迭。安福迁的两个弟弟安福顺和安福庆见哥哥危急,连忙催马冲入阵中,安福顺手持狼牙棒,安福庆使一柄双翅画戟,一起围攻王彦章。四人走马灯似的团团乱转,一直大战了七八十个回合,仍然旗鼓相当,难分胜负。王彦章知道再打下去,一双胳膊和六只手过招,难免有失手的时候,必须使用杀手锏了。王彦章虚晃一枪,拨转马头往自己队伍方向退让,作出想逃走的姿态。安家三兄弟如何舍得放弃这来之不易的战果?争先恐后地追杀上去。这样一来,他们防守的心思就削弱大半,王彦章要的就是这个机会,他见安福迁已经距离自己近在咫尺,回身挺枪猛刺。由于距离实在太近,而王彦章的动作又出乎意料,安福迁"哎呀"大叫一声,被刺落马下,当场阵亡。安福顺知道情况有变,但还没来得及缓过神,王彦章就来到眼前,手起枪到,铁枪插进安福顺的心窝,安福顺连喊叫都没来得及,便口吐鲜血栽倒在地。安福庆见状,知道不妙,连忙掉头往回跑,可是王彦章的马快,转瞬就追到身后,恶狠狠地吼叫着:"老子送你们兄弟团聚!"铁枪捅进安福庆后心窝,安福庆未及作出任何反应就气绝身亡。

王彦章一连斩杀晋兵四员大将,耀武扬威。朱温则趁机挥动令旗,大军趁势掩杀过来,晋兵大败而逃,仓皇退入城中。

安顿好兵马后,李克用仍是面色蜡黄,额头上冷汗不断渗出。想想薛克勤和安氏三兄弟的惨死,大家心情沉重,计无所出。周德威见大家这副模样,便建议说:"梁军其实并不可怕,只是那王彦章武艺高强,缺少克星而已。晋王还是立刻派人前往汾州,把十三太保李存孝调来,有十三太保在这里,王彦章就容易解决。"

大家都知道李存孝的武艺,简直可称之为天下无敌手,王彦章在他跟前,只能是小巫见大巫,大家纷纷点头称是。不过,见大家这么推崇李存孝,四太保李存信心里不大舒服,他气哼哼地上前一步大声说:"十三太保固然厉害,但没有他,我们这仗就不打了?我们随父王千岁南征北战,什么场面没见过?不用费事搬兵,我愿立下军令状,明天大战王彦章,不拿下他的人头,誓不回潞州城!"

李存信开了头,其他诸如八太保李存质、九太保李存实和十太保李存贞以及众多猛将,也纷纷请战,表示愿意立下军令状,和梁军决一死战。见众人士气恢复,李克用也是信心猛增,拍案而起:"好,这才是我沙陀的英雄好汉!周都督,你立刻赶往幽州,请幽州节度使刘仁恭速派燕京兵马赶来助战。本王这就发调令,让十三太保也带兵赶来潞州。明日本王要与梁军决一死战!"

周德威本来还想说什么,但是见众人精神高涨,已经有些忘乎所以,犹豫一下抱拳领命:"是,我这就动身前去幽州!"

然而李克用不知道,此刻的潞州城外,朱温大帐中也正秘密酝酿着一个计谋,而计谋的终极目的,则是要他李克用和全体晋军将士的性命。

萧瑟秋风呼啸着吹了一夜,第二天阴云密布,天地间一片昏暗,处处透着凄惨和冷清。刚过辰时,晋军已经出城列阵,做好了决战的准备。朱温闻听战报,立刻传令各路兵将,按昨天的安排行事,各自迅速集结到指定地点。朱温自己则率领王彦章、王彦童、氏叔琮等大将正面迎敌。

两军对阵,纛旗猎猎翻飞,鼓声阵阵,号角呜咽,空气也变得有些凝滞,让人窒息。双方都憋足了劲,刚刚布阵完毕,王彦章的弟弟急于像哥哥一样扬名立功,首先催马出战。十一太保李嗣恩抡起镏金镋上前应战。两马盘桓，刀枪碰撞，大战了十多个回合。王彦童的枪法和王彦章同出一路，使得是神出鬼没，李嗣恩渐渐难以招架。李克用唯恐昨天的悲剧重演，连忙示意众将领上去替换。九太保李存实、十太保李存贞和十二太保李嗣本都是昨天立过军令状的，满腔的激愤正好得以发泄，三个人立刻同时冲上去，围攻王彦童。王彦章见状也害怕弟弟有所闪失，便大吼着挥动镔铁枪冲向阵中，替弟弟解围。四个太保大战王家兄弟，战阵之中顿时烟尘冲天，六个人打得难分难解，令人眼花缭乱。

梁军这边，朱温所依仗的正是王家两兄弟，见对方人多势众，便招呼身边的大将们："你们都上，趁着这个劲头，把李克用这个独眼贼一举灭掉！"

众人答应一声，葛从周、庞师古、氏叔琮和张归霸、张归厚兄弟等号称梁军十虎的众多大将，喊杀着冲上去，把四个太保包围起来狠命砍杀。

情况危急，以大太保李嗣源为首，二太保李嗣昭、三太保李存璋、四太保李存信、五太保李存审、六太保李存颢、七太保李存进和八太保李存质等人也纷纷打马挥动兵器，到阵中迎战梁军十虎。二十二员大将如同下山猛虎，混战成一片。宽阔的两军阵前立刻陷入到无边的杀气之中，烟尘弥漫笼罩住整个军阵，几乎看不清他们拼杀的招数，大家屏住呼吸，擂鼓的士卒忘记了手中的鼓桴，沉寂让厮杀显得更加悲壮和惨烈。每个人的心都提到了嗓子眼儿，完全不知道此时身在何处。

半个多时辰过去，二十二人的捉对儿厮杀，强弱渐渐显露出端倪。所谓梁军十虎，大半威力来自于王家两兄弟和葛从周，他们三人愈战愈勇，牵扯住十二太保大部分力量，其余的七虎则趁势发起猛攻，晋兵这边似乎开始力不从心。李克用看得很清楚，他心里暗暗着急，照这样下去，只要有一个太保受重伤或阵亡，其他太保就极其危险。来不及犹豫，李克用挥动手中的帅旗，声嘶力竭地大喊："诸位将士，随我冲上去，活捉朱温小人！"自己一马当先，舞动铁杆大戟冲入阵中。

晋兵立刻响应，近十万人马呐喊着如波涛拍岸一般，猛冲过去，将交战的十虎和十二太保冲散到各处。朱温见李克用孤注一掷，正合了自己的心意，连忙擂响战鼓，催动十万梁军冲杀迎战。潞州城外空旷的荒芜原野上,二十万人马混战在一起,喊杀、惨叫、哀号,刀枪穿透铠甲皮肉撕裂、战马咆哮着轰然倒地,各种各样的声音搅混在一起,伴着无边的烟尘,形成人世间最奇特的一道惨烈情状。鲜血蔓延开来,打湿了地上的黄土。碎裂的肢体四处散落,被绊倒的兵将在刀枪和踩踏下尸首分离。

两军狠命厮杀到正酣处,忽然位于山冈之上的梁军帅台上鼓角齐鸣,尖利的声音刺透阴暗长空。随着鼓角的召唤,从东西两侧的沟壑中,忽然冒出无数人马,飘扬的大旗上赫然一个血红的"梁"字。东边的梁军由大将邓季筠率领,西边的由大将李谠领队,各自有一万多精兵,他们呼啸而来,直扑晋兵后方。正全力往前拼杀的晋兵,腹背受敌,立刻陷于被动和慌乱,顷刻间倒下一大片。

李克用这才明白过来,他大喊着砍死两名纠缠在身边的梁兵,回头对大太保李嗣源高叫:"我们中计了,快指挥人马,火速撤入城中!"

李嗣源满身满脸都是半干不干的血迹,拧着眉毛喊叫:"父王,你看!"

李克用顺着他手指的方向看去,邓季筠和李谠率兵一边在背后袭击晋兵,一边已经分兵冲入城门洞开的潞州城,城上的大旗不知什么时候,竟然换成了梁军帅旗!"哎呀!"李克用急火攻心,一阵晕厥,险些跌落马下。"快,让大家后撤,拉开与梁军的距离!快……"话没喊完,嗓子眼一热,鲜血喷薄而出。

"父王!"李嗣源大惊失色,赶忙上前想扶住他。李克用狠命摆开,厉声大叫:"别管我,立刻后撤!"话音未落,李克用忽然想起一件可怕的事情,如同当头一棒,他打马往城门方向砍杀过去。

几乎与此同时,李嗣源也反应过来,晋王的爱子李存勖尚在城中!他若有所闪失,父王真就是性命难保了,非心疼死不可!恰好李嗣昭等人冲到跟前,李嗣源慌忙指挥:"嗣昭,你随我杀进城中救亚子,其他人,立刻保护晋王后撤,撤得越远越好!"

众人有了明确的任务,行动立刻有序许多,拼命抵挡着梁军的冲杀,把李克用簇拥在中心,步步向后退却。李嗣源和李嗣昭则带领几员悍将,逆着人潮,舍命冲进城门。好在朱温的伏兵人数不多,在城中并未站稳脚跟,还没来得及杀向帅府。李嗣源等人把亚子抱在马上,旋风般冲了出来。

李克用率领数万晋兵一路败退,一直退到长子谷,梁军害怕中了埋伏,方才停止追杀。李克用不敢大意,继续向后边撤兵,又走出一个多时辰,探路兵卒回来禀报,前边有一处地势险要之处,名叫三垂岗,易守难攻,可以作为营地。

看看身后众兵将一个个人困马乏垂头丧气,李克用在心里长叹一声,传令下去:"驻扎在三垂岗歇息休整。"

三垂岗地势果然险要,地面虽然不是特别大,但驻扎这些兵马还是绰绰有余。大家忙着安营扎寨,安置伤员,人人筋酸骨痛,一屁股坐下就不想起来。李克用却丝毫没有歇息的意思,他心头汹涌澎湃,这场大败,使得潞州得而复失,让他不断涌上来说不出的滋味。好在没多大一会儿,帐前营官报上这次大战的损失。晋兵当然损失不小,不过看看上边写的,梁军方面,氏叔琮被李嗣源斩杀,孟方立被李存审砍死,至于官阶低些的将领,更是死伤不少。这么说来,梁军虽然表面得胜,损失也不比晋兵少去多少。李克用心里略微得到些许安慰,他信步走到岗上,周围荒草漫芜,野风鸣咽,远处的山峦若隐若现,似乎近在咫尺,却又感觉远在天边。环顾四周,李克用发现不远处有一座玄宗古祠,显然是当地百姓为纪念唐玄宗开元盛世所建。略微沉吟片刻,李克用朝古祠走去。众太保和将领见状,忙紧紧跟在身后。走进大殿,一一遍览神灵塑像,李克用感慨万端:"诸位,想当初开元盛世,我大唐威震四海,士民百姓无不安享人生之乐。唉,没想到这才过了百余年,好景便如过眼云烟。如今海内群雄并起战乱不断,就连这古祠也荒废了。唉,世事真如一场大梦啊!"

大太保李嗣源见他如此伤感,便命人抬来几张长桌,请李克用坐下饮几盅酒解乏,也平息一下感伤的心绪。三太保李存璋忽然想起自己身边有个随身侍童,以前当过伶人,词曲唱得不错,就叫他过来给大家唱一个,活跃一下气氛。

那个侍童忙拿出古祠里边存放的一把旧琴,想一想,边弹边唱起一首《百年歌》。歌词是西晋初年的陆机所做,辞藻极其华美艳丽。

肤体彩泽人理成,美目淑貌灼有荣。被服冠带丽且清,光车骏马游都城。高谈雅步何盈盈。清酒将炙奈乐何,清酒将炙奈乐何……

歌声柔媚凄婉,如泣如诉,充满了无限的哀愁与追思。李克用一手捏着酒杯,一手摩挲着偎依在膝前的李存勖,禁不住老泪纵横,打湿了衣襟。李存璋见此情形吓一大跳,狠狠瞪那个小童一眼,上前蹲在李克用身边说:"是孩儿没安排好,让这个不懂事的东西唱这么一支曲子,反倒更加添了父王的烦恼。"一边扭头呵斥说,"还不赶紧换一个欢乐些的!"

侍童吓得吐吐舌头。李克用摆手长叹一声:"不怪他,这支曲子好啊!岁月无情人生易老,都在其中了。想我如今年已不惑,戎马半生,而功业却遥遥无期,实在让人感慨时光匆匆啊!"说着看看众人,又低头抚摸一下李存勖,"如今我晋兵虽元气并未大伤,但平定中原一统海内,恐怕还得请诸位再接再厉,作好长期征战的准备。此次战败,二十年后,存勖必定大战于此处,诛灭梁军,平定中原!"

见大家目光灼灼地望着自己,豪迈之气顿时从胸中升起,李克用挺身站起来,走到祭台前,顺手拿起笔墨,在墙壁上龙飞凤舞地写下一首七律:"三垂岗上感泪多,暮年犹难补山河。壮士威风今虽在,欲比当年老廉颇。有心豪杰协劲旅,不觉光阴总蹉跎。他日功业随诸子,今夜只饮百年歌。"写完之后把笔用力掷在地上,良久没有说话。

第二天一大早,天色未明的时候,十三太保李存孝便率五千精兵匆匆赶来助阵。李克用心头顿时轻松一大截,好言安抚几句,又讲了讲这次战败的具体情形。话还没说完,探马火急火燎地跑进大帐禀报:"朱温已经探知我军驻扎于此,梁军大将邓天王和邓季筠率兵三万余众,已经深入长子谷,正向这边逼近!"

李存孝霍然起身:"父王不用担心,我这就前去迎战,杀杀他们的威风!"

果然不愧是天下名将的威风,李存孝带领部将安休休和少数骑兵,快马加鞭赶到长子谷出口,拦截住邓天王和邓季筠,面对对方浩浩荡荡的人马,毫无惧色,力敌二人,没几个回合,就把两人接连挑落马下。安休休则率领骑兵抡起大刀直冲入敌军,见人就劈,见马就砍。三万人马虽然数量上占绝对优势,但猝不及防,队伍顿时大乱,加上主将战死,更是军心涣散,不住地向后溃逃,丢下横七竖八的许多尸体。

李存孝轻松得胜,立刻大长了晋军志气,李克用也趁热打铁,准备反攻回去。犹如锦上添花一般,就在这时,周德威从幽州搬兵回来,带回幽州一万兵马,由幽州名将高思继统领。李克用早就听说过高思继的威名,喜形于色地大叫:"好,有高将军在,活该他朱三倒霉!"立刻集合所有兵马,从长子谷出动,杀回潞州城下,再次和梁军展开决战。

朱温此刻已经完全摸不准晋军的情况,只能抱着试探的心态出城迎敌,借此查看对手的虚实。

两军对阵。朱温发现,几天不见,李克用已经恢复了昔日的神采与威风,而晋军也完全没有了刚刚战败的颓丧。他立刻猜想到,对方一定是有了精兵强将的增援。他暗暗后悔,前两天真应该猛追穷寇,一鼓作气把他们赶尽杀绝。战鼓急促地敲响,多少人生死转换的时刻就要到来,热血在每个人血管里顿时沸腾起来。梁军先锋大将李说见朱温心神不定的样子,便自告奋勇率先出阵。

晋军这边,高思继初来乍到,当然要显示一下身手,当即抱拳对李克用说:"晋王,在下去打头阵,杀杀梁军的锐气!"李克用求之不得,微笑颔首:"好,将军当心。本王当亲手为将军擂鼓助战!"

高思继紫金战盔月白铠甲,面色凝重如同青铜,加之颔下一缕长须飘然垂胸,更显得威风凛凛,宛如关云长恍然在世。他催动战马冲到阵中,也不废话,挺手中钢枪直刺李说。李说挥动大刀迎上去战在一处。几声刀枪碰撞的火花迸溅之后,高思继渐渐找到感觉,一套高家枪法使得出神入化,令李说眼花缭乱,防不胜防。双方来往不到十个回合,高思继看准一个破绽,大喝一声,手起枪落,穿透李说心窝。

朱温看得清清楚楚,青黑着脸倒吸一口凉气,禁不住喃喃自语:"好厉害!听说李存孝了不得,再加上这个人,晋军虽说败过一阵,还是不好对付呀!"

站在跟前的王彦章立刻被鼓动起来,他瞪圆了大眼睛叫嚷:"主公不必担心,我去会会他!"催马挺枪直取高继思。两人都是以枪法著称于世,战在一起真正让两边的兵将大开眼界,只见他们三人你来我往纠缠在一起,走马灯似的穿梭有将近半个多时辰一百回合上下,难分胜负。正在李克用看得有些惊呆的时候,周德威附在耳边悄悄提醒:"王爷,我军接连大胜,眼下正是士气最旺盛的时候,何不赶紧冲锋,杀朱温一个措手不及,夺取潞州城?"

李克用恍然大悟,马上挥动令旗,号令三军全体冲锋。众人见高思继打得热闹,早已是忍耐不住,一个个跃跃欲试,命令一下,纷纷呐喊着冲了过去。十三家太保更是如同下山的猛虎,率领部下直杀向朱温所在的中军方向。朱温没料到晋军会突然出动,要拉开作战的架势已经来不及,只好手忙脚乱地仓皇撤退。兵败如山倒,一旦败退,很难再收住脚。梁军如同决了堤的洪水,一泻千里,仓皇退出潞州城,向尧山方向溃散。

潞州城失而复得,李克用当然欢喜不已,晋军加紧休整,以防备朱温卷土重来。然而出乎李克用意料的是,朱温采取了另一种更为扎实的策略。他利用自己在中原已是事实霸主的地位,号令各路兵马前来尧山会合,准备步步为营,合围潞州的晋军,将其全部歼灭。而碍于朱温在中原地区的强大影响,也确实有不少节度使开始响应,其中实力强大的有卢龙节度使李匡威、成德节度使王熔、魏博节度使罗弘信、云州节度使赫连铎和鞑靼部落首领慕容扎托等五路大军,他们总共出动有二十五万兵马,进兵河东一带,企图形成合围之势。

面对越来越严峻的形势,刚刚沉浸在胜利喜悦中的晋军兵将,立刻人心惶惶,格外不安。有不少人建议说,敌人强大,与其硬拼,倒不如赶紧退回晋阳,保存实力要紧。包括他的弟弟李克宁也屡次提出这个看法。李克用当然知道,退回晋阳是最省事也最安全的办法,但这样一来,富饶的河东一带就会落入朱温之手,这些年的争战也就化为乌有,他实在有些不甘心。

就在犹豫不决之际,参军郭崇韬力排众议,提出了不同的看法:"如今虽说对方五路大军气势汹汹,但他们人多心杂,调度缺乏统一指挥,加之赫连铎和慕容扎托之辈远道而来,粮草难以供应,难以久持。更为重要的是,朱温坐镇尧山,只是号令各路兵马增援,自己却不派出重兵接应,显然,他并没有下决战的决心,他的这一举措,势必会给其他增援兵马造成消极影响。如此看来,我军虽然兵力相对较少,但步调一致,士气强悍,只要调度得法,必然能挫败朱温!"

李克用听完他的分析,句句落在自己的心里,高兴地连连点头:"郭参军的话正合本王意思,本王征战二十余载,什么艰难惊险没有见过,还怕朱三小儿这点虚张声势!"当即下令,命十三太保李存孝出兵镇州,四太保李存信出兵井陉,然后两军会师,共同出击尧山,只要朱温挨打逃窜,其他五路兵马自然就会不战而退。李克用则带领众人先回晋阳安顿,以便集中兵力接应他们。

然而李克用并没有想到,他的这一安排,却酿成了一场难以挽回的悲剧。

第十章

痛遭反间存孝遇害　怜惜美人淮南动荡

　　杨行密平息扬州战乱之后的第一件事情,就是下令把孙儒斩首,接着有人把和孙儒在一起的瑶琴带上大堂。杨行密见瑶琴美艳不俗,尤其是惊恐之中低声啜泣,更如梨花带雨,令人格外怜惜,禁不住有些怦然心动。旁边的袁袭见状,忙低声说:"将军,这个女子可是祸水呀!要不是她,毕师铎也不会倒霉,孙儒或许还真能成事。"

接到将令,李存信和李存孝各自准备,匆匆收拾一番后便率领各自的部下迤逦出发。李存信和康君立的私交甚厚,两人平日里几乎是无话不谈,很是融洽。李存信出征,康君立当然少不了要备酒送行。推杯换盏间,康君立发现李存信有几分心神不宁,察言观色,他知道李存信是担心这次出征被李存孝抢了头功。毕竟,比起李存信来,李存孝的名声要大出很多。但康君立此刻并没有以顾全大局的心态来打消李存信的顾虑,反而火上浇油地跟着叹气:"四太保担心的何尝不是?此次出战,不管怎样出力,将来取得胜利,大家必定认为是十三太保神勇无敌。唉,徒为他人做嫁衣啊!"

听到向来足智多谋的康君立也这样讲,就更印证了李存信的担心,他皱着眉头看看康君立:"那……你有什么好办法能……"

康君立高深莫测地笑笑:"这个其实也简单。四太保奉命出兵井陉之后,就按兵不动,让李存孝一个人去打朱温。朱温那里人马众多,李存孝再勇猛,也不可能取胜。到时候晋王怪罪下来,你就说十三太保急于抢功而率兵冒进。晋王脾性暴躁,吃了败仗之后更是如此,他必然迁怒于李存孝而将他调回来。这样,四太保就掌控全局,然后再徐徐进兵,打败朱温。如此一来,四太保自然就会威名大震,胜过李存孝,成为最受晋王器重的太保。"

李存信本来也只是存在一些争强好胜的心思,听康君立说的既轻巧又能收到如此好的功效,立刻来劲,连连答应照办,并请康君立在父王面前多多照应,及时美言。康君立虽然追随李克用十多年了,已经是晋军元老,不过他向来心胸狭隘嫉贤妒能,能趁机把不可一世的李存孝给整下去,也正是他埋在心底的恶毒心思。两人一拍即合,开始各揣不同目的地向李存孝伸出黑手。

按照康君立的授意,李存信出兵井陉之后,装点门面似的攻占了附近的临城,然后就按兵不动,观望李存孝的动静。而李存孝对此全然不知,率兵向南出邢州,然后就直接杀向尧山。对于这支远道而来的孤军,朱温早就布下各道埋伏,虽然李存孝异常勇猛,接连斩杀对方多员猛将,但到底势单力孤,兵卒死伤大半,而李存信那边又迟迟没有赶来会师的迹象,不得已只好败退回镇州。朱温接受了上次教训,率军会同五路兵马穷追不舍,李存孝无力再战,只得一再败退,最后溃败到邢州才算勉强站住脚跟。

前方战败的消息传到晋阳,李克用果然暴怒不已。本以为这是乘胜制敌,派去的又是晋军最勇猛的大将,根本就没有失利的理由,没想到却丢兵失地,实在是太丢人了!看着李克用气哼哼地在大殿内来回踱步,康君立转动眼珠小心翼翼地说:"王爷不必气恼,这次尧山大败,实在是事出有因。臣听说,十三太保自恃天下无敌,轻敌冒进,结果令三军受辱,白白葬送了许多晋军儿郎的性命。倒是四太保按兵不动,能够以逸待劳,比较老成可靠。唉,如此看来,勇力不可恃,还是四太保沉稳些呀!"

李克用恨恨地点点头:"这个李存孝,实在是太狂傲了!朱温老奸巨猾,你怎么敢去藐视他?"想一想下了决心,"这样,临阵换将固然是兵家之大忌,但眼下也顾不得这些了。令四太保固守邢州,大太保李嗣源与部将石绍雄率兵一万,前去接换李存孝,再次出兵尧山,一定要拿掉朱三对河东的威胁!"

晋军大太保李嗣源前来会合李存信一起攻打尧山的消息报到尧山大营,朱温立刻预感到什么,紧锁着眉头半晌没吭声。一旁的谢瞳见状,不动声色地说:"主公莫非是为了李嗣源前来进攻尧山而烦恼?"见朱温没有说话,顿一顿忽然微微一笑,"其实大败晋军的机会已经来了,主公应该高兴才是呀!"

朱温一愣:"上次单是李存孝一路兵马来进攻,虽然中了我们的埋伏,却也杀掉我好几员大将,让我着实心痛不已。此番他们合兵一处,只怕更不好对付呀!军师怎么却……"

谢瞳凑近些,颇有几分神秘地说:"主公有所不知。晋军之中最为勇猛者,当属李存孝。上次李存孝孤军深入,被我伏兵包围,险些丧命,而一同前来的李存信却按兵不动,坐看他倒霉。由此可以看出,他们太保之间,已经有了裂隙,只要我们巧妙使用反间计,足可以瓦解晋军,消灭劲敌!"见朱温若有所思,谢瞳接着分析:"主公可能也听说过,那李存孝本来叫安景思,后来投靠到李克用身边,做了他的干儿子。主公不妨设法让流亡百姓前去投奔在临城的李存信大营,并叫他们口口声声说他们是来投奔安景思安将军的。这就是所谓的南辕北辙之计。李存信由此就知道李存孝有了反心,他当然会立刻禀报给李克用。这样一来,李存孝有口难辩,不反也得反,晋军闹起内讧,迟早会出大乱,到那时候⋯⋯"

话没说完,朱温已是眉开眼笑,连连称妙,立刻命令大将丁会驱逐冀州的百姓前去临城逃难。并让五百士卒装扮成百姓模样,混杂在中间散布流言,说李克用暴虐不堪,最喜欢屠杀百姓,还是安景思将军为人善良,投奔他定有好日子过。流言传来传去,百姓也就信以为真,跟着叫嚷要赶紧去投奔安景思。

正如谢瞳所预料的,李存信闻听百姓流言,说是十三太保已经恢复原来的名字安景思,召集流亡百姓投奔,意图壮大兵力,心里吃惊不小,来不及考究其中真假,立刻派人火速禀报给李克用。

突如其来的消息让李克用简直不敢相信自己的耳朵。正当他将信将疑的时候,同样得到消息的康君立跑进大殿禀报说,如今三晋百姓已经是人人尽知,十三太保怪罪晋王不及时发兵救援,让他孤军深入差点丢了性命。如今他已改回原来的名字,自封为邢州节度使,不再听命于晋王等等。李克用对这帮干儿子尽管十分放心,但和亲儿子比起来,终究是隔了一层,加之李存孝前些日子刚刚冒进战败,似乎更印证了百姓的流言。怒火立刻被激起,李克用头脑发热,挥动着胳膊大叫:"反得好,总比老夫死了他再反要好!快传军令,征调兵马,我要亲自去邢州,问问这个忘恩负义的小崽子还有没有良心!"

一时间,晋军上下骤然紧张。大家都知道,内讧往往比对外作战更惨烈也更迷茫。但李克用正在气头上,没有人敢在这个当口说出不同的声音。

驻守在邢州的李存孝消息虽然有些闭塞,但李克用要来征讨自己的战报,还是让他很快明白了这些日子发生了什么。想想这几年出生入死的作战,换来的却是个反贼的名声,李存孝也是怒火中烧,他命人拉出战马,提起那杆令多少人望而生畏的铁戟,脸红脖子粗地叫嚷:"这成什么事!上次李存信按兵不动贻误战机,屎盆子反倒扣到我头上。这回不知又听信了什么流言,竟然来发兵征讨!来就来吧,我正好趁机向他讨还清白!"

在这样一个事关生死的关键时刻,如果李存孝主动回去请罪,或许很容易就能平息这场说不清楚的变故。但李存孝生性刚勇,他并不朝服软这方面去想,而他身边的部将袁奉韬自作聪明地出谋划策,更是把他推向了万劫不复的境地。

袁奉韬提议说:"将军,既然将军要动用武力来讨还清白,还就真的要改换旗号,按流言说的,改成安景思。你想,倘若不改,真打起来,那就是儿子和父亲作战,大逆不道啊!改换旗号以后,就不存在这个问题,才能做到师出有名呀!"

对于这样一个自跳陷阱的建议,李存孝却想都没想地答应了。他让人做一面大旗,旗上绣着巨大的"安"字,替换原来的"李"字帅旗,悬挂在邢州城头,一边整顿兵马,作好坚守的准备。

没过几天,李克用率领大军进发到邢州城下,远远就看见城头飘扬的帅旗,巨大的"安"字如同一柄利剑,让李克用一阵心痛。本来仍旧心存疑虑的他,此刻完全相信了康君立的说法,他怒不可遏地下令:"攻城!"

战事一旦展开,便不以人的意志为转移地延续开去。李存孝本来只是想故作声势而已,但面对李克用挥兵猛烈攻城,也不得不积极防守。这样一来,假戏就成了真做,晋军自相残杀的局面迅速升级。不过,邢州城虽然不大,但李存孝久经战阵,经验丰富,一时还真难以攻下。李克用采用周德威的建议,暂缓进攻,严密包围住城池,企图在城内粮草耗尽后逼迫李存孝投降。

围困一直持续了一个多月，李存孝唯恐孤城日久难以支撑，便听从部下建议，写书信向成德节度使王镕求援，希望他能出动兵马牵制李克用的兵力，然后自己反攻得胜，再乘机向李克用说明其中真相。可惜李存孝并不知道，此时王镕已经投靠了朱温，成为了晋军真正的敌人。而王镕得到邢州突围送出来的书信后，则直接送到朱温那里。唯恐晋军内乱不够厉害的朱温，得了宝贝似的，当即回信说，要正式加封李存孝为邢州节度使，发动全部梁军，和李存孝一起内外夹攻，消灭李克用。

事情发展到这里，已经完全背离了李存孝的本意，更为不幸的是，送信的部将返回邢州时，被晋军捕获，送到李克用跟前。李克用看罢朱温的回信，对李存孝的最后一丝信任也全部丧失，火冒三丈地命令："不管付出什么样的代价，也要攻下邢州，捉拿这个没良心的狗东西！"

随着命令下达，战斗骤然激烈。就在这个节骨眼上，晋王府刘夫人突然从晋阳赶来，出现在大帐中。刘夫人是李克用的正室，深受众太保和将领们的尊崇。大家纷纷过来拜见。李克用知道，她一定是听到李存孝造反的消息，为这事而来的。当下气恨恨地说："李存孝这个猪狗不如的东西，早点收拾了也好，省得将来养虎为患！夫人何必操这份闲心。"

刘夫人却早有打算，她提议说："十三太保是我看着长大的，未必如晋王说的那样恶劣。其中有所误会也未可知。臣妾想到城下和他见个面，看看他到底是怎么回事。"李克用一向尊重刘夫人的意思，只好点头同意，暗中让几员得力大将保护，以防万一。

第二天，李克用带领兵马列阵于邢州城下，刘夫人坐在车轿中，拢起轿帘望着城上。见李存孝正在城楼上观敌瞭阵，刘夫人欠身高声喊道："儿呀，你到底有什么委屈，不能坐下说说，如今弄得你们父子反目成仇兵戎相见，岂不让外人笑话？"

李存孝闻声见养母刘氏就在城下，万般委屈顿时涌上心头，不觉潸然泪下，带着哭腔说："母亲，孩儿从小承蒙父王恩宠，建功立业，怎么会舍弃父子之情，背叛投敌？只是因为四兄长李存信按兵不动，贻误了军机，本来胜负也是兵家常事，可父王听信别人传言，兴兵前来讨伐。孩儿想辩解却没有说话的机会,只能勉强抵抗以求自保。孩儿只求能活着再见到父王,把事情说清楚了,死而无怨……"说到最后,已经是泣不成声。

李克用听他这样说,心中五味杂陈,不知道该怎么回答。刘夫人想了想,建议说:"夫君,十三太保并非那种忘恩负义的虎狼之辈,为了平息这场乱子,臣妾只身去城中,劝说存孝放弃抵抗,有什么话大家心平气和地说。"李克用犹豫片刻,想想应该没什么大问题,况且这也是最便捷的一个办法,只好命人通报城头上的士兵,让刘夫人进城。

刘夫人乘车辇进到刑州城内,李存孝在城门内迎接,来到中军大堂上,跪拜施礼:"逆子李存孝,恭候母亲大人"。

刘夫人弯腰扶起李存孝,柔声说:"儿呀,你究竟有什么委屈,尽可向为娘的说,我定为你在晋王面前讨回公道。"

李存孝如同迷路的孩子找到了娘一般,悲从中来,哭诉着说:"母亲不知,孩儿与四哥约定好会师尧山,共同大战朱温。没想到孩儿与朱温苦战的时候,李存信却按兵不动,致使孩儿腹背受敌,折去大半兵马。父王不知听信了什么人的挑拨,反倒说孩儿轻敌冒进,违反将令。可是尽管如此,孩儿也并未做出什么过分举动。后来,父王就率兵前来讨伐,使得孩儿不得不……"

"是呀,事情往往是越纠缠就越说不清楚。"刘夫人皱着眉头,表示理解,随即话题一转说,"可是……既然你们父子是言语不通导致了误会,你也不该自立'安'字大旗,这样你岂不是越发说不清楚了。唉,我儿糊涂呀!"

李存孝此刻也意识到了当初这个举动是多么愚蠢,但后悔也迟了,只好低头不吭声。刘夫人怜惜地把李存孝拉到身边说:"既然事出有因,孩儿可与我出城,在你父王面前说清楚来龙去脉,赔个不是。"

李存孝如释重负,赶忙收拾妥当,和刘夫人一起乘车辇出城,前往晋军大营。来到中军大帐,李克用端坐在帅案后边,微闭着眼睛对他视而不见。李存孝上前磕头请罪说:"不孝之子李存孝拜见父王。"

沉默半晌,李克用终于看了一眼李存孝,压抑着心头怒火,徐徐说道:"你冒失出兵尧山,损兵折将,接着又在刑州闹起叛乱,你说说,你该当何罪？"

李存孝性情耿直，还是照直辩解说自己并没有过错，都是李存信按兵不动，暗中陷害，导致了这些是是非非。

听他振振有词，李克用再也忍不住，跳起身怒斥说："那你改立'安'字大旗，改名安景思，自封节度使，也是李存信暗中陷害不成！"

李存孝自知理亏，忙闭嘴垂首，不敢再说什么。见李存孝服了软，李克用这才略微气消，正要下令把他囚禁起来，等回到晋阳再斟酌惩处。站在一旁的康君立知道，如果李存孝活下来，迟早会知道是自己从中作梗，以李存孝的脾性，自己真就是凶多吉少了。他紧张地思索一下，声音不大不小地说："别的罪过可以暂且不提，但十三太保曾书信暗通朱温，要联合朱温夹攻我晋军，确是事实，请晋王千岁三思。"简单的一句话，立刻让李克用进退两难，也让他一下子明白过来，整个事情其实并非李存信捣鬼，而是康君立心如蛇蝎，看不惯勇冠三军的李存孝而存心陷害。

尽管明白过来其中的缘由，但谁都知道，通敌之罪是最不可轻饶的罪过，但凡有确凿证据，必定要处以极刑。大营内一片沉寂，谁都不敢轻易开口求情。况且康君立是晋军老将，众人多是他的部下，他提出来的话头，更没人愿意招惹其中是非。见始终没人站出来说话，李克用狠了狠心，哆嗦着嘴唇大吼："李存孝暗通朱温，罪不可赦，左右将其绑至帐外，车裂！"

几名武士上来，把李存孝五花大绑押到辕门外。外边有士卒牵来牛车五辆，李存孝四肢各被一牛车用绳索捆绑，一车系住脖子，每车架有两头黄牛。康君立站在营帐外边，大声喊道："晋王有令，行刑！"只见五辆牛车同时发力，咔嚓一声，李存孝被分尸，顿时血肉迸裂，在场的人无不心惊肉跳，万分心痛。李克用不愿在众人面前流露伤心，悄悄回到后边，和刘夫人相对垂泪，却无可奈何。

经历这场变故，李克用再也无心与朱温争夺地盘，连夜班师回到晋阳，在晋王府设灵堂为李存孝哭丧。祭奠三日后，正准备把灵柩送往晋阳凤峪沟口的太山脚下埋葬，大太保李嗣源率兵返回了晋阳。李嗣源闻听李存孝被害，惊得目瞪口呆，直到李克用把前前后后的事情讲述一番，李嗣源才如梦初醒，使劲抹一把眼泪，拍案大叫："康君立这个蛇蝎小人，欺我兄弟太甚！不行，这个仇一定要报！"

李克用低头想了想："那，你觉得该怎样处置康君立？"李嗣源不假思索地说："血债当然要血偿，留这种东西在，迟早是个祸患。孩儿请父王准许，缉拿康君立，用他的首级祭奠十三弟，让天下英雄出口气！"

李克用沉默片刻，忽然直视着李嗣源："你刚带兵回来，调兵用的虎符不是还没交回来吗，那就再借你用上三天！"

李嗣源一愣，随即明白过来，重重地点一点头。李克用想了想，取下随身佩戴的玉环，交给李嗣源："这是诛杀康君立的口谕，免得别人说你滥杀无辜。再者，康君立追随我十多年，拉拢了不少将官。倘若有这个东西为证，就不会激起大乱……"

李嗣源回到府中，立刻暗中叫来石绍雄与安休休，商议好如何行事。当天晚上，李嗣源与石绍雄、安休休带领五百精兵，突然包围住康君立的府邸，人人手举火把各执刀枪，冲进府中。康君立闻听发生变故，不明就里，赶忙跑到院中。只见李嗣源大步走过来，左边是石绍雄，右边是安休休，三人都是满脸杀气。康君立刻感到不妙，但还是心存侥幸地拱手问："三位将军，半夜来到在下这里，有什么事呀？"

李嗣源早已按捺不住满腔怒火，"呸"地朝他脸上吐了一口："康君立！你这个心肠狠毒的小人，今夜就是你为十三太保陪葬的日子！"

康君立浑身一阵冰凉，勉强辩解着说："大……大太保有所不知，这……这都是李存信他嫉贤妒能，暗中陷害，跟我……没什么关系……"李嗣源不等他说完，上前扭住他的前襟怒骂道："老狗，亏你是跟随我父王的老将，竟然这么歹毒！你死到临头，还想挑拨我兄弟自相残杀，我更要叫你全家都跟着陪葬！"说着狠狠一挥手，安休休等人立刻把康君立按倒在地，李嗣源拔出宝剑，不等他求饶，一剑砍下康君立的人头，人头连同鲜血喷溅出老远。李嗣源还不解恨，命令查抄康府，把康君立全家老小统统杀掉。

第二天，李存孝下葬于晋阳西山风峪沟口的太山脚下，坟墓由青石砌成，坟前有平台丈余，平台上雕琢着石元宝，前边立有石碑一块，上边刻着"大唐晋王府十三太保勇南公李存孝之墓"。晋王李克用率领各太保与部下将官,为他举行了隆重的葬礼,用康君立的人头作为祭奠,算是给李存孝带去些许安慰。不过,经历了这次让亲者痛仇者快的变故,李克用心灰意懒了很长时间,提不起精神去和朱温他们再争高下。北方战事,就此平息了很长时间。而朱温之所以没有继续主动出击,则是因为南边的局势有了新的变化。

　　当初黄巢转战中原的时候,淮南节度使高骈打着平叛的旗号,趁机盘踞江淮,割据一方,成为无冕的土皇帝。如今这么多年过去,高骈坐享福威,渐渐年老昏庸,变得信鬼信神,不再把政务放在心上,一心宠信道人吕用之,让他为自己做法祈福,专心谋求长生不老。高骈手下有一员大将名叫毕师铎,此人勇猛善战,是淮南兵力的一大支柱。由于长期没有战事,毕师铎悠闲之际,在扬州城中包养了一个名叫瑶琴的歌伎。瑶琴正当二十出头的妙龄,长相虽说不上花容月貌国色天香,但在整个扬州城也是数一数二的大美人,加之她琴棋书画都有一套,很有一股清雅气质,更让毕师铎这个大老粗怜爱备至,几乎每日形影不离。而对于瑶琴而言,能有毕师铎这样有权有势的将军做依靠,吃穿不愁,也相当如意。

　　可是有一次,毕师铎到城外军营中处理些事务,耽搁了一整天,直到夜晚才急匆匆来到瑶琴居住的青枫楼。不料刚进到内室,就看见瑶琴正伏在床榻上抽泣。毕师铎吃了一惊,正要上前询问。瑶琴此刻也发现毕师铎正站在眼前,慌忙擦干眼泪,企图掩饰过去。毕师铎虽是大老粗,但在这等事情上却格外敏感,在他的再三追问下,瑶琴才遮遮掩掩地说出事情缘由。

　　原来,对于瑶琴的美女大名,许多人都知道,但大家碍于毕师铎的厉害,都是在心里想想而已。而道士吕用之终于按捺不住欲火,他依仗有高骈做后台,便趁着毕师铎不在跟前的机会,到青枫楼谎说楼里有妖气,奉高都督之命前来降妖,又说瑶琴身上不大干净,要为她单独做法,结果装神弄鬼地把她给强奸了。瑶琴唯恐失宠,这种事情本不想让毕师铎知道,现在被追问不过,也只好做出楚楚可怜的样子,寻死觅活。

毕师铎闻听竟然有这等事情,顿时火冒三丈,呆立片刻,咬牙切齿地叫嚷:"好个牛鼻子老道,欺蒙高骈也就罢了,竟敢欺负到老子头上,看我怎么收拾他!"当下满腔怒火地来见高骈,把事情说个大概,请高骈为自己做主,杀掉这个妖道。不料因为长久没有战事,高骈对武将们的重视程度已经远远不及吕用之,他捻着胡须斜视着毕师铎,轻描淡写地说:"毕将军呀,你说的那个瑶琴,不就是个妓女嘛!如今的扬州城中什么都缺,唯独不缺娼妓。何必呢,你嫌吕道人弄脏了瑶琴,送给他算了,我再给你物色一个更好的。"

毕师铎又好气又好笑,暗想高骈这老东西真是老迈昏庸至极了,老子出生入死替他打下淮南地盘,如今反倒不如一个妖道!也不理睬高骈,毕师铎恨恨地跺着脚走了。回到城外军营,毕师铎找来贴身副将秦彦、秦稠两兄弟,对他们说起今天遇到的难堪事情,两人跳着脚说:"有人敢在将军身上打主意,这还了得!大丈夫可杀不可辱,吕用之那妖道这样做,分明是没把将军放在眼里!高骈既然已经不中用,将军手握兵权,何不取而代之,何必受这等窝囊气!"

其实毕师铎早就有了这等心思,经他们一说透,也算是师出有名,立刻点头答应。当天晚上,毕师铎便赶回高邮大营,调集手下所有兵马,共计有近两万人,打着"诛杀妖孽,匡扶政律"的旗号,浩浩荡荡,奔杀扬州。

闻听毕师铎起兵造反,高骈顿时惊慌失措。吕用之趁机献计说,毕师铎不是个好东西,早反比晚反好,更容易制服,只是城内兵力很少,应当赶紧寻求援兵。高骈根本来不及多想,立刻按他说的,派他去庐州刺史杨行密那里请求支援。杨行密也是当年追随黄巢造反的人物,后来接受朝廷招安,官拜庐州刺史。当杨行密听了吕用之的诉说后,赶忙请来谋士袁袭,商量是不是应该发兵。袁袭一脸喜色地拱手说:"恭喜刺史大人,好机会到了,这可真是上天要把淮南赏赐给大人哪!大人您想,如今高骈年老昏庸,而他手下都是些无用之辈。此时他们发生内讧,而毕师铎又是个大老粗,残暴贪婪,对付这群家伙,根本不需要花费很大力气。加之是高骈主动邀请我们,师出有名,此时不取,更待何时?"

杨行密茅塞顿开,立刻征调兵马约两万余众,任命袁袭为军师,部将孙端为先锋,择日启程。临行前,把前来搬兵的吕用之斩首祭旗,表明这次出征,是解救扬州百姓,并非助纣为虐。

就在杨行密大军还未赶到扬州时,毕师铎已经轻易占领了扬州,把高骈给囚禁起来,自任淮南节度使。不过,正应了袁袭的话,毕师铎虽然勇猛,但性情贪婪,他把高骈积攒私藏的财物全部侵吞,其他人根本不许沾边。这就不免让部下将领们心怀不满。以至于许多兵将还没等杨行密大军到来,就偷偷前去投靠。杨行密来到扬州城下时,兵力已经增加到三万之多。

大军包围住扬州城之后,考虑到毕师铎毕竟是久经沙场的老手,加上城内兵力有两万多,真打起来,恐怕要付出极大代价。军师袁袭也意识到了这点,他出主意说,据那些投奔咱们的兵将反映,毕师铎此人贪婪爱财,咱们何不在城外专门修建一座营寨,扬言里边保存着军中所携带的金银珠宝等财物。依毕师铎的性格,必定会前来偷袭抢劫。只要他来,咱们就好办了。

杨行密认为这个办法可行,便发动士卒大张声势地造一座营寨,接着又用牛车往里边运送东西,牛车上插着旗子,上边写着"军用金银辎重,闲人不得靠近"之类的话语。一辆一辆接连运送了两三天,城头上的兵将看得清清楚楚。做完这些后,杨行密安排一些老弱兵卒前去守卫,悄悄在周围埋伏下精兵强将,单等鱼儿上钩。

关于杨行密建造营寨储存金银的消息,毕师铎很快便有所耳闻,他亲自登上城头观看,果然不假。仔细观察后,他发现储存金银辎重的大营防备松弛,很容易偷袭。不由得贪心大作,并未多加思虑就决定当晚前去劫营,财宝这东西多多益善,能弄到手不去弄,那才是真傻瓜。当天晚上,毕师铎带领副将秦彦、秦稠兄弟,悄悄出城,分兵三路,直奔目标。那些负责守卫的老弱兵卒见对方来势汹汹,吓得一哄而散,各自逃命。毕师铎轻易得手,更加大胆,一马当先率领兵将进入营中,准备好好发笔横财。不料还没看清财宝什么模样,忽听外边人马杂沓,喊杀声四起,等他们惊慌失措地走出大营门口时,外边已是灯火通明,无数人马围堵在外边。

堵住营寨大门的将领头戴紫金战盔,身披火红色铠甲,拎一柄雪亮的大刀,格外威风。此人正是庐州刺史杨行密。他在火把丛中高声大叫:"毕师铎,你已成瓮中之鳖,还不赶快投降!"毕师铎情知不妙,不敢答话,只是闷着头死命往外冲。黑灯瞎火中两军混战一场,毕师铎所带领的五千多兵丁几乎全部战死,他最得力的两员副将秦稠、秦彦兄弟也相继战死,损失惨重。饶幸逃回城中的毕师铎索性一不做二不休,把高骈全家斩首,脑袋挂在城头上,表示决一死战的决心。而杨行密则巧妙利用毕师铎狗急跳墙之势,借用高骈在淮南的威望,命令全军为高骈穿孝哭丧,以此来笼络淮南百姓,也瓦解城中高骈旧部将士的心。这一招果然奏效,哭丧过后,杨行密的兵马顿时成了必胜的哀兵,而城中大部分将领则无心抵挡,纯粹是应付差事。力量对比悬殊的情况下,扬州城很快陷落,毕师铎丢弃大部兵马,率领两千骑兵拼死杀出城去,到蔡州去投奔孙儒。

蔡州原本是秦宗权的老巢,后来秦宗权被朱温消灭,孙儒就成了蔡州刺史,名义上依附于朱温。当得知毕师铎率兵前来归顺,孙儒立刻感到,毕师铎这家伙如今已经失势,收留他非但没什么意义,反而会招惹来别人的攻击,至少也会给自己带来潜在的威胁。于是便借着为毕师铎等人接风洗尘的机会,在宴席上埋伏下刀斧手,趁他没有防备,把毕师铎给杀掉了,顺利吞并他带来的两千余精兵。收拾掉毕师铎之后,孙儒忽然有了再进一步吞并毕师铎地盘的想法,他依仗自己名义上是朱温部下,率五万兵力气势汹汹挥师南下,准备夺取扬州,然后占据淮南,最终成为一方霸主。

得到孙儒兴师动众前来攻打扬州的战报,杨行密和军师袁袭商议,感觉经过两次大战,扬州城已经破败不堪,很难再抵御大规模的进攻,倒不如暂时撤兵先回庐州,然后调兵遣将,卷土重来。

就这样,孙儒没费什么力气,便占据了扬州。占据扬州之后的孙儒,并没有趁机继续扩大地盘扩张势力,他想到的第一件事情,就是当初把毕师铎迷惑得和高骈反目的那个叫瑶琴的女子到底有多么美貌。于是，他命人想方设法把瑶琴找到，仔细一看，果然非同一般，确实有过人之处。瑶琴经过这番变乱，已是吓得六神无主，只要能活命，也就管不了许多。两人一个有情一个有意，很快打得火热。

按照最初计划，杨行密回到庐州后，整顿兵马，首先攻占了宣州，这样，扬州城就三面处于自己的包围之下。但孙儒对严峻的形势却毫不关心，他整日和瑶琴躲在内室中，卿卿我我如痴如醉。没过多久，完全被封锁的扬州粮草严重短缺。孙儒这才开始意识到不妙，一再向朱温告急，请求支援。但孙儒并非朱温嫡系兵马，路途又比较遥远，朱温并不愿意让一个名义上的部众做大，只是口头应付，却按兵不动，静观其变。

看着时机逐渐成熟，杨行密立刻开始行动，亲自率领三万精兵猛攻扬州，同时派兵切断各路漕运，力图困死孙儒。由于孙儒日夜和瑶琴寻欢作乐，很少出面督战，他的部下虽然人数不少，却军心涣散，没有什么战斗力。杨行密这边架起云梯，箭弩如暴雨般横扫城头，不到一天的工夫，扬州城又重新被杨行密夺取。在混战中，孙儒来不及突围逃窜，就被生擒活捉。他的部将马殷率领大部兵马逃回蔡州，后来经过朱温保荐，被加封为荆南节度使。

杨行密平息扬州战乱之后的第一件事情，就是下令把孙儒斩首，接着有人把和孙儒在一起的瑶琴带上大堂。杨行密见瑶琴美艳不俗，尤其是惊恐之中低声啜泣，更如同梨花带雨，令人格外怜惜，禁不住有些怦然心动。旁边的袁袭见状，忙低声说："将军，这个女子可是祸水呀，要不是她，毕师铎也不会倒霉，孙儒或许还真能成事。"

杨行密一愣，立刻明白他的意思，忙收回思绪，大喝一声："快，把这个妖女推出去斩了！"

两旁的侍卫答应着正要上去拉扯瑶琴，不料瑶琴反而镇静下来，她抹一把眼泪，振振有词地说："将军徒有威名，如今竟然要杀一柔弱女子，这岂是大丈夫所做的事情？"杨行密又是一愣，撇嘴冷笑："什么柔弱女子，你若是贞节烈女，倒也罢了。可你毫无廉耻，先侍奉毕师铎，孙儒来了又投到孙儒怀里，似你这样的祸水，不杀掉，难道再放你去祸害别人不成?"瑶琴看看杨行密,冷冷一笑:"想当初,孙儒率兵攻打扬州,杨将军尚且没有胆量固守,弃城而逃。你让我一个弱女子又能怎样?要说廉耻两字,着实有些可笑。"

杨行密禁不住脸上微微有些发烫,沉吟片刻摆摆手:"唉,世道大乱之际,谁人能够保证自己的清白?你走吧。"在众人莫名其妙的眼光中,瑶琴也不答谢,起身从容走出大堂。杨行密若有所思地半晌没有说话。平定扬州战乱,杨行密把孙儒部下精壮士兵五千人收拢到自己身边,作为亲军,格外优待和信任。这五千将士的铠甲都用黑布包裹,号称"黑云都"。从此杨行密势力大为增强,名震江淮,自称淮南节度使。在他的威名吸引下,徐州节度使时溥,背离了朱温羁绊,献城归附。杨行密在江淮地区势力日益增强,大有要参与纷争天下的势头。

远在汴梁的朱温得知江淮一带发生如此巨大变故,暗暗后悔没有增援孙儒,要不然也可以趁机捞取很大一笔好处。但眼下后悔已经迟了,他绝不能让杨行密在自己身边这么壮大,给自己造成威胁。于是,朱温决心出兵收复江淮,任命葛从周为大将,养子朱友恭为监军,率兵五万,南下征讨杨行密。

第十一章

战徐州吴国建国　攻董昌钱镠立业

　　董昌重新当皇帝的消息,立刻传遍四方。反应最为激烈的当然是钱镠。他拍打着桌案大叫:"董昌这个不知好歹的家伙,反复无常,真是活腻歪了!传我命令,立刻南下,诛杀乱贼!"

领命之后,葛从周率领大军南下,一路上浩浩荡荡气势冲天,淮北各路镇守一方的军阀见对方势大,都本着保全富贵要紧的念头,不等交战,便主动归顺了梁军。半个多月的工夫,葛从周大军已经兵临徐州城下。镇守徐州的时溥却抱着投靠一方就要忠于一方的想法,毅然举兵抵挡。为了不让梁军靠近徐州城,他亲自率万余兵力驻扎在徐州城外的铜山,作为前哨。葛从周知道时溥作战经验丰富,不敢掉以轻心,命令庞师古为先锋,前去与时溥对阵。两军交锋,时溥虽然英勇善战,但毕竟上了年岁,不是庞师古的对手,没办法,只好听从副将贺瑰的建议,放弃铜山退回徐州城内,一面派人飞马报信,请求远在扬州的杨行密火速增援。

葛从周顺利占据铜山这个有利制高点后,不敢松懈,立刻调动兵力,将徐州三面包围,徐州以南则没有布置防守。监军朱友恭视察阵地时很快发现这个问题,脸上带着冷笑,一副终于找出毛病的神情,质问葛从周说:"葛将军,你也是沙场老将了,怎么能如此马虎大意?既然围困徐州,就要包围得密不透风,怎么留下一面空缺,难道成心让时溥这个老东西逃走不成?"

葛从周故作没留意他神情的样子,很认真地回答说:"少王爷,兵法上讲,围师必阙,我们故意留出破绽,徐州守兵见有活路可以后退,必然会军心涣散,斗志便没有那么坚决,这样的话,我军攻打徐州就会减少许多伤亡。倘若包围得过于严密,对方知道没有活路,就会破釜沉舟,即使最后能攻下城池,也会给我军造成很大的伤亡。"

朱友恭却不屑地摇头晃脑连连摆手:"兵法,兵法,纸上谈兵最终失败的例子还少吗?你想想,我大军人数占绝对优势,还用得着怕他拼死力战?要是敌人全都逃跑了,咱们就算夺取一座空城,又有什么意思?我父王说了,斩杀敌人者立功,又没说夺取一块破地盘有功,赶快把徐州四面包围起来,活捉时溥这个老东西!"

葛从周知道朱友恭虽是朱温养子，却一向深得宠信，他本人年龄不大，但素来骄横跋扈，气量狭小，也就不愿招惹是非，不和他作过多的辩解，按照他的意思，重新分配兵力，把徐州团团围困起来。

朱友恭觉得徐州内外无援纯粹是孤城一座，这下子时溥插翅难飞，抢功露脸的机会来了，便一改往日胆怯，亲自督阵攻城。在他的指挥下，碉楼高耸，士兵从上边往城头发射劲弩，压制住守兵，接着无数云梯搭在城墙上，梁军在长官的驱使下，拼命地往上攀爬。时溥早年追随黄巢南征北战，对此见怪不怪，他亲自登上城头，指挥士兵先是发射火箭烧毁对方的碉楼，同时往城下投掷檑石，又是泼洒热油。徐州城下顿时鬼哭狼嚎，喊杀声震天，惨烈的攻城守城如同拉锯一般，你来我往，双方死伤都很惨重。

驻守在扬州的杨行密得到徐州告急战报，不敢耽搁，亲自率领三万大军北上增援。但由于路途遥远，而徐州城小兵少，几天下来，已是摇摇欲坠。朱友恭更是立功心切，不顾士卒死活，一个劲儿地催促强攻，眼看徐州就快守不住了。时溥和众多守军一样，日夜坚持在城头上，不断砍杀爬上来的梁军，但梁军越来越多，而城内能上阵的兵力却越来越少，情势一刻比一刻危急。翘首南望，援军却迟迟不见踪影。部将程贺见状，火急火燎地跑过来，拉住时溥说："将军，不能再拼啦，再拼可就死绝啦！援军一直不来，还是赶紧想办法突围吧！"

时溥眯起眼睛看看眼前的血肉狼藉，摇摇花白的脑袋："朱温原本和我一样，都是黄巢部下。可惜他为人阴险奸诈，决不是可以共事之辈。正因如此，我才投靠了杨行密。若是突围不成反被擒获，岂不是活了一大把年纪又要受他羞辱？我相信杨行密一定会来增援。实在不行，我就与徐州共存亡！只是……你……抓紧时间，带领得力兄弟赶紧突围逃命吧，这里有我一个人殉葬就足够了。"

程贺红着眼圈抱拳说："老将军待我等如同家人，将军坚守，我们岂能逃生？"想一想忽然眼睛一亮，"将军，若是这样，我有一个绝杀之计献上，就算梁军能攻打下城池，咱们也要和他们同归于尽，不叫他们占到便宜！"

"哦？"时溥沉吟片刻，"你的意思，莫非是……"

程贺点点头："如今正值雨季，河流上涨，咱们不妨掘开黄河故道和通济渠，引水漫灌徐州，让梁军一个个都变成鱼鳖！"

"可是，这样一来，百姓都要跟着遭殃……"时溥紧张地思索片刻，身边的喊杀和惨叫让他不能再犹豫下去，他长叹一声，"罢，罢，毒虫蛰手，壮士断腕，如今顾不上这许多了。就这么办吧，将来遭到天谴，都归到老夫一人身上好了！"

于是程贺率数百精壮士兵和百姓，悄悄挖掘河道。第三天的时候，黄河故道和通济渠同时决口，大水比梁军更凶猛百倍，水势迅速吞没城墙，整个徐州地区，顿时成为一片泽国。时溥、程贺等守城官军和攻城梁军同归于尽，全部被洪水卷走。葛从周距离城墙远些，率部分兵马仓皇退到附近山上，而大部分兵力则没能幸免，被淹死的人马和丢弃的粮草辎重，不计其数。朱友恭被众人连拖带拽，好容易爬上山坡，也顾不上风度，惊魂未定地哇哇大哭。这狗东西，要不是你催促着非要四面围困，何至于有今天的惨剧？葛从周心里恼恨得真想给他两个耳光，但表面上却只能好言宽慰，临时驻扎在山头上，等待水势回落。

此时杨行密率援军已经赶到徐州附近，忽然得到探马送来的急报，说是时溥掘开了黄河故道和通济渠，整个徐州地区已经成了汪洋之地，根本无法通行。杨行密立刻明白，这是时溥宁死不肯投降，和梁军同归于尽了。心中又是敬佩又是心痛，只好暂时停止前进，让人抓紧时间征调附近百姓家里的小船，准备渡河北上，消灭徐州附近残余的梁军，算是为时溥报仇，也借此激励忠心于自己的将士。

大军驻扎在水边，直到十多天后，洪水才渐渐退去。杨行密立刻兵分两路，一路乘船快进，一路从陆路迅速跟上。大将朱瑾率兵从水路出发，沿通济渠北上，最先逼近徐州城。接着杨行密带领两万精兵也随后赶来。沿途所见，到处是残垣断壁，尸体四处零落，景象惨不忍睹。由南门进到徐州城内，更是萧条不堪，偌大一座城池已经成了死城，连条野狗的踪影也见不到。杨行密正在感慨间，有探马跑过来禀报，说是葛从周率领大队梁军此刻正从北门开进徐州城，双方眼看就要碰面，是战是退，请迅速定夺。

"来得好!"杨行密在战马上一拍大腿,"若不是梁军苦苦相逼,时溥将军就不会和他们同归于尽,弄得百姓也跟着遭殃。诸位打起精神,跟我去杀尽朱三的余孽!"

众人初来乍到,士气正盛,立刻呐喊着呼应。当下兵分四路,由大将徐温和李承嗣为前锋,向北门方向冲杀过去。李承嗣原本是沙陀部的将领,在上源驿遇险一战中,李承嗣与大队人马失散,只好向南投奔了杨行密,深受重用。

徐州城面积不算很大,片刻工夫,两军遭遇,一时间杀声四起,展开了惨烈的巷战,沉寂的徐州城顿时由死城沦为地狱。葛从周和朱友恭、庞师古等人没料到对方来得这么迅速,交战中显得有些仓促。而梁军遭到洪水吞噬,死伤已经过半,侥幸存活下来的也是个个胆战心惊,心有余悸。这样两军对比,杨行密这边更显得越战越勇,巷战持续了半个多时辰,葛从周发现梁军损失严重,再拼下去弄不好要全军覆没,赶忙吆喝着撤退。大将庞师古也看出形势紧迫,自告奋勇地断后,掩护朱友恭等人后撤。结果一场恶战下来,庞师古战死在乱军之中,梁军另一员虎将霍存也被李承嗣一箭射死。梁军遭到最惨重的损失。

徐州一战,让杨行密名声大震,整个淮北全部落入到自己囊中。从此他虎踞江淮,随后又自称吴主,成为十国之中的第一国。

就在淮南一带风起云涌的时候,江浙这边也同样酝酿着一场巨大的变故。盘踞在两浙的霸主董昌,当初曾依仗钱镠打败浙西节度使刘汉宏兄弟,从此有了资本,成为一方诸侯。董昌治理江浙地区,苛捐杂税不算很多,加之这里物产富庶,倒也让百姓过了几年安稳日子。手中有钱财,董昌对待朝廷也格外殷勤,每年进贡给朝廷的赋税,比其他地方要多出两三倍。为此摇摇欲坠的大唐朝廷对他很是器重,给他一个检校太尉同中书门下平章事的头衔,册封为昌德郡王,成为名副其实的王爷。不过,天高皇帝远,董昌对于王爷的名号渐渐有些厌倦,他也想和远在长安的天子一样,过一把皇帝瘾。

面南背北成为九五之尊,是每个霸主梦寐以求的事情。一旦起了这个念头,就再也收不住了。虽然有许多部下反对,唯恐树大招风,引来祸患,但董昌还是决定孤注一掷。凡做天子者必定不是一般的人,否则百姓就会不服。于是董昌悄悄让人刻制铜印一枚,上边雕刻有鸟兽龟蛇图案,埋在一处农田中。接着又差遣心腹扮做农夫,假装在田间干活的时候,挖出了这枚大印,然后四处宣扬,说这是天降祥瑞,江浙要出圣人了。大印献给董昌后,董昌手下的众多幕僚又是引经据典,又是著文立说,总之从各个角度证明这确实是天降祥瑞,是上天给人间降临天子的明证。董昌还把这东西悬挂到街头,让百姓随意围观,这样,越州一带的百姓深信不疑,都知道董昌是命中要当皇帝的神人。

看着时机成熟,大唐乾宁二年(895)二月初三,董昌在越州称帝,定国号为大越罗平,年号为"天册"。他自称作圣人,特意制作一枚大印,上边刻有"顺天治国之印"几个大字。以后无论大事小事,每次颁布诏书的时候,董昌总要在皇帝印章旁再亲笔署上自己的名字,还振振有词地说:"要是不亲自署名,天下人怎知我是天子?"董昌想过把皇帝瘾的心思再明显不过。

董昌自立为皇帝的消息顷刻间传遍大江南北,朝野上下无不为之一惊。当时朝廷衰微,所谓大唐皇帝不过是个摆设,这当然是事实,而且各地有实力的军阀都有称王称霸的心思,大家也都是心照不宣。但董昌捅破最后一层窗户纸率先称帝,撩动起大家最敏感的神经,还是让众多军阀们感到震怒。距离董昌最近的镇海军节度使钱镠,最先做出反应。钱镠身边的幕僚皮光业,是唐朝著名诗人皮日休的儿子,为人机警而多智谋,他出主意说:"董昌称帝的举动,已经引起天下人的愤怒,钱将军此时发兵征讨,师出有名,谁也不会反对。到时候钱将军打着讨伐逆贼的旗号,占据富饶的江浙地区,必定能成就一番大业。"钱镠正是这个心思,当即表示同意。他让皮光业留守湖州,任命大将顾全武为先锋,火速召集起将近两万兵马,打起"诛杀叛贼,匡扶唐室"的旗号,奔杀江浙。大军一路之上旌旗蔽日,士气高涨,几乎没遭遇什么抵抗,便顺利进逼到杭州城下,杀气腾腾地摆开攻城的阵势。

负责守城的杭州刺史李邈,见情况紧急,连忙召集部下文武将官商议对策。李逸身边有个叫吴程的幕僚提议说:"钱镠此人文武兼备,不可小觑。他当初曾两次借雾渡江大败刘汉宏,名震江浙。如今兵临城下,大人只可智取,不可强攻。"见李逸满是期望地盯着自己,便不再绕弯子,语气直接地说,"杭州城内兵少难以坚守,大人不妨先诈降于钱镠,等他进城之后再伺机刺杀。这虽是险计,但只要做得好,出奇制胜,必定能够得手。"

放敌人入城,确实是有些冒险。李逸心下犹豫不定。旁边的大将司徒跃很不服气地叫嚷:"先生的计策太不稳当,倘若钱镠进城之后先把咱们给抓起来杀掉呢,岂不是束手就擒,徒留笑柄?我就不相信他钱镠有多厉害,先让我会会他,如果确实不敌,再做别的计较!"

有司徒跃打气,李逸更觉得不能冒险,他撇着嘴角说:"我看,吴先生刚才的见识不过是照搬书本的酸腐计谋,若是按你说的去做,迟早要和你的名字一样,吴程,一事无成。"说着哈哈大笑,"就听司徒将军的,先和他钱镠比试比试,要是真打败了他,咱们可就是立大功一件。即使失利,再想别的出路也不为迟。"

众人跟着哄堂大笑,吴程被羞辱得面红耳赤,再说不出别的话来。于是大家分头安排,调兵准备迎战。

钱镠大军围困住杭州城的第二天,还没开始攻城,城头上连响三声号炮,城门大开,一队兵马汹涌而出。司徒跃头戴镏金铁盔,身披虎纹铠甲,骑一匹高头红鬃战马,挥舞着长矛,威风凛凛,冲到阵前。钱镠提前得到战报,说是杭州城中并没有多少兵力,本以为对方不敢出战,没料到人家却比自己还要气盛,赶忙列阵抵挡。司徒跃纵马在两军阵前来回驰骋一圈,耀武扬威地大叫:"谁是钱镠,快快下马受降,违逆了真命天子就不怕遭了天谴!"

钱镠又好气又好笑地用枪指着司徒跃:"你这不知死活的莽夫,连真命天子是谁都不知道,还谈什么天谴,真是可笑!"先锋官顾全武早已急不可耐,手提凤嘴枪嚷嚷:"将军不用和他罗唆这些,让在下叫他领教天谴就是!"说着飞马入阵挺枪直取司徒跃。两人大战了十多个回合,司徒跃一个闪失,被顾全武刺中胸口,摔落马下。钱镠趁机冲对方大喊:

"众位兄弟,你们看到了吧,这就是追随叛贼的下场。大家赶快掉头诛杀反贼,共同报效朝廷!"司徒跃部下的将士纷纷响应,引导着钱镠兵马反攻。李邈站在城头一看这等情形,大惊失色连连叫喊:"快关城门,快关城门哪!"由于事发突然,谁都没能反应过来,降兵在前引导着钱镠大军,大家蜂拥入城,杭州城内立刻血肉横飞。大战持续一个多时辰,杭州守兵或死或降,以钱镠全胜告终。刺史李邈和众多文武将官都在巷战中被生擒。替董昌卖命自然都是叛贼,钱镠看也不看这帮人跪地求饶,命令统统推出去斩首,让大家都知道叛贼的下场,以起到震慑的作用。不过,在众多磕头哀告求饶的人群中,有一个人特别引起钱镠的注意,他看上去一身儒生打扮,却昂首挺胸,一副怒气冲冲的样子。这个人正是吴程。钱镠把他叫到跟前有些疑惑地问:"你是什么人?怎么不和他们一样求饶?或许本将军还可以饶你一条活命。"

　　吴程神情严肃,义正词严地说:"我不过是李邈属下一个幕僚,山阴人吴程。要是李邈当初听从我的建议,今天丧命的是谁,还很难说呢!我虽是一介寒士,但也知道杀身取义,献媚敌首最最可耻!"听吴程言辞如此不逊,左右将士大呼小叫,要把这个不知死活的家伙乱刀砍死。钱镠却不以为意,微微笑着说:"正所谓一言可以兴邦,一言亦可以丧邦。吴先生胆识过人,钱某钦佩!只可惜李邈不重视贤人,自取其败。来人,给吴先生看座。"说着起身走到吴程面前,双手抱拳,"吴先生请受钱镠一拜!"吴程吃惊地跳起来赶忙还礼:"哎呀,吴程何德何能,折煞在下了!"钱镠一脸正色地说:"我早就听说过先生博文通达,有经邦济世之才。如今天下大乱,凡是希图建功立业者,都应当求贤若渴。不知先生可愿与钱镠同心协力,共创大业?"

　　吴程扑通双膝跪倒,红着眼圈哽咽地说:"良禽择佳木而栖,贤臣择明主而事。将军如此英明,真令吴程相见恨晚。以后我愿为将军竭忠尽智,虽死无憾!"众人见状,纷纷鼓掌,为钱镠的大度和胸襟感到钦佩。趁着高兴劲头,钱镠下令,任命吴程代任刺史一职,负责守卫杭州。其他归降的所有大小官员,一概官复原职。就这样,杭州很稳定地归属到了钱镠的名下。

凡事顺水顺风处,最容易好事成双。钱镠夺取杭州占据了一个富庶大都不久,朝廷便有圣旨来到,加封钱镠为浙东、浙西各路兵马都招讨、兵马大元帅,正式授命他全力讨伐董昌。如此一来,既兵力大增又名正言顺,钱镠更加信心十足,依旧任命大将军顾全武为先锋,直逼董昌老巢越州。

有了攻打杭州的威名,加上奉旨讨伐逆贼的名义,沿路之上更加顺利。前锋部队只用了三天的时间,就抵达越州城下。大军驻扎在西门外,号炮齐鸣,旌旗遮天蔽日,气势十分高涨。没想到钱镠会来得这么快,董昌只得在城西的迎恩门外布下战阵,仓促应敌。两军对阵之后,只见越州兵马阵营中高悬着一面大旗,上边写有"大越罗平国"五个大字。大旗下董昌头戴九龙冠,身穿杏黄色蟒袍,骑在一匹雪白的战马上,还真有几分皇帝的气势。钱镠上前两步,在马背上拱手施礼:"王爷已经被朝廷册封为昌德郡王,可谓是富贵已极。何苦又做出这等有悖君臣大义的举动,岂不是自取灾祸?还望王爷能够迷途知返,向朝廷请罪,免得兵将和战士跟着遭殃。"

面对钱镠大军,董昌明显感觉底气不足,他知道,眼下钱镠大军士气正旺,兵多将广,又有朝廷为他撑腰,真的打起来,最终兵败倒霉的肯定是自己。想了想,董昌做出一副诚心诚意的样子说:"唉,钱将军有所不知,走到这一步,也是身不由己啊!你看这样行不行,到底何去何从,容我考虑上一夜,明早再给你个答复。若是将军不满意的话,到时再兵戎相见。"

钱镠明白他的心思,当即一口答应。

回到城中,董昌和最得力的谋士李瑜商议眼下情况,最终觉得还是妥协了比较合适。可是,自立为皇帝不是个小罪名,就算投降了,恐怕也难以保住王爷的富贵,弄不好连命都得搭上。两人不约而同地想到一起:必须找个替罪羊。李瑜眨巴着眼睛问:"当初称帝时,谁表现得最为积极?"

董昌想了想:"应该是大学士吴瑶了吧,他又是起草即位诏书,又是制定各种礼仪,出力最多。"

李瑜点点头说："那好，替罪羊就是他了。大王应当立即诛杀这个吴瑶，以谢罪当今朝廷，就说是受了他的蒙蔽和威逼，自己身不由己。如此一来，不但可以让钱镠退兵，或许还可以保住地盘和荣华。"

董昌沉吟片刻，长叹一口气："吴瑶对我确实不错，唉，如今事出无奈，也只能委屈他啦！"于是当晚就派出兵将，把大学士吴瑶给捉拿住，押到越王府中。董昌拉住他的手垂头丧气地说："吴瑶呀，本王知道你辅佐我开国有功，可是钱镠如今率军问罪，咱们根本不是对手，只好借你的人头来缓解越州危急了。"说着连连摇头，不等吴瑶辩解什么，就挥手让人押下去斩首了。

第二天一大早，董昌改穿上王爷的衣袍，身边只有几名侍卫，从西门耷拉着脑袋走出来。钱镠不知他要耍什么把戏，赶忙率兵列阵。只见董昌手捧一个木匣，跪倒在钱镠马前，一把鼻涕一把泪地说："钱将军，昌德郡王董昌特来请罪。都是这个什么吴瑶，非逼我做出这等糊涂事情，我已经把他杀了，这是人头，请将军千万为我在朝廷跟前美言，我当永世不忘将军之恩！"

董昌能有这样的举动，也在钱镠意料之中，他慌忙下马，双手扶起董昌，面带欣慰地说："自古都是福祸无门，唯人自招。王爷受小人蛊惑，情有可原，如今警醒回头，实在是社稷之幸，百姓之福啊！王爷放心，在下一定尽全力为王爷说明情况，请圣上明白王爷的苦衷。"

董昌知道，钱镠能这样说，大半是没什么可怕的结果了，心下一松，眼泪真的流了下来，拉住钱镠的手信誓旦旦，一再保证会安分守己，还像以前那样侍奉朝廷。为了稳住钱镠，董昌当即许诺说："杭州城就由钱将军治理，另赠送黄金白银两百万两，绫绸八百匹，用来犒赏三军。"钱镠心里清楚，董昌眼下正在风口浪尖之上，要真是一举吞并他的地盘，自己很快就会成为另一个众矢之的，能捞取些好处已经不错了。忙谦让着答应下来，一边动手写奏折，陈明情况，请朝廷发落。

奏折派人送到长安，大唐昭宗皇帝明白，如今军阀割据的现状下，事情能有这样的结果，已经确实非常给自己面子了。加之想到董昌当初进贡纳赋颇有功劳，便颁诏书赦免董昌罪过，让其官复原职。接到诏书后，钱镠算是圆满完成任务,既扬了自己的威名也取得不少实在好处,大家都心满意足。大军休整几天,便开始陆续回撤,驻扎在淮南。

送走这帮要命的客人之后,化险为夷的董昌长出一口气。但没过多少日子,董昌发现,过惯了皇帝的日子,再回头像郡王一样生活,着实有些憋屈,没什么兴味,心中忽然又蠢蠢欲动起来,召集麾下的文武官员,商量着是不是继续当皇帝。

董昌的想法让大家暗吃一惊。李瑜率先走出班列反对说:"钱镠刚刚退兵,王爷既已改过,现在再次称帝,恐失信于天下呀!要是钱镠回头杀过来,王爷何以应付?只怕再没改过的机会了。"

已经被皇帝梦迷住心窍的董昌毫不在乎,摆着手说:"钱镠现在率兵驻扎在淮南,距离越州遥远,岂是说杀回就杀回来的?再说,上次之所以失利,一个最主要原因是他发兵突然,我们措手不及。这次只要做好准备,先下手为强,让钱镠找不到机会,他不来,我大越罗平国还要征讨他呢!"其他众人还要再说什么,董昌喝令大家住嘴:"就这样定了!"立刻传令下去,张罗着改旗易帜,再次竖起大越罗平国旗号,改年号为顺天,任命李瑜为宰相,李畅之为大将军。为了防备钱镠南下,抢先在浙北设立乌敦和光福两座大营,相互成犄角之势,以抵挡外兵侵入,同时本着以攻为防的策略,率先发兵进攻嘉兴。

董昌重新当皇帝的消息,立刻传遍四方。反应最为激烈的当然是钱镠。他拍打着桌案大叫:"董昌这个不知好歹的家伙,反复无常,真是活腻歪了!传我命令,立刻南下,诛杀乱贼!"

坐在一旁的吴程对江浙情况最是熟悉,建议说:"这次董昌有了防备,我们也应当格外慎重。将军应该兵分两路,一路救援嘉兴,防越兵继续北上。另一路兵马驻守杭州,以便寻机随时进攻越州。"皮光业等人对这个办法也表示赞成,钱镠便按照大家的意见,命令大将顾全武率兵一万火速赶赴嘉兴,自己率领三万主力进驻杭州,寻找战机。同时让皮光业起草奏章,飞报京师,还和上次一样,让征战名正言顺。

这次出征杭州,钱镠还有个意外的收获。他驻扎在杭州等待出击机会的时候,偶然在城外寻访到一位当世非常有才名的大隐士,名叫罗隐。

罗隐早年是个屡试不中的秀才,因战乱频起,朝廷动荡,就隐居在老家著述自娱,自号江东生。钱镠和他谈及当今天下形势说,如今大唐朝廷衰微,群雄四起,梁王朱温不过是个泼皮无赖,却趁着大乱之际独霸中原。而晋王李克用,依仗漠北胡虏,虎踞三晋,大有争夺天下的势头。另外,江淮杨行密、荆楚的赵匡凝、两川的王建,还有西岐的李茂贞等各路军阀,都是拥兵一方,虎视眈眈地等待着扩张势力的机会。又谈到自己如今虽然有志于解救天下百姓,平息战乱,却心有余而力不足,每每想来,倍感焦虑。

罗隐含笑听完,按钱镠所列举的情况一一评析说,将军不必过于自谦。纵览天下形势,梁王朱温和晋王李克用虽然实力强大,但他们的着眼点还是在中原,于将军的发展无关大碍。至于荆楚赵匡凝和西岐李茂贞等人,不过是蜷缩一隅苟且偷生罢了,根本成不了什么大事。眼下将军不正是有个好机会吗?讨伐董昌,既能讨得朝廷信任,又有忠臣名声,还能够拥有富饶的江浙之地,将来能和朱温、李克用并驾齐驱的,必定是将军啊!

罗隐这话句句说到钱镠心坎上,喜形于色之际,他一再请求罗隐出山,辅助自己共谋大业。罗隐本就很看好钱镠,略略谦让一番,也就答应了下来。有贤人在侧,加上罗隐对自己的那番评价,钱镠更是信心十足,雄心勃发。

顾全武作为先锋,率兵来到嘉兴,发现董昌已经在嘉兴城外构筑了乌敦和光福两座大营,分别由大将徐淑和魏约各领一万多兵马把持。再仔细察看,发现两座大营分别修建有十多丈高的土墙,高大厚重,每隔五丈修有箭楼,弓箭手们虎视眈眈,居高临下瞭望四周。土墙外边有栅栏围住,上边绑着刀尖朝上的利刃,防守格外严密。

抱着试探一下的心理,顾全武命令部队列阵,首先向乌敦大营挑战。乌敦守将徐淑率领兵丁冲出来应战,顾全武抖擞精神,没几个回合,把对方的一员偏将挑下马来。徐淑见顾全武甚是勇猛,自知不是对手,早有准备地仓皇退入到寨中。顾全武趁热打铁,命令擂鼓进攻。不料箭楼上埋伏的弓箭手开始发威,箭如飞蝗,漫天乱飞。而土墙之上更有石头和檑木雨点般砸下。片刻工夫,顾全武这边连死带伤,倒下去一大片,却连对方的栅栏都接近不了。再硬拼下去,非得丢了血本不可,顾全武慌忙传令撤兵,退到附近一处高地上另做打算。

乌敦大营难以攻下,想来光福大营也是如此安排,面对这个不软不硬的钉子,顾全武一时还真是没有办法,踌躇着不知如何是好。唯恐钱镠大军赶到,到时候耽误了军机,可不是闹着玩的。

正在愁眉不展之际,奉命跟随在军中的军师吴程却有了新的发现。这天下午他巡查归来,一脸喜色地对顾全武说:"顾将军不必担忧了,我看这两座营寨,外表确实难以攻破,不过,凡事有利必有弊,营寨修得坚固,就会失去转移灵活的优势。再者,登高远望,土墙后边的敌军大营,多用原木和帐篷搭建,若是能让他们内部大乱,土墙箭楼之类就不足以成为威胁了。"

顾全武却有些泄气地连连摇头:"唉,军师也是一时糊涂了。我们连人家营寨都无法靠近,如何能让他们内部大乱?"

吴程神秘地笑笑,从怀中掏出一个尺把长的竹筒:"将军请看,这就是可让他们大乱的利器。这竹筒里夯有火药,筒底有引线。点燃引线后,竹筒底部喷火,就会如同流星一般飞落到敌人营寨内,火药引燃帐篷木头还不是手到擒来?"说着拉顾全武到外边一处开阔地方,亲手打火点着引线,青烟缭绕片刻,只听"砰"的一声,竹筒冲天而去,斜着身子飞出五六十丈,落下时已经变作火球,烧了许久才渐渐熄灭。

"果然是好东西!"顾全武跳着脚拍手,"快,传令下去,按照吴先生的吩咐,加紧赶制火药竹筒,越多越好!"

吴程笑着摆手:"顾将军,这东西有名字,叫做流星火珠炮。"

"对,流星火珠炮。别管它叫什么,能杀敌就是好东西!"顾全武乐呵呵地跟着大笑。

恰好当地竹林众多,材料并不难寻,两天时间就做出了五百多个流星火珠炮。为了更好地达到让敌人大乱的效果,顾全武选择在夜里实施计划。三天后的一个下半夜,顾全武率领兵马悄悄逼近乌敦大营。箭楼上的守兵发现有人偷袭,便按照以前的做法,使劲往下放箭,土墙上的士兵也开始投掷石块。顾全武则不慌不忙，让人把流星火珠炮依次摆放好，一声令下，百炮齐发，五百多个装满火药的竹筒照亮整个夜空，真如同流星雨一般划过天际，落在乌敦大营内部。没过多大一会儿，营寨中开始有火苗蹿出，各个营帐都被引燃，火势越烧越旺，士兵们团团乱窜，却干着急没办法，情形一片混乱。此时徐淑还在墙头上指挥抵御，忽听身后不大对劲，回头一看，大吃一惊，连忙传令救火，可是火势一旦起来，加之风头正猛，火烧连营，根本救不过来。顿时人心大乱，士兵们各自忙着逃命，哪里还有心思守卫营寨。

看时机已经到来，顾全武挥动令旗，一马当先冲杀过去。顷刻间栅栏被连根拔起，土墙也被士兵借助云梯翻越过去。身后是随时葬身的火海，前边是如狼似虎的敌军，乌敦大营的兵将无不气丧胆寒，没怎么抵抗便纷纷逃散。徐淑此时已经没有办法组织起有效的防御，只好单枪匹马拼命吆喝。慌乱间，顾全武已经冲到跟前，趁他不注意，一枪上去，刺中心窝，徐淑栽倒在乱军丛中被踩踏成肉泥。

乌敦大营顺利拿下，旁边的光福大营自然也就轻易许多。顾全武照葫芦画瓢，利用流星火珠炮，一鼓作气，让光福大营也成了一片火海，魏约也战死在乱军之中。嘉兴之围彻底解除，董昌的主力部队也在这场稀里糊涂的交战中损失殆尽。紧急军情飞马报到越州，刚刚坐热龙椅的大越罗平国皇帝董昌险些栽下座位，赶忙召集大臣们商议对策。大家面面相觑，谁也没有什么好主意。最后还是宰相李瑜提议说："陛下，乌敦和光福两座大营不但是越州赖以保全的前哨，更集中了我大越罗平国全部精兵。如今被敌兵攻破，已无力组织大规模守卫。如今，唯一的办法就是求救于淮南节度使杨行密。杨行密这几年养精蓄锐，手下兵强马壮，若是他愿意遥相呼应南北夹击，一定能熬过这场危难。"

董昌知道，这怕是最后一线机会了，双目灼灼闪光，忙欠身说："杨行密这家伙是个奸雄，不大好对付。看来只好劳烦李爱卿亲自跑一趟，我大越罗平国百姓的身家性命，都指望着爱卿呢！"

李瑜身为宰相，又是自己出的主意，当然义不容辞。为了表示隆重，董昌亲自率大越罗平国的众多官员为李瑜壮行，一直送到越州城郊十里长亭外。李瑜装扮成普通百姓模样,身边几十名护卫则扮作商贩,或远或近地随行保护。

经过十多天的风餐露宿,李瑜终于来到扬州城中。此时的杨行密内外无事,正一身轻松,在节度使衙门内和几个幕僚闲谈。听说有大越罗平国密使求见,心头"咯噔"一下,满脸疑惑地看看众人:"董昌这老东西自封为皇帝,眼下正是万夫所指的众矢之的,跑这儿来干什么?"众人当然也不敢作什么判断,一致建议说不妨见见,问清楚具体情况后再商议对策。

杨行密觉得也是,便吩咐在后堂接见这位使者。不过,杨行密见到李瑜的第一印象不是很好,他发现李瑜这人虽然号称是大越罗平国的宰相,可是刀刃一样的狭长脸,稀疏的眉毛下边眼睛不住转动,似乎有些心虚,不管从哪个角度看都不像国家重臣,倒有几分狗头军师的样子。李瑜冲杨行密拱手施礼:"大越罗平国使者李瑜,特来拜见杨大人。"

杨行密上下打量着他,冷冷一笑:"我当是谁呢,原来是宰相啊!难得,难得。你家董昌如今成了皇帝,怎么有闲心来找我啊?"

李瑜顾不上和他绕圈子,拱手说:"如今钱镠率兵苦苦逼迫,越州情势危急,我大越罗平国皇帝特意来请杨将军出兵,南北夹击,共破钱镠,然后均分战果。"

"均分战果?"杨行密不屑地哈哈大笑,"你家主子怪不得敢自称皇帝,还真是胆大包天、恬不知耻。你也不看看,董昌叛逆造反,已经成了天下英雄的共同敌人,他还能挣扎几天?钱镠出兵讨伐,名正言顺,我若是出兵相救,别说分什么战果,只怕要落得和你家主子一样身败名裂。这等傻事,除了董昌,谁还会干!"

"杨将军乃是智者,当然不会做出傻事。"李瑜早已想好对词,不慌不忙地再拱一拱手,"可是杨将军想过没有,钱镠是世之奸雄,占领地盘唯恐不够大,他若是真的吞并我大罗平越国,接下来,只怕就轮到将军的淮南啦!"见杨行密渐渐严肃起来,李瑜振振有词地继续分析:"唇亡齿寒,户破堂危,这个道理谁都明白。先不说我主称帝到底是对是错,单是钱镠吞并富庶的江浙,势力大增之后,将军能否保住眼下的地盘,就很难说了。所以将军不趁现在出兵相救,只怕将来后悔不迭呀!"

"这,这,"杨行密眨着眼睛,神情紧张起来,"你的意思是,我若不发兵,就等于坐以待毙?既然这样……我不妨先发制人,就助你家主人一把。你……先回去,就说我尽快出兵,要他做好接应的准备。"

送走了李瑜,杨行密心里一直不能平静。虽然厌恶李瑜这家伙獐头鼠目,但他的话似乎确实有道理,杨行密觉得应当认真对待一下。他找来最信任的军师袁袭,想听听他的看法。袁袭捻动胡须沉吟说:"钱镠确实是志向高远,他若拥有江浙之地,对我们肯定是有害无益。若是能趁这个机会前后夹击,倒也是个好事。可惜,董昌如今声名狼藉,打着出兵救他的旗号,只怕要招来非议呀!"

杨行密连连点头:"是呀,是呀,我也正是担心这个。"

"唔,"袁袭沉默片刻,忽然眼睛一亮,"这样,我们何不来个假道伐虢?我们不说救助董昌,而打起帮助钱镠平定朝廷叛贼的旗号,挥兵南下苏州,就说是借路。这样,不落恶名还能达到我们的目的。"

杨行密当即表示这个办法周全,立刻命令大将徐温为先锋,高举"助钱将军讨贼"的大旗,出兵三万,挺进苏州。

此刻钱镠正会合顾全武,率领所有精锐部队南下围困越州城。董昌虽然盼到了李瑜带来的好消息,但杨行密的实际救兵却迟迟不见踪影。眼看城池就快坚守不住,只好硬着头皮带兵出城交战,希望能捕捉到突围的战机。不料两军刚刚对阵,钱镠部下的老将杜陵和他儿子杜建徽先后出马,接连取胜,斩杀大越罗平国仅存的猛将李畅之,越军大败。钱镠乘机猛攻,一举杀进城中。董昌逃避不及,被生擒活捉。

这次失败,董昌再没了狡辩的借口,钱镠也不和他废话,派人将他押解京师,请朝廷发落。而钱镠自己,则整顿兵马,回杭州驻扎。自此,江浙一带的广大区域,悉数归于钱镠名下,他征讨的目的终于全面达到。董昌知道到了京城会死得更惨,便在押解途中,趁人不注意跳进钱塘江中,算是最终了结了这场称王称帝的黄粱美梦。

志得意满的钱镠刚回到杭州,便得到一个令他吃惊的消息,杨行密率大军渡过淮河,正快速向苏州进发。而根据探马报来的情况,杨行密沿途宣扬是帮助钱将军铲除叛贼,并未受到多少阻力。

钱镠倒吸一口凉气,伏卧在淮南的这只猛虎终于要出动了。他连忙叫罗隐来到府中,来不及寒暄便急急地开口说:"罗先生,杨行密明知道董昌已经败亡,还要继续进兵,其用意再明显不过。看来,江淮一线要有一场大战啊!"

罗隐也已经了解了这个情况,神色严肃地提议说:"杨行密盘踞淮南,势力不容小觑。不过,他既然有这个心思,一仗不打,他肯定不会死心。若是能胜他一阵,接下来是战是和,就容易许多。"情况紧急,钱镠不敢耽搁,立刻组织兵马出征,任命顾全武为主将,阮结为先锋,共率两万余兵力,力图把杨行密阻挡在运河以北,以确保苏州不致丢失。

然而向来用兵沉稳的顾全武,这次却犯下了一个大错,使原本一片大好的形势,顿时急转直下。

顾全武率部驻扎在苏州河以南时,杨行密的大军已经在运河以北站稳了脚跟。为了防止敌军渡河南下,顾全武安排水军在运河河道中设置栅栏,阻挡船只通过,并沿河建起大营,拉开长期据守的架势。

杨行密本想速战速决,但双方隔一条大河,想挑战、偷袭都难以做到,又恐对峙下去,粮草会发生短缺,为此很是焦虑。军师袁袭在河边仔细观察后出主意说:"如今情势,即便我军渡河到南岸,也很难有胜算。要是能引诱他们过河来决战,倒完全有把握大获全胜。我们不妨先小败,然后再大胜。顾全武一介武夫,未必思虑如此周全。"按照袁袭的思路,杨行密命令台蒙和柯厚两员熟悉水战的将领,带领千余名水兵,趁着夜色,分乘小船前去拆除水中的栅栏。南岸守兵很快发现动静,立刻禀报给顾全武。顾全武正发愁找不到出战的机会,据此,立刻传令各营寨的兵将,埋伏在河边,等待敌人上钩。

台蒙和柯厚带领水兵很顺利地拆掉栅栏,然后迅速渡河登上南岸,准备先搞一场偷袭。他们刚弃船上岸,还未来得及观察地形,就被等候在河边的伏兵一拥而上,迎头痛击。双方刚刚接战,台蒙和柯厚便大呼小叫地叫喊着"中计啦,中计啦",抢先跳上战船,带着众兵将仓皇逃窜。想象中的一场大捷这么草草收场,顾全武兴致上来,觉得实在是意犹未尽,指挥大军要追过河去和杨行密展开决战。

号令刚发出,副将阮结急忙劝阻说:"顾将军,出征的时候,军师曾有过交代,一定要据守河道,在南岸寻找战机,决不可冒失。敌人虽然逃窜,但丝毫没受什么损失,不能追击呀!"

顾全武却中了魔似的不管不顾,挥舞着双臂大喊:"不入虎穴,焉得虎子?他们不过河,咱们就这样一直僵持着不成?我看他们这帮家伙的熊样,也不过如此,追过河去杀他个痛快!"说着跳上战船,挥师追击,一直登上北岸,在夜色掩护下,横冲直闯,冲进敌军大营。不过,冲杀中顾全武忽然觉得很是奇怪,按说此刻已经冲到敌军大寨的核心处了,遇到的却全是零星兵马,并未遇到大规模的抵抗,这与杨行密的兵强马壮似乎有些出入。正疑惑间,阮结率领部队也跟了上来,焦急地说:"将军,我们闯了几座大营,都是空的,我们八成是中计了,快退兵吧!"

顾全武立刻如梦初醒:"遭了!快,后队改作前队,立刻登船回去!"

然而话音未落,四周喊杀声骤起。杨行密和众多大将各率部众,总计五六万人之多,他们明火执仗,又有连天号炮助威,个个凶狠异常,把顾全武的兵马团团围住,狠命厮杀。顾全武这边措手不及,仓促应战,根本摸不清敌人底细,无不气丧胆寒,边打边往河边退却,结果还没有上船却被敌人给砍杀进水中。不到半晌工夫,杨行密率领淮军取得决定性胜利,顾全武手下的兵力几乎全部损掉,他自己也被绳索绊倒成了俘虏。只有阮结和数十名水兵跳河逃回南岸,仓皇跑到杭州报信。苏州城轻而易举被杨行密占领。

闻听苏州惨败,钱镠和罗隐都深感吃惊,严重的危机感顿时弥漫心头,大殿内一片沉默,气氛格外压抑。见大家神色惶恐,罗隐徐徐开口说:"主公,诸位,苏州失守,下一步就会危及到湖州。而湖州能否坚守得住,尚没有把握。眼下杨行密是乘胜前进,我们是败后抵御,士气上先是没了优势。故此,还是想办法和杨行密讲和为上策。我愿作为使者前去向他讲明利害,化解掉这场危机。"

总算有了解决的办法,众人顿时轻松许多。钱镠也长出一口气:"只要杨行密愿意罢兵,条件若是不甚苛刻,都可以接受。军师自己把握尺度就是。"

苏州和杭州虽然距离不近,但由于沿途水路居多,加之罗隐唯恐形势进一步恶化,几乎是日夜奔波,来到苏州时,已经是衣衫褴褛,在客店里换洗一番才直奔杨行密的大营。听说有钱镠的使臣前来,杨行密立刻把袁袭找来,两人先商议一下对方的来意,然后命令大营内众将士打起精神,不要让对方小看了去。匆匆安排好后,袁袭出大门迎接,请罗隐进来说话。

罗隐跟在袁袭身后,目力所及,只见到处兵强马壮,营盘布局井井有条,威武气势让人不由得肃然起敬。另外,他还发现,迎接自己的这个袁袭,言谈高雅,胸中似有无限韬略,这更让他意识到求和的正确性。接连穿过三道营门,终于来到中军大帐。杨行密披挂整齐,威风凛凛,端坐在正中的帅案后边,目光威严,凛然不可侵犯。罗隐知道,这肯定就是杨行密了,不待介绍,躬身行下大礼:"镇海节度使钱镠帐下罗隐,奉我家主公之命,前来拜见杨将军。"

杨行密微微点一点头:"唔,我与钱将军同为大唐臣子,既然罗先生大老远赶来,必有所赐教。来,请坐下说话。"

罗隐施礼道谢,在一旁坐下,语气平和地说:"杨将军坐镇淮北,威名远扬,深令天下英雄敬佩。我家主公钱将军深知二虎相争必然两败俱伤,特意差遣在下前来请和。"

被他视作强硬对手的钱镠也这样看待自己,杨行密心里很是受用,不无几分得意地冷冷一笑:"钱镠倒也是条好汉。可惜他心存不轨,借助讨伐董昌的名义,大有吞并江浙进而占据整个江南的心思。我看不过去,前来提醒他一下,有何不可啊?"

"杨将军所言极是。"罗隐面含微笑,不卑不亢,"但凡事都有个限度。杨将军此番扬威江南,已经达到提醒的目的。倘若再继续出兵攻打下去,只怕有这样几种情况。其一,我家钱将军有天子的讨贼诏书,而杨将军如今是师出无名,再交战下去,未免理亏,大有为逆贼董昌报仇的嫌疑,很容易为众英雄侧目。其二,淮北刚刚经历过毕师铎和孙儒等人引发的战乱,杨将军不抓紧时间休养生息,却一味穷兵黩武,未免要大伤元气。其三，江浙一带水道蜿蜒，河流众多，而将军部下大多是不熟悉水战的北方人，深入下去，只怕要吃大亏。其四，朱温乃世之奸雄，他对将军势力逐渐壮大早已心怀猜忌，若将军深陷在这里，朱温趁机大举进攻，联合钱将军前后夹击，将军首尾不能相顾，那可是灭门之灾啊！"

罗隐把道理一条一条地说得很有条理，而这一条条理由如同鞭子一下一下抽打在杨行密心上，他暗暗有些后怕。是啊，本以为自己加大攻打力度，一举吞并了钱镠，前景将是无限光明，现在看来，分明是一步步迈向鬼门关呀！他脸上尽量保持平静，声音却有些发抖："那……钱将军准备怎么个议和法？"

"这个简单，"罗隐语调更加轻松，"常言道，饶人不是痴汉，痴汉不知饶人。杨将军既然深明大义，其余的都好商量。将军若能就此罢兵，淮河以北尽属将军所有，淮河以南归属我家主公，另外，再馈赠将军黄金两千两，白银三万两，作为退兵粮饷。另外，我家主公也希望能财散人聚，结交天下豪杰，归还百姓太平。"

"好！"杨行密忍不住拍一把桌案，这些条件已经很是满足，特别是那么多黄金白银，更让他高兴，"你回去禀报钱将军，就这样定了！"

罗隐起身拱手说："两家从此议和，英雄惺惺相惜，实在可喜可贺。不过，被将军生擒的顾全武，是我家主公麾下爱将，交情深厚，情同手足。钱将军表示愿意以长子钱元僚为人质，换回顾全武，不知……"

"哎，既然成了交好之邦，谈什么人质不人质，"正在兴头上的杨行密格外豪爽，大手一挥，"钱将军爱惜人才，我岂是不通情理之辈？回去禀报你家将军，我恰好有一爱女，愿招钱少将军为婿，永结秦晋之好，守护一方百姓的平安！"

此话一出，立刻皆大欢喜。罗隐也就成为座上宾，被好吃好喝地招待一通，隆重送回杭州。此时为了防止战局恶化，钱镠已经率领主力部队进驻到湖州，做好战斗准备。罗隐把出使的情况说给大家听后，众人都松了一口气。钱镠大张旗鼓地准备一番，让阮结护送公子钱元僚去苏州，随行带去许诺的黄金白银和许多珍珠玉器。杨行密也当场兑现承诺，放还顾全武，宣布要择日为钱元僚和自家女儿完婚，一边撤出苏州，退回淮北。

第十二章

进长安朱温挟天子　受血诏晋王再出征

李克用沉吟片刻,眼圈渐渐泛红,抹把眼睛有些哽咽地对众人说:"本王虽是沙陀野人,但皇上待我如同手足,赐予国姓,恩德如山,永世难报。只可惜小人离间,造成不少误会,皇上数次问罪,这次若是发兵勤王,唯恐引起天下猜度。可是坐视不管,又有违心志,唉,进退两难哪!"

杨行密与钱镠的争战以议和而告终,令等着坐山观虎斗的朱温多少有些失望。更让他不能安心的是,淮南淮北连成一片,势必会给自己造成极大的威胁,这让雄心勃勃的他无法容忍。他决心要征讨杨行密,把江淮大片沃土收归自己名下。而军师谢瞳、参军敬翔等人对此却有不同的看法。谢瞳表示,目前李克用盘踞在三晋,时刻会卷土重来,在这种局面下,不宜再大举向南进攻,以免陷入南北受敌的被动境地。

朱温心有不甘地问:"那照你们所说,目前要先发兵攻打李克用,彻底消灭了这个独眼贼,才是正确之举了?"

谢瞳早有准备地微微一笑:"李克用兵力雄厚,朝廷丞相张浚发兵讨伐,结果大败,足见他实力不弱,无故出击,风险太大。如今朝廷被李克用打败,皇上手中已经没了什么兵力,主公何不打着护驾的旗号,进兵长安,控制住朝廷?然后借天子的名头,讨伐李克用,这样师出有名,很容易调动起各方势力共同声讨……"

"哦,对,对。"话未说完,朱温已经恍然大悟,"这就叫挟天子以令诸侯。咱手中有皇帝的圣旨,干什么都是对的。好,就这样办,进军长安!"

说干就干。第二天朱温就传令整装待发。汴梁城内外顿时热闹起来,西门外旌旗蔽日,号角齐鸣,三军浩浩荡荡,奔赴长安。朱温带领了几乎全部精兵强将,左有参军敬翔,右有大将张归霸和张归厚兄弟,威风凛凛,十分雄壮。沿途之上几乎没有任何阻滞,很快便兵临长安城下。

闻听朱温赶到,唐昭宗李晔以为朱温确实是来保护自己,并没有多想,慌忙传令,大开城门,要率文武百官到郊外迎接。而唐昭宗的这一草率举动,却让许多大臣深感不安,他们以吏部尚书程敬思为首,苦劝唐昭宗要小心,朱温绝非良善之辈,他此时来京城,肯定不是为了护驾,更多的可能是劫驾,一旦放他进来,再想送出去可就难啦!

"陛下,常言说请神容易送神难。朱温向来用心歹毒,阴险而不讲情义。当初他恩将仇报,背叛黄巢逆贼,在上源驿暗算李克用,足见其不堪信任。陛下放他进城,分明是引狼入室啊!"众大臣跪倒一大片,纷纷劝阻。

而唐昭宗却并不以为然,他皱着眉头说:"你们说的固然也有些道理,但朕以为,此人还算忠良。他背叛逆贼,暗算李克用,其实都是忠于大唐朝廷的表现,算不得过错。况且,上次征讨李克用,朝廷禁军已经损失殆尽,现在有人前来护驾,不是挺好的吗?朕意已决,你们不必再说了。"

见皇上固执到这种好坏不分的程度,大家也都无话,只能默默告退。有些大臣唯恐朱温知道这个事情后自己会遭到报复,悄悄收拾东西,扶老携幼地出城逃走了。而性情耿直的程敬思则表现得很是激烈,他一怒之下,竟然一头撞在午门外的石柱上,脑浆迸裂而死。唐昭宗知道这些情况后,只是摇头叹息他们太过书呆子气,并没有丝毫意识到面临的危险。

朱温顺利进驻京城,手中有兵,自然说话最为管用,他自封为天下兵马大都督,随意呵斥百官,大家唯唯诺诺,谁也不敢冲撞了这位煞星。而唐昭宗则很快品尝到成为傀儡的滋味,每日如同头悬利剑,战战兢兢,成了朱温的传声筒。此刻他暗暗叫苦不迭,却已经没了任何办法。

而令朱温同样没想到的是,大权在握的日子并没持续多久,唐昭宗竟然逃跑了!更让他恼怒的是,主谋者竟然是他最看不上眼的宫中太监!唐昭宗内宫有两个太监刘季述和韩全海,掌管着内宫事务。由于是皇帝身边的人,大臣们一向对他俩很是尊重,无论大小官员,偶尔与他俩见面彼此都要客套两句。但朱温来后,视百官如同无物,当然更不会把太监放在眼里。刘季述和韩全海心中很是愤愤不平,两人便利用职务上的优势,召集内宫禁军,趁朱温不注意,劫持了唐昭宗逃往西岐,前去投奔西岐凤翔节度使李茂贞。李茂贞原名宋文通,因为立有战功,被唐昭宗赐姓名为李茂贞。有这样一个活宝送上门来,李茂贞就如同得了尚方宝剑,当然高兴,立刻隆重迎接,把唐昭宗安置在凤翔行宫之中。

本打算挟天子以令诸侯的朱温顿时恼羞成怒,暴跳如雷,迅速发兵,以诛杀阉党保护圣上为名,进军凤翔。大将张归霸为先锋,率兵五万先期进逼到凤翔城下。面对气势汹汹的大批兵马,李茂贞自知难以抵挡,便动用手中的唐昭宗,逼他下诏书加封杨行密为吴王,封两川节度使王建为蜀王,令他们立刻出兵增援勤王。而洞悉朝廷形势的杨行密和王建,比李茂贞想象得要聪明许多,他们单单接受了朝廷封爵,至于勤王的命令,只是散发一通声讨的檄文,而实际兵马却根本没有出动。

外援无望,自己在朱温面前兵微将寡,对手又很快紧逼到眼前。李茂贞只得硬头皮试着接上一仗,结果并不出乎意料,最得力的大将符道昭被谢瞳略施小计生擒过去,成了人家的部下,而自己的儿子李继徽也差点断送性命,最后以损兵折将大败而告终。心有余悸的李继徽建议说:"父亲,照这样下去,不出几天,肯定要有灭顶之灾。我看朱温前来征讨,无外乎想要回天子,和咱们并没什么仇恨。倒不如顺应形势,诛杀了那几个把天子劫持到这里来的宦官,遂了朱温的心愿。这样,往小里说可以免除灾祸,往大里讲,也是为了西岐百姓免于遭殃。"

儿子的话确实在理,李茂贞没怎么犹豫,当即答应下来。他派兵夜袭唐昭宗行宫,抓住刘季述和韩全诲等大小宦官,亲自送到朱温营寨,声称自己也是被蒙蔽,请求和解。

朱温本意就是要把皇上掌握在自己手中,并没有吞并西岐的意思,当下也是心满意足,用酷刑处死了这帮宦官,带着唐昭宗,班师回朝。为了拉拢李茂贞,稳固这西北后方,还授意唐昭宗加封李茂贞为岐王。一场干戈化为玉帛,双方皆大欢喜。

直到此时,唐昭宗仍然认为朱温是在真心保全自己,觉得以前可能对朱温的看法有些误会,于是对他心怀感激。回到长安后,立刻传旨,晋升朱温为梁王。可是等到一切内乱平息下来后,唐昭宗渐渐感觉出了不对劲。朱温率领大军驻扎在长安城内外,丝毫没有要走的意思,并且每次上朝,他都气宇轩昂地坐在御案旁侧。大臣们禀奏的事情,无论大小,都似乎是在说给他听,而他则理直气壮地作出决定,然后命令似的让自己照着意思颁布诏书。这让唐昭宗非常不自在,原本最显皇帝威风的上朝,如今却成了最难熬的时刻,有许多次,他真想下个诏书让朱温退出长安,回到封地。但他不敢,他知道这样做意味着什么。不但不敢撵他走,而且时隔不久,还违心地再次加封他为大丞相尚书令,眼睁睁地看着朝政大权全部落入他的手中。此刻唐昭宗李晔终于品尝到了前人所谓的傀儡皇帝的滋味,他知道,不管承认不承认,自己已经沦为了当年的汉献帝。

但血气旺盛的唐昭宗并不甘心于这个局面,他恨朱温,他要反抗,要夺回权力。可惜朝廷内外的大小臣僚并不和他一心,大家都有奶便是娘,知道朱温手握实权,纷纷投靠到他的门下,把自己这个皇帝丢在了一边。就是宫里的大小太监,也是见风使舵,成了朱温的走狗,处处监视自己。这让唐昭宗如同软禁在皇宫中,纵然不甘心却也无可奈何。不过,在万分不利的情况下,唐昭宗还是发现,侍奉自己多年的太监张承业为人正直,始终没和朱温有过丝毫瓜葛,反倒对于这个奸雄的所作所为心有怨愤,这让唐昭宗似乎看到了一丝希望。

经过一段时间的观察和拉拢,唐昭宗确信张承业确实可靠,更了解到他和李克用有过私交,唐昭宗忽然灵机一动,产生了一个解救自己的大胆想法。这天散朝之后,心中满怀羞辱的唐昭宗悄悄把张承业叫到后宫,用刀割破手指,写下一道血诏交给他,两眼含泪哽咽着说:"张公公,放眼整个长安城,朕知道只有你一个人是真忠臣。朝廷上的事情想必你也听说了,朕后悔当初没有听从程敬思等人的忠告,把朱温这个大魔头放进来,如今他欺朕太甚,完全乱了纲常,朕分明就成了他的口舌,任他为所欲为。长此以往,大唐天下迟早要断送在这个奸贼手中。朕想好了,唯有请晋王李克用前来勤王,方能制伏这个魔头,还朝政于天子。故此,朕请张公公冒险跑一趟,前去晋阳把血诏交给晋王李克用,请他火速派兵勤王,解救朕于水火。"说着,抑制不住泪流满面,"扑通"跪倒在地。张承业大惊失色,赶忙跪下以头撞地,呜咽着说:"皇上放心,承业拼死前往河东,一定请来晋王发兵!"

匆匆收拾一番,趁着黄昏时分城门进出百姓最多的时候,张承业把血诏藏在袜子底部,外边套上一双高筒的靴子,骑一匹看上去不怎么起眼却腿脚飞快的战马,混在人流中准备出城。朱温早就有所防备,特意加派人手盘查出城人员。把守城门的士卒挨个搜查行人,但来往的人多,匆忙中并未搜出什么,也就予以放行。张承业赶路心切,翻身上马就走。不料在这个关键时刻,一个校尉却突然看出张承业穿的靴子是官靴,知道这人一定大有来头,加之看他神色慌张,立刻起了疑心,上前大叫:"快,别让他走了,再仔细检查!"张承业惊骇万分,如果露馅,不但自己死无葬身之所,更重要的是,皇上的性命和大唐天下能否保住都是问题。这可如何是好?在这千钧一发之际,张承业不知从哪里冒出一股胆量,突然挥动马鞭狠狠抽向那个校尉,在兵卒们还没来得及做出反应之际,催马冲出城门,绝尘而去,等这帮人回过神的时候,早已不见了踪影。大家唯恐朱温知道了怪罪下来,不敢隐瞒,赶快把这个情况上报梁王府。朱温知道这肯定与唐昭宗对自己心怀不满有关系,但此刻还不是公开和朝廷火拼的时机,只是悄悄派张归弇率领三千精兵围困住内宫,并没有大肆声张。

张承业侥幸逃出虎口,日夜兼程不敢有片刻停息,一路奔波渡过黄河赶到晋阳,直奔晋王府。李克用听说老朋友张承业此刻赶来,必有大事,忙率领文武大员们出来迎接,谦让着来到王府大殿,略微寒暄几句,便急不可耐地问:"张公公不远千里赶到这里,莫非出了什么大事?"

"唉,晋王在这里逍遥自在,哪里知道如今朝廷的险恶。"张承业端起茶杯"咕咚咕咚"连灌几口,喘着粗气,"奸贼朱温挟持天子,篡权夺位之心日益显露,大唐江山岌岌可危呀!万岁心中焦急却无一兵一卒可用,只能眼睁睁地看着小人横行。为此割破指头血写诏书,请晋王火速发兵南下,进京勤王,驱逐奸贼,平定天下。"说着脱下靴子掏出血书,双手递给李克用。虽然在意料之中,李克用还是心头一动,见诏书上黑红的字迹写着:"朱温奸贼意欲夺权篡位,江山百姓存亡系于皇兄一身,望皇兄速发兵勤王,解天下于倒悬,见诏如见朕面。切切。"

虽然只有寥寥数语,但一口一个皇兄,足见唐昭宗心情之迫切和对自己的依赖。李克用沉吟片刻,眼圈渐渐泛红,抹把眼睛有些哽咽地对众人说:"本王虽是沙陀野人,但皇上待我如同手足,赐予国姓,恩德如山,永世难报。只可惜小人离间,造成不少误会,皇上数次问罪。这次若是发兵勤王,唯恐引起天下猜度。可是坐视不管,又有违心志,唉,进退两难哪!"

张承业神色有些紧张,环顾众人匆忙地说:"诸位,诚如晋王方才所言,晋王与朝廷恩怨,纯属误会,皇上心下也明白过来。这次皇上写下血书时也是面有愧色。晋王乃是深明大义之人,诸位也都是忠义之士,国难当头,还是要以大义为重,切不可……"

李克用脸色凝重,摆手不让他再说下去,霍地站起身,像下了很大决心似的提高声音:"别的不用再说了,一者为了解救大唐江山,再者也为了成全张公公一片忠君报国之心,只有再次南下,铲除奸贼,方可表明我沙陀士众的卫国忠心!"

可是令李克用没有料到的是,晋阳正紧锣密鼓整装待发的时候,朱温却先发制人,打着李克用窝藏朝廷叛贼张承业的旗号,兴兵北上,目标直指晋阳。朱温的梁军气势汹汹,仅用了两个月的时间,就接连攻下邢州、洺州和磁州三座大城,进而围困战略要地潞州城。紧急军情接连传来,李克用焦急万分,一旦潞州失守,整个河东就面临危险。当年的潞州拉锯战如同噩梦一般,令他至今想起来仍不寒而栗。他立刻派遣大将周德威领兵三万,同时令十二家太保为副将,出兵青山口,堵截住梁军的进攻势头。以李克用想来,有周德威这样有勇有谋的将领,加上众太保助阵,应该不会有任何问题。

然而李克用还是棋失一着,他没想到朱温派出的先锋大将是葛从周,更没想到葛从周同时带领了王彦章和王彦童兄弟。葛从周的调兵遣将本领完全可以与周德威旗鼓相当,而王彦章和王彦童则足以是晋军所有将领的克星,这次相遇,结局其实已经没有了悬念。两军相遇在青山口的张公桥附近,双方大战一场,结果王彦童手持镔铁大枪,一人便接连刺死四太保李存信、七太保李存进和十太保李存贞,晋军顿时乱了方寸。葛从周趁势挥动大军掩杀过来,丧失了斗志的晋军纷纷败退,死伤惨重,丢下无数尸首仓皇退回营寨。

满怀希望等待胜利消息的李克用,闻听初次对阵就折损三家太保的噩耗,简直昏厥过去。更让他揪心的是,一个王彦童尚且无人可敌,人家还有一个更厉害的王彦章,要是这样,岂不是整个三晋都有覆灭的危险?

张承业也是无比的紧张,他最害怕李克用知难而退妥协自保,这样的话,朱温就更加肆无忌惮,形势也会恶化得更加迅速。思索片刻,张承业忽然灵机一动,提出一个诱杀王彦童为众太保报仇的计策。李克用听他说完,略加沉吟,认为可行,依旧任命周德威为领军大将,要他按照张公公的计划,再战王彦童,不杀掉他誓不罢休。周德威从未有过如此惨败,当即立下军令状,此次出战,必定胜利!

周德威带着参军郭崇韬及众多将领,在青山口附近安营扎寨,将大量兵力埋伏在青山口旁边的鸡宝山,这里地势险峻,两侧山岭高耸,中间只有一条狭长的山谷,叫做人头峪,道路崎岖而陡峭,加之树林茂密,正是伏击的绝佳地形。周德威令李嗣恩、李嗣本两位太保带兵马三千伏兵鸡宝山东面,见北面号炮响起,杀下人头峪;令李存审、李存颢两位太保率本部三千人马伏兵鸡宝山以西,见北面号炮响起,沿坡杀下人头峪;令大太保李嗣源和八太保李存质,会同石绍雄等将领,率五千人马等待在山谷入口处,等王彦童被引诱进入人头峪之后,在南面封锁山谷,绝不可令其突围,不给他丝毫侥幸的机会。最后令二太保李嗣昭带领两千人马,正面迎战王彦童,只许败,不许胜,务必要诱敌于人头峪之中。众人心存大恨,无不怀着誓死除掉王彦童的决心,纷纷摩拳擦掌,分头赶赴指定地点。

王彦童这几天一直沉浸在天下英雄舍我其谁的骄傲之中。一场大战连杀晋王三个太保,真可谓是前无古人的勇猛,从众人钦佩羡慕的眼光中,王彦童分明感觉到了这点。所以当葛从周任命自己为先锋进军青山口的时候,王彦童意气风发,对主帅叮嘱要稳扎稳打的话语,丝毫没有在意。当他率领五千人马急速进兵至青山口附近时,探马禀报说前方发现晋军二太保李嗣昭已经在前方列阵,王彦童只是冷冷一笑:"又一个送死的太保,我就索性成全了你们!"一边命令丢弃辎重,全速前进。

不到半个时辰,王彦童远远看见李嗣昭率领大约数千晋兵列队等候,他浑身热血一阵涌动,催马上前,横枪大叫:"对面的李嗣昭听着,我乃梁王麾下先锋官王彦童,识相的赶紧滚开,王家铁枪可没长眼睛!"

李嗣昭面色铁青,也不答话,抡起手中的钢叉冲上来,两人叮叮当当战在一处。四五个回合之后,李嗣昭有些气喘吁吁地嘟囔一句:"哎呀,还真是有两下子!"似乎心虚地狠狠刺出一叉,然后拨马后退。晋兵见主将败退下来,立刻一窝蜂地向后边逃窜。

"哈哈,算你比那三个聪明!"王彦童忘乎所以地率先追赶过去。梁军有恃无恐,也跟着追杀上前。两军一前一后保持着一段距离,渐渐跑进人头峪的山口之内。道路开始明显崎岖,三拐两拐,李嗣昭连同他的兵士忽然不知闪到哪个岔路上,不见了踪影。王彦童正有些疑惑地放慢脚步东张西望,忽听前边战鼓大作,一队人马闪现出来,为首的一员大将面色红黑,身材雄壮,头戴紫金国公盔,身披穿山混铁甲,手中一杆长柄大锥,格外威风凛凛。再看看他身后的大旗上绣着大大的"周"字,王彦童知道,此人原来就是晋军的大帅周德威了,同时他也明白,自己中了埋伏。不过,强烈的好胜心和良好的自我感觉让王彦童非但没有迅速撤退的意思,反而抱着擒贼先擒王的心态,吼叫着冲上前来。周德威并没有交战的意思,微微一笑,闪到旁侧的斜路上不见了。接着山谷中又是号炮响起,震得脚下有些发颤,余响久久回荡,震人心魄。伴着炮声,山谷两侧的山坡上,旌旗晃动,无数晋兵士卒居高临下,先是一阵密集的箭雨,梁兵躲避不及,死伤不少,紧接着巨石滚落,山谷中一片惨号,血肉迸溅,梁兵又是死伤一大片。王彦童这才知道中了埋伏的厉害,正要招呼剩余的兵将向后冲出去,话还没出口,两侧的山坡上呐喊着冲下大队人马,为首大将一边是李存审、李存颢,一边是李嗣恩、李嗣本。大家无不怒发冲冠,瞪着血红的眼珠子猛扑过来。王彦童慌忙招架,一百多斤的镔铁大枪被他舞动得如同风车一般,一时间竟无人能够接近。不过,梁兵却没那么幸运,片刻工夫被砍杀得几乎死伤殆尽,而山谷入口处又有李嗣源、李存质、石绍雄等大将率兵堵截,几乎没有闯出去的可能。王彦童此刻才真正着了急,摆出一副困兽犹斗的架势,死命刺杀突围,赶来堵截的多员将领都被他刺死刺伤。大将安金焌躲避不及,腹部中了一枪,正倒在王彦童马前,王彦童看他装束,知道此人是晋军上将,正要补上一枪,忽听耳畔一声略显稚嫩的大喝:"王彦童休要猖狂,你的死期到了!"山坡上飞驰过来一员小将,手持丈八长的开山大槊,劈面就刺。此刻王彦童心慌意乱,并不知道这小家伙正是李克用的爱子李存勖,他只能挣扎着拼尽力气应战。两人交锋两三个回合,李存勖毕竟力气小,手中兵器被王彦童一下子挑得飞了起来。情急之下,李存勖从背后拔出游龙宝剑来抵挡对方枪锋。但剑短枪长,李存勖更不占优势,顷刻间危急万分。旁边的众多将领都知道万一李存勖遭了毒手,对李克用和整个晋军来说将是怎样沉重的打击,但大家却谁也帮不上手,周德威更是浑身冷汗直冒,不知该如何是好。就在王彦童再次刺出一枪的瞬间,地上的安金俊用尽最后一口气,猛然爬起身把王彦童拉下战马,双臂死死抱住王彦童大喊:"小殿下,快出剑!"王彦童挣扎着还没来得及挣脱,李存勖已经敏捷地跳下战马,双手握住剑柄,"啊"地大叫一声,连人带剑撞到王彦童胸口处。由于用力过猛,游龙宝剑刺穿王彦童的护心镜,连底下的安金俊也给穿透。王彦童嘴里喷出一股鲜血,安金俊与他同归于尽。王彦童一死,晋军顿时松了一口气,没费多大工夫,把剩余的梁军全部消灭。

虽然费了很大周折,但终于除掉王彦童,李克用还是十分兴奋,一边大犒三军,同时准备祭器,用王彦童的人头祭奠阵亡的三家太保和大将安金俊等人。

正是几家欢喜几家愁,梁王朱温闻听消息,如同五雷轰顶,半天没缓过神来。最难过的当然要数王彦章,他两眼满含热泪,跪倒在大帐内,沙哑着嗓子叫嚷:"请梁王千岁为我兄弟做主,赐我一万兵马,为兄弟报仇!"

刚刚经历惨败,朱温有些心神不定,看看旁边的参军敬翔。敬翔沉吟片刻说:"万事最易忙中出错。仇自然要报,但还得讲究策略。叫在下看,现在最好的办法是夺取潞州,潞州是三晋的门户,拿下潞州就有可能攻打晋阳,如果能攻下李克用的老巢,那才是真正为令弟报仇雪恨哪!"

见王彦章着急地要分辩,敬翔接着补充说:"当然,潞州既然是晋军战略要地,攻打自是不易。这样,咱们可以兵分两路,一路佯攻泽州,牵制晋军大部分兵力。而梁王则率领主力暗中袭击潞州,一定可以得手。"

朱温觉得这样做胜算的把握比较大,当下点头同意,下令各营整治粮饷,准备出动。一边召集众将领在大帐中集合,分派任务。命令大将张全义率兵一万,佯攻泽州,只是围住城池,做出攻城的姿态,借以牵扯晋兵主力。任命王彦章为先锋,奔杀潞州。同时任命葛从周为大将军,节制各路兵马,朱温自己则担任督军,随时调遣兵力。王彦章虽然报仇心切,但既然梁王有了决定,自然没什么可说的,只能领命分头去做出兵的准备。

梁军的动向很快被晋军探马探得消息,飞速禀报到李克用跟前。李克用不明就里,还以为梁军的目的就是要攻打泽州,慌忙命周德威率领三万精兵前去增援。而他自己则驻守在沁州察看动向。

调虎离山之计轻易得手,朱温信心大增,亲自督率梁军主力奔杀潞州城下。这些年来,潞州在梁晋拉锯战中,已经数度易手,城中军民似乎适应了战乱生活,对于敌军突然而至,倒也不特别惊慌,迅速做好防御准备。此时负责守卫潞州的是晋军大将李罕之,骁勇善战,曾立下许多战功,李克用对他很是放心,特意派他来镇守这处战略要地。

安排好各处防御设施之后,李罕之带领大队兵马,大开城门,出城迎战梁军。朱温见李罕之如同半截铁塔,相貌威武,手拎巨大的开山斧,显然分量不轻,不用说,必然是员猛将无疑。正在心里暗暗赞叹着,部将郑霖言催马冲出,挑战李罕之。两人交战只一个回合,就见李罕之挥动大斧怒吼一声,劈头砸来,郑霖言慌忙横枪抵挡,不料李罕之力大无穷,一斧头下去,把郑霖言的枪柄砸断,脑袋也砸开了花,尸体横倒在马下。王彦章见此情景,连忙催马迎战。李罕之毫无惧色,抖擞精神,与王彦章大战了三四十回合,仍难以分出胜负。朱温见这个李罕之果然是威猛异常,唯恐打斗下去王彦章出了差错,挥手命令鸣金收兵。李罕之倒也谨慎,并不追击,退回城中积极加强防守。

随行军师谢瞳知道朱温的心思,回到营地便提出个主意:"主公,李罕之是员猛将,照这样看来,若是强攻,必然会损兵折将,不如略施小计,不但可以拿下潞州,还能让这个李罕之为我所用,这样岂不更好?"

朱温当然求之不得,忙问他有没有想好计策。谢瞳胸有成竹地笑笑说:"我打听过了,李罕之原来是黄巢手下的一个将校,后来归顺了李克用。主公只要围困住潞州却不攻打,用不了几天,李罕之必然要派出信使向李克用请求增援。到那时候,机会自然就来了。"

对于谢瞳的话,朱温自然完全相信。他按照谢瞳的意思,停止攻城,只是不紧不松地围困住,同时在潞州通往各处的路口埋伏下兵卒,专门等着捉拿通风报信的晋兵信使。果然没过几天,还真捉住了一个,捆绑住带到朱温大帐中,从他身上搜出一封密信。朱温不大识字,让参军敬翔帮着看看,却不是李罕之的求救信,倒是李克用送来的亲笔书信,说是知道潞州被围,已经派大将马溉和伊镡率三千人马正在驰援潞州,要李罕之注意接应。

谢瞳喜形于色地拍手叫好:"机会来了! 主公赶紧派几员猛将在半路上劫杀马溉、伊镡,然后挑选大将打着他二人的名义进入城中,这样,潞州就可以轻易攻破了。"

"对,对,这个机会真是千载难逢!"朱温立刻明白他的意思,高兴得连连点头,命令胡真和丁会马上出发,率兵抢先挑选一处险要山谷埋伏起来,截杀晋军,定要干净利落。同时再把书信交给一名聪明伶俐的士卒,让他假装送信的晋兵,把李克用的信送到潞州城中。胡真和丁会领命而去,正如谢瞳等人的预料,很轻易地就完成了任务,伏击战中杀掉马溉、伊镡,俘获两千多晋军兵卒。然后由葛从周带领三千精兵,换上晋军的衣服,打起马溉和伊镡的旗号,也做些和梁军交战的姿态,装出突破梁军大营的样子,来到潞州城下。

李罕之已经得知近期有增援兵力赶到,此刻在城头上看见梁军营寨中一片混乱,接着有大队人马奔到城下,都穿的是晋军服装,旗号上也分明写着"马"字和"伊"字,以为肯定是马溉、伊镡领兵赶到了,赶忙下令开门迎接。随着城门洞开,葛从周带领梁军纷纷涌进城中。就在李罕之准备上前看个仔细的时候,忽然听士卒禀报说东门吃紧,梁军攻打得很厉害,他赶忙带人去那边察看。趁着这个空当,葛从周大开杀戒,迅速占据南门,把早已等候在城外的大批梁军接应进来。等李罕之明白过来怎么回事的时候，南门、西门和北门已经落入梁军手中。李罕之大惊失色，知道潞州失陷已成定局，慌忙带领少数部从夺路逃窜。可是刚冲出南门，就连人带马落到陷坑中，被梁军生擒活捉。潞州再度失守，被朱温所占据。

当李罕之被五花大绑推搡到中军大帐中时，朱温假装惊讶地从帅椅上跳下来，大呼小叫："哎呀，这不是李罕之将军吗？你们瞎了狗眼，怎么能如此对待我绿林兄弟！"说着上前亲手把绳子解开，言辞温和地说："李将军有所不知，我朱温当年也和将军一样，同是黄巢麾下，说来咱们都是同源的兄弟。如今我效忠朝廷，扶保天子，得到天下赞许，也不枉了大丈夫轰轰烈烈的一生。"拉着李罕之走到葛从周面前，"你看，这位是葛通美将军，昔日也在黄巢麾下，如今我们都是报国的忠良。罕之，既然咱们都是绿林弟兄，何不再度联合起来，干上一番大事业，不然怎么对得起当初的凌云壮志？"

一番连哄带劝，李罕之顿时没了主张，好像又回到当年的绿林队伍中，没怎么费劲便投靠到朱温的身边。当晚梁军进驻潞州城中，朱温大设酒宴为李罕之接风，出于感激，李罕之又引荐了自己的好朋友杨师厚，同来军中效力，并亲自出面，劝说潞州驻军将士都归降了梁王朱温。

此刻李克用正坐阵沁州督战，惊闻潞州失守，李罕之投降，心中又愤怒又惊恐，顿时束手无策，众多将领慌作一团。太监张承业和参军郭崇韬等谋士纷纷劝说李克用赶紧撤回晋阳，沁州城池太小，一旦朱温乘胜追杀过来围困住这里，将是个很大的麻烦。李克用心有不甘却无可奈何，正犹豫之际，忽然探马赶来禀报，说梁军攻占潞州后，日夜兼程奔袭晋军大营，目前距离沁州仅有五十里，不足一天的路程。

突如其来的消息更是雪上加霜，整个大帐顿时沉寂下来，人人心头阴云压抑，大家面面相觑片刻，纷纷把目光投向李克用。

"父王，情形紧急，沁州肯定难以抵挡，而其他增援兵马远水不解近渴。"大太保李嗣源忽然上前一步，下定决心地大声说，"请父王带领大家先行撤回，孩儿愿率本部三千兵马断后，保证拖住朱温后腿，确保大军无恙！"

明知道三千兵马拦截十万大军会有怎样的后果,但情况已经不容犹豫,李克用无限怜惜而又无奈地点点头:"能坚持多久就坚持多久,千万不要勉强自己,你们见机行事,坚持不住了就迅速后撤!"

等李克用的大部队迅急离开沁州城仓皇北上之后,李嗣源立刻率领三千人马赶到沁水东南岸摆开阵势。站在滔滔河水之畔,李嗣源脸色铁青,横眉立目,宛若愤怒的天神。在水流和狂风的巨大轰鸣中,他挥手大喝:"今日我们断后,誓与梁兵决一死战,大丈夫建功立业的时机到了!你们家中但凡有老人和幼子,或是家中独子者,趁梁兵还没来,赶紧领取路费,渡河回家,情有可原,不算违背军规!"

队伍中静悄悄的一片,谁也没有要走的意思。不知是谁带头,众人齐声喊道:"愿随将军决战,宁死也不退却!"

"好!"李嗣源热血沸腾,冲大家一抱拳,"临危受命,挽狂澜于既倒,这正是我李家兵将的风范!既然如此,我们就破釜沉舟,不留退路!"说着命令兵卒,火速拆毁沁水河上的木桥,以坚定誓死拖住梁军的信念。

刚把桥给拆掉,脚下的大地就开始微微颤动,朱温率领十万大军奔涌而来。双方列阵相对,朱温见眼前形势强弱再分明不过,心中又气又恨,既生气李嗣源阻挡住生擒李克用的大好机会,又恼恨李嗣源太过狂妄,竟然不把自己十万大军放在眼里,敢在这里螳臂当车。他不等人马全部赶到,就已经开始咆哮着下命令:"马步军,把他们尽数杀掉,有取李嗣源首级者,赏银千两!"

先头部队的将领陈宣和乔松听令,立刻带领三千多部卒冲杀上来,混战在一处。李嗣源抖擞精神,一杆银枪上下翻飞,转眼挑死二三十名梁军。陈宣挥舞着镔铁大棍劈面打来,李嗣源抬枪迎住,顺势反手刺出,正中陈宣咽喉,将他挑落马下。乔松随即赶到,抡起大锤劈头盖脸一通乱砸,李嗣源知道,使锤的将领一般都有傻劲,硬碰硬要吃亏,便拨马踏翻两个兵卒,闪到乔松旁侧,迅疾出枪,刺中他的腹部,乔松大叫一声,跌落马背,被后边的兵将踩踏成肉泥。晋兵此时和梁军打斗正酣,由于木桥被毁,没了退路,大家怀着必死之心,无不以一当十,三千多梁兵竟然不是对手,没多大工夫就节节败退,逼迫得朱温也不得不后退到一个高岗之上。

朱温恼羞成怒,挥动令旗,十万梁兵一拥而上,把晋军团团围住,狠命厮杀。这场惨烈的战斗一直持续了一个半时辰有余,梁兵却仍不能踏过沁水半步。李嗣源接连刺死对方数员大将,偷眼看看四周,才发现自己的部下已是死伤殆尽,而敌兵却如同被捅了马蜂窝般越集越多。他知道再打下去已经没了意义,便招呼身边的部将沿沁水河岸转移,企图向北突围。朱温站在高处看得清楚,忙摇动令旗指挥众人围堵。结果在乱军中闯来闯去,身边的几名将领也相继战死,只剩下了李嗣源一人,而他也是浑身上下多处受伤,血染战袍,四肢酸麻,手中的大枪越来越沉,好几次险些被敌兵拖下马来。情形越来越危急,李嗣源在心里长叹一声,看来此处就是我的葬身之地了! 特别是看到敌军大将王彦章气势汹汹地冲上前来,李嗣源更是知道凶多吉少。果然,王彦章闪电般来到跟前,手起枪落,正刺中李嗣源胸口,接着横枪杆猛地一扫,把李嗣源打下马来。此刻李嗣源已经是突围到沁水岸边,掉落马下后翻滚着落到河水中,转眼便不见了踪迹。

朱温看得清楚,他知道李嗣源必死无疑,水流如此湍急,肯定被冲进黄河中了,也就没让人打捞他的尸体。但他也知道,这场大战虽然取胜,而事实上是失败了,李克用此刻早已逃远,自己错失了大好良机。懊恼万分却也无可奈何,只好命令收兵返回潞州,看看动静再做打算。

第十三章

失幽州晋军腹背受困　逞淫威梁王翻云覆雨

　　二更天的时候,忽然有人急促叩打皇帝寝宫大门。宫娥一开门见是蒋玄晖,身后跟随大批全副武装的兵将,还没来得及问话,就被蒋玄晖一刀砍死。朱友恭则随后领兵一拥而入。唐昭宗被响动惊起,惊慌失措地要赤脚逃走,但没走出几步,就被追上来的兵将乱刀砍死。

李克用有惊无险,终于全身而退地回到晋阳。休整数日,各路援军相继聚集而来,兵力总计超过六万。派去打听李嗣源消息的人陆续回来,却没一个人能说清楚李嗣源的情况到底如何。三太保李存璋在沁州听说有人曾在河边捡到过李嗣源使用过的银枪,但无论活人或尸首,都没人看见。李克用一方面担心李嗣源的下落,另一方面对朱温占据三晋的门户深感不安,他决心再度南下,以雪前仇。歇息十多天后,李克用召集大军,挥师出征。任命二太保李嗣昭为先锋官,兵锋直指潞州。

　　此次潞州城下的决战,双方动用的兵力总共超过十五万,潞州北郊黄尘漫天,喊杀声震动云霄。双方兵对兵将对将,混战一团。这场激战一直持续了一个多时辰,两边各有损伤,却谁也难以占据上风,只好暂时休兵各自回营,相互发狠话要明日誓死决斗。

　　回到大营中还没来得及喘口气,忽然有士卒禀报说,辕门外有个乡民要见晋王,好说歹说就是不肯离开。李克用心下有些奇怪,莫非是民间异人特意来献上破敌良策?他摆手吩咐把那人请过来。片刻工夫,一个身穿灰土布衣衫的大汉低头迈大步进到大帐中,扑通跪倒。李克用刚要问话,忽然猛地惊叫起来:"哎呀,这不是嗣源吗?莫非我在梦里!"

　　来人正是李嗣源,他抑制不住地哭出声来,拉住李克用的手呜咽许久才道出事情原委。原来,上次沁水河畔一场恶战,李嗣源被王彦章一枪刺在胸口,由于混乱之际,力道不大,并未刺穿护心镜。倒是他的横扫一枪,反而是救了李嗣源一命。李嗣源滚落河中后,顺水沉浮漂流,开始还有意识,能扑腾着往前游,但片刻之后便精疲力竭昏了过去。当他醒来时,发现自己正躺在床上,身上盖着麻布被褥,环顾四周,原来是在一间破烂的土房中,分明是乡野百姓家。正猜疑间,看见墙角有个小孩正蹲在灶台边烧火,锅里冒着腾腾热气。李嗣源想翻身坐起来,不料胸口一阵剧痛,忍不住"哎呦"一声又重重躺倒。小孩听见动静,跑过来站在床边,轻声问:"大叔,你好些了吗?"

李嗣源看看这个孩子,七八岁的样子,小脸蜡黄枯瘦,正眼光和善地盯着自己。李嗣源顺着他的眼光,才看见自己外伤处都用布条包扎了起来,看样子对方并没恶意,心头顿时踏实许多,笑笑说:"好多了,你——叫什么名字?这里是什么地方?"

小孩见他说好多了,长舒一口气:"这是沁州乡下平山村,我爹姓王,他早就死了,他们都叫我平山郎。这里是我家。你是我娘从水沟里捡来的,我,还有好几个伙伴,都帮着抬了呢,你可真够沉的。"

李嗣源咧嘴笑了:"那,你娘呢?"

"她去山上挖野菜了。"正说着,有脚步声轻轻走进门,平山郎冲门口一指,"这不是,我娘回来了。"

李嗣源仰头看去,一个二十多岁的妇女走进来,把篮子放到墙角,走到床边。李嗣源见她面色白皙,杏眼细眉,虽然穿着粗布衣裙,也遮掩不住袅娜的身材,心头不由突地一动。那妇女柔声问:"军爷的伤口还痛吗?我这就给你熬药去。"

李嗣源慌忙点头谢过:"多谢大嫂救命之恩,来日定当厚报——敢问嫂嫂贵姓?"

"乡下女人,哪里敢提得到贵字。"少妇微微一笑,"俺娘家姓魏,就是这平山本地人,当家的得病不在了,就俺跟平山郎苦熬日子。"顿一顿又说,"军爷运气真是好,河水那么急,还能被水冲上岸来,命大福大,要是换个人,早就顺水卷到黄河里了,就是神仙也救不上来。"

回想起那场恶战,李嗣源仍不免心有余悸,沉吟片刻才回答说:"我是晋王部下的大太保李嗣源,打了败仗掉进水里,哪里谈得上福大,都是嫂嫂搭救及时。"

在一个大男人跟前,魏氏也不便多言语,闲谈几句,就去煎熬采来的草药。李嗣源不知道外边的情形到底怎么样了,反正也没别的出路,索性安心养伤。原本都是些外伤,在魏氏和平山郎的照料下,几天工夫,就可以下地行走了。李嗣源心中有事,执意要走。魏氏母子见他确实没有大碍,也不便挽留,魏氏拿出李嗣源的铠甲用包袱包好,让他背上,又另外做些野菜干粮,让他装在随身的衣袋中。李嗣源感激他们的救命之恩,却无以回赠,就取出贴身佩戴的一块玉珮交给平山郎:"这玉珮上有我的名号,兵荒马乱的要是碰到晋兵骚扰,就拿出来叫他们的将官看看,可保你母子平安。"想一想又嘱咐说:"我与梁军是死对头,也不知梁军撤出潞州了没有,你们千万不要对别人提起救了我,免得招惹祸端,更不要把这玉珮给梁兵看。"

告别了魏氏母子,李嗣源原本计划先回晋阳。不过刚出沁州,就听说晋王李克用已经亲自率兵南下再度攻打潞州城,就绕路赶过来会合。

众将领听李嗣源讲述了一番事情的经过,都为他大难不死表示庆幸,交战失利所压抑的气氛顿时活跃许多。歇息两天,李嗣源在数十名侍卫陪同下,带着许多黄金白银,前去答谢魏氏母子。可是到了那里却发现人去屋空,魏氏母子已经不知去向。向附近村民打听,谁也说不清楚他们到底搬到了哪里。李嗣源搜寻半天毫无结果,只得怏怏返回。

大太保死里逃生给全军带来不小的鼓舞,但与梁军的交战却并未因此有明显起色,两军僵持于潞州城下,转眼已经半月有余。潞州城中的十万梁军粮饷耗费巨大,粮仓渐渐见底。朱温心中不免暗暗着急,连续几天和军师谢瞳、参军敬翔商议该如何结束这个不死不活的局面。同时朱温也颇有些疑惑,为什么晋军有足够的粮饷辎重来维持这旷日持久的战局?沉吟片刻,敬翔猜思着说:"晋军的辎重主要来自幽州节度使刘仁恭。对了,主公何不先去讨伐刘仁恭?倘若刘仁恭失利,李克用的晋军自然就是无源之水,定会不战而退。"

朱温见谢瞳点头称是,知道这个决策没有问题,立刻任命王彦章为大都督,张存敬为副将,调动三万精兵,迅速进攻远在幽州的刘仁恭。

浩浩荡荡的三万大军,神龙见首不见尾,在两员虎将率领下,很快逼近定州。定州隶属义武镇,是通往幽州的必经之路,其节度使王郜是李克用的女婿,当然也是晋军的得力大将。王郜的副将则是他的叔叔王处直,王处直当年曾是讨伐黄巢二十四镇诸侯之一,自然也是响当当的人物。不过,王处直为人心眼特别小,算是美中不足。叔侄据守定州,见梁兵来到,王郜摩拳擦掌,立刻命令叔父率一万兵马在沙河迎战梁军,务必截住其东进去路。沙河上两军对峙,朔风似乎也来凑热闹,呼呼作响,平添许多悲壮之气。梁军大将张存敬出马,大战晋军大将梁汶。来往六七个回合,梁汶便被张存敬刺死。梁军见状,士气大振,王彦章趁机指挥大军掩杀过来。仓促应战片刻,王处直溃败后退,仓皇撤回城中。经历一次败仗,王处直见识了梁军的厉害,婉言提出不如暂且妥协归顺了朱温,以保全实力。不料王郜却反应激烈,他怒气冲冲地说:"叔父,你怎能如此懦弱!胜败乃兵家常事,即使败了,我也决不会屈膝求饶。你要是被打怕了,就守城好了,我今夜三更带兵去劫敌寨,定叫他们一觉睡死过去!"

王处直身为叔父,见王郜这样对自己说话,不禁恼羞成怒,暗暗咬牙切齿,加之敌强我弱的形势再明显不过,打下去分明是死路一条。一狠心,便写书信向梁军投降,并把今晚王郜的行动告知梁军。

当夜三更天的时候,王郜率万余精兵,像鼠蛇一样悄悄深入梁军大营。见营中毫无动静,王郜心中一阵窃喜,正要下令劫寨,忽然一阵战鼓敲响,四周火把通明,梁军士兵不知什么时候已经把王郜的军队围在当中。王郜大吃一惊,来不及多想,赶忙厮杀着拼命突围。一场混战之下,王郜的兵马瞬间损失大半。好容易冲到城下,不等王郜大叫开门,城头上已经灯火并举,王处直居高临下,冷笑着打量王郜落难的落魄样:"小儿,不听老人言,吃亏在眼前。你还是赶紧投降保命要紧!"

王郜顿时明白,原来这竟是叔父捣的鬼。他怒气填胸却无可奈何,高声叫骂:"你这老贼,坏我大事,看我要将你碎尸万段!"王处直也不和他多说,挥手下令放箭。王郜无奈,只得带领几许残兵败将落荒逃奔晋阳而去。

定州大郡被轻易拿下,王处直献城有功,被梁王朱温封为定州刺史,与王彦章一同北伐幽州。

此刻,幽州节度使刘仁恭的次子刘守光已经得知定州失守的消息,赶忙报知父亲并提议说:"梁兵虽有猛将,不过,咱们也有上将高思继将军,鹿死谁手还不一定呢,我觉得可以一战!"

刘仁恭点点头:"我儿有志气,这才是将门之后。那好,就命你挂帅应战,先和梁兵比划比划再商量下一步计划。"

刘守光随即点起六万大军,驻扎在易水岸边,截击梁军,幽州之战迅速拉开。双方兵将虎视眈眈,尤其是王处直,更想在阵前一显身手,作为一个新人,不能叫梁军将官们小瞧了自己。正因如此,当高思继出马叫阵的时候,王处直率先冲了上去。可是王处直没料到自己运气不佳,碰到的是对方第一高手高思继,没几个回合便险象环生,气喘吁吁狼狈不堪。王彦章见状,唯恐王处直战死折了自家锐气,忙上前接替下来。高思继大战王彦章,真可谓棋逢对手,走马灯似的盘旋一百多个回合,仍未分出胜负。一旁观战的刘守光心头不禁有些着急,高思继号称幽燕第一大将,他要是一不小心受伤或战死,那还了得?情急之下,他挥动令旗,率领大军冲向梁军,双方混战一场,各有损伤,一直打斗到天色昏暗才撤回大营。

王彦章领教了高思继的枪法,深感是个对手,对张存敬说:"那个高思继确实是枪法出众,硬拼恐怕没有好结果。看来得想法子智取。"两人合计一番,商议了一个比较稳妥的主意。

第二天交战刚开始,王彦章首先挑战高思继,两人拼勇斗狠依然难分胜负。正战到高潮时,王彦章忽然虚晃一枪拨马回走。兴头上的高思继哪会料到王彦章心怀诡计,还以为自己占了上风,催马猛追过去。王彦章偷眼看得清楚,见时机成熟,突然扯马缰转身一个回马枪,高思继躲闪不及,竟然被一枪戳穿心窝,掉落马下。刘守光见高思继阵亡,几乎要晕厥过去,立刻下令全军冲杀。

然而刚刚接仗,忽然有兵卒失魂落魄地跑来禀报,刚才在两军交战时,张存敬绕道背后,趁虚抄了燕军大营,眼下正是腹背受敌,情况万分紧急!刘守光又气又急,咬牙切齿地连叫:"真是一群小人!"但又不得不狼狈撤退,幽州就此失守。

刘守光兵败幽州,刘仁恭深感大势已去,无奈之下,只得弃晋而降梁,宣布归顺朱温,断绝对李克用粮饷的供应。后院失火,对李克用来说不啻为晴天霹雳,数万晋军顿时成了无根的草木,再难以和梁军对峙下去,不得已,派使臣到潞州城中,奉上金银珠宝,表示希望罢战请和。而正陶醉于接连胜利的朱温如何肯放过斩草除根的大好良机,决意发动一场更大规模的征战,让李克用永无翻身的机会。对此谢瞳等谋士认为,眼下正是春末夏初,即便能彻底战胜晋军,到了围攻晋阳的时候,肯定赶上炎热的夏季,那时如果发生疫情,后果将不堪设想。但被胜利前景冲昏了头脑的朱温根本听不进去,他命令张归霸侵入天井,张归厚进兵汾州,葛从周出兵土门,胡真发兵阴地,朱珍进攻辽州,王处直攻打飞狐,从各个方向合围晋阳。一时间,三晋大地阴云弥漫,大有黑云压城城欲摧的迫人态势。

此时李克用正在晋阳筹措粮饷,下决心要夺取晋南门户。得到辽州和汾州相继失守的消息后,又气又急,几乎要晕厥过去。张承业提议说,既然朱温大举进击,周德威处境必定危险,不如让他放弃泽州,班师赶回晋阳,如今情势,保全实力当为重中之重。李克用当然知道这个道理,当即听从张承业的建议。

随着梁兵四面出击,三晋形势顿时大变,炎热夏季来临的时候,晋阳开始处于梁兵包围之下。李克用到处招兵买马据守晋阳,但内心深处几乎陷于绝望。他开始有了再次迁往塞北,回阴山脚下避难的念头。

对于李克用的想法,大太保李嗣源断然提出异议:"父王千万不可退却,这么多年来,父王披荆斩棘,千里剿灭黄巢,终于争得今天的基业,岂可轻易放弃?我愿意与梁兵决一死战,誓死保卫晋阳!"其他太保和将领见状,也纷纷请命赴战。

就在李克用沉吟不决的时候,张承业沉吟片刻,面色冷峻地说:"我……倒是有一计,但却是折寿的损招儿……"见李克用等人着急的模样,终于咬咬牙说出他的想法。李克用已经顾不上是否有悖德义,立刻按张承业说的,在晋阳城内张贴告示,说官家一两银子收购一只活老鼠,要大家抓紧捕捉。没过几天,百姓献上的活鼠已经有几千只之多。张承业挑选出五百壮丁,让每人拿两只老鼠放入粪兜中,趁夜色昏暗小雨未停之际,悄悄潜入梁军营地,将兜中的粪便与老鼠倒在水洼中。

几天之后,气势正盛的梁军突然爆发瘟疫,每天死掉的兵将不计其数,还有更多的人则浑身发热,出现得病症状。兵将一日少似一日,军中人心惶惶，朱温无奈，只好恨恨地命令撤兵南下返回。

一场致命的危机就此化解，李克用当然如获重生般欣喜万分。不过，考虑到眼前的局势，他还是有些担忧，梁军虽然暂时退却，但仍有几十万兵马，实力强劲，倘若他们等天气凉爽的时候卷土重来，那自己可就没这么侥幸了。张承业在这个节骨眼上提醒他说，晋王与漠北诸多游牧部落交往较深，如今契丹八部首领耶律阿保机实力强盛，可以与他结盟，既可牵制刘仁恭，更可以对付朱温，这是最好的办法。不过，由于并没有多少交往，李克用担心阿保机未必愿意结盟，但又不能错过这个机会，就任命张承业为总监军，请他出使漠北，务必促成此事。朱温撤兵回中原后，三晋各地的将领又纷纷归附李克用，形势缓解许多，这让李克用多少得到些安慰。

险些大功告成的朱温带着遗憾回到长安，在唐昭宗和众多大臣面前，气焰更加嚣张。这天早朝时，朱温忽然想起，这次北上征讨，借口是缉拿张承业，而张承业则是奉了唐昭宗之命去找李克用。如今自己无功而返，功亏一篑，着实可恨。又想起昨夜养子朱友恭对自己提议说，父王可奏请迁都洛阳，使皇上身边无可依赖之人。若有不愿迁都者，必是不服父王，应立即将其处死，杀鸡吓猴，一举两得。朱温嘴角抹过一丝奸笑，走到大殿中央，拱手禀奏说："陛下，长安虽贵为大唐之都，可是历经黄巢贼寇作乱，已经破败不堪，臣请陛下迁都洛阳，以便躲开晦气，重振大唐基业。"唐昭宗没想到朱温会提出这个主意，顿时脸色煞白，眼睛似乎陷得更深，黑眼圈也更清晰。自从朱温回到长安，李晔就没睡过一个安稳觉。唉，避之不及啊，洛阳是朱温的老巢，迁都岂不是把自己往绝路上逼？他巴望着有谁能站出来说句公道话，却看见朱温面朝众人侧身站着，双手背后仰头轻蔑地看着其他人。大殿中沉闷压抑，令人窒息。半响，当朝宰相崔允终于站了出来，他朗声说："陛下，臣以为不可迁都！高祖皇帝在长安开我大唐基业，传帝十九世，祖先基业当子孙继承，岂可随意变更？"崔允开了头，京兆尹郑元规也随声附和。朱温脸上的肌肉微微颤动一下，什么也没说，当下甩袖走出大殿。唐昭宗和大臣们面面相觑，每个人心头都泛起不祥的预感。

果然,退朝之后的当天傍晚,朱友恭便率数千亲兵,一声令下,分别查抄了崔允和郑元规的府第,让他们顷刻间家破人亡,理由是他们篡权谋逆。

第二天上朝,朱温面色从容地禀奏说:"陛下,崔、郑二人犯下谋逆之罪,臣已将二人缉拿。"不等唐昭宗反应过来,冲外边摆手说:"把两个罪臣押上来,给我乱锤打死!"只见朱温的心腹兵将纷纷上前,把崔允和郑元规按在朝堂门外,两锤砸过去,二人脑浆迸裂,死相惨不忍睹。看看已被吓破胆的文武百官,朱温心中窃喜,赵高指鹿为马也不过如此!当即又提出昨天的要求:"臣请陛下三月之后迁都洛阳!"面对两人惨死,唐昭宗顿时觉得如同被密闭在黑屋中,最后的一抹光亮也瞬息消散,他知道,自己的末日快要来了。但他还是抱着最后一点希望看看大家:"众爱卿还有何异议?"鸦雀无声,静得让人恐惧,静得让人窒息,殿外一只乌鸦飞过,留下几声哀号,殿内充满凄凉。唐昭宗擦一把额头上的冷汗,低声嘟囔一句:"准奏。"

大唐天复四年(904),唐昭宗被迫迁都洛阳,唐昭宗自己也知道,从长安至洛阳,不仅是他的末路,也是大唐的末路,但他能做的,除了叹气,便是在心中默默流泪。

张承业千里迢迢,赶到契丹大营驻地,拜见契丹八部首领耶律阿保机,说明来意,并晓以利害。阿保机也正苦于无处扩张势力,双方一拍即合,商定次日点兵南下,前往云州会合李克用。李克用得到如此强大的后援,当然欣喜异常,特意在云州城外建了一座犒军大营,热情款待阿保机一行。推杯换盏中,两人交谈甚欢,开怀畅饮。众大臣也频举酒杯,李克用已略生醉意,大笑着说:"我沙陀部族与契丹族人,驰骋草原,奔走大漠,今日得以相会,何不结为异姓兄弟,永结金兰之好?这样彼此照应,共享富贵,岂不是天大的好事?"阿保机当即乐意听从,与李克用换袍易马,烧香叩头,结拜为兄弟。李克用年长为兄,阿保机为弟,李克用令嫡长子李存勖同众家太保拜阿保机为叔父。左右将领官员纷纷道贺,一片欢喜融洽。

李克用与阿保机结盟后,会合兵马十五万人,分成两路,周德威和李嗣昭进军邢州,耶律阿保机、李嗣源和张承业出兵镇州,开始进行反攻。

朱温威逼唐昭宗李晔迁往东都洛阳,皇室家眷及妃嫔宫女足有千余人,一路上让朱温大饱眼福。十多天后,眼看已临近洛阳,朱温无意中瞥见皇后凤辇之上坐着一个三十多岁的妇人,国色天香,令人不由得怦然心动。朱温原本就异常好色,不由得想入非非。他知道,这个美人肯定是正宫皇后何氏。皱眉思索片刻,朱温悄悄把护卫皇后车辇的枢密使蒋玄晖叫到身旁,含糊不清地指指车辇说:"唉,若能与美人春宵一宿,啧啧,那……"蒋玄晖立刻心领神会,凑过去附耳嘀咕几句,朱温喜笑颜开,连连点头。数日后,终于抵达洛阳,唐昭宗临时住在东都行宫,朱温设宴款待唐昭宗并安排歌妓助兴,唐昭宗与众妃嫔饮酒观舞,直至酒醉方才回宫。

二更天的时候,忽然有人急促叩打皇帝寝宫大门,宫娥一开门见是蒋玄晖,身后跟随大批全副武装的兵将。还没来得及问话,就被蒋玄晖一刀砍死。朱友恭则随后领兵一拥而入。唐昭宗被响动惊起,惊慌失措地要赤脚逃走,但没走出几步,就被追上来的兵将乱刀砍死,堂堂大唐皇帝竟然就此一命呜呼。

混乱中,蒋玄晖提刀来到皇后寝宫,吓得皇后苦苦求饶。蒋玄晖一本正经地说:"梁王有令,今夜有人刺杀万岁,特请娘娘到别宫暂住。"何皇后不知所措,连忙点头答应,跟随着来到一处宫室,却无宫女太监,只有朱温一人坐在宫室的床上。何皇后惊骇万分,早已两腿发软,跪倒在地不停地哆嗦:"请梁王千岁,救我性命!"

朱温满脸祥和地微笑:"娘娘受惊了,我已派兵缉拿叛贼,皇后和我在一起,自然不用害怕。要是出了这个门,我可就不敢保证了。"何皇后当然知道他是什么意思,但此刻保命要紧,也顾不了这许多,身子一软,瘫倒在床边。就这样,朱温终于遂了心愿,成全了一夜风流。

唐昭宗被弑,何皇后受辱,满朝文武却无计可施,只得任由朱温肆意淫威。在朱温的安排下,何皇后所生的辉王李柷,时年仅有十三岁,在唐昭宗灵柩前即位,这就是唐哀帝,何皇后则成为太后。

不过,当朝皇上突然横死,非同小可,处理不好,会造成严重后果。朱温当然知道这个道理,他听从谢瞳等谋士的建议,竟然把养子朱友恭作为替罪羊,声称朱友恭背叛朝廷,弑杀君王,自己忠心耿耿,要大义灭亲,将他斩首示众,把这个事情给糊弄过去。

新君即位,在朱温爪牙的授意下,封朱温为相国。自此朱温全盘掌控住朝廷,更是无恶不作,整日秽乱后宫,荒淫度日。加之平素约束规劝自己的妻子张氏在这个时候病重去世,更让他如同没有缰绳的野马,肆意乱为。

正沉醉在行乐中不知今夕何夕的朱温,有一天忽然听到长子朱友裕前来禀报紧急军情:"李克用会合契丹七万精锐骑兵,分兵两路,周德威和李嗣昭率兵进发邢州,耶律阿保机和李嗣源率兵七万已过太行山,兵临镇州。另有消息说,负责据守潞州的大将丁会变节投降。目前形势万分危急!"

朱温顿时惊愕万分,一阵头晕目眩,险些瘫坐在地上,张张嘴却说不出话来。朱友裕忙命人把他扶到床上,好生安抚。直到第二天,朱温才多少恢复些精神,传令在校场点兵十万,要举旗讨伐李克用。东都洛阳的点兵场上,旌旗蔽日,兵马云集,场面极为壮观。朱温传令,命李罕之与其子进兵邢州,张归霸、张归厚和张归弁兄弟进兵镇州,而他自己则亲自率兵前去潞州讨伐丁会。

丁会原本并没有投降李克用的心思,只不过前些日子唐昭宗下葬的时候,他多哭了几嗓子,便被朱温身边的人看在眼中,认为他这是背叛朱温的表现,于是三人成虎,传到朱温耳朵里,竟真的成了叛贼,百口莫辩。丁会知道朱温生性残暴又猜忌成性,自己根本就没有辩解的机会。心下一横,索性真的向李克用传信,表示愿意献城投降。李克用求之不得,当即令李嗣昭率三千精锐骑兵,赶赴潞州增援丁会。

梁军大将李罕之和杨师厚率兵与周德威相持于邢州城下。双方混战一场,血流遍地,尸横山野,梁兵终究兵力薄弱又是急行军而来,体力不支最终大败,被迫驻扎在山林中,眼看着周德威的晋兵开进邢州城内。

周德威久经沙场,知道乘胜追击的道理,当夜又出乎意料地悄悄带兵出城,摸进李罕之的兵营中。梁兵又困又乏,睡得正酣,闻听敌兵偷袭,仓促应战,节节溃败。最后梁军大将李罕之坠马身亡,梁军全军溃散,西线战场以晋兵大胜而告终。

东线方面,李嗣源与耶律阿保机翻过太行山,驻扎于平山附近。前方探马禀报说,幽州刘守光和张归霸已经在冶河东岸扎营,如何进军请从速定夺。阿保机想了想提议说:"我军以骑兵居多,沿河列阵不利于冲锋作战,应当距河十里扎营,空出冲锋的余地。"李嗣源觉得有道理,便点头同意,传令布置。

刘守光得知晋兵逼近冶河附近的消息,召集众将领前来商议对策。张归霸建议说:"敌军来势凶猛,而且他们大多是精锐骑兵,所带粮草有限,我军只要耐心等待,用不了几天,晋兵便会自行散去,到时候定能坐收渔翁之利。"刘守光却认为自己军力强盛,满脸不屑:"如果只是简单据守,我父王何必费尽周折向梁王求兵?晋军初来乍到,正是上天给我们过河攻击的最佳时机,决不可错过!"张归霸见他用兵急躁,忙劝阻说:"将军难道忘了晋文公退避三舍的事了?此事定有玄机,前事不忘,后事之师。"但急于求胜且思想简单的刘守光最终还是听不进去,命令大军西渡,要与晋军展开决战。

了解到敌军动向,李嗣源立即和阿保机商议,决定在北面伺机包抄敌后,凭着地形优势,击溃敌兵。立功心切的刘守光渡河后与李嗣源正面对阵,双方刚刚接仗,阿保机忽然率军从背后包抄刘军大营,幽州兵马顿时大乱。刘守光不知所措,只得撤回大营与契丹作战,命张归霸等人阻挡李嗣源。虽然幽州兵马和梁兵联合,兵力多于晋军,但在李嗣源和阿保机的前后夹击之下,最终挡不住晋兵的勇猛攻击,丢下一大片尸首仓皇败退。李嗣源趁机渡过冶河,占据平山。张归霸等人见大势已去,只得率领梁兵退守潞州。

晋军驻扎在平山,李嗣源正和众人商议下一步进兵计划,有侍卫禀报说,大营外有一少年,死活非要见大太保,并且此人手持将军玉珮,甚是奇怪。李嗣源心头一动,忙叫士卒领少年速来见他。不大工夫,只见一个十岁出头的小孩来到营帐,小孩蓬头垢面,脚穿一双破草鞋,身穿粗布裤褂,形同要饭花子。小孩四处打量一下,径直走到李嗣源跟前扑通跪下:"请大太保救我母亲,迟了她就没命啦!"李嗣源仔细一看,这不正是当初救了自己的平山郎吗?赶忙扶起他问发生了什么事情。平山郎哽咽着说,他母亲魏氏还有几个妇女,被一伙当兵的抓起来,说要让她们当军妓。自己年小体弱,没有办法,打听才知道他们都是大太保的手下,这才冒死来闯大营。

魏氏是自己的救命恩人,李嗣源不敢大意,亲自跑到平山郎说的地方,把魏氏和其他妇女救下。虽然自己来得及时,魏氏并未受到兵卒们的羞辱,但李嗣源思忖,如果送她回去,恐怕还是难免再有类似情况发生。正踌躇的时候,旁边的耶律阿保机忽然笑嘻嘻地说:"既然魏氏和大太保萍水相逢,也是上天赐予的缘分,况且大太保南征北战,身边也缺少个人侍奉,何不把救命之恩化做夫妻之情?"

有阿保机开头,众人也跟着起哄。就这样,在大家的撮合下,李嗣源迎娶魏氏,把平山郎收为养子,给他改名叫李从珂。军营上下,一连几天喜气洋洋。此番征战结束以后,阿保机虽没有掠得什么土地,但收获大量金银牲畜,欢天喜地地满载而归。

第十四章

朱温称帝大唐寿终　潞州交兵谢瞳倒霉

朱温称帝成为梁太祖,首先以封王的手段安抚各地势力,然后便采取武力来消除异己的隐患。他的头一个目标,当然也是近在跟前而针锋相对斗争了大半生的晋王李克用。朱温以李克用不受天命仍旧延用唐朝年号为由,亲率兵马十余万,对李克用展开讨伐。他的第一个攻击目标,则自然而然地落在晋阳南部的门户——潞州。

张归霸兄弟兵败而归,让梁王朱温深感惊异:"你们都是沙场老将,这次带兵数量不能算少,怎么会败得如此之惨?"张归霸委屈地解释说:"末将本计划稳扎稳打,可是刘守光不听劝阻,贸然出兵,结果遭遇契丹骑兵半道杀出,始料未及,招致大败……"

朱温部下的文武大臣见主子发怒,一个个神情不安,相互窃窃私语,参军敬翔斟酌着说:"契丹为北方蛮夷,性情凶猛,确实不好对付。不过,他们见识短浅,主公不妨派使者携金银珠宝前去拜访,切断李克用与契丹八部的结盟,这样一来,李克用势单力薄,定能将他一举歼灭。"

朱温铁青着脸点点头:"这个重任,不知谁可担当?"敬翔举荐自己的部从贺瑰,说他为人机警,善于随机应变,一定可以不辱使命。朱温当即答应,命贺瑰为使节,前往游说耶律阿保机。

其实,对于中原纷争,阿保机早已洞悉其中的利害关系。当贺瑰求见的时候,他立刻就猜测出对方的来意,忙叫来军师耶律曷鲁商议如何应对。

耶律曷鲁虽然也是胡人,计谋却丝毫不亚于中原饱学之士。他分析说,中原争斗,其实契丹只是个旁观者,大可不必认真,能得些利益才是最实在的,既然朱温前来拉拢,何不给他一个顺水人情?真正是英雄所见略同,阿保机笑笑,吩咐下去,要在大帐中召见梁使贺瑰。

贺瑰不愧是一个辩才,在阿保机跟前侃侃而谈:"世人纷纷传说大王是千古英豪,今日一见,果真令人顿生敬畏之情。在下奉梁王嘱托,前来与大首领通好,愿与大王冰释前嫌,化干戈为玉帛,彼此互通有无,不但双方不再劳神费力,对双方百姓,岂不也是一件幸事?"

阿保机故作疑虑地沉吟半晌才说:"你的话固然有理,只是,我与晋王李克用立有盟誓,如果负他,何以立信于天下?"贺瑰早有准备,反问一句:"大王与李克用既为兄弟,就应当有福同享。可是,李克用连破幽燕数州,可曾赠送大首领尺寸之地?大王雄谋大略,难道看不出李克用的真实用意?李克用只不过是借大首领铁骑,建立自家基业。将来他羽翼丰满,必定会恩将仇报反戈一击,到那时候,大王就会悔之晚矣!"这话正说到阿保机心坎上,阿保机脸色缓和许多:"李克用不可信,你们梁王也是世之奸雄,他就不是这样想的?"

贺瑰知道时机成熟,连忙表诚心说:"大王与梁王相隔千里,彼此完全可以互不侵犯。大王请看,这些稀世珍宝都是梁王所赠,梁王一片诚心,大王尽可不必疑虑。"说着命人打开带来的箱子,把里边的各种金银珠宝摆出来,请阿保机观看。珠光宝气照得阿保机眼花缭乱,连声说好,一迭声地表示要与梁王修好,冰释前嫌,再不为李克用所利用。

贺瑰不辱使命,了却了朱温的后顾之忧。朱温志得意满之后,压抑在心底的皇帝梦便开始蠢蠢欲动。终于有一天,他悄悄把枢密使蒋玄晖叫到自己的密室内,不无感叹地说:"蒋将军,孤王如今身居高位,控制着二十一镇的兵马,真可谓荣华到极点。可是人常说,身处最高位的人其实最危险不过,唉,若不及时名正言顺,只怕到最后不会有好的结果啊!"说着,满脸忧戚的样子,连连摇头叹气。

蒋玄晖见状,立刻明白他的意思,什么是名正言顺,不就是想当皇上嘛!蒋玄晖转动着眼珠,忙用安慰的语气说:"主公是我朝的顶梁柱,满天下谁人不知?只可惜如今朝廷气息奄奄,朝不保夕,长期这样颓废下去,必定民心不稳,后果不堪设想啊!梁王功盖千秋,德行美誉传遍大江南北,叫在下看,理应让当今皇上效仿尧禅舜位……"

朱温故作惊讶地摆手不叫他说下去:"唉,只可惜我只是朝廷的一个臣子,虽然哀其不幸,怒其不争,却哪敢有窥窃君位的心思!再者说,积善太后和九个皇子把持朝政,我看我们也只能空发感慨而已啊!"

蒋玄晖这才明白过来,朱温是嫌皇族这帮子人碍事,要借用自己掌握的禁军出力,忙信誓旦旦地表示:"主公放心,我自有办法。"朱温心中窃喜,但依然表现出惊恐而担心的样子:"你怎么可以有谋逆之心?万不可做出出格的事情来。"蒋玄晖知道,这场戏就快结束了,赶忙跪倒在地:"在下所说句句真心,主公若能早日登基,实在是百姓之幸,天下之福啊,臣愿肝脑涂地,在所不辞!"朱温一脸欣慰,双手把蒋玄晖扶起,盯着他的眼睛,重重地点点头。

第二天,朱温特意在洛阳九曲池设宴,邀请唐昭宗的九位皇子前来赴宴。九位皇子对自己面临的灭顶之灾丝毫没有察觉,欣然应允。朱温的殷勤款待,舞伎的柔美身段,让他们渐渐沉浸其中,无法自拔。朱温见各位皇子兴头正浓,便满嘴奉承言语,频频举杯劝酒。没多大工夫,九位皇子已被灌得酩酊大醉,见时机已到,朱温悄悄招了招手,蒋玄晖带领数名亲兵溜进九曲池,把他们一个个捆住手脚,悄无声息地丢进水中。

然而世上没有不透风的墙,九位皇子惨死的消息还是被人透露出去。朝廷上下大为震惊。对朱温来说,这倒不是什么大问题,但荆北节度使赵匡凝却趁机以讨伐梁王朱温篡位谋逆为名,发兵五万向洛阳发难。朱温知道此刻必须快刀斩乱麻,否则响应的人多了,就是大麻烦。他立刻派遣各路大军联合夹击,几天工夫就把赵匡凝的兵马杀得大败,赵匡凝兄弟也被迫逃亡边荒,一场危机很快化解。其中最大的功臣是颍州刺史高季兴,被加封为荆南节度使,以后则成为南方十国中的荆南王。

大获全胜之后的朱温更是少了许多顾忌,加紧了篡权夺位的步伐。时隔不久,他悄悄让人通报蒋玄晖说有要事商量,在太后所居住的积善宫碰头。由于朱温与何太后的关系已经是人所共知,蒋玄晖也没感觉丝毫不对劲,早早应约赶到。不料还没坐定,朱温部下大将张归厚和符道昭率领数百亲兵气势汹汹地闯进来,不由分说,叫嚷着:"果然不出梁王所料,蒋玄晖真的和太后有染!快,缉拿奸夫淫妇,大唐的颜面都让他们给丢尽了!"蒋玄晖此时才明白中了人家的圈套,但为时已晚,根本没机会分辩。最终蒋玄晖以大逆罪名被施以车裂惨刑,先前他们密谋的丑事也就再没了活口。何太后也被迫悬梁自尽。知道朱温已经大开了杀戒,朝廷大臣个个胆战心惊,不敢再多说一句话,唯恐搭上身家性命。

朱温要的就是这个效果。如今所谓的大唐朝廷,其实只剩下唐哀帝李柷一个小毛孩子。这么长时间的抽丝剥茧,机会终于成熟。在朱温的授意下,由当朝宰相张文蔚带头,带领众官员向李柷进谏说:"陛下,我大唐气数本来已尽,多亏梁王南征北战,使朝廷保全至今。近来有荆州百姓向梁王进献五色宝芝,这实在是上天意思的表露。望陛下三思。"

李柷听他们说得含含糊糊,知道不是好事,但具体要自己怎样,却不甚明了,便问:"三思,思什么?"

张文蔚和众人对视一下,索性直截了当地说出来:"就是说,梁王更适合当皇帝,请陛下实行禅让。"

这下李柷听懂了,一脸的着急:"不让我当皇帝了?不让我当也轮不到他呀?不是姓李的才能当皇帝吗?他姓朱,差得老远呢!"看大臣们一脸肃穆,李柷知道他们都被朱温吓怕了,着急得流下眼泪,呜咽着说:"那我得跟太后说一下,叫她给我做主。"

"陛下不必劳神了,太后她突然得了场大病,已经归天了。"

李柷哭了起来,小孩子气更加明显,众人说话也就随意许多。

李柷知道这个宝座非得让给那个一脸凶相的黑家伙不可了,满腹委屈地嘟囔:"不在这儿坐了,我不是没地方去了吗?"

张文蔚赶忙安慰:"没事,梁王说了,陛下离开这里,就给陛下安置一个好地方当诸侯,吃穿都和现在一样。"

听他这样说,李柷心里踏实许多,点点头:"那,该怎么办,你们就安排吧。"

这个任务轻而易举地得以完成,众大臣立刻忙碌起来,为一个新朝廷的建立竭力表现。

大唐天祐四年(907年)三月,李柷被朱温带到他的老巢汴梁,在这里举行了盛大的皇位禅让仪式。朱温的登基大典在建昌宫举行,宫内外装饰得金碧辉煌自不待说,宫院甬道两侧金甲兵林立,上百名内侍手捧各种礼器,等候听用。鼓乐喧天中,朱温头戴高高的通天金冠,天子衮冕穿在身上显得格外威严。在众人簇拥下,站在金祥殿的台阶上。以张文蔚和杨涉为首的文官站在东侧,以葛从周、张归霸为首的武将站在西侧,个个庄严肃穆。金祥殿前丈余高的受禅台上香烟缭绕,更增添几分神秘和玄妙。李柷从没见过这等场面,早已吓得大气不敢出,听到典礼官长长吃喝一声:"典礼开始。陛下亲授梁王玉玺!"

按照事先的安排,李柷强忍满腹憋屈和恐惧,手捧传国玉玺,放在香案之上,接过张文蔚递上来的诏书,声音颤抖地开始宣读:"朕之皇位受命于天,君主德行归功于民。朕在位四年,幸得祖宗佑护、梁王扶持,得以延续唐室。然江山多难,朕无才无德,天命将终,朕将效仿尧舜,禅位明主。梁王朱全忠广施仁义,才过五帝,德化周公,天命所归,朕禅位于梁王朱全忠,以慰苍生。"一字一顿地终于读完,宰相杨涉登上受禅台,手捧玉玺高声赞礼:"请梁王朱全忠上受禅台接承天命!"

鼓乐大作。朱温大摇大摆地从金祥殿台阶上走下,登上他梦寐以求的受禅台,必恭必敬地燃香三炷,祭祀天地。然后杨涉双膝跪地,把玉玺高高举过头顶,交给了朱温——历经二百八十九年的唐王朝就此彻底消失。

朱温篡位之后,改名为朱晃,废大唐年号改元开平,定国号为梁,史称后梁。紧接着,颁诏大赦天下,封哀帝李柷为济阴王。册封百官,凡为新朝廷出过力的官员都得以加官进爵,一时间大家弹冠相庆,一派喜气洋洋。接着是众大臣上书表态,表示将誓死报效国家,效忠皇上,如同群丑登台,一场大戏终于唱到高潮。册封百官后,朱温又接连颁布诏书,追封他的父亲朱诚为穆皇帝,母亲为文惠太后,亡妻张氏封为文惠皇后,册封长子为皇太子,其余则分封为诸王。

热热闹闹中十多天很快过去,一项项册封终于完毕,朝廷上下开始消停下来,各项事务逐步展开。在一次朝会上,薛贻矩提议说,如今朝廷刚刚建立,应当以稳定大局安定民心为重中之重,拉拢各地割据势力,提早防止变乱。朱温认为这个建议很好,便在即位的当年,颁布诏书册封两浙节度使钱镠为越王、武安节度使马殷为楚王,威武节度使王审知为闽王,荆南节度使高季兴为渤海郡王。这些人乐得巩固自己势力,均表示愿意称臣,并每年进贡纳赋。不过,各地反对的诸侯势力也不在少数,表现最激烈的当然要数晋王李克用,其次则是蜀王王建。李克用因为长期为军务所累,乍听朱温篡位成为皇帝,又气又急以致卧床不起。李存勖以及众太保忙着为父亲请医治病,但仍丝毫不见起色。

正在忙乱中,忽然接到蜀王王建遣密使送来的一封书信。大意说朱温篡夺皇位,国家处于危难,我们这些唐室旧臣当报效大唐朝廷,努力挽回危局。如今既然朱温已经称帝,我们也可以自立为王,以暴制暴,联合消灭朱温逆贼。李克用躺在病榻上听李存勖读完了来信,阴沉着脸沉吟片刻,把目光投向李存勖:"王建这是劝我自立为帝,你认为如何?"李存勖稍加思索:"称王称帝当然是人人求之不得。不过,孩儿认为,朱温篡位称帝,是上天赐给我晋军南征的大好借口。我们以讨伐逆贼为名,东与吴王杨行密联合,西与岐王李茂贞约定,定能问鼎中原!到那时……"李克用含笑连连点头:"你说得很对,为人当有长远打算,逞一时快意算不得豪杰!"当即亲手写了一封回信,任命参军郭崇韬为使臣,出使西蜀回复王建。

对于李克用何以派自己去做这等送信的差使,郭崇韬开始还有些疑惑,不过他很快就明白了李克用的意图,他这分明是让自己利用这个机会,前往西蜀勘察地形,等以后灭了朱梁,然后图谋西蜀。明白了这层意思,郭崇韬当然是处处留意,暗中把沿途地理形势描画下来。

远在西蜀的王建,接到李克用的回信后,知道想联合他共同称帝的愿望难以实现,便召集文武官员商议,看自己称帝的时机是否成熟。御前大臣韦庄率先发表意见说,天下变乱之际,正是称帝的大好时机,完全可以效仿前人刘备,边哀悼大唐朝廷被篡权边自立为帝,忠义与大业一并兼顾。蠢蠢欲动的王建认为这个主意很好,当即答应,挑了个良辰吉日,率万余名官吏臣民在成都城外,向东而跪,哭大唐三天,然后于成都称帝即位,定国号为蜀。

朱温称帝成为梁太祖,首先以封王的手段安抚各地势力,然后便采取武力来消除异己的隐患。他的头一个目标,当然也是近在跟前而针锋相对斗争了大半生的晋王李克用。后梁开平元年(907),朱温以李克用不受天命仍旧延用唐朝年号为由,亲率兵马十余万,对李克用展开讨伐。他的第一个攻击目标,则自然而然地落在晋阳南部的门户——潞州。

这年的秋天,朱温任命大将唐怀英为先锋官,谢瞳为军师,亲率旗下十万雄兵向潞州进发。沿路没有遇到任何抵抗,时隔数日,先锋部队已经抵达潞州城下。此时的潞州守将是二太保李嗣昭与九太保李存实,两人早就听说梁军前来侵犯,做好了抵挡的准备。当唐怀英刚刚兵临城下,二太保李嗣昭便打开城门,摆开阵势,准备迎战。两人大战十多个回合,唐怀英不是李嗣昭对手,败下阵来,坚守待援。李嗣昭正要一鼓作气端了梁军大营的时候,朱温率领的大队人马赶到了。李嗣昭见对方兵力强大,不敢造次,忙收兵回城。

李嗣昭和李存实见双方兵力悬殊,就商量着暂且按兵不动,由李存实回晋阳去搬救兵。当天晚上,李存实刚刚离开潞州北上搬兵,潞州城外就火把通明,十万梁兵已经四面扎寨,将潞州城团团围住。一场惨烈的攻守战就此展开。

潞州危在旦夕,李嗣昭率一万兵士拼死坚守,梁兵虽然兵力强大,一时也难以攻取。朱温按照先锋官唐怀英所献计谋,在潞州城下分兵屯守,高筑土堡,围而不攻,企图切断粮道,使其不战自乱。

土堡建成之后,如同给潞州城罩上了一个紧箍咒,内外断绝消息,果然让城内兵民人心惶惶,李嗣昭更是心急如焚,却无可奈何。朱温见计谋奏效,便采取围而不攻的办法,静候城内支撑不下去的那一刻。相持十多天后,梁军探马禀报说,李克用得到消息,任命周德威为元帅、张承业为监军,增援潞州,晋军兵马目前已经来到附近。朱温不敢怠慢,立刻命令葛从周和朱友珪率兵北进,堵截援兵。周德威和他的儿子周光辅刚进入潞州地界,便遭遇梁军拦截。周光辅少年气盛,带兵出击,很顺利地先胜一阵,接着周德威率大军出动,与葛从周大战一场,彼此不分胜负。不过,晋军人马在数量上占优势,在大队人马的冲击下,梁军只得退回大营。周德威趁机指挥晋军迅速接近潞州,等待时机接应城中。他料想城内目前最短缺的肯定是粮食,便组织一万五千精壮兵卒,每人身上捆绑数十斤干粮,拼命闯营以接济城中兵将。李嗣恩和李嗣本则率领五千骑兵从两翼负责护送。一时间杀声四起,战斗异常惨烈。不过,晋兵向来凶悍善战,恶战半晌,还是有不少兵卒成功闯过梁军营寨,进入到城中。统计下来,运送到城内的粮食有一万多斤,虽然解决不了根本问题,但毕竟燃眉之急得以缓解,更主要的是,内外取得沟通,极大地振作了守城将士的士气。周德威见这个办法可行,急忙组织下一拨人马如法炮制,向城内送粮。

晋军援兵不但突破防线进入到城内,拦截中还死伤了不少梁军兵将,朱温闻听禀报气急败坏。大将李思安提出一个建议说,可以在土堡的基础上,夯筑一道土墙,把每个土堡连接起来,这样就形成一道如同城墙的屏障,使城内的晋军再无可能与城外取得联系。朱温虽然考虑到这个办法耗费民力太大,但情急之下也没什么好的主意,便下令从河南、山东征调民夫,挖土采石,大规模修筑土墙。如此一来,十万梁军加上众多的民夫,粮饷供应骤然紧张。朱温不得已,接连号令冀州、青州、荆州和开封等地府郡调集军粮,以供应军需。整个潞州城下顿时倍加热闹,民夫劳作的和运送粮草的车马,混同在兵卒当中,一片混乱。

周德威了解到这一情况,立刻采取对策,他让李嗣恩和李嗣本各率三千人马,日夜交替,拦截敌人运粮车队,把所截获的粮草运回大营,如果碰到大队敌军来抢,则就地焚烧后撤退,让梁军战不能战防无可防,头疼却没办法。朱温对此大伤脑筋,思来想去拿不出应对措施,派人把军师谢瞳找来,看看他有什么高明主意。

谢瞳其实早就在思索这个问题。他提议说,周德威这样做,其目的是要扰乱我军的斗志,而我们也可以反用其计,对潞州加紧围攻,但只造成攻城的阵势却并不真正死拼。这样日夜袭扰,令城中的晋军身心疲惫,他们必定会想,为什么周德威的援军迟迟不发动进攻解围,莫非是周德威心怀畏惧而故意拖延?这样,他们城内城外离心离德,互不配合,时间一久,必然生变。

朱温连称妙策,当即传令照做。从此以后,梁军突然改变策略,日夜在城下叫嚷,又是放箭又是呐喊,令城上的守兵日夜不得安宁。接连几天,大家果然深感疲敝,对周德威猜疑的传言也就慢慢散开。

虽然周德威并不知道城中的兵将对自己已经开始有所猜疑,但潞州围困的局面一直不能扭转,说不定哪天就有城破的危险,他日益焦急却没有办法。尤其是听说朱温最得力的谋士谢瞳也在这里,他深知此人诡计多端,也就更感觉棘手。

就在这个当口,李嗣恩拦截粮草的时候,偶然生擒对方一员名叫李唐宾的牙将,让监军张承业突然灵机一动,想到一个绝好的办法。为了实施这个计谋,周德威亲自出马,假装败退,骗取梁军大将朱珍追赶,在一处山口伏兵四起,又生擒了朱珍。与此同时,张承业对李唐宾大施酷刑,叫嚷着要把他给阉掉,迫使李唐宾屈服,答应照张承业的吩咐去做。

见李唐宾服服帖帖了,张承业嘱咐他一番,末了又恶狠狠地警告说:"要是敢露出一点儿马脚,看我非得阉了你!"李唐宾最怕的就是这句话,要真是被阉掉,那比死不知难受多少倍,忙唯唯诺诺全都答应。

周德威生擒朱温的得力大将朱珍,回营之后命人赶紧大摆宴席,热情款待。弄得朱珍倒有些不知所措,惊疑地问:"败军之将,要杀便杀。将军若是想以此软化招降朱某,那可就打算错了!"周德威呵呵笑着说:"我素来敬重朱将军武艺高强,忠心耿耿,也算是惺惺相惜吧!今日难得一聚,当然要设宴款待,略表敬意之后当礼送将军回营,大丈夫一语既出,决不食言,将军放心。"

朱珍将信将疑,勉强入席,陪着周德威谈论一些枪棒武艺和战阵之法。正在推杯换盏之际,安休休闯了进来,手拖一个战袍破碎头发披散的大汉,"扑通"扔在地下,把众人吓一大跳。周德威面露不悦之色:"安将军,这是干什么,弄这么个家伙来,岂不败了大家酒兴?"

安休休抱拳施礼说:"将军恕罪,事关重大军情,不得不赶紧来禀报。方才这员梁将自称叫李唐宾,说是奉谢瞳密令,前来商量投诚条件。我们不信,把他打了一顿,他始终一口咬定,看样子是真的,便赶忙过来请示元帅,看如何处置。"

"哦?"周德威一愣,侧过身子看看斜躺在地上的李唐宾,"你这家伙一派胡言,敢再说半句瞎话,本帅一刀把你砍成两段!我问你,谢瞳追随朱温这么多年,是其最得力的心腹谋士,怎么可能说背叛就背叛?你跑到我这里,莫不是要以此为借口刺探军情?"

李唐宾赶忙按照张承业事先安排好了的,回话说:"谢军师对朱温忠心耿耿确实不假,可惜朱温却不是值得依靠的明主。前些日子朱温登基成了皇帝,按说谢军师功劳最大,封官时却被排在了无德无能的敬翔之后,谢军师如今幡然悔悟,耻于和这帮小人为伍,特差我过来报信,要投奔晋王麾下效力,以上所言句句是真,望元帅明察!"

这话说得合情合理,周德威沉吟着点点头,眼光掠过对面的朱珍,忽然脸色大变,厉声喝道:"你这等心存叛逆的反复小人,分明是在胡言乱语!安将军,给我拖出去,一会儿我要亲手斩了他!"一边笑着向朱珍敬酒:"朱将军,这家伙定是开小差被抓,满口胡言乱语想蒙混过关,不管他,咱说咱的正事。来,喝酒,喝酒!"被推搡着拖出大帐的一瞬间,李唐宾才看清,坐在周德威对面的,竟然是自己的顶头上司朱珍,他想说句什么,却根本没有机会。

宴会持续了一个多时辰才结束,周德威亲自把朱珍送出大营,并交还了他的战马、兵器。走出老远之后,朱珍仍不敢相信这是真的。莫非自己真有如此大的威名,让周德威钦佩到这种程度?回到梁军大营,朱珍顾不上喘口气,赶忙去拜见朱温,把自己的奇遇述说一遍。朱温转动着眼珠子缓缓说:"朕也听许多人提到周德威是个义士,看来传闻不虚。"见朱温打消了对自己的怀疑,朱珍松口气,忙压低声音说:"陛下,末将虽然贸然出击以致被擒,不过因祸得福,却在无意中为陛下探听到一件非常重要的军情。"接着把自己在宴席上见到李唐宾的情形讲述一番,又补充说:"我看这事情肯定是真的,不然李唐宾决不会冒险跑到对方营寨去。周德威见我在跟前,又急于掩饰,也正说明事情不虚。"

朱温倒吸一口凉气,铁青着脸沉吟好大一会儿才喃喃地说:"怪不得这次攻打潞州,谢瞳不那么积极出谋划策了,有些事情朕不问他,他就不主动来说,原来如此啊!当初册封官员时,朕见他心不在焉,并没在意,现在想来,事出有因哪!"当即令人把谢瞳叫来,劈面就说:"谢军师,潞州城连日攻克不下,劳民伤财。朕想把留守开封的崇政使敬翔召来,由他担任兵马大元帅统领三军,你看怎么样?"

谢瞳做梦也想不到朱温会怀疑自己叛降,当下不假思索地回答说:"陛下,臣以为临阵易帅实在是兵家大忌,不到万不得已,万万不可!"

"什么是万不得已,莫非一定要等到你开始为李克用出谋划策了,朕再召来敬翔对付你?"朱温阴沉着脸冷冷一笑,"看来你果真是嫉妒敬翔的官职在你前边,便心生反意。唉,真叫朕失望啊!"

谢瞳纵然绝顶聪明，也想不到其中到底发生了什么事情，一时瞠目结舌，涨红了脸，愣在原地。朱温看到这副神情，认为他这是理亏所致，更加深信不疑，挥挥衣袖大声叫嚷："谢瞳听旨！谢瞳对朕心怀不满，暗中通敌，罪大恶极。朕念其是开国老臣，网开一面，贬为滑州刺史，永不得回京面君！"

谢瞳这才如梦初醒，跪倒在地正要辩解，朱温满脸厌恶地摆摆袍袖："走吧，走吧，你我君臣恩义到此为止，没什么可说的！"说着转身绕过屏风到后堂去了。

就在谢瞳满腹冤屈，含恨离开之后的第十天，侍从忽然来禀报说，牙将李唐宾求见。朱温一愣，李唐宾这小子替谢瞳联络叛降，竟然还敢跑回来见朕，真是把朕看成傻瓜了！当即叫进来气哼哼地拍着桌子大叫："你替谢瞳联系叛降的事情办成了？怎么，现在又回来，替谁联络？"

李唐宾跪倒在地连声叫冤："陛下，末将不曾投降，更没有替谢军师联络过什么。"抬头看见朱珍站立在武将班列中，正冷笑着盯住自己，李唐宾知道，自己在晋营中的言行，肯定都是朱珍告诉了朱温，立刻愤愤不平地反戈一击："陛下，天地可鉴，末将在运粮时突遇晋兵袭击，寡不敌众，被他们活捉。但不管他们如何威逼利诱，末将就是不降。后来他们见末将是个硬骨头，又职位卑微，便把末将和一些兵卒遣散回家。倒是大将朱珍，毫无气节，被晋军生擒之后便轻而易举地投降了！"

朱珍闻言大惊，他深知朱温反复无常的脾性，一语不慎便会招来大祸，前几天倒霉的谢瞳就是最好的例子，忙站出来指着李唐宾的鼻子大喝："你不要死到临头疯狗乱咬人！"

李唐宾已经没有了退路，索性破釜沉舟，霍地站起来，理直气壮地说："我李唐宾如果说半句瞎话，世世代代不得好死！那天我被押进大帐受审，却看见你与周德威面对面坐着喝酒吃肉，还互相吹捧，不是投降是什么？我一个牙将尚且被打得皮开肉绽，你身为大将怎么可能一点皮肉之苦没受却能轻易回来，不是投降又怎么解释？"说着把衣服扯开，露出胸前背后尚未痊愈的棍棒伤痕。

朱温黑着脸，眼光在两人身上移来移去。朱珍与朱温恶狠狠的目光相遇,不禁心底有些发虚,声音颤抖地想要辩解:"陛下,末将真的……"朱温却很敏锐地捕捉到他想要的东西,他似乎一切都明白了,不想再听下去:"朱珍,你太令朕失望了!朕念你追随这么多年,仅治你一个人的罪,家眷老小,朕替你养着,左右,拉下去斩首!"朱珍顿时魂飞天外,大声叫嚷着还想争辩,却已经无济于事。

当朱珍的人头摆放在眼前时,朱温凝视片刻,似乎慢慢意识到什么,朱珍已投降,他回来说谢瞳叛变……坏了,朕中了周德威的反间计了!醒悟过来的朱温立刻派人去追谢瞳,不料却迟了一步。谢瞳连气愤带委屈,加之路途颠簸,传令官到达的前一天,他已经死掉了。朱温一来二去,失掉一个得力谋士,又死了一员心腹大将,心头格外懊恼,却又不能表露出来,只好把满腔怒火向晋军发泄,他命令集中所有兵力,一方面加紧困死潞州,一方面日夜攻城,不拿下潞州城,誓不罢休!

第十五章

李克用临终遗恨　大太保危局平乱

　　李克用从中抽出一支雕翎箭,交给李存勖,响亮地说:"朱温老贼弑君篡位,是大唐最大的奸贼。可惜我与他争斗十余年,却不能将其剿灭,此平生第一大遗恨!"接着抽出第二支箭交到李存勖手上:"幽州的刘仁恭,受我恩惠不少,最后却投降朱温,未能诛杀掉这个反复无常的小人,这是平生第二大遗恨!"喘息片刻颤抖着手抽出第三支箭递给李存勖:"契丹首领耶律阿保机,曾与我结为兄弟,不料他见利忘义,竟暗中勾结朱温,此等无情无义之辈未能铲除,这是平生第三大遗恨!三大遗恨不除,孤心存不甘,你们定要用心,完成孤之心愿!"

面对突然紧张的局势,驻扎在城外寻机增援解围的周德威焦虑不安,他召集众位大将商议说,朱温已经是气急败坏的疯狗,目前围困潞州的梁军有四十万之多,而我们仅五万兵力,要想解围,只有一个办法,就是立刻回晋阳搬兵,与朱温展开一场大战。众人觉得除此之外,确实没有什么好办法。张承业站起来说:"我身为监军,理应回去向晋王如实禀报军情,搬兵的事情,就交给我好了!"周德威点头同意,为了确保路上不出差错,又命大太保李嗣源率三百骑兵护送,军情紧急,务必早去早回。

张承业和李嗣源一行当天出发,一路马不停蹄,第三天清晨时分终于赶到晋阳。风风火火地跑进晋王府,迎面碰见站在大堂前的八太保李存质。李存质见两人满头大汗气喘吁吁,忙问:"张监军,大太保,你们这个节骨眼上回来,莫非潞州那边情况紧急?"

张承业心细,他发现李存质神情黯淡,眼圈泛红,隐约觉察到什么,心头腾地升起一股不祥之感:"军情十万火急,来不及细说了。怎么,晋王呢?"

李存质低下头:"父王背上生了一个大脓疮,前几天溃烂发作,卧床不起,情形……不大好。"

张承业和李嗣源心头"咯噔"一下,不由分说,赶忙跟着李存质沿碎石小径抄近道来到晋王寝宫。殿内已经站满了人,平日里宽大空旷的寝殿此时显得有些拥挤,人人神情慌乱悲戚,不时传出低声抽噎,更显得沉闷压抑。张承业扫视一下,晋王妃刘夫人和次妃曹夫人站在最内侧,紧挨着她们的是晋王长子李存勖,接着是其他七个儿子,大家眼角挂泪面色沉郁。张承业心头一沉,看来真要出大事了!这时晋王的弟弟李克宁和三太保李存璋看见了他俩,从人堆中挤过来,对张承业和李嗣源点点头算是见礼,还没来得及说话,就见太医从内室的屏风后边耷拉着脑袋走出来,冲众人拱拱手压低声音说:"晋王之病看似是背生脓疮,其病根却是在内脏,是多年来情志难酬气积郁结而导致,久而久之,已是肝伤心损,非药物……能治了!"说着撩起袖子擦泪。"啊?"虽然已有心理准备,但众人仍如同听到晴天霹雳一般,惊得目瞪口呆。想到前线数万将士正翘首待援,这边却又出了这事,张承业不禁脱口大叫了一嗓子:"这……这如何是好?"

忽然内室中传出一个沙哑的嗓音,沙哑中透着虚弱:"是不是张承业回来了?"

说话的正是晋王李克用。张承业不及细想,忙迈步走进去,绕过屏风来到榻前。他看见,昔日勇猛如同下山猛虎的盖世英雄,此刻正孤零零地蜷缩在宽大的床榻上,如同一个婴孩般,无助得甚至有些可怜。张承业心头涌上阵阵心酸,他压抑住自己的情绪,尽量声音平稳地说:"老奴参见晋王……"

李克用急促地喘息几下,声音微弱地说:"承业,你这个时候赶回来,是不是潞州那边情况紧急?"

这个时候张承业本不想再说这些,但他了解李克用的脾气,想一下还是照实禀奏:"朱温征调各地兵马会战潞州,目前有四十万之多。周都督所率援军不过五万,兵力悬殊,难以有效解围。无奈之下,老奴与大太保赶回来,想多调兵马增援……"

李克用静静听着,忽然轻声长叹:"多调兵马,也就意味着与朱温展开决战,目下时机尚不成熟呀!唉,想我戎马一生,南征北战,最终却未能平定朱温挽救大唐,有愧平生之志哪!"顿一顿喘息一下:"承业性情正直,一向深思远虑,是我多少年来最放心的人手。我一时离去,长子存勖少不更事,承业一定要担当起孤的职责,多加指教才是!"这分明就是在托孤了,张承业受宠若惊中又深感肩头陡然一沉,又有一种豪迈的感觉溢满胸中,他"扑通"跪倒,哽咽着答应:"晋王之托,老奴粉身碎骨也当完成。王爷千万不要多想,保重身体为要!"李克用疲惫地合上眼睛:"去把大太保叫进来。"

李嗣源没想到才几个月不见,李克用竟虚弱到这种程度,流着泪跪倒在榻前。李克用颤巍巍地抚摸着李嗣源的手说："嗣源哪,你从十三岁就跟着为父冲锋陷阵,这些年吃了不少苦头,也立下赫赫战功,现在为父想把王位传承给你……"李嗣源闻言像被火烫了一下,倏地抽回手,伏身以头撞地连连叩头:"孩儿蒙父王养育栽培,已是终生难以报答,再不敢有其他念头。少主人存勖是父王嫡长子,少年老成,最得父王遗风,将来孩儿唯有竭力效忠,望父王收回方才所言!"

李克用流露出一丝欣慰的笑意:"我知道嗣源的人品与才干,既然如此,孤王封你为柱国将军,永为各太保之首。"见李嗣源叩头谢恩,李克用想一想吩咐,"去,把克宁叫来。"

李克用的弟弟李克宁从相貌和身材上,都与哥哥有几分相像。李克宁来到屏风后边的床榻前,正要跪拜见礼,李克用摆手止住,指着床前的小凳让他坐下,颤抖着手拉住李克宁说:"克宁不必难过,生老病死,都是自然常理,比起咱们那些战死沙场的兄弟来,我已是蒙受上天莫大眷顾了。我朱邪家族世代忠勇,咱们这一辈如今幸存下来的也就咱俩了。唉,恍然如梦啊!克宁为人仁孝而讲道义,我想,为兄大去之后,由长子存勖继承王位,封你为武将之首,上可以辅佐王位,下可以约束大臣,以保我朱邪家族成就大业。"

"这个,兄长不消吩咐,克宁一定尽心尽力,你放心就是。"李克宁擦一把脸上的泪水,哽咽着回答。

李克用点点头,脸上泛起阵阵红晕,忽然压低声音说:"还有一件最要紧的,克宁一定记住。倘若存勖胡作非为不堪君王之材,克宁尽可以将其杀掉自立为王。只要是从大业上考虑,为兄绝不怪罪。"

"啊?"李克宁一惊,脸色煞白,差点儿从凳子上掉下来,他翻身跪倒,抓住李克用枯瘦如柴的双手,嘶哑着喉咙说:"兄长说的什么话!克宁一定会像伊尹和周公那样尽心辅佐小主人,绝不负兄长所托,倘若有半点非分之想,即刻身首异处!"

李克用沉吟着点点头,没有再说什么。接着把两位夫人叫进内室嘱咐一些家事,随即令人撤去内室的屏风,叫大殿上所有人等一起进来。大家知道,这是晋王要宣布遗嘱了,忙挨次进去,黑压压地跪倒一大片。

大殿内外，死一般的沉寂，每个人都听到自己的心在咚咚作响。李克用扫视一下众人，徐徐说："人生有生有死，孤王将升天而去，你等不必过于伤感。只是孤征战一生，未能定鼎中原恢复大唐河山，死不甘心。孤把实现大业的愿望交给存勖来完成，你们一定要事他如事孤，尽心辅佐，不要辜负了孤的一片苦心。"说着再看看众人，最后落在跟前的李存勖身上，忽然提高声音吩咐说："亚子，把我的箭囊取过来！"

众人不知道他要做什么，俱是一愣。李存勖忙把挂在墙上的箭囊取下，放在李克用手边。李克用从中抽出一支箭，交给李存勖，换了一个人似的声音响亮地说："朱温老贼弑君篡位，是大唐最大的奸贼。可惜我与他争斗十余年却不能将其剿灭，此平生第一大遗恨！"接着抖手抽出第二支箭交到李存勖手上，话音中夹杂着怒气："幽州的刘仁恭，受我恩惠不少，最后却投降朱温，未能诛杀这个反复无常的小人，这是平生第二大遗恨！"喘息片刻颤抖着手抽出第三支箭递给李存勖，声音中夹杂着怒气却开始明显力不从心："契丹首领耶律阿保机，曾与我结为兄弟，一再表示永为盟友。不料他见利忘义，竟暗中勾结朱温，此等无情无义之辈未能铲除，这是平生第三大遗恨！三大遗恨不除，孤心存不甘，你们定要用心，努力辅助亚子，完成孤之心愿！"说完已是心力交瘁，"哇"地吐出一口鲜血，很快便没了喘息，终年五十三岁。

晋王李克用亡故，晋阳的文武群臣当然是尽数哀悼。晋王府内外到处白花点缀，帐幔飞舞，哀哀哭声日夜不息。灵柩停放在前堂，李存勖于灵前接替晋王之位，为父王日夜守灵，哀恸之情溢于言表。年长些的如李克宁、张承业等人，则穿梭忙碌，筹备丧葬的各项事宜。不过，张承业心中仍时时牵挂着潞州前线十万火急的战事，眼看这边事务没完没了，不由得暗暗心焦。有天傍晚，见灵前只剩下李存勖和三太保李存璋两人，便悄悄地说："少王爷，老奴知道生养死葬乃为人子女的大义，马虎不得。但国事毕竟高于家事，如今朱温率领四十万大军加紧围攻潞州，随时都有城破人亡的危险。少主人还是以大业为重，赶紧出面主持军政大事要紧啊！"

李存勖抹一把已经通红的双眼："张公公，这两天其实我也在为这个事情发愁。前线军情十万火急，确实需要立刻调度，可是父王刚刚归天，而我的亲兄弟加上众位太保，有十多个，他们无不手握重兵，身边都有心腹势力，如今群龙无首人心动向不明之际，我唯恐一旦站出来发号施令，非但于事无补，反而激起内乱，那样的话，就不好收拾了！"

"少王爷思虑的倒也是实情。"张承业沉吟着点点头，"那，不如这样，王叔李克宁身为长辈，在军中威望颇高。少王爷可以假意把王位让给他，试探一下他的意思。倘若李克宁真如在病榻前许诺的那样忠心，其余的人就不足为虑了。"

李存勖眼睛一亮："这倒是个好办法。我这就去拜见叔父。"说着让李存璋去请李克宁赶紧到晋王府内室来一趟。当叔侄彼此见过礼后，李存勖单刀直入，神情凄然地说："叔父，侄儿虽说遵照父王遗命继承了王位，但自知威望尚浅，难以服众，倘若因此耽误国家大事，罪责实在深重。叔父久在军中，德高望重，故此侄儿想把王位让给叔父，为大业计，叔父切勿推辞。"

李克宁闻言一愣，沉默片刻随即厉声大喝："存勖说的什么话！你父王刚刚归天，你就如此丧气，岂不令他在天之灵为你伤心？纵有千斤重任，有叔父和众家兄弟作为左膀右臂，怕什么？走，咱们这就去大营点兵，我要亲眼看着三军兵将拥护你！"说着自己和李存勖都换上战袍，命令所有文武官员立刻到大营中会合，并亲自击鼓集合三军将士列队站在点将台下。李克宁拉着李存勖走到高台中央，高声说："诸位将士，少王爷李存勖受晋王临终遗命继承王位，晋王言犹在耳，我们当侍奉少王爷如同以前侍奉晋王，如有其他非分妄想者，罪同叛逆，人人可诛！"说罢面对李存勖，倒头叩拜，李嗣源、张承业等文武大将和诸多王子、太保，见状也跟着跪倒，台下的三军将士齐刷刷伏地磕头，口中高呼千岁，声震天地，极其雄壮。李存勖见此情形，一颗悬着的心终于落到实处，不过，忙乱中他并没有注意到，一双通红的眼睛正恶狠狠地盯住自己。

李克宁陪着李存勖检阅完三军，回到家中已是深夜。他深感做了一件大事，自豪感还在心中翻腾。战袍尚未脱下，忽然有侍卫跑进来禀报，六太保李存颢求见，说有要事商议。李克宁心头一愣，猜不出这个时候他能有什么要事,招呼着让赶紧进来。由于连夜守灵,和其他王子、太保一样,李存颢也是满脸疲惫,双眼血红,不过精神倒十分抖擞。走到内室,环顾四下无人,李存颢急不可耐地说:"叔父,你英明一世,今儿怎么糊涂了?你怎么没事找事要大张旗鼓拥立亚子为晋王?"

李克宁不知他什么意思,张口结舌地说:"存颢,你这是……什么意思?我不过……是遵从晋王遗命罢了。"

李存颢"哧"地一声冷笑:"什么遗命?晋王只知道和自家儿女们亲,何曾考虑过叔父?我沙陀部族向来是兄终弟及,只有在没有兄弟的情况下才传位给长子,这点谁不知道?晋王放着自家亲兄弟视而不见,还托什么孤。更何况叔父南征北战,功勋一点儿不比别人少,难道就真的甘心为他人做嫁衣?"

这一点李克宁倒从来没想过,听李存颢半是认真半带讽刺地一说,心头隐隐升起不大舒服的感觉,是埋怨?是不满?抑或还有几许懊恼,一时连自己也说不清楚。不过李克宁很快镇定下来,铁青着脸盯着李存颢说:"不可胡言乱语!我朱邪家族世代尊奉礼义……"话音未落,李克宁的夫人孟氏忽然从屏风后边走出来,气嘟嘟地接过话题:"当叔父的倒要给小屁孩侄子下跪,这算哪门子礼义?"李克宁一向生性忠厚,倒是他的妻子孟氏脑子活络,常常在身边出谋划策,并且灵验的次数还很不少,为此李克宁渐渐养成对孟氏唯命是从的习惯。见孟氏也和李存颢一个意思,李克宁心里便有些动摇,莫非自己真的被李克用父子所愚弄?孟氏走上前扯住李克宁的衣袖,一副推心置腹的模样:"老爷,我早就说过,你太忠厚老实,叫人家当枪头子使了还不知道。你想想,李克用活着的时候,给过你多少好处?现如今他死了,放着老成的弟弟不用,反倒把王位交给那个人事不懂的小屁孩!这说明了什么,说到底还是人家一家子亲呗!现在李存勖还需要你当枪使,尊你为大臣头领,将来他翅膀硬了,只怕就是你掉脑袋的时候啦!"

孟氏伶牙俐齿,让李克宁不得不承认,确实是这个道理。李存颢在旁边察言观色,忙推波助澜地说:"就是,婶娘说得太对了!历朝历代,替别人打江山开创局面的,有几个下场好的?更何况李存勖心性狠毒,不是那种大度容人之辈,叔父不提早作打算,祸到临头可就迟啦!"

李克宁脸上忽红忽白,末了狠狠一跺脚:"兄长,你对我不仁,别怪我对亚子不义了!存颢,多叫几个信得过的人来,火速安排一下这个事情,免得夜长梦多!"

见李克宁下决心要反,他成功之后,自己可就是新朝廷的第一大功臣,李存颢喜上眉梢,扳着指头合计说:"现在晋阳城中手握兵权的,除小侄外还有大太保李嗣源、八太保李存质和九太保李存实。李嗣源和李存勖走得很近,恐怕不好调遣,反而坏事。其他人则可以拉拢利用。另外,我还有个好朋友叫史敬镕,此人文采很好,也把他拉过来,帮着起草檄文之类,如此一来,大事定可一举成功!"

李克宁点头称是,让李存颢立刻把他们都请到了府中内室。等李存颢说出请他们到这里的意图后,三人都大吃一惊。沉默良久,李存实犹豫着说:"这样也好,毕竟叔父老成,威望又高,继承王位于国于家都有好处。不过……如今大敌当前,搞起内讧来,恐怕只会让朱温趁火打劫捡个便宜。"李存颢得意地摇晃着脑袋:"这个不用怕,为兄我已经打算好了。眼下晋弱梁强,这是明摆着的,事成之后,咱们把李存勖和他的母亲曹氏献给朱温,上书表示称臣,这样既能保住富贵,又能避免战乱,对谁都是好事。"李存质忽然一拍桌案,怒视着李存颢:"说来说去你是在打算投降!六太保你别忘了,当初咱们都是出身微寒,不是孤儿就是家奴,是父王把咱们拉扯成人培养成材,现在他尸骨未寒,你就谋划着把用命和血换来的江山拱手让人。哼,你们想干什么我管不着,反正我决不会参与这等伤天害理之事!"说着迈大步走出去。等他们反应过来,李存质已经策马出了府门。

李克宁脸色惨白,望望李存颢和李存实。李存颢狠狠一笑:"开弓再无回头箭。不管李存质告不告密,都不能留他了!叔父放心,他的大限就在今晚,我会安排的。"说着看看身旁的史敬镕,"起事文告怎么写,你还得多费心。要有鼓动性,能激起众愤!"史敬镕面无表情,拱手答应。几个人再商量一番如何调兵等事项,直到深夜才散。

刚才乍听李存颢说明意图后,史敬镕就做好告密的打算。只是他不像李存质那样鲁莽,一直掩饰着和他们周旋下来。走出府门,史敬镕沿大街往回家的方向走出一截,看看没人跟踪,急忙抄近道直奔晋王府。走到府门前,思谋着此刻李存勖一定在守灵,身边人多嘴杂,便指名要见李克用的刘、曹两位夫人。两位夫人连日悲伤劳顿,此刻已经睡下,当听下人禀报说史敬镕有特别重大的事情要谈,忙穿好衣服来到前厅。当听史敬镕说到李克宁和几个太保合谋造反,顿时惊骇无措,面面相觑。史敬镕顾不上安慰她们,一边催促她们赶快和李存勖商议对策,一边提出要连夜再去拜见李嗣源,如今有实力的将领中,除了李克宁就是李嗣源,如果他忠心未变,就比较容易化险为夷。

大太保李嗣源住在晋阳城南门附近的兵营中,当他听完史敬镕的讲述后,拳头捏得嘎巴作响:"多亏先生深明大义,先生放心,有我李嗣源在,这帮无情无义的小人绝不会得逞!不过,我部下兵将大多驻扎在城外,我这就去调集兵马!"说着穿好作战的衣甲,连夜出城到亲兵大营中安排。

李存勖从两位母亲那里听到这个骇人的消息,知道事情非同小可,生死只在一念之间,他赶忙召来张承业和李存璋商议对策。没说几句,忽然有侍卫一脸恐惧地来禀报:"少王爷,八太保李存质方才在府门外不远处遭遇刺客,打斗中又被暗箭所伤,不幸归天。"

"啊?"李存勖腾地跳起来,额头上的汗粒在烛光中闪着红晕,还没来得及说什么,又有一个侍卫气喘吁吁地跑进来:"少王爷,方才守城兵将传话说,大太保李嗣源带领数名亲兵连夜出城,说是有紧急军情,出城后去向不明,大概是去了他的亲兵大营!"

"哎呀!倘若大太保也和他们是一伙,真的就大势已去呀!"本来已脸色苍白的李存勖更加面无血色,趔趄一下差点儿摔倒。张承业上前扶他一把,示意侍卫们退下,一边低声安慰说:"少王爷莫慌。老奴与大太保共事多年,他和李克宁、李存颢绝不是一路人。现在不管外界如何变化,我们一定要沉住气,假作什么也不知道,借此迷惑敌人,延缓他们的计谋,给我们争取时间和机会。"见李存勖平静些了,张承业想一想又说:"少王爷明晚可召集所有文官武将来府中赴宴,商议丧葬事宜。然后在两侧帐帷后边埋伏好刀斧手,等李克宁和李存颢一到,立刻杀掉!李克宁尚未准备充分,唯恐露了破绽,他一定会来的。"

果然,李克宁听王府差人传话说,邀请自己及众文武官员到王府赴宴议事的消息后,心中总有些忐忑。正好李存颢赶来报信说已在晋阳北营安排好兵马,等李克宁这边做好准备后便可以开始进攻王府。李克宁心神不定地说:"存勖在这个节骨眼上召集群臣集会,莫非他觉察到了什么风声?"

李存颢却不以为然:"李存质当晚就已灭口,那两个是绝对信得过的,叔父不必担心。正好借赴宴的时候令九太保率兵包围王府,擒拿住李存勖,叔父当场号令群臣,自立为王,这可是天赐良机呢!"

李克宁觉得也只能这样了。当天傍晚时分,宴会安排在晋王府的武英殿,已经安排妥当,数十名最得力的亲兵躲藏在帐帷后边,单等李存勖一声令下,便直扑李克宁和李存颢。看看时候差不多了,李存勖命令,大开府门,迎接百官。武英殿内,李存勖内穿精铁打制的细软铠甲,外边罩着素白蟒袍,看上去英气勃发,精神抖擞。张承业与李存璋也是各穿官袍,神情严峻,分立两侧。随着殿门大开,两排素白灯笼照耀下,文臣武将如李克宁、李存颢、郭崇韬等人按先后次序进到大殿,先冲李存勖拱手施礼,然后陆续落座。看看人数差不多了,李存勖站起身来手举酒杯说:"诸位,亚子初继王位,事务纷乱,还望诸位鼎力相扶。既食俸禄,当忠王事,凡有异心者,人神共诛!"话音渐渐严厉,众人不知他这是什么意思,呆愣地看着他。李存勖双目喷火地盯住李克宁和李存颢,话题一转大声说:"叔父与六太保连日为大丧操劳,尚且不肯歇息,又连续召集部众密谈,难道不觉得辛苦吗?"

李克宁脑袋嗡地一下,知道不妙,还没来得及做出反应,李存勖手中酒杯狠狠摔在地上:"叔父与李存颢合谋篡位谋反,还不快给我拿下!"声音未落,埋伏在两侧的亲兵仗刀冲出来,将两人团团围住。其他众人不知道发生了什么,顿时目瞪口呆不敢动弹,大殿上鸦雀无声。就在这个关键时刻,一个侍卫惊慌失措地跑进来,大呼小叫地禀报:"不好了,九太保李存实带兵占领两门,已经接近府门!"

正恐惧得变了脸色的李克宁如蒙大赦,不禁哈哈大笑:"小子,你到底嫩了点儿,老夫已布下天罗地网,这是上天见你继位也觉得不公,有意让老夫取而代之,非是老夫绝情!"李存颢更是如绝处逢生一般,刷地抽出腰刀大喝:"想活命的听我调遣,诛杀李存勖者,赏赐千金!"但是众人被这突然而至的变故弄得昏头转向,根本不知道听谁的,而那些李存勖的亲兵,也僵持在原地,不知如何是好。眼看成了僵局,自己分明命悬一线,李存勖口舌发干,头脑一片混乱,不知道该如何是好。

尴尬地对峙片刻,外边突然传来阵阵喊杀声,刀枪撞击声与负痛的惨叫声不绝于耳,应该是交战相当激烈。李存勖有些奇怪,单凭王府的这点兵力,根本不可能对李存实的众多兵将形成阻力,是谁的兵力加入进来了呢? 他现在不敢去想后果对自己是福是祸。而李克宁和李存颢也怀着同样的心思,等待局势的进一步明朗,每刻都如走在针尖般难挨,终于有侍卫大踏步跑进来:"报,大太保率精兵由城外杀来,已打退九太保兵马,正向王府疾进!"

李存勖在心头打个寒战,不知该喜该忧。他最担心的是,李嗣源固然不会跟李克宁一伙,但难保他不会在这个混乱时刻将自己与李克宁一网打尽,然后坐收渔翁之利。世事险恶,什么情况都有可能啊! 但此时此刻,也只能听天由命了。忽然脚步声四起,李嗣源手提带血宝剑大踏步进来,身后跟着安休休、石绍雄和史敬镕等人。李嗣源走到近前,烛光映在脸上,更显得双目如炬,威严无比,他挺剑指住李克宁和李存颢:"快把这两个逆贼拿下!"身后兵将一拥而上,不等两人反抗便按倒在地捆了起来。略顿片刻,见李嗣源没有要捉拿自己的意思,李存勖这才完全放下心来,不等李嗣源过来见礼,自己几步上前,拉住他的手:"大太保怎么在这个时候赶来? 真是如神兵天降啊!"

灯影幢幢人头攒动中,李嗣源这时才发现李存勖,忙刀剑入鞘拱手施礼说:"嗣源不得已惊扰大驾,王爷恕罪! 史敬镕向我透露李克宁谋反的消息后,我连夜出城调兵。听到西门有打斗声,情知是他们行动了,便急忙冲进城来保护王府。幸得父王在天之灵佑护,正好与李存实的兵马相遇,激战一场,把他们杀得大败,李存实也被生擒,这三个反贼都在此，请晋王发落！"

事情发展到这里，众文武大臣终于明白了其中原委，望着眼前一片狼藉，都没了吃饭的心思。李存勖叫人收拾场地，把桌椅碗筷全都清理出去。众大臣分列两侧，李存勖端坐在王位上，喝令把三人押过来，当众训斥一番。眼下败局已定，再说什么也没用，三人只能跪地求饶，希望看在一家人的份上能侥幸活命。但李存勖没给他们丝毫喘息的机会，下令立即将三人斩首示众，李克宁的夫人孟氏也被赐毒酒自尽于家中。一场夺位风波就此云烟散尽。

内乱总算有惊无险地得以消弭，但李存勖心有余悸，他开始担心起率领重兵在外作战的周德威，他会不会给自己再来一场外患？张承业认为这个担心倒不完全多余，还是处处小心为好。两人悄悄合计一番，决定立刻送书信令周德威率兵返回晋阳。若是他服从命令，则万事大吉；若他借故推托不肯回来，那就要考虑采取紧急措施了。李存勖立刻亲笔写一封书信，派人日夜兼程，送往潞州前线。

此刻的周德威正苦苦与梁军对峙，等待晋阳方面的援军到来。当接到书信展开看过后，周德威与众将领无不相顾失色。在信中，李存勖大概讲述了李克用病故及李克宁谋反的情况，末了要求周德威立即带兵返回，祭奠晋王。得知李克用亡故，众将领特别是几家太保伤心不已，不过对于立即回师的命令，大家却看法不一。多数认为，目前潞州城危在旦夕，一旦这点援军再撤回去，那后果很可能非常严重。但周德威力排众议："亚子初继王位，这是他对军中的第一道命令，无论对错，都要照办。倘若推三阻四，后果会更严重！"当即传令，连夜悄悄拔寨北撤，第二天，等梁军有所觉察的时候，晋军已是走出了很远。

在北寨领兵的梁军将领是太子朱友裕，他最先发现了这个情况，赶忙跑到大营禀报。当时朱温尚赖在被窝中逍遥自在。朱友裕一头闯进寝帐兴冲冲地说："父皇，前些日子传闻说李克用已死，看来确凿无疑了。晋军的五万援兵，一夜之间撤得干干净净，分明是晋阳大丧，下令让他们赶回。"

"哎呀！"朱温一脚蹬开被子，在床上蹦起来，手舞足蹈哈哈大笑，

"李克用,你跟我作对十几年,我终于把你给熬死了!哈哈,晋军群龙无首,少不得又要争权夺位,支撑不了几天了!"说着跳下床穿衣服,一边传下令去,任命大将刘知俊为行营都督,太子朱友裕为大营监军,又任命三子朱友珪为南营大将,负责监视潞州守军。而他自己,则抽调三万兵马,任葛从周为大将,去攻占晋军另一个重要门户泽州。在朱温看来,失去外援的潞州,长期被困不战自败,只是个时间问题,不用自己再多费心思。

周德威率大军昼夜奔波,第四天头上终于赶回晋阳。远远望去,晋阳城南门紧闭,吊桥高高拉起,城头守兵挺枪持弓,如临大敌。周德威见状,命人到跟前报信。城头上的守将大声喊道:"周将军,晋王有令,请大军后退十里驻扎。大将军与几位太保入城,其余兵将静候消息。"周德威知道这是李存勖对自己怀有戒心,不过想想也在情理之中,便传令照办,自己带着李存审、李嗣恩和李嗣本等太保进到城中,在侍卫引领下,直奔王府。来到前殿,李克用的灵柩已经下葬,周德威等人对着牌位恸哭祭拜之后,再到偏殿拜见李存勖。进到殿中,李存勖身穿重孝,端坐在大案之后,府中文武官员侍立两侧,人人神情肃穆,心中却捉摸不定这位如今兵权最重的周将军会有什么举动。周德威快步走到殿中央,擦一把满脸泪痕,郑重其事一丝不苟地伏地跪拜:"南面行营都招讨元帅周德威拜见晋王千岁,吾王千岁千千岁!"跟随而来的几位太保也都跟着跪拜。

见周德威对自己如此恭敬,李存勖彻底放下心来,也没必要再端架子,站起身来招呼说:"周将军与众位太保辛苦,快,坐下说话!"

众人落座之后,周德威详细讲述了潞州方面的情况,大家颇感棘手。沉默一阵,郭崇韬提议说:"有了!晋王在百姓心目中一向是忠心朝廷,颇受爱戴。听说李柷不久前被朱温害死,咱们何不挂孝南征,打起为大唐复仇的旗号?这样同仇敌忾,定能获胜!"众人都觉得可行,当即草拟檄文,由李存勖亲征,任命张承业为总监军,郭崇韬为祭酒军师,周德威为左军都督,李嗣源为右军都督,动员兵力共约七万余人,号称天军十万,一律内穿铠甲,外罩孝衣。以大将丁会为先锋官,浩浩荡荡,南下奔杀潞州而来。

第十六章

初战大胜存勖显神威　造孽多端后梁斗犹酣

朱友珪一马当先,直冲内室,斩杀侍奉左右的宫女太监二十多人。朱温正病卧在床,见朱友珪提刀气势汹汹地走进帷帐,惊讶地问:"我儿深夜来此,有什么紧急军情?"朱友珪恶狠狠地大吼一声:"老贼,奸淫我老婆,却传位给朱友文,要你能干什么!"朱温立刻知道不妙,刚要辩解,朱友珪抡起大刀:"快给老子腾开地方!"一刀直插进朱温腹中,朱温闷声闷气地惨号一嗓子,随即一命呜呼。

大军日夜兼程,第四天深夜时分,来到潞州附近的三垂岗下。追思往昔,李存勖感慨良多:"昔日父王在此与朱温激战,留下遗恨。我要在此祭祀父王英灵,求他护佑我晋军大胜。"说着命人设案进香,把李克用临终所赐的三支雕翎箭供奉在桌上,伏地叩拜:"昔日父王在三垂岗大战朱温,不料大业未成,父王却饮恨而去。孩儿明日就要率大军与朱温决战,祈愿父王在天之灵护佑三军,成就中原霸业!"刚祭拜完毕,张承业上前说:"晋王,破敌良机来了!你看,眼下三更天已是雾气弥漫,一会儿雾气会更浓重。敌我形势不明之际,我大军突袭敌寨,敌军各营不敢轻举妄动,彼此混乱,定可以少胜多大败梁军!"

李存勖兴奋地连连点头:"传令,大军立刻出发,衔枚悄然行进,五更时分赶到潞州城下!"

五更天时雾气果然格外浓重,梁军大寨中悄然无声,兵将都在沉睡当中。李存勖挥手下令,左军都督周德威从东北方向,右军都督李嗣源从西北方向,李存勖率中军从正北方向,同时冲锋。霎时间,梁军大营各个角落中号炮连连战鼓擂动,喊杀声四起。大部分梁军在睡梦中已是鲜血四溅,惊醒后的梁兵慌乱不堪,如同无头苍蝇般根本不知道发生了什么事情,稀里糊涂中任人宰割。李存勖率八千精兵由正北向南冲杀,梁军大将李思安慌乱中上马挺枪急忙阻挡,被李存勖挥舞游龙精钢剑劈面砍来,把李思安手中大枪劈成两段,顺势砍掉他的大半右臂,顿时鲜血汹涌,李思安伏在马背上逃窜。没花费多大工夫,晋军已攻克梁军三座大寨。梁军大都督刘知俊这时才清楚发生了什么,慌忙穿戴盔甲,翻身上马,传令各部集结抵挡。可是不等命令传下去,晋军左都督周德威已经杀进正东大营,所过之处血肉横飞,梁军兵溃如同山倒,根本无法遏制。李存审、李嗣恩、李嗣本、周光辅等大将分头冲锋,杀得梁兵片甲不留。刘知俊见状无心应战,只好长叹一声大败而逃。

此时担任监军的太子朱友裕和朱友珪、徐怀玉等人都住在南大营，闻听紧急战报，朱友裕让朱友珪和徐怀玉火速出动去拦截西面晋兵，他自己则率兵到东边迎战。不料朱友珪生性奸诈，他看形势不妙，对徐怀玉说："我看如今是大势已去，咱们还是赶紧退兵，保存实力日后再战。"朱友珪率先提议，徐怀玉当然乐得同意，立刻随同朱友珪弃寨逃往晋州。

朱友裕率兵正与李存勖大战的时候，忽然听士卒报告说朱友珪不战而逃，再看看四面密密麻麻都是晋军，朱友裕知道此番是在劫难逃，无奈之中只能拔剑自刎。太子都死了，梁军更是没了底气，顿时纷纷归降。周德威让人推倒夹城，兵临潞州南门城下。困守潞州的大将李嗣昭在城头上见晋军获胜，当然喜不自胜，正要开门迎接，却发现晋军人人身着孝袍，顿时有些迷惑，不知这是什么意思，便下令不要轻易开门。见城上毫无动静，周德威大声吆喝说："二太保，我是周德威呀，潞州之围已经解啦，快开门哪！晋王老千岁已经归天，少主人在晋阳承袭王位，请李将军开门迎接！"说着李存勖也赶到城下。李嗣昭看到来人确实是李存勖，赶忙大开城门，迎接众人。经历这番生死围困，大家是又喜又悲，相互有说不完的话。整个潞州城沉浸在劫后余生的悲喜交加中。

此时正在泽州行宫中寻欢作乐等待好消息的朱温，闻听潞州大败的战报，惊得目瞪口呆，过了许久才长叹口气说："唉，生儿当如李亚子啊！看来，朕与李克用的这场恩怨还没结束呀！"正在感叹间，令他心惊肉跳的消息接连传来，李存勖会合蜀王王建、岐王李茂贞和吴王杨渥，准备从三面同时出兵，意在一举吞并朱温盘踞的中原地盘。朱温顾不上再感叹世事的变化多端，急忙召集众人商议，看看如何应付这急转直下的局面。文臣之首枢密使敬翔提议说，吴王杨渥刚刚继承他父亲杨行密的王位不久，完全可以晓之以理说服他不要出兵。他推荐上次成功说服耶律阿保机的贺瑰作为使臣。朱温觉得这个办法简单可行，当即同意。

贺瑰接到要自己游说吴王罢兵的命令后，立刻动身来到扬州。不过，在完全没有把握的情况下，他没敢直接去见吴王杨渥，而是先拜访了张颢。张颢是自己以前的同窗好友，现在担任吴王相国，位高权重，完全可以左右吴王的决策。见到张颢之后,谈论到如今的形势,贺瑰说,晋王李存勖目前虽然势头正旺,但他毕竟是个根底尚浅的年轻人,和太监张承业之辈打得火热,日后必为宦官小人所迷惑,难以成就大事。从另一个角度说,倘若吴王帮助李存勖,朱温被消灭之后,李存勖下一个目标必然会是吴国。这等损人不利己的事情,还是不要去做,不如与朱温和好,两家相安无事共保富贵才是上策。

张颢听后觉得很有道理,当即满口答应劝说吴王收回出兵帮助李存勖的成命。但没有想到,吴王杨渥脾气怪异,并不理会张颢的劝告,还一再表示要亲自出征,和朱温决一胜负。身为老臣的张颢感觉大丢颜面,便和手握兵权的大将军徐温秘密商议,干脆废掉杨渥,另立杨行密的第二个儿子杨渭继位。说干就干,当天晚上,徐温密令心腹将领扮作盗贼,突然率兵冲进吴王内宫,杀死杨渥。第二天,张颢和徐温假作震惊哀痛,拥立杨渥之弟杨渭继承了王位。杨渭对张颢和徐温两位拥立大臣当然言听计从,便顺从了张颢的意思,派遣使臣向朱温修好,化解了朱温的一场危机。然而,摇身成为有拥立大功的张颢,渐渐开始妄自尊大,把自己比作周公,成为吴国人人侧目的最大权臣,专权蛮横,处处颐指气使。同样立下大功的徐温对此当然很不满意,加之部下的不断撺掇,他重施故伎,一天深夜,亲自率兵包围相府,杀掉张颢,自己取而代之成为吴国相国。自此以后,吴国朝政就落在徐温和他儿子徐知诰手中。

李存勖取得潞州大捷之后,三晋范围内的各部势力竞相归附,李存勖雄心勃勃,开始着手南下进攻中原。朱温急忙调遣大将张归厚率兵驻扎在柏乡,想凭借野河来阻挡晋军南下。同时又命令义武节度使王处直和成德节度使王熔,要他们从两翼合围晋兵。王熔和王处直接到命令之后,深感寡不敌众,又唯恐朱温会借此机会吞并他们的地盘。反复商量之后,两人索性率兵归附了晋王李存勖,并表示愿意率领所部兵马,帮助李存勖南下征讨。李存勖当然是求之不得,对他们好言安抚,彼此结为一体。此刻已经是后梁开平四年(910)的十二月,李存勖统领精兵强将将近十万,在赵州筑台祭拜天地,香案上供奉着李克用留下的三支雕翎箭,表示要与朱温决一死战。恰在此时,探马赶来禀报说,梁兵先锋王景仁率前部四万人马在野河北岸五里安营扎寨。

"哼,来的正是时候!"李存勖意气风发,挥手传令:"左军都督周德威、右军都督李嗣源,立刻率领本部人马,随本王迎战梁兵!"梁军先锋王景仁此刻已经逼近晋军大营附近,两军相遇,不由分说,混战一场,结果晋军气势凶猛,王景仁大败,连夜拔掉北岸大营,退至野河南岸。李存勖本打算乘胜追击,一举消灭梁军精锐。张承业劝告他说,渡河攻寨并非沙陀铁骑所擅长,谁若是先率兵过河,谁就败局已定,不如退守高邑,想办法引诱梁兵过江作战,如此一来,定可大获全胜。李存勖深以为然,便退兵据守高邑。两军一直相持到次年的正月。通过探马不断传来的消息,李存勖判断,梁兵此刻已经耐性耗尽,引诱他们过河的机会到了。他升帐传令,任命周德威为兵马总调度使,命李存璋、安休休和安金全率马步军两万人在南岸列阵,待梁兵大部追过北岸,骑兵在前,步兵在后,迎面拦截;命周光辅、李存审和李建及带马步军一万人随周德威沿野河东边埋伏,待梁兵渡河北上,便渡河南下劫其营寨;命李嗣源和李嗣昭、石绍雄、孟知祥等人,带领马步军一万五千人沿野河西边埋伏,待梁兵渡河北上,便渡河南下抄其老巢。又命令大将丁会率领八百骑兵护送自己,亲自到野河南岸叫阵,以便引诱敌人过岸。分派完毕后,李存勖面色严峻,朗声说:"诸位将军,此战关系重大,大家务必要同仇敌忾,挫败梁军,实现父王遗愿。若有半点差错,不管是谁,本王绝不留丝毫情面!"

正如李存勖所料想的那样,在旷日持久的僵持之下,梁王监军朱友珪越来越不耐烦,最后实在耐不住性子,气急败坏地对都督张归厚说:"我父皇一再交代要消灭李存勖那小儿,大都督怎么驻守在柏乡,丝毫不敢动弹了?"

张归厚好言解释说:"殿下,晋军多是沙陀骑兵,最善于在开阔地面上横冲直闯。要是咱们先渡河到北岸,岂不正中晋军下怀?如今以野河为堑隔岸据守,等待他们疲惫不堪北撤之际,才是咱们得手的时候。"正说着,探马跑进来禀报:"李存勖率骑兵跨过野河桥,在南岸骂阵挑战!"

张归厚一愣:"带了多少人马?"探马回答说:"也就千余人的样子。"

"看看,咱们怎么就没这个小子的气魄?"朱友珪得了理似的说,"李存勖只带千余骑兵就敢渡河前来叫战,咱们难道就不敢去回应一下?"

张归厚犹豫片刻,看着朱友珪幸灾乐祸似的脸色,只得传令说:"也好……传令下去,出兵迎战!"

张归厚率领一万士兵冲杀过来,李存勖身边不过八百骑兵,形势顿时显得十分紧张。丁会等大将出马交战片刻,纷纷败退。张归厚正要下令撤兵,朱友珪驻马站在旁边说:"晋兵大败,都督何不趁此时机穷追不舍,活捉了李存勖?"张归厚沉吟着说:"李存勖仅带千余人就敢叫阵,我看其中必有玄机,还是小心为好。"朱友珪一脸不屑地说:"大都督身经百战,不料到头来却小心过头。都似你这样,何时能完成父皇交代的任务?大都督不敢冒险,我身为监军,倒要试一下,看看他到底有什么玄机!"说着也不等张归厚辩解,下令擂响战鼓,全军冲锋追击。李存勖见状,故意做出惊慌失措的神态,仓皇逃窜。张归厚不得已,只好顺着朱友珪的意思,率所有兵马冲过河去。

过河之后一直追出十里远,眼看李存勖的八百骑兵越跑越远,张归厚暗松一口气,传令后队改作前队,返回南岸。但十万大军开过野河,队列拉开十多里地,此时尚有部分兵马正往河的北岸进发,北岸的人奉命要返回,一时间拥挤在桥梁上,谁也走不动,不少兵卒被挤落河中,乱作一团。

正在吵吵嚷嚷之际,李存璋率两万晋军向南杀来,张归厚急忙传令列阵应敌。但此刻众人正忙于过河,无论前进还是后退,都已是难以做到,根本无人听从命令。慌乱之中,李存璋已经冲杀到眼前。梁军兵将仓促应战,没费多大力气,梁军便被杀得大败,沿着河岸四处逃窜。尚在野河南岸的朱友珪得到前方失利的消息,正要在南岸列阵准备迎战,忽然有探马赶来禀报说,李嗣源率兵由西面渡过野河,杀向大营!朱友珪来不及多想,慌忙带兵拦截李嗣源。朱友珪根本就不是李嗣源的对手,被李嗣源狠狠冲杀一阵,大败逃窜。此时周德威从东面渡河直捣梁军在柏乡的大营,十万梁兵如同无头苍蝇一般,漫山遍野,到处都是逃窜的兵将。一战下来,晋军斩杀梁兵两万余人,生擒一万有余。至于抢夺过来的钱粮辎重,更是不计其数。朱友珪和张归厚带着残兵败将逃回开封,朱温在河北一带的地盘几乎全部失守。

取得大胜的晋军士气格外旺盛,许多将领提议说,应该趁着这个绝好时机,踏过黄河,席卷中原,彻底剿灭朱温。而以郭崇韬为首的部分文官则认为,如今当务之急,应当是趁梁军无力反击之时,挥兵北上,消灭幽燕的刘仁恭势力,这样没有了后顾之忧,发兵南下才可万无一失。

李存勖觉得道理确实是这样,当即同意。命令李嗣昭、安金全和王处直等将领负责镇守河北,自己率五万大军北伐幽州。

远在开封的梁太祖朱温,此时还不知道前方惨败,以为自己兵力占绝对优势,取胜只是迟早的问题,整日在宫中和宫女们厮混,享乐享得简直都有些厌倦了。也是闲极生事,有天他听说中书令张全义在自家府第修造了一座非常精美的花园,顿时想出了新的消遣法子,下令召张全义进宫来见,先是做出恼怒的样子,呵斥他一通筹措军饷不够利落,接着提出要到他修建的花园中去看看。张全义已是被吓破了胆,哪敢说半个不字。朱温兴致勃勃地来至张府的花园,满眼望去,亭台楼阁,泉石轩榭,果然是异常幽静精致。不过,朱温的兴致完全不在这上边,他装模作样地四下看看,坐在一个小亭中,对张全义说:"花园倒是修建得挺好,怎么样,没少花银子吧?只有一样不足之处,就是太寂寞了,冷清啊!"

张全义当然知道,朱温素来好色成性,此时敲打自己,无非是想满足一下欲望而已,忙拱手说:"为臣照料不周,陛下恕罪。臣家中倒是蓄养了几名歌伎,唯恐污了陛下的眼睛。臣这就叫来,这就叫来。"说着亲自小跑着叫过几名平日里最宠爱的佳人,侍奉朱温。朱温一见美人就什么都不管不顾,在园中小阁内恣意淫乐,浪声浪气传出老远。张全义背着脸在一旁听命,半晌工夫,忽听朱温叫嚷着说:"爱卿哪,朕御驾过来,为何不让爱卿的夫人过来拜见?"

张全义浑身打个激灵,暗说坏了,这色狗皇帝没完没了了!但一时又找不到什么借口,也不敢找借口,没奈何,只得叫自己的夫人储氏过来应酬。小阁之内顿时又热闹起来,男欢女乐之声不堪入耳,张全义坐在门外唉声叹气,窝了一肚子的火却无处发泄,只能自认倒霉。朱温在张府一连淫乱数日,才意犹未尽地起驾回宫。

但是回到宫里没几天,朱温又觉得日子有些索然寡味,和张全义夫人行乐的滋味总挥之不去,令他不知怎的,忽然特别想品尝一下自己的几个儿媳到底是什么滋味。淫欲如火,朱温顾不上考虑那么多,他装作突然生病,卧床不起。几个儿子如博王友文、福王友璋、均王友贞、贺王友雍、建王友徽和康王友孜等人闻听消息,匆忙带了自己的夫人前来问候。朱温躺在床上做出气息奄奄的样子对儿子们说:"朕身染重病,宫女丫头伺候不周,就留下几位王妃来尽尽孝道吧。"几位王爷知道朱温的底细,但又没法推托,只能硬着头皮遵命。朱温偷眼观察这几个儿媳,见朱友文的王妃王氏和朱友珪妻子张氏长相俊美,就让她俩留在宫中侍奉,其余儿媳各自回家。儿子们一离开,朱温立刻跳起来,让两位王妃轮流陪自己淫乐,几乎是忘乎所以。

在柏乡惨败的朱友珪和都督张归厚,沿路惶惶不可终日,好歹终于活着回到开封。两人知道朱温的脾性,连家也没敢回便提心吊胆地到宫中请罪。刚进宫门,有个平日与朱友珪要好的太监正站在门口,拦住朱友珪与张归厚说:"皇上此刻正在玩乐,两位还是别去惊驾的好。"说着看看朱友珪,把他拉到一旁悄声说:"有句话老奴先说到前头,千岁心里也好有个准备。现在皇上身边的人……是殿下王妃张氏。"

朱友珪两眼瞪得如同铜铃,差点儿跌倒在地,沉默片刻惨淡地说:"在外领兵大败,而家里又是父子共争一妻,我,我这下真的完啦!"

太监却不以为然:"殿下别着急嘛!殿下兵败有罪,正好让王妃在圣上跟前求情,这倒是吉人天相呢!"朱友珪听他这样一说,觉得有些道理,心里略感踏实。果不其然,当朱友珪与张归厚禀奏说前方大军折损三万多兵力惨败而归时,朱温怒气冲冲叫嚷着要把他们推出午门斩首,朱友珪的妻子张氏恰到好处地温柔劝解,让朱温怒气顿消,表示让他们戴罪立功,再不可掉以轻心。两人庆幸之余唯唯答应。朱温还格外大度地让张氏回家,夫妻团聚,过几日再进宫陪侍。

朱友珪侥幸逃过一劫,回到王府后才觉察到被戴绿帽子的窝囊气。然而不等他发火,张氏告诉他说:"这几天我在父皇跟前百般夸奖你,父皇已经答应将皇位传给你。怎么样,还不赶快谢我?"

"真的?"朱友珪立刻把绿帽子的事情抛到九霄云外,搂住张氏亲直。

可是朱友珪没料到,朱温打发走自己的妻子张氏之后,又把博王朱友文的妻子王氏召来。王氏温柔功夫更胜张氏一筹,把朱温哄得如醉如痴,很快便答应立刻拟旨立博王友文为太子。一连几个月没日没夜地恣意行乐,年岁已高的朱温的身体渐渐空虚,终于真的病倒在龙榻上。朱友珪闻听消息,忙让张氏入宫侍奉,以便把自己继位的事情定下来。张氏见朱温这次是真的病入膏肓,顾不上绕弯子,忙轻声问起立嗣的事情。朱温此刻昏昏沉沉,语气含糊地说:"朕已经拟旨传位给博王友文。"

"啊?"张氏顿时着急起来,"那日父皇不是说要传位给郢王友珪的吗?"

朱温此刻已经是有些神志不清,口无遮拦地说:"友珪是朕在军营中与妓女所生,出身卑贱,怎好继承皇位,将来岂不叫臣民笑话?"张氏没心思和他啰嗦,忙折回王府,向朱友珪报告变故。幻想破灭的朱友珪立刻气急败坏,哇哇乱叫:"好个狗东西,霸占我妻子却不传皇位给我,有这么白占便宜的吗!"叫嚷着一时恶向胆边生,杀掉朱温自立为皇帝的念头再也遏制不住。不过,他知道自身力量微薄,便把王彦章和张归厚请到家中,哭诉一番自己的遭遇,并说要是立了博王朱友文当皇帝,自己必死无疑。看看他们对自己开始深表同情,就接着把想法说出来,请求两人发动部下兵力予以支持。权衡再三,王彦章和张归厚都表示同意,并提议说,如今大将军葛从周威信极高,若能取得他的支持,定然稳操胜券。朱友珪觉得确实如此,立刻动身前去葛从周府上拜访。不料葛府家人前去通报之后,出来却说,葛将军突然中风卧床,不见任何客人。朱友珪将信将疑,只得赶回家中,同王彦章、张归厚商议具体行动计划。最后确定由王彦章率兵封闭京畿各地要冲,预防激起兵变,由张归厚带兵缉拿博王朱友文。朱友珪则亲自带兵入宫,除掉朱温之后,立即即位称帝,不给对手和众大臣以变乱的机会。

当夜二更时分,朱友珪率一千余亲兵冲入朱温寝宫,值夜的太监来不及逃窜被乱刀砍死。朱友珪一马当先,直冲内室,斩杀侍奉左右的宫女太监二十多人。朱温正病卧在床,见朱友珪提刀气势汹汹地走进帷帐,惊讶地问:"我儿深夜来此,有什么紧急军情?"

朱友珪恶狠狠地大吼一声:"老贼,奸淫我老婆,却传位给朱友文,要你能干什么!"

朱温立刻知道不妙,刚要辩解,朱友珪抡起大刀:"快给老子腾开地方!"话音未落一刀直插进朱温腹中,朱温闷声闷气地惨号一嗓子,随即一命呜呼,终年六十一岁,登上大梁皇帝宝座不过六年。

杀死朱温后,朱友珪不敢懈怠,连夜草拟所谓遗诏,第二天早朝时候,百官上朝时,惊讶地发现,朱友珪已在金祥殿登基,并有值日太监当庭宣布朱温昨夜驾崩,传位于郢王朱友珪。大家正犹豫着拜不拜这个突然而降的新主子时,张归厚带领数十铁甲兵,手提博王朱友文人头走上殿来,对众人大声说:"博王朱友文图谋篡位,我奉先帝临终密诏,诛杀反贼,有胆敢违令者就是这个下场!"话音刚落,侍卫跑来禀报,说大将军王彦章率五万精兵保驾京畿,正兵临城下。众大臣一个个比鬼都精,立刻明白人家这是提前做好了准备,还是不要多事为上策。于是大家不约而同地跪拜朱友珪,高呼万岁,算是承认了这个皇帝。朱友珪顿时放下心来,下诏改元为"凤历",当年为凤历元年(913),大赦天下。

热热闹闹举行完新君登基仪式,枢密使敬翔出了皇宫便急急忙忙来到均王朱友贞府上,拉住朱友贞悄声说:"均王大概还不知道,这个郢王其实才是真正的篡权逆贼。"见朱友贞面色土黄闷不做声,接着说,"先帝驾崩之前,曾命我草拟密诏并保存起来,所立太子其实是博王。所以说,郢王的所谓先帝遗诏是伪诏。真正的诏书在这儿。"说着从怀中掏出一卷黄帛,"殿下,博王既然已经被他们残害,接下来理应轮到殿下。殿下是先帝正宫张皇后所生,为嫡长子,继承皇位顺理成章。下官深感不平,特地过来通禀。"

接过黄帛,朱友贞两眼发亮,沉吟片刻忽然狠狠地说:"这个婊子养的朱友珪,我岂能把皇位拱手让给他!不行,我这就召集兵马,杀进宫去!"

敬翔急忙摆手说:"殿下不可操之过急。如今王彦章、张归厚把持兵权,殿下根本不是他们的对手。据我想,张归霸是殿下的岳丈,张归厚也就是殿下的叔父了,殿下可以与张归厚交好,迷惑对方。然后四处传言,哄骗郢王把王彦章调走,到那时才可以有取胜的把握。"

朱友贞点头称是,千恩万谢,开始按照他的计谋逐步施行。几天之后,京城士人百姓纷纷议论,说李嗣昭在河北正集结兵力,很快就要南下,京城里怕没几天好日子过了。传言通过张归厚的口传到朱友珪那里,朱友珪立刻紧张起来,赶忙调王彦章率兵五万在黄河北岸屯兵,以防万一。见调虎离山计顺利完成,朱友贞立刻秘密调动左卫中郎将寇彦卿、驸马都尉赵岩和左龙虎统军袁象先三支人马。经过精心部署,朱友贞率精兵一千余人包围张归厚府第,以迅雷不及掩耳之势擒拿住张归厚,逼其拔剑自尽。袁象先、寇彦卿和赵岩等人则率兵五千冲入皇城,直杀向寝宫。朱友珪以为当上皇帝便只剩下了吃喝玩乐,根本没作过任何防备。袁象先、寇彦卿和赵岩等人率兵顺利杀入朱友珪居住的椒兰殿。一阵乱杀之后,朱友珪被砍死在乱刀之下,终年三十六岁,在位仅几个月。随后在敬翔等人的扶持下,均王朱友贞在开封即位称帝,一场争夺皇位的混战,终于暂时告一段落。

第十七章

征幽燕战契丹完遗愿　攻濮阳据黄河乘势起

闻听皇帝朱友贞归天，后梁大臣以太傅张全义为首，率领后梁朝廷中文武百官，献城归降，迎接李存勖率兵入城。大功告成的李存勖意气风发，在朱温后宫椒兰殿前，祭祀李克用亡灵，折断他交给自己的最后一支雕翎箭。彻底战胜宿敌的李存勖进驻开封之后，降旨大赦天下。

此刻远在河北的晋王李存勖,征讨幽州的作战也正在如火如荼地进行着。此时的幽州主帅是刘守光,他把其父刘仁恭加以囚禁,然后自立为大燕国王。李存勖率领沙陀兵马一路夺关斩将,很快占领燕国重镇涿州。接着,周德威在两军阵前斩杀幽州猛将单廷珪,李嗣源收降燕军主力战将元行钦和幽州神枪将高思继的儿子高行周,俘获的人马更是不计其数。晋军士气越发高涨,浩浩荡荡奔杀幽州城下。

前方损兵折将的消息接连传来,眼看晋军已经攻到眼前,刘守光狗急跳墙,立刻修书向契丹求援,并表示打退李存勖之后,愿意割让幽燕土地以表谢意。但李存勖的兵马行进速度比刘守光预料得还要快,求救信刚刚送出,晋军已是兵临幽州城下。面对排山倒海而来的晋军,刘守光一心想要拖延时日,等待契丹兵马到来。于是他便派人向李存勖提议说,他本人自知罪孽深重,愿意献城归降,只是害怕惊扰了百姓,请晋王能容我安抚城内百姓一下,三天后我就开城投降。既然不用流血作战,李存勖当然愿意,便下令三军在幽州城外等候三天。而在这三天里,刘守光却加紧在城中搜罗壮丁,大量储备滚石、檑木,以便和契丹人马里应外合,大破晋兵。

三天很快过去,李存勖挥兵城下,等待刘守光践诺投降。不料刘守光见契丹兵马迟迟不到,只能先单独作战。李存勖知道受了愚弄,更加怒不可遏,催动大军加紧猛攻,一时间云梯高耸,箭弩齐发,晋军将士攀墙越城大战燕兵。幽州城内的燕兵多是强征的民夫,哪见过这等阵势,坚持了没半晌工夫就一哄而散,晋军并没费多大劲就攻入城中。刘守光在混战中被生擒活捉,扭送到燕王府,听从李存勖发落。

李存勖下令将刘仁恭和刘守光父子用囚车押送晋阳,用他们的人头祭奠父王李克用。祭奠仪式上,李存勖恭恭敬敬地从家庙中取出李克用留下的三支箭,对着灵位三拜九叩,祷告说:"父王在上,孩儿遵从父王遗愿，如今已经平定幽燕，生擒刘仁恭父子，当用他们的人头祭天，以雪父王生前之恨！"祷告完毕，接过侍卫手中的托盘，将刘仁恭父子人头放在供桌上，然后"啪"地折断一箭，仰天大笑。

然而笑声未落，忽然有探马惊慌失措地赶来禀报："千岁，契丹阿保机率大军三十万，正向幽州进发。前线李嗣恩告急！"李存勖铁青着脸咬咬牙："来得正好！父王的第二桩遗恨很快就可以遂愿了！"立刻击鼓召集各路大将，令周德威为大都督兼卢龙节度使，郭崇韬为参军，周光辅、安休休、元行钦和高行周等人为副将，率兵五万前去会合李嗣恩，抵御契丹南下。

周德威领命率兵出征，大军先驻扎于蔚州，以观望契丹兵力部署。探马打探的消息接连传来，契丹大军三十万已攻陷涿鹿，其先锋正向幽州进发，形势对晋军十分不利。面对这种情况，参军郭崇韬提议说，如今敌众我寡，应当扼守咽喉然后寻找战机。可以先出兵拦截契丹先锋，然后屯兵幽州，与蔚州相互呼应，等待敌人士气衰竭，再进行大规模作战。周德威和众将领都认为可行，便由周德威亲自率军驻守幽州，阻挡契丹主力南下的道路。

契丹大批兵马被阻挡在幽州以北，拔城攻坚方面，骑兵并不占优势，就这样僵持下来。正当阿保机日益焦躁的时候，部下的得力大将阿古只在巡视营寨的时候，偶然抓住一个名叫卢文进的晋兵将官，卢文进禁不住阿保机连哄骗带威胁，自己也感觉契丹兵力强大，晋军似乎没什么胜算，就答应投诚反戈，许诺里应外合，配合契丹偷袭蔚州城池。

当晚卢文进回到蔚州，悄悄组织部下信得过的弟兄，假装上城头巡视，等到半夜时分，远远看见城下有几个火把摇摆示意，便绕到北门，杀掉守门士兵，开门迎敌。随着城门洞开，契丹铁骑像决堤洪水般喊杀着涌进城来。

此刻奉命驻守蔚州的李嗣恩、李嗣本兄弟还没睡下，闻听外边有动静，赶忙披挂迎战。刚出府门，就看到契丹兵马在街道上来往厮杀，沿街到处都是晋军尸体，而城外的契丹兵马仍在不断涌入。两人知道已经无力回天，李嗣恩对李嗣本大声说："你赶紧突围，请求救兵增援！"李嗣本边砍杀着冲到跟前的敌兵边焦急地叫喊:"都什么时候了,还要什么救兵!哥哥,要走咱们都走,我不能一个人逃生!"情急之下,李嗣恩搭弓上箭,一箭射中李嗣本的马镫:"都死了有什么好处,你快走,留条活命为我报仇!"

敌兵越来越多,李嗣本来不及说什么,抹把眼泪率领残部突围出城而去。而身陷重围的李嗣恩奋力混战,最终惨死于契丹乱刀之下。李嗣本虽然侥幸冲出城外,不料却遭遇契丹伏兵,措手不及,宁死不降,死于敌军乱箭之下。

周德威很快从跑回来的残兵那里得知蔚州遭遇偷袭的消息,还没来得及做出反应,契丹大将阿古只已经奉命兵分三路,日夜兼程迅速包围住幽州。周德威从城头上望去,见城下二三十里的地面上,密密麻麻,到处都是契丹兵卒在修筑营盘,并且还有数不清的兵力正陆续汇集而来。他倒吸一口凉气,深感形势的严峻超乎自己预料。沉吟片刻,他当机立断,趁敌军尚未形成合围之势的当口,令元行钦火速出城,赶往晋阳报信搬兵。

远在晋阳的晋王李存勖此时对幽州方面的情形尚且一无所知。听到元行钦的禀报,深感意外,又掩饰不住担忧。对于契丹铁骑的威力,他虽然没有与之交过锋,但印象还是非常深刻。张承业也意识到这一点,不无担忧地说:"殿下,如今我们的兵力分守各处,一时难以集结,要解除眼前危机,只能派出一员精悍大将,以少胜多。"说着看看李存勖身后。

李存勖点点头,扭头发现站在身后的是大太保李嗣源,立刻明白张承业的用意。可是他仍有些担心,契丹兵力强大,单凭李嗣源一个人,能照应得过来吗?李嗣源上前一步抱拳说:"殿下不必发愁,我一定不辱使命!另外,我保举史敬思之子史建瑭、安福迁之子安重诲、石绍雄之子石敬瑭和末将的养子李从珂,他们四人虽然年轻,却勇猛异常,堪当大用。再说,当初追随晋王起兵的将领,大多已经年老,也该让新人锻炼一下了。"

李存勖脸色轻松许多:"虎父无犬子,应该错不了。事不宜迟,兄长立刻收拾一下,明日一早率兵出征!"

第二天天色微明时分，李嗣源率领三万兵马会集于晋阳东门外，李存勖与张承业、李存璋等人为三军送行。李从珂、石敬瑭、史建瑭和安重诲四员小将跟在李嗣源身后，拜见晋王。李存勖发现这四人果然格外年轻，但个个英武抖擞，朝气蓬勃，只是给人感觉力气有些单薄。随着三声号炮响起，李存勖再三叮嘱一定要小心，众人依依惜别。望着远去的烟尘，李存勖若有所思，半晌没有说话。站在李存勖身旁的冯道，原先是张承业属下的文书，因思虑沉稳老成，很受重用，新近被推荐到李存勖身边。冯道见李存勖脸色凝重，忙半是安慰半是分析形势地说："大太保知人善用，此战必胜。殿下尽管放心。"李存勖点点头，依旧没有吭声。

出发之后，李嗣源命令李从珂、石敬瑭、史建瑭和安重诲四人为先锋，令大将索自通和药彦稠分别掌握两翼，让石绍雄押粮断后，大军径直赶赴幽州。李从珂等四员小将率领三千骑兵作为先锋，走到大房岭谷口的时候，迎面撞见阿古只麾下的一支契丹人马。四人抖擞精神，率三千骑兵分作两路，直冲向契丹阵中。契丹阵中几员偏将被四人杀得人仰马翻，阵脚大乱。交战没多大工夫，便把契丹兵马杀得四散而逃。初次与敌军交战，大家都感觉格外痛快，跃跃欲试地要乘胜追击。正好李嗣源率大部人马赶来，急忙喝令他们站住。李从珂满腹疑惑地问："敌人已经大败，不赶紧乘胜追击一鼓作气把他们彻底打败，等他们松过一口气，就不好打啦！"

李嗣源微微一笑："你们才遇到几个兵？要是契丹如此好对付，还用得着咱们大老远过来？他们目前兵马三十万之众，我们兵力单薄，一定要稳扎稳打。"正说着，五太保李存审也率兵赶到，大家合兵一处，在大房岭北面谷口安营扎寨。

闻听晋军援兵来到，耶律阿保机最初很是惊慌，不过探听到他们兵力并不是很多时，顿时便放下心来，决定不管身后的晋军，先集中力量攻破幽州，然后再回头消灭李嗣源。可是真的开始攻打后，阿保机发现，幽州城池高大，要拿下来并非易事，接连猛攻数日，契丹损失兵马两万余人，仍不能攻克幽州，这让他越来越急躁不安。

李嗣源在大房岭驻扎寻找战机期间，二太保李嗣昭率冀州两万将士和东南招讨使阎宝率一万兵马前来会合,这样,晋军共计七万余众,而且士气高涨,实力明显增强。李嗣源感觉时机成熟,立刻下令开拔,统率各路兵马直奔幽州城下。阿保机得知李嗣源已经赶到外围,忙令阿古只率十五万人马到城南迎战,力图把援军阻挡在外侧,争取攻城时间。

尽管晋军各路人马会合,但比起契丹兵力来,还是差了一大截,面对气势汹汹的契丹骑兵,许多兵将还是面露惧色。安重诲一向脑子活络,善用计谋,他向李嗣源提出一个建议,抽调部分士卒在阵后燃柴生烟,故意弄出烟尘乱起的样子,让敌人感觉大队伏兵准备出击,这样就足以扰乱对方军心,打击他们的气焰。

李嗣源当即同意,命令阎宝带领上百老弱士卒在阵后烧柴生烟,用树枝在路上来回拖动,总之烟尘越大越好。安排完毕,晋军喊杀着直冲阵前。阿保机和阿古只等人以为晋军兵力弱小,并不特别放在眼里,战鼓震天擂响,两军冲杀混战在一起。刚交战不久,阿保机忽然发现,晋军阵后烟雾弥漫,似乎正有无数兵马冲了过来。阿保机心头一动:"遭了,难怪李嗣源敢过来和我对阵,他们一定埋下伏兵从侧翼包抄。不好,立刻收兵撤退!"

契丹方面鸣金收兵的锣声敲响,正闷头厮杀的契丹将士不知出了什么情况,一个个惊慌失措。李嗣源趁机带领大家高喊:"契丹中埋伏了!快杀呀!一个都别放过!"随着喊声,数万晋军兵将一拥而上直扑敌阵。契丹大军顿时阵脚大乱,弄不清真假,一股脑儿地向后撤退,后边的人反应不过来,立刻被踩踏在地,相互拥挤着,被李嗣昭和李存审率骑兵肆意砍杀,简直成了案板上的猪羊。

契丹兵败如山倒,晋军则穷追不舍,一直追击到幽州城下。李嗣源传令,向幽州城上发号炮传信。随着号炮声大作,守卫在城头上的周德威和众将领看得清楚,大家无不欢欣鼓舞。周德威下令,点兵出城!很快,幽州兵马总共五万集结完毕,周德威一马当先,杀出城门。晋军里应外合,直杀得三十万契丹兵马如狼群中的兔羊,四散奔逃着乱作一团。

阿保机万万没有料到会出现这样的局面,但兵败如山倒,说什么也晚了,只得在亲兵的护卫下慌忙向北逃窜。冲出重围放马跑出好几里地,忽然遇到二太保李嗣昭率兵拦截。阿保机惊慌莫名之际,阿古只也是气急败坏,搭弓上箭,混乱中李嗣昭躲避不及,正好被射中头部,"哎呀"大叫一声翻身落马。晋军士卒慌忙去救李嗣昭,这才让阿保机与阿古只侥幸逃脱,而其他契丹兵将,则大部分死于混战之中。

　　大获全胜的晋军将士开进幽州城中,军民一起庆贺这来之不易的胜利。美中不足的是,在胜利的时刻二太保李嗣昭却头中一箭,最终阵亡,这令周德威、李嗣源等人无不异常伤感。大军休整几天,周德威率兵返回晋阳。

　　虽然没能活捉阿保机,但契丹在幽州惨败,三十万铁骑所剩无几,元气大伤,契丹对三晋已经构不成威胁。周德威率领大军凯旋回到晋阳。李存勖召集文武官员,汇集在家庙,献上祭品,把李克用留下的另两支箭摆放在供桌上,并将李嗣昭、李嗣恩、李嗣本三人灵位一同摆在祭台之上。李存勖带领众人恭敬叩拜:"父王在上,今契丹大败,被驱逐回塞北。今日孩儿折掉第二支雕翎箭,以告慰父王和三位王兄。"说着折断第二支箭,已是泪流满面,起身对众人说:"先王三恨,如今只剩下朱梁未平。冯道,你即刻给岐王李茂贞修书一封,约定明年八月会兵黄河,讨灭朱温余孽!"

　　经过一番休整和准备,第二年八月,晋王李存勖亲自出征,召集三晋、西岐、幽燕等十四州的兵马共计十万多人,开始了对梁国的大举征讨。大军沿路疾进,几天的工夫,前锋已经进驻到濮阳的麻家渡。后梁皇帝朱友贞闻讯,赶忙任命相州刺史贺瑰为北面行营督招讨使,令牛存节为副将,率兵五万驻扎濮州北行台村,阻击晋军。李存勖率领主力赶到濮州附近,听从参军郭崇韬的建议,大军进驻到濮阳之东的胡柳陂,这里四面险要,进可直逼开封,退可回师魏州,是一处不可多得的战略要地。

　　梁军主帅贺瑰探得消息,他也深知胡柳陂的重要性,便率军直逼胡柳陂附近扎营,积极整备兵马,寻找对方破绽。

　　李存勖对此次出征信心十足,免不了要急于求成,因此一直催促周德威尽快展开决战。周德威说："梁兵实力不可小觑，现在还不到硬碰硬的时候。我军应当利用胡柳陂的有利地势，以逸待劳，给梁军造成威胁，使他们疲于奔命，然后趁他们疲弱的时候，长驱直入，杀进开封。"

李存勖却不耐烦地叫嚷："晋军如今正是士气旺盛的时候，僵持下去，敌军疲弱，我们也好不到哪儿去。不行，要尽快决战！"也不再听周德威分析军情，命令李存审押粮在前，周德威和李嗣源分别在左右两翼，于第二天一大早出兵攻击。

闻听晋军南下，贺瑰立刻和大将牛存节率兵阻截。贺瑰对牛存节说："据探马报告，晋军李存审押粮在前。我率五千人马虚张声势，引诱李存勖向西追击，你趁机袭击他们的辎重，然后咱们再从东西两个方向合力攻击，让李存勖军心大乱，他们必败无疑！"牛存节领命前去准备。

李存勖率大军出营寨没走多远，忽然探马赶来禀报说，贺瑰率兵从西面杀来，看样子人数不少。李存勖精神抖擞，亲自带领人马迎头厮杀。不料刚刚接战，贺瑰却有些仓皇失措地叫嚷着："哎呀，李存勖亲自来了，快跑吧！"说着带头向后撤退。李存勖更是盛气凌人，命令全力追击。周德威神情忐忑地劝阻说："千岁不可追击，对方并未有什么损失就败退，其中必然有诈！"

但已经被冲昏了头脑的李存勖却全然不顾："孤有大军十万，贺瑰不过万把兵力，就是有诈能诈出什么来？"说着一马当先追了出去。

梁军在前，晋军在后，追杀着奔跑出十多里地，忽然有副将满身是伤地跑过来禀报："千岁，大事不好，粮草被梁军拦截烧毁啦！"

"坏了，果然中了他们的奸计！"李存勖脸色煞白，"快，立刻撤兵！"话音刚落，又有探马赶上来报告："千岁，梁军大将牛存节率两万人马由东南杀来，我们被包围了！"

对这个结局早有预料的周德威心头一沉，大叫一声："快，随我去抵挡住梁兵，你们保护千岁撤走！"说着带领儿子周光辅及几员大将，飞马向东杀去。贺瑰见晋军阵脚大乱，知道牛存节得手了，立刻命众将士掉头往回杀，截住李存勖的退路。这样一来，李存勖被困在中间，顿时险象环生。

而晋军兵将们此时也已经知道军粮全被烧毁的消息，军心立刻涣散，被杀得溃不成军。周德威父子拼死冲杀，但梁兵越聚越多，周德威父子往来冲突，却难以突围。一不小心，周德威被一个梁军兵卒砍断马腿，扑通栽倒在地上，来不及起身，就被乱刀砍死。周光辅见父亲惨死，又着急又心痛，赶忙去救人。就在一分神的刹那，牛存节从身后一枪刺进他的后心窝，周光辅口吐鲜血，死于乱军之中。

周德威父子战死，更令晋军胆寒，梁军兵将趁机高喊着："活捉李存勖！"蜂拥而上，直扑向晋军核心。李存勖在乱军中左突右杀，梁军却越来越多，怎么也找不到退路。幸亏有李存璋等大将拼死保驾，才勉强没有被梁兵拉下战马。正在危难绝望之际，忽然有一队生力军冲过来，为首的是大将石绍雄，石敬瑭等小将跟随其后，他们奋力砍杀，暂时把牛存节的兵马阻挡在外围。石绍雄趁机高喊："千岁，向北突围！"说着引领李存勖调转马头往北后退。眼看就要到手的大功，贺瑰如何肯舍，立刻率兵围了上来。这时李嗣源率援兵来到，狠命冲杀，保护李存勖后退。石绍雄在前边开路，激烈交战中，虽然杀死对方大将多人，但他自己也身中六刀，双臂几乎抬不起来，正赶上牛存节挥刀劈来，一刀斜劈在胸口，石绍雄大叫一声跌落马下。石敬瑭见父亲遭遇毒手，不知是死是活，顿时吓得有些胆寒，在护卫保护下，侥幸逃出重围。走不多远，李嗣源率兵也冲了出来。李嗣源见他独身一人，忙问："你爹呢？"

石敬瑭呜呜地哭着直抹眼泪："我爹他……他被砍中掉落马下，恐怕……"

李嗣源顿时明白，着急地说："走，快跟我杀回去看看他到底怎样了，就是救不了他，也多杀几个贼兵，给你爹报仇！"有李嗣源打气，石敬瑭又精神抖擞起来，调转马头随李嗣源杀回阵中。此时梁军也已经精疲力竭，被李嗣源率兵冲杀一阵，陆续退走。石敬瑭一眼看见躺在地上的石绍雄，忙扑上去抱住失声痛哭。李嗣源赶到近前，见石绍雄胸口被豁开一条大口子，鲜血不断涌出。石绍雄此时意识还有些清醒，见李嗣源过来，咧嘴苦笑一下："大太保，可惜我再也不能为晋王收复中原了。绍雄死而无怨，只是我这个义子尚年轻，还请将军多加调教。"

李嗣源忍住眼泪说:"你放心,你的孩子就是我的孩子,我把女儿许配给敬瑭,以后两家永结姻缘之好。"

石绍雄欣慰地笑笑:"那就多谢大太保!"说罢身体猛一抽搐,气绝而亡。石敬瑭放声大哭,李嗣源也是悲伤不能自已。

随着梁军退去,李存勖在李从珂和史建瑭等人的保护下,暂时停留在一处高坡上歇息。半晌工夫,李嗣源两眼通红地带兵赶过来,身后士卒抬着周德威、周光辅和石绍雄三人的遗体。众人一看他们惨死的情形,无不泪流痛哭。

李存勖含泪对众将士说:"今日大败,都是孤王不听周将军良言,自食苦果,连累三军。"说着跪倒在三人遗体旁,"存勖指挥不利,使三军受辱,当受鞭刑以向众将士谢罪。大太保,把马鞭拿来!"

李嗣源闻言连忙跪倒:"千岁,此战失利,都是我等无能。请千岁切莫过于自责。"众将士见状也跟着跪倒。李存勖满面泪痕,不依不饶,坚持要让李嗣源动刑。安重诲想一想说:"若千岁坚持责己,那就请以战盔代身,打盔为戒。"众人觉得这倒是个台阶,忙随声说:"安重诲说得有理,请千岁以项上头盔代受鞭刑。"李存勖这才答应,摘下战盔摆在地上,令李嗣源鞭打金盔两百鞭,以示惩戒。刚打够两百下,忽然有探马赶来禀报:"千岁,贺瑰率梁兵正在胡柳陂东南土丘上集合,可能要卷土重来,请从速定夺!"

李存勖抬头看看众人:"你们说,怎么办?"参军郭崇韬上前拱手说:"千岁,梁兵方才败退,如今定是正在会合之中,应当趁他们未站稳脚跟的大好机会,迅速出击挽回败局!"

李存勖点头称是,命令所有将领,立刻分兵出战。

贺瑰和牛存节所率领的梁兵虽然取得大胜,但被李嗣源等人接连冲杀,已是浑身无力,一个个躺倒在土丘上休息,猛然听到有人高喊:"快,晋兵来了!"梁军顿时手忙脚乱,还没等反应过来,李从珂、石敬瑭、史建瑭和安重诲四员小将已经冲了上来。梁兵顿时被杀得人仰马翻,根本没了还手之力,没多大工夫,土丘上到处都是梁军尸体。贺瑰和牛存节慌忙逃窜,突围中,牛存节被晋军大将高行周一枪刺死,贺瑰侥幸逃走,但部下兵将几乎尽数覆灭。李存勖在胡柳陂惨烈取胜,而此时大梁的冀王朱友谦,即朱温的养子,已经率兵由西路进入到岐州,岐王李茂贞派兵抵挡,但由于兵力太少,接连战败,朱友谦带领儿子朱令德和朱令锡,兵临同州城下。

同州守兵也不是很多,经不住梁军一阵猛攻,几天工夫,同州便被朱友谦顺利拿下。同州民丰地博,又是军事重镇,朱友谦格外兴奋,立刻派人向朝廷报捷。朱友谦本意是想利用占据同州的功劳,为长子朱令德和次子朱令锡谋求个比较好的官职。但他没想到,朱友贞一直认为他曾当过郢王的党羽,属于异己势力,根本不加理会。报捷的文书送到朝廷,迟迟不见回音,朱友谦心灰意冷之余,跟朱令德和朱令锡商议说:"咱们父子在前线拼死大战,取得这么大的胜利,朝廷竟一点儿表示都没有,真是太憋屈了!我看,如今的圣上,一味地排挤异党,咱们算是没有出头之日了。要不,干脆另寻个明主算了!"

两个儿子当然没有异议,朱友谦很快写好书信派心腹送到李存勖的驻地魏州。看过书信,见朱友谦竟然表示愿意归附,李存勖将信将疑。随军的谋士冯道说:"朱友谦非同一般人,他既然表示愿意投降,肯定是朱友贞待他不好。他如今占据的同州北连契丹,南临黄河,东邻晋阳,西连岐州。要是朱友谦此时勾结契丹,三晋之地可就危险了。千岁要是接纳了他,然后向西联合岐王李茂贞,灭掉朱温余孽,就有十分的把握了。"

李存勖听了喜上眉梢,当即让冯道写好回信,加封朱友谦为同州节度使,同时赏赐许多金银珠宝。

大梁皇帝朱友贞得知自己的兄弟竟然投靠了李存勖,又惊又怒,立刻派遣大将刘寻和尹皓率兵三万,讨伐同州。李存勖则火速命李存审率兵一万与朱友谦会合,共同对抗梁军。他们里应外合,杀得梁兵一败涂地。

晋军在同州取得重大胜利,使李存勖免除了后顾之忧,晋军的各路兵马齐头并进,很快驻扎在了濮阳。梁末帝朱友贞闻听战报,意识到事情非同小可,赶忙召集百官商议退敌之策。

紧急情况下,敬翔主张起用王彦章为兵马大元帅,以对付势不可当的晋兵东进。但驸马赵岩坚决反对,他提出,以前搞政变的时候,王彦章是朱友珪的心腹,让他拥兵在外,恐怕比晋军的威胁更大。

朱友贞从内心讲当然同意赵岩的意见,但眼下火烧眉毛,朝廷中确实没什么可以领兵的帅才,也只能冒险赌上一把了。于是他最终还是听从敬翔的提议,任命王彦章为大都督,段凝为副都督,大将寇彦卿为先锋,统率梁兵会合濮阳,阻拦晋兵。

此时晋军已经攻占下濮阳,在黄河南岸和北岸各修一座土城,作为掩护,方便晋军渡河南下。王彦章率五万大军沿黄河东进,很快兵临黄河南岸的晋军城下,迅速展开围攻。镇守南城的大将是李嗣源的养子李从珂,正是二十多岁年轻气盛的时候,见王彦章在城下排兵列阵,立刻出兵迎战。不过,李从珂根本就不是老将王彦章的对手,两人交战几个回合,李从珂已经是手忙脚乱,赶忙虚晃一锤,败退回城中,任凭怎么挑战,再不出来。

王彦章传令,乘胜猛攻土城。城下顿时云梯高竖,箭镞如雨,梁兵喊杀着一波一波发起攻击。小土城中的守兵不过五千人,城墙也比较低矮,在对方撞车和冲车的猛烈撞击下,摇摇欲坠。不到一个时辰的工夫,李从珂支撑不住,只得退到渡口,沿浮桥退回黄河北岸。

王彦章虽然占据南岸,但他深知晋军实力的强大,不敢轻易过河,打算以黄河为天堑,沿河东进夺取军事要塞杨刘城,然后再围攻李存勖所驻扎的魏州。他下令拆毁浮桥,收拢木料督造战船,积极做好东进的准备。

随着各处捷报相继传来,远在魏州督战的李存勖深感灭梁已是大势所趋,整个晋军文武官员也都是精神振奋,预感到胜利的来临已经为时不远。就在这个当口,上天有意凑趣一般,五台山僧人献来一尊金光闪闪的宝鼎,据说是方丈智谭和尚夜里梦见有神灵指示,说是近日当有天子降临,当献宝鼎为祥瑞之兆。天亮之后,智谭按照神灵所指示的方位,果真挖出这尊宝物。谋士冯道学识渊博,解释说,这个是上古宝鼎,是上古时候大禹王治河时,以九州青铜铸九鼎于荆山之下,后来湮没于世。如今突然出现,一定预示着这次定鼎中原已成定局。于是大家纷纷顺水推舟,在李嗣源、冯道、郭崇韬等人的带领下,联名奏请晋王李存勖称帝。李存勖当然也早有这个打算,只是不便明说而已。现在,有了这么个绝好的时机,略微推辞一番就欣然同意。当年四月,晋王李存勖在魏州祭天称帝,废去前唐年号,改元同光,定魏州为东京,太原为西京,镇州为北都,定国号为唐。接着追封祖父李国昌为献祖皇帝、父亲李克用为太祖武皇帝。他建立的朝代史称后唐,李存勖为后唐庄宗。热热闹闹接连庆贺半月有余,庄宗李存勖宣布大赦天下,封其长子李继岌为魏王,另外四个儿子李继潼、李继嵩、李继蟾和李继峣因为年龄尚小,没有册封。拜家世显赫的豆卢革、卢程分别为门下侍郎、中书侍郎,拜郭崇韬为中门使,冯道为太博学士。封李嗣源为上柱国大将军、太尉,封李存审为柱国将军、中书令兼幽州卢龙节度使,其他各部将领也都有封赏。此时的张承业已是病入膏肓,不久病故于晋阳,没能赶上新朝的封赏。

李存勖刚即位不到两天的时间,前方传来紧急战报,王彦章督造战船完毕后,已经开始率领水军沿黄河东进,目标直指杨刘城,大有破城过河的趋势。

李存勖知道王彦章是敌手硕果仅存的老将,马虎不得,立刻任命孟永祥和安金全督领水军沿河交战,同时派遣李嗣源率兵,以史建瑭为先锋,火速增援杨刘城。王彦章率领着几乎是后梁所有家底的五万大军沿河向东,水陆并进,沿途轻易地突破孟永祥所率战船的阻拦,顺利挺进杨刘城下。

提前赶到杨刘城驻守的先锋官史建瑭,见王彦章这么快就包围上来,不敢怠慢,连忙组织兵力加紧防守。王彦章急于占据这处战略要塞,当晚便开始猛攻城池。史建瑭在城头上观望,见梁兵漫山遍野,在四面通明的灯火照耀下,发疯般地往城头攀爬,下边有劲弩作为掩护,形势十分危急。

作为年轻小将,史建瑭还从未担当过如此重任,他生怕有所闪失,四门穿梭着指挥兵卒投掷檑木、石块,狠砸城下的梁兵,又组织精壮劳力烧热水往城下泼洒,阻挡梁兵攀爬。恶战一直持续整整一夜,王彦章虽然费尽力气,损失不少人马,小城也几度陷于险境,但最终还是没有被攻下,只得传令收兵歇息。就在梁兵集合的时候,安重海率领五千精兵连夜增援,两军会合,进驻城中,防守能力进一步加强。

小小一座城池没能拿下,王彦章自然不甘心,一连数日没日没夜地连续进攻,杨刘城城墙多处出现裂缝,情形岌岌可危。双方都清楚,杨刘城虽然是座不起眼的小城,但其地理位置特殊,事关整个战局。李存勖得知前方情况不容乐观,忙召集众人商议对策。军师郭崇韬禀奏说:"王彦章向来用兵得法,部下兵力众多,确实是个难题。不过,梁军的兵力如今被牵制在杨刘城,陛下可以另修渡口,作出出兵开封的势态,这样王彦章必定被朱梁朝廷牵制,难以专心攻城。"

李存勖认为可行,传命任冯道为工部尚书,在博州南岸加紧督建渡口。同时命令安休休和郭威率水军出兵濮阳,造成大军即将攻击开封的假象。

晋军在博州修筑渡口,不日就要攻打开封的消息传到开封,朱友贞顿时焦虑万分,城破身死的恐惧让他不寒而栗,忙召集文武百官商讨对策。驸马赵岩趁机拿出自己上次的主张,禀奏说:"陛下,杨刘城不过是个弹丸小城,王彦章却久攻不下,分明是故意拖延时日。臣请陛下罢免王彦章,任用段凝为主帅,定能化解眼前危机。"不过,崇政使敬翔还依旧坚持以前的意见,极力表示反对。

赵岩转动着眼珠忽然提议说:"陛下,王彦章是忠是奸,空口无凭,若是陛下下令王彦章回军博州救援朝廷,王彦章真的遵命,那臣以前所说的自然都是无端猜测。要是他抗命不遵,那必定是奸贼无疑了。"

关系到身家性命的时刻,朱友贞根本顾不上考虑什么大局,立刻准奏,不容敬翔苦苦辩解,当即命人去前线传达旨意。

此时的杨刘城内外,史建瑭和王彦章两股兵力已经僵持了一个多月。随着博州渡口开始修建,粮草辎重的运送逐渐接济不上,晋军的支撑能力已经达到了极限,史建瑭不得不产生退兵东昌府固守待援的想法。但安重海却极力打气说:"万万不可放弃杨刘城,我军疲敝,对方也好不到哪儿去,一定要坚持一下。"

史建瑭思索片刻,咬了咬牙传令下去,即日起减餐一顿,从将帅到兵卒要一视同仁,誓与杨刘城共存亡。而王彦章也正为久攻不下这座小城焦虑不已,一心盼着唐兵粮尽发生内乱,然后趁机破城。就在双方拼死对峙的时候,王彦章没能盼到朝廷调拨的援军,却突然来了一个太监宣读皇上的诏书,严词让他回师博州,解救开封面临的威胁。怎么办？王彦章陷入两难境地。虽然他自己清楚,唐军所谓出击开封,不过是虚晃一枪而已,其目的在于分散梁军的兵力。但皇上的旨意,怎么应对？思来想去,他决心以大局为重,坚持自己的思路,拒不撤退。但他没有料到,副帅段凝见王彦章抗旨不遵,正中自己下怀,立刻写了一封密信送往京师,夸大其词地报告说王彦章如何拥兵自重,分明是在借助眼前危局来向朝廷示威。果然,没过几天,朝廷发来第二封诏书,免去王彦章大都督之职,任命段凝为大都督,命其立刻撤兵回师博州。段凝当然完全遵从朝廷命令,即刻撤退。得知王彦章大军撤走,李存勖大喜过望,晋军上下无不拍手庆贺。

段凝统率五万梁军一路向西,驻扎在相州之北。初掌兵权的段凝急于要一展身手,又害怕唐兵在黄河沿岸渡河,竟然征发黄河南岸民夫掘凿岸堤,利用黄河洪水来阻挡唐兵追击。数日之内,自滑州之东至东阿之西,再到曹州之北的六百里黄河,顿时洪水泛滥,千里良田成为一片汪洋。无数百姓流离失所,道路上的饿殍随处可见,整个中原地带成为人间地狱。

随着梁军主力的撤走,原先属于梁军的地盘顿时陷于危机。其中郓州首先暴露在唐军眼前。驻守郓州的大将康延孝万般无奈之下,只好写信给李存勖,请求归顺大唐。李存勖当然格外高兴,亲自前往郓州受降,封他为南面招讨指挥兼博州刺史,唐军在中原地带有了稳定根据地,对开封造成直接威胁。

闻听消息的朱友贞恼怒之余更多的是恐惧,段凝掘开黄河沿岸,导致中原六百里洪灾泛滥,加之他此刻远在相州,又有洪水阻挡,一时根本无法回师增援。困苦之际,只得听从敬翔的建议,重新任命王彦章挂帅,率宫中禁军北上郓州,企图挽回颓局。朱友贞亲自为王彦章在开封东门送行,满脸惭愧地好言安抚,并表示会尽快筹措兵马作为增援。望着身后的老弱残兵,王彦章在心底暗暗长叹一声,也只能知其不可为而勉强为之了!

出兵北上之后,王彦章下令急行军,抢在李嗣源率兵南下之前,驻扎在中都城,连夜加固城池准备一场恶战。仅一夜的工夫,李嗣源已率三万唐兵进逼到中都城北门之下。王彦章知道,能否挽回败局在此一举,忙振作精神,打起号炮,率兵在城下列阵,企图以自己的铁枪再现以少胜多的传奇。

然而王彦章忽视了自己的年纪,更没估计到新一代将领的崛起。两军对阵,名将高思继之子高行周率先出战,与王彦章大战三十多个回合不分胜负。史建瑭见状催马出阵,三人又大战二十多个回合,王彦章毕竟上了年岁,渐渐力不能支,枪法稍微有些缓慢。正是这一瞬间的疏忽,高行周一枪直刺王彦章咽喉,王彦章慌忙躲避时,没提防史建瑭在背后一枪砸下,把王彦章背后的护心镜砸得粉碎,王彦章口吐鲜血,伏在马背上落荒逃走。这一场平生未遇到的失利,让王彦章大感朱梁朝廷真的大限已近了。他命令将士紧闭城门,再不出战,同时让副将袁象先火速返回开封搬兵增援。

袁象先单枪匹马赶回开封,把前线的情形诉说一番,请求赶紧增派兵力,不然后果不堪设想。朱友贞也是十分焦虑,忙着召集城中现有的人马,准备尽数增援王彦章。袁象先回来搬兵的事情,被向来猜忌王彦章的驸马赵岩知道后,急忙对朱友贞说:"陛下,目前开封城中所剩的人马不过几千人,要是全部交给王彦章,假如王彦章也和康延孝那样,到头来投靠了晋兵,开封不就成了空城一座?到那时候真是丝毫没有侥幸可言了呀!"

朱友贞心头一动,默默地点了点头,末了只交给袁象先三百老弱士卒,搪塞了事。

当袁象先带领着这三百老弱士卒赶赴中都,向王彦章讲述了如今朝廷的情形,王彦章长叹一声,垂下花白的脑袋,什么也没说。时隔三天,庄宗李存勖亲自率领主力人马赶来会合李嗣源,对中都城发起猛烈进攻。云梯、冲车和撞车蜂拥而上,八万唐兵漫无边际。王彦章站在城头望着城下,无奈地挥挥手:"大事去矣!袁将军,城破之后,你一定想办法冲出去,回开封替我报个丧。告诉陛下,我王彦章追随先帝这么多年,至死也没辜负过他……"众兵将闻听此言无不热泪盈眶。就在此时,城下战鼓震天,喊杀四起,众人望去,只见城下云梯高立,唐兵士卒乱纷纷攀城而上,城上的兵力少得可怜,已经是招架不及。不到半个时辰,城门便被打破,巷战之中,王彦章刚受过重伤,体力不济,最终杀身成仁。

中都大胜,奠定了攻取开封的坚实基础。庄宗李存勖传令犒赏三军,然后连夜起寨,直取开封,不给对方以喘息的机会。

后唐同光元年(923)十月,庄宗李存勖以上柱国大将军李嗣源为前锋,沿路之上所向披靡,十万大军直逼开封城下。

后梁皇帝朱友贞此时只有空城一座,进退无措。他知道,从父亲到自己两代人之间,和后唐已是结下不共戴天之仇,城破之后几乎没有侥幸存活下来的可能。万般无奈之余,只好自裁于寝宫,历时十六年的后梁就此终结。

闻听皇帝归天,后梁大臣以太傅张全义为首,率领后梁朝廷中文武百官,献城归降,迎接李存勖率兵入城。大功告成的李存勖意气风发,在朱温后宫椒兰殿前,祭祀李克用亡灵,折断他交给自己的最后一支雕翎箭。彻底战胜宿敌的李存勖进驻开封之后,降旨大赦天下,同时听从郭崇韬的建议,赦免后梁旧臣,对于出类拔萃的官员酌情起用。封后梁大将段凝为左千牛上将军,后梁大臣张全义、袁象先等人官复原职。如此一来,纷乱的人心很快稳定下来。

第十八章

宠优伶庄宗命丧乱箭　争皇位朝堂内忧外患

郭从谦恼怒之际,索性起了响应李嗣源的念头,他丢弃车辆,率三千禁兵轻装返回京师,挥兵直杀内宫。庄宗李存勖正在绛霄殿用膳,猝不及防,禁军已经杀到眼前。李存勖当年的雄风丝毫未减,挥舞宝剑劈斩禁兵数十人,众人竟然一时攻不进去。郭从谦见状。唯恐时间一长发生变故,喝令士卒放箭,李存勖就这样被乱箭射死在宫殿廊下。

然而，与后梁交战大半生的上柱国大将军李嗣源对此却很是不满，他上奏说，虽然段凝率兵归降，但他掘开黄河残害百姓，罪大恶极，饶恕不得。李嗣源的话当然格外有分量，李存勖当即表示赞同，收回成命，下令斩了段凝。由此开头，后梁降臣无不畏惧李嗣源，生怕自己成为他的下一个目标。其中最为害怕的，要数追随朱温时间最长的张全义，他总想找个在新朝立功的机会，以便躲过不可预测的灾祸。苦思冥想之余，他终于灵光一闪，率先向李存勖提议说，开封气数已尽，应当定都于洛阳，那里自古就是帝都，位置居天下之中，是九州腹地，山川险固，民风淳朴，作为都城，再理想不过。庄宗李存勖也知道洛阳是个繁华所在，当然很是同意。不过，当第二天早朝时李存勖把这个提议拿出来时，李嗣源却带头反对，他说："陛下，眼下天下并未平定，西蜀王建称帝，其罪过如同朱温，正是西征的良机。臣以为应当以开疆拓土为重，迁都的事情可以缓上一缓。"开国重臣李嗣源提出反对意见，李存勖虽然心有不甘，但也只得答应先放一放再说。

经过这一番试探，张全义更是对李嗣源又怕又恨，他知道庄宗平日喜好观赏伶人歌舞，便想方设法结交李存勖喜爱的男伶景进。景进不但长相俊美，而且吹拉弹唱样样精通，是庄宗须臾离不开的人物，以至于常和他共议军政大事，他提出来的建议，简直比宰相更有分量。同时，张全义也了解到，景进和自己一样，经常受到李嗣源的斥责，对李嗣源是又恨又怕。他们两人同病相怜，很快打得火热。

和景进拉上关系后，张全义与他反复密议，觉得像李嗣源这样根深蒂固的人物，硬扳倒他实在不易，并且风险也太大。于是他们便合计出另一个软办法，向李存勖提出，镇州守将李建及不久前病故，而镇州是阻挡契丹南下的重镇，此等重任，只有派李嗣源前去镇守，方能保证中原无事。李存勖禁不住两人内外吹风，下诏改任李嗣源为镇州节度使，加封定唐公。李嗣源虽然刚直,但这么多年的斗争经验让他明白,此时的朝廷对自己来说,已经是危机四伏,能够有这样一个机会全身而退,未尝不是件好事。于是,他出乎许多人意料地欣然受命,带领长子李从荣、养子李从珂、女婿石敬瑭和太尉府参军安重海等年轻将领,举族赴任镇州。

排挤走了李嗣源,李存勖再没了羁绊,他很快下诏,准许张全义的提议,择日迁都,同时任命郭崇韬为讨蜀元帅,以太监李袭为监军、史建瑭为先锋,出兵讨蜀,雄心勃勃地开始了统一全国的宏图大略。蜀王王建在成都称帝之后,史称前蜀。王建死后,他的儿子王衍继位,史称前蜀后主。和乃父致力安民保国不同,王衍奢侈荒淫不理朝政,国内逐渐一片混乱。郭崇韬以前曾借着出使蜀国的机会,把沿路地形了解得十分清楚。因此,他这次出征,可以说是格外顺利,除了在攻打剑门关时先锋史建瑭中箭战死,算是一个重大损失外,并没受到太多的阻挠,很快便兵临成都。王衍无奈之际向后唐大军投降,前蜀灭亡。郭崇韬进驻成都后,前蜀旧臣为保住家小性命,纷纷献出巨额金银财宝送给这位主帅。郭崇韬当然乐得发财,一时间珠宝满仓。但他并没想到,贪婪的性情却在一步步把他推向死地。随同前来的监军李袭见郭崇韬中饱私囊,却没有分给自己半点的意思,便怀恨在心,偷偷派人去报告景进。

此时的伶官景进比先前更受李存勖宠爱,已经官封银青光禄大夫、侍中兼御史大夫,授勋上柱国,皇上李存勖对他的话简直是无所不听。得知特意安排过去给自己敛财的李袭没能完成任务,景进气恨恨地很快就有了主意。趁着在宫中当值的机会,景进不动声色地挑起征讨蜀国的话头,对李存勖说:"陛下,丞相既已灭蜀,却迟迟没有回师的意思,反倒大肆敛财,招募壮丁,如今已是兵精粮足,若是他想效仿刘邦,占据西川向东争霸,凭他的老谋深算,陛下恐怕……"

对于郭崇韬的计谋多端,庄宗当然深有领教,闻听这话,他激灵打了个冷战,立刻听从景进的建议,悄悄派自己的长子魏王李继岌为使臣,假作慰问劳军,让他以迅雷不及掩耳之势除去这个后患。

魏王李继岌奉密诏奔赴成都,趁郭崇韬单独接旨亲兵不在跟前之机,以其有叛逆之心的罪名,命所率侍卫迅速将其当场斩杀,宣布奉旨接管西川兵马。洛阳这边接到消息,侍中景进则立刻带领禁军将郭家灭了三族。

随着一系列的朝廷变故,最善于见风使舵的大臣们清楚地看到,如今最厚实的靠山,竟是原先最令他们看不起的伶官景进,于是大家纷纷拿出手段,百般奉承贿赂,投靠到景进的门下。李存勖打仗作战很有天赋,但在当皇帝方面,却几乎是一窍不通,也不耐烦每日呆坐着处理什么公文,索性都交给景进处置,他自己每天四处打猎游玩,闷了听景进这帮伶人唱唱小曲,倒也悠哉乐哉。如此一来,景进他们也就更加胆大,什么事情都敢做出来。朱温养子朱友谦归降后唐,在朝廷担任官职,偶尔言语冲撞到景进,便一下子如捅了马蜂窝,在伶官景进、史彦琼等人的极力撺掇下,李存勖竟然相信朱友谦真的有暗中造反为养父报仇的心思,派禁军统领元行钦冲进朱友谦府第,将朱友谦一家老小及他的部将族人全部诛杀,为此丧命的竟达上千人。整个洛阳城内外无不为之震惊,也让许多大臣大有朝不保夕之感,人人心怀惴惴。

后唐同光四年(926)二月,终于有魏州太守赵在礼、幽州太守高行周、邢州太守赵太、博州刺史翟建和汉州太守康延孝总共五路兵马起兵,兵谏朝廷,要求杀伶官,诛倡优,清除朝廷奸邪小人。战报传到洛阳,庄宗李存勖急忙召集众人商议对策,太博学士冯道说:"五路兵马来势汹汹,只有调镇州节度使李嗣源出兵讨伐,才有取胜的把握。"可是侍中景进对此颇为忧虑:"陛下,李嗣源手握重兵,若是起用了他,那简直如同放虎归山哪!"

李存勖虽然也冒出这个念头,但想想眼下朝廷确实没有可用的大将,只得任命李嗣源为内外诸军都招讨,出兵讨伐五路叛军,一边紧急下令让魏王李继岌率蜀兵返回京师。

李嗣源接到朝廷旨意,连忙在镇州召集兵力,命李从珂为先锋官,大军先从邢州开始,对造反势力逐一征讨。李嗣源征战一生,对于用兵打仗自然格外娴熟,所到之处邢州、魏州相继投降。占据魏州之后,李嗣源大军一边休整,一边派督粮牙将郭威去洛阳押领庄宗赏赐三军的封赏。不料郭威很快便跑了回来,却是两手空空,禀报说:"圣上与景进等人兴师动众,正在汴州围猎,挪用了咱们的饷银,末将想要讨要,却被景进痛骂一通,只好跑回来复命。"

先锋官李从珂闻听竟有这等事情,不禁大怒,拍打着桌子叫嚷:"真是个昏君!咱们辛辛苦苦拼死拼活,到底是为了什么?要我说,还不如共同造这狗皇帝的反!"

石敬瑭、李从荣、赵在礼等人气愤之余也纷纷响应,于是在安重诲的安排下,他们悄悄召集众兵将,到大帐外请愿,要求惩处皇帝身边的奸邪佞臣,否则便要哗变。在这种情况下,原本就对李存勖心存不满的李嗣源不得不顺应眼前局势,打起"清君侧"的旗号,率兵直逼洛阳。大军一路所向披靡,很快就攻陷开封。此时李存勖正与景进等宠臣在汴州游乐,闻听急报,连忙率领随从精兵和宫女妃嫔共两万余人,火速返回洛阳,一边令禁军指挥使郭从谦率三千步兵押运辎重,紧随其后。不料郭从谦刚刚出发,接连几天雷雨大作,道路泥泞难行。而已经回到洛阳的李存勖却不断催促辎重赶紧运到,否则便要治罪。郭从谦恼怒之际,索性起了响应李嗣源的念头,他丢弃车辆,率三千禁兵轻装返回京师,进入城中,立刻挥兵杀入内宫。庄宗正在绛霄殿用膳,猝不及防,禁军已经杀到眼前。李存勖当年的雄风丝毫未减,挥舞宝剑劈斩禁兵数十人,众人竟然一时攻不进去。郭从谦见状,唯恐时间一长发生变故,喝令士卒放箭。庄宗李存勖就这样被乱箭射死在宫殿廊下,终年四十二岁,在位三年,追封谥号为大唐庄宗光圣皇帝。

李存勖被杀,后唐朝廷顿时群龙无首,众大臣见风使舵,纷纷投诚,在冯道和张全义的带领下,引导李嗣源率大军入驻洛阳,局势终于逐渐稳定,大臣们一起劝进李嗣源早日登基称帝,只有冯道悄悄提醒说,目前李存勖的儿子魏王李继岌尚在西蜀,若要称帝,必须解除这个后患,否则天下还将陷于动荡。李嗣源阴沉着脸点点头,令康延孝率三千精骑兵由汉州出发,出其不意,烧毁李继岌的粮队,阻挡其返回的道路。李存勖已经死掉的消息传至魏王军中,五万将士人心惶惶,几天工夫溃散过半。李继岌知道大势已去,再没有挽回的余地,又气又急,最终吐血而死。后患轻易得以解除,这年的四月丙午,五十九岁的李嗣源加冕受册,百官易朝服称贺。改年号为天成，李嗣源成为后唐的明宗皇帝。接着，李嗣源颁诏降旨，处死景进、史彦琼等伶党，肃整朝纲。李嗣源登基之后，秉承从俭清正的原则，丞相豆卢革、户部尚书孔谦等有贪赃枉法劣迹的官员，或被斩首或被贬职，一时大快人心。吴、吴越、荆南、楚、闽南等各路诸侯无不遣使入朝称贺，向明宗称臣。

在官员分封方面，李嗣源封其长子李从荣为秦王、次子李从厚为宋王、养子李从珂为潞王。安重诲被封为左丞相，冯道因为办事老成持重被任命为右丞相；驸马石敬瑭官拜河东节度使，孟知祥为剑南西川节度使，其他大臣也都有相应封赏。被封为丞相的安重诲新官上任，挖空心思要急于显示能耐，花费一番心思研究之后他发现，李嗣源的元配夫人夏氏早已病故，后来娶的李从珂母亲魏氏也已生病去世，如今的第三位夫人曹氏，虽然两人也还恩爱，但毕竟曹氏年老色衰，于是他灵机一动，有了主意。

有次散朝之后，安重诲到兴圣宫求见明宗李嗣源，一脸动情地说："陛下戎马半生，为国事操劳，臣却不能分担半点烦忧，实在是惭愧至极。臣观陛下日夜操劳，身边却无得力侍奉之人，忽然想到，臣家中近日新得一婢，虽说是卖身为奴，却有着倾国倾城之貌，陛下若不嫌其出身卑微……"

李嗣源已经明白他的意思，领情地笑笑："既然爱卿一片美意，领来看看倒也无妨。"安重诲知道大事已成，心头暗喜，忙回府去领花见羞。花见羞是安重诲管家新近从人贩子手中买回的丫头，被安重诲偶然遇见，惊讶地发现，她虽然衣衫褴褛，但容貌却是出奇的艳丽，当即就意识到，这是个联络皇上与自己关系的宝物。

果不其然，当晚李嗣源见到花见羞之后，也被她的美貌惊得瞠目结舌，当夜即令花见羞侍寝。自从得了花见羞，原本并不好女色的李嗣源大为开怀。花见羞也是格外聪明，她知道自己在后宫无依无靠，便把大太监孟汉琼引为心腹，不时赠送一些皇上赏赐的珠宝，又对曹皇后十分体贴，日日问安，朝夕陪伴。日子一长，不仅李嗣源喜爱花见羞，曹皇后也对花见羞垂爱有加，时隔不久，李嗣源便封花见羞为淑妃。

花见羞得宠后宫,使得明宗李嗣源对安重诲更是器重万分。安重诲也就更加意气风发,憋足了劲要做一番大事业。这天上朝的时候,安重诲递交上一份重要的奏章,请求李嗣源出兵讨伐自称皇帝的吴王杨溥,同时征讨向吴称臣的荆南王高季兴。另外,还请求把西蜀分为东川和西川,分割而治,以免西蜀权势过大。更令人吃惊的是,他还提出,近来潞王李从珂屯兵潞州,势力过于强大,请求李嗣源罢免李从珂河中节度使职务,免得威胁到朝廷。

虽然几乎所有的大臣都认为安重诲没事找事,分明是逞能出风头,但李嗣源闻听禀奏却心头一动。出兵南征和分割西蜀倒在其次,他最关心的是潞王李从珂方面。自己作为李克用的养子,不管出于什么样的具体原因,不是最终取而代之了吗?李从珂也是自己的养子,并且性情刚烈骁勇善战,在不可预期的将来,谁敢保证他不会步自己的后尘?唉,世事难料啊!纵然李嗣源对李从珂没有半点恶意,但从长远考虑,他还是默许了安重诲的提议,并特意嘱咐,千万不要把事情闹大,能让李从珂心平气和回到京师当个太平王爷,就是自己最大的心愿了。

得了皇上的准许,安重诲踌躇满志,命枢密院拟定诏书,把西蜀分做东川和西川,分别安排官员治理,又积极准备出兵荆南,一边派人到潞州传旨,召李从珂回京。安重诲聪明绝顶,却没有料到,他几乎同时采取的这三项措施,却误打误撞地激起三家暗中联合,促使他们共同起兵造反,要求诛杀朝廷奸臣安重诲。潞王李从珂从北,荆南王高季兴由南,剑南节度使孟知祥从西,三路大军齐头并进,步步威逼京师洛阳,一时间天下震动,似乎马上又要陷入百余年来的动荡不安之中。朝廷兵马节节败退,尤其是奉命讨伐西蜀的石敬瑭,在剑门关前损兵折将,最后粮草不济败退而归,朝廷为之哗然。眼看战火愈燃愈烈,李嗣源大感与自己致力开创太平盛世的初衷相违过甚,由此而迁怒于始作俑者安重诲,怪他当初就不该多事。最后不得不降旨宣布,收回原先成命,依旧任命孟知祥为剑南节度使,并封爵蜀王;封潞王李从珂为凤翔节度使,从潞州调至汉中,仍掌握手下旧部;然后颁诏罢免安重诲的丞相一职,让其回应州老家休养。诏命传出,朝廷内外皆大欢喜,三路造反兵马谢罪平息,天下复又回归太平。而安重诲在回乡途中，被一伙不明身份的蒙面强人杀掉。消息传到洛阳，大臣们心知肚明，派遣杀手的，必定是三路人马之一。不过，至于到底是谁，大家也就懒得费心思了，就是李嗣源，也佯作懵懂，不予过问，下诏减税减役，安民息兵，心平气和地当起了太平天子。

太平的日子往往流逝得格外轻快，转眼一年过去，花见羞备受的宠爱也终于有了结果，这年初秋的时候，顺利生下了一个儿子。李嗣源老来得子，当然欣喜不已，在孩子百日那天，特意大宴群臣，当场给孩子取名叫李从益，并赏赐爵位为许王。众大臣见皇上高兴，也就奉承得分外起劲，你一言我一语，对孩子百般夸赞。其中枢密副使冯赟一时兴起，口无遮拦地吹捧说："陛下于夏末初秋喜得皇子，实乃李唐后继兴盛之吉兆，社稷之幸，万民之福哪！"

喜庆气氛中，无论是李嗣源、花见羞还是众多大臣，谁也没有多想，纷纷笑着点头附和。有道是事若关己，言便入耳，冯赟似乎无意中的一句马屁，却让坐在一旁的秦王李从荣心中很不舒服。自己身为长子，将来继承皇位应当是顺理成章的事情，没想到父皇老了又生出个儿子！生出个儿子也就罢了，眼下似乎又有要和自己争夺皇位的势头，这成什么事？也是凡事都怕凑巧，时隔不久，随着天气渐渐变凉转冷，李嗣源偶感风寒卧病在床，由于连年征战伤累所积，竟一病不起，奄奄到了弥留之际。见父皇病危，李从荣唯恐父皇禁不住花见羞的挑唆，把皇位传给自己那个尚是婴儿的弟弟，他索性先下手为强，暗中拉拢禁军将领，准备攻入内宫，控制住父亲，把原本就属于自己的皇位攥在手中。不料他行事不密，消息很快走漏，病重之中的李嗣源含泪断然下令，处死李从荣和那些作为内应的禁军将领，一场差点儿形成燎原之势的内乱很快平息。而经过这一番亲情仇杀，李嗣源病势骤然加重，一连几天处于昏迷之中。花见羞见情势危急，悄悄把冯道召到内宫问："丞相，你也看到了，皇上驾崩也就是这一两天的事情。到时候留下我们孤儿寡母，该如何处置继承皇位这等大事？"

冯道脸庞消瘦，面色青中泛灰，稀疏胡须颤动着几乎看不出什么表情，他低眉顺眼地拱手说："娘娘不必忧虑，圣上他洪福齐天，偶染小恙，定会转危为安……"

　　这个老滑头,都火烧眉毛了说话还是这么不着边际!花见羞在心里暗骂一声,她明白冯道处处明哲保身的一贯德行,但也知道他老谋深算的本领,如今能帮着出谋划策的只有他了,便故作恼怒地提高了嗓音:"冯道,亏你还是国家重臣,皇上如此信任你,给你高官厚禄,而你在危急时刻却只求自保装聋作哑,你不怕本宫代皇上传旨,先杀了你!"

　　冯道果然被吓一大跳,忙换作一脸正色拱手不迭:"娘娘恕罪,臣并非怕死,只是皇上家事,臣不敢枉议。"

　　"哼!"花见羞知道冯道一定早就有了主意,心下一松,继续做出生气的样子说,"国家国家,皇上家事就是国事,你难道连这个也不懂?有什么话赶紧照直说,现在不是绕弯子的时候!"

　　冯道终于打消所有顾虑,一五一十地说:"娘娘,当今之时,许王尚且年幼,千万不要沾染皇位的事情,否则你们母子很可能都有杀身之祸。依臣所见,娘娘不如让位于宋王李从厚。李从厚继位,李从珂身为养子又手握重兵,必然不服,会起兵争夺。到时候娘娘与幼儿静坐内宫置身事外,他们无论谁胜谁败,娘娘都可保全性命与富贵。"

　　花见羞听他分析得切中利弊,赞同地点点头,果然不愧是个老狐狸!

　　几天之后,李嗣源驾崩,享年六十七岁。花见羞请曹皇后降懿旨,传皇位于三子李从厚,他就是后唐闵帝。李从厚即位之后,尊曹皇后为皇太后,尊花见羞为皇太妃,改年号为应顺。而就在前一年,闽王王延钧宣布立自为君,改年号为龙启,立国号为闽。不过李从厚却顾不上管这些,一方面他初登皇位,满心新鲜地享受着吃喝玩乐,另一方面,他唯恐骁勇善战的潞王李从珂会兴兵夺位,便先下手为强,下诏书任命他为晋阳留守,让他火速从凤翔赶往晋阳。而早就对李从厚继承皇位心存耿耿的李从珂,也终于从中找到出师的借口,他扬言有奸邪小人挑拨他们兄弟关系,打起"清君侧"的旗号,从凤翔起兵,直杀往洛阳。

　　李从厚从小养尊处优,玩乐很有一套,调兵遣将却一窍不通,闻听战报,早吓得六神无主。随着战事的逐步发展,虽然朝廷兵力明显点据优势,也取得几次胜利,但到底没能抵挡住李从珂智勇交加的攻击,不到一个月的工夫,已是兵临洛阳城下。李从厚见大势已去,趁混乱之际带领几名随从匆忙逃往太原去投奔姐夫石敬瑭。连皇上都跑了,众大臣慌作一团,不谋而合地商议着要献城投降。大臣们如同随风而倒的墙头草,只要能保住富贵,谁当皇上对大家来说无关紧要。而深居后宫的花见羞却知道,李从珂心狠手辣,他杀进城中,一定不会放过自己和年幼的孩子。情急之下,花见羞急召冯道进宫,商量一个自保的办法。

在冯道的提议下,花见羞降下懿旨,追封李从珂的母亲魏氏为皇太后,这样,既满足了李从珂的虚荣,也为他登基奠定了基础,花见羞以此来讨好人家,求得自保,倒也是最切合实际的一种做法。潞王李从珂兵临洛阳城下,和以前一样,这次由丞相冯道率百官献城迎驾。在众人的建议下,李从珂先设灵堂祭拜先帝,表示自己并非造反,实在是事出有因迫不得已。然后把反对过自己的臣僚如冯赟、朱弘昭等人以奸党之名处死。再接下来,当然就要提到登基的事情,令李从珂心怀不安的是,自己不管怎样,毕竟只是个养子,宫里放着人家的亲生儿子在跟前,总觉得不大对劲。心腹军师韩昭胤帮着出主意说:"花见羞是先帝宠爱的妃子,名分摆在那里,还是谨慎些好。千岁见了太妃,先提出说愿意扶持许王李从益为帝,若太妃应允,千岁就不能留情,要立刻诛杀其母子。若是她心服口服,则是另一说头。"李从珂以为可行,便率兵闯入后宫。花见羞已经受了冯道的教诲,对李从珂是恭敬有加,不等他开口,就一个劲地奉劝李从珂早日登基称帝,好让他们娘俩也有个依靠。李从珂是个吃软不吃硬的武夫,一番好话让他顿时没了主张,况且人家还追封过自己的生母,应该是没什么恶意,也就对他们母子不再理会。几天之后,在以冯道为首的众大臣拥戴下,李从珂称帝即位,改元清泰。

李从珂当稳了皇帝,第一件事情就是要把逃跑的李从厚从石敬瑭那里要回来,免得留下后患。石敬瑭接到新皇帝的诏书,颇觉为难,对军师桑维翰说:"李从珂当他的皇帝也就算了,偏偏要赶尽杀绝!我是李从厚的亲姐夫,怎好看着他送死?可是不照办,又怕引火烧身,唉!"

桑维翰干枯的脸上眼珠子骨碌乱转,嘿嘿笑着说:"毒虫螫手,壮士解腕,情势所迫,哪能顾得了这么多?叫在下说,主公应当遵旨送李从厚入京,用李从厚人头换得三晋两年太平。等力量积蓄充分了,那时随主公怎么做都可以。"

石敬瑭觉得有理,当即同意。为了不出差错,也为了表示自己的忠心,他特意让自己的妻子永宁公主亲自押解李从厚到京城。反正永宁公主是先帝的女儿,谅他李从珂也不敢怎样。不料,桑维翰聪明绝顶,这次却略有闪失。李从厚到京之后很快遭人暗算而死,倒在情理之中,而对于永宁公主,李从珂听从军师韩昭胤的建议,想以她为人质牵制住石敬瑭,竟把她也扣留住,软禁在内宫。石敬瑭闻听消息,又气又怒,却也没有办法。转眼之间,永宁公主被软禁在洛阳已有一年,还是在花见羞的帮助下,趁着李从珂一次醉酒的机会,百般奉承,半真半假地借他的口气,连夜逃出城去,最终回到太原。

见妻子终于回来,石敬瑭松下一口气,不过听她说是逃回来的,石敬瑭心头"咯噔"一下,知道以李从珂的火暴性格,必然会迁怒到自己,连忙召集众将官商议对策。在众人七嘴八舌的建议下,石敬瑭终于下定决心,与其等着人家来攻打,不如主动出击。于是他命令桑维翰起草檄文,号召各地割据力量共同出兵,扬言李从珂称帝名不正言不顺,他要杀进都城,推举先帝的亲生儿子李从益为皇帝。

第十九章

儿皇帝引发朝代更迭　　唐后主导致江南变乱

　　桑维翰振振有词,他对石敬瑭说:"这有什么,他漫天要价总比我们被人宰割强出许多。主公不妨狠下血本,割让雁门以北的幽云十六州作为答谢。二十年前先皇李克用与耶律阿保机结为金兰,先帝李嗣源与耶律德光互称兄弟,主公是驸马,理当小耶律德光一辈,可尊其为父辈。"石敬瑭急于解除眼下的危机,立刻派他出使契丹,表明心意。

檄文发出之后,倒也有几路兵马前来响应,其中实力比较强的有颍州团练使高行周和雄义指挥使安元信等人,他们率领的兵力虽然不多,但气势总算造了起来。石敬瑭信心十足,准备大干一番。不过,还没来得及动手,朝廷方面却抢了先。李从珂任命大将张敬达为兵马元帅、韩昭胤为参军,统兵十五万北伐太原,已经步步逼近。石敬瑭得到战报大惊失色。他深知自己面临的是一场恶战,凭手头这点兵力,取胜的把握很小。怎么办?在这个关键时候,军师桑维翰出了个谁也想不到的主意,他说:"敌众我寡已经让我们难以抵挡,要是李从珂再勾结契丹从北边杀来,到时候太原腹背受敌,那就是死路一条!与其这样,不如我们先下手联合契丹,借契丹铁骑南下抗敌。这样不但解除了太原的后顾之忧,更有了强大的后盾。"

这个办法虽然听上去不错,但大家都担心,如今的契丹皇帝耶律德光一直以来对中原虎视眈眈,要是给了他这样一个机会,只怕会漫天要价。

但桑维翰振振有词,他说:"这有什么,他漫天要价总比我们被人宰割强出许多。主公不妨狠下血本,割让雁门以北的幽云十六州作为答谢。另外,二十年前先皇李克用与耶律阿保机结为金兰,先帝李嗣源与耶律德光互称兄弟,主公是驸马,理当小耶律德光一辈,可尊其为父辈,这样,一定不会有问题,大功自然告成。"

听说要向契丹称子称臣,众人心里未免感觉别扭,纷纷表示反对,但石敬瑭急于解除眼下的危机,完全赞同桑维翰的提议,派他立刻出使契丹,表明心意。辽太宗耶律德光闻听机会自动送上门来,自然兴奋异常,当即表示赞同,亲自率领六万大军南下,直奔太原。此刻后唐大将张敬达率十五万兵马已经围困太原,正准备开始攻城,不料契丹铁骑滚滚而来,石敬瑭带领大队人马趁机从城中冲出,内外交加,唐兵顿时阵脚大乱。激战半天，后唐兵卒尸横如山，溃不成军，仓皇逃窜。

初战告捷，石敬瑭实实在在见识了契丹铁骑的威力，欣喜之余，在太原城下设案焚香，石敬瑭年长耶律德光十岁，却再三跪拜，尊其为父皇帝，自称子臣，奴颜婢膝，令部下不忍正视。耶律德光当然是满心欢喜，封石敬瑭为晋王，并表示要好人做到底，帮助石敬瑭直捣洛阳，把李从珂从皇帝位子上给拉下来。有了契丹兵马的帮助，石敬瑭率兵南下，沿途势如破竹，所向披靡。洛阳城中的李从珂接连发出调令，但各地将领无不持观望态度，根本没人响应，还有不少倒戈归降了石敬瑭。李从珂知道自己一步失算，已经无可挽回，在石敬瑭兵临城下的当夜，带领刘皇后等家人，自焚于后宫玄武楼。随着李从珂的死掉，后唐灭亡，总共历时十四年。混乱之中，花见羞抱着许王李从益，混在宫女中间，侥幸逃脱李从珂最后的疯狂。

石敬瑭与耶律德光杀进洛阳城，照例是丞相冯道率百官迎接。在耶律德光的主持下，石敬瑭成为大晋皇帝，改元天福，史称后晋。

石敬瑭取代后唐，改国号为晋，乱世之中，倒也没人特别关心。不过，他把幽云十六州割让给契丹胡人，又自称是儿皇帝，尊辽王耶律德光为父皇帝，这一举动无异于捆了天下诸侯一个耳光。于是各地割据势力闻此消息无不愤怒不已，纷纷叫嚷着要讨伐石敬瑭。

在南方，吴越王钱元瓘和楚王马希范表示，愿意推举吴王杨溥为盟主，企图趁后晋在中原立足未稳之际，联合各部势力攻打石敬瑭。不过，吴国虽然实力不弱，但吴王杨溥既无治国才能，也没有打打杀杀的雄心，他只希望自己享乐的小日子能继续下去不受打扰就行，于是再三推让着不肯担当起这个盟主的职责。他的这一举动令吴国许多大臣深感失望，大家暗中撺掇相国徐知诰取而代之。徐知诰原本姓李，被吴国大将徐温德收养后改姓为徐。禁不住众人劝说，他终于同意，以兵权相威胁，逼迫杨溥禅位。登基之后的徐知诰重新恢复原来的李姓，取名为昇，自称是唐宪宗皇子李恪的四世孙，定国号为唐，史称南唐。

石敬瑭成为后晋皇帝后依旧把都城定在洛阳。不过，由于连年战乱，洛阳的宫殿大多破旧或者毁坏，这让石敬瑭很不满意。丞相桑维翰知道主子的心思，便建议说洛阳已经成了这副烂摊子，倒不如迁都开封，重新兴建，也可以展示一下新朝的新气象。石敬瑭对此当然乐意，马上颁布诏书，要各地出人出钱，大规模修建开封宫殿。这样一来，最遭殃倒霉的当然是中原百姓，一时间怨声载道，后晋大失民心。

天雄节度使范延光原是李从珂的部下，历经变乱之后，本来只想屈身在石敬瑭手下安享晚年算了。可是如今满眼都是百姓为营建开封而四处奔走，朝廷催钱催征民夫的诏书一道接着一道，让他感到十分不忍。经过长时间的踌躇，他终于听从军师张有术的建议，在魏州起兵三万，打起匡复李唐另立明君的旗号，首先奔杀潞州。沿途之上得到不少兵力响应，声势十分浩大。

镇守潞州的是石敬瑭长子石重信，听说叛军杀来，忙点兵出城列阵。石重信年少威猛，范延光与他交锋，打斗不过四五个回合，就被石重信刺伤肩膀败下阵来。石重信得胜回城，当晚大摆筵席，得意之余要众将领同他一起朝北叩拜契丹皇爷爷。众人心里虽然感觉别扭，但都是敢怒不敢言，硬着头皮跟随下跪。只有副将张从宾抗言说，中原义士不可受辱于契丹，请石重信自己也别跪拜。石重信正在兴头上，哪里听得进这些所谓的节气大义，当下恼怒地叫嚷着把他给逐出筵席。

张从宾满腹怨恨，决定倒戈。他连夜给范延光写了一封书信，表示愿意作为内应，约定后半夜内外夹攻，拿下潞州城。范延光得到消息，立刻组织人马响应。当天晚上石重信喝得大醉，正在楚王府中呼呼大睡，张从宾率领两千亲兵，悄悄包围了王府，他唯恐自己不是石重信的对手，便下令先纵火焚烧王府，然后乱箭逼退逃出来的人。闹腾了一个多时辰，石重信被烧死在烈火之中，而范延光则趁机挥动大军攻入潞州城，继而乘胜前进，攻下洛阳，杀掉石敬瑭的儿子寿王石重义，直逼都城开封，后晋大有即将覆亡之势。

战报接连传来，石敬瑭惶惶不可终日，还是丞相冯道建议说，范延光部下得力大将杨光远是一个见风使舵反复无常之人，若陛下重赏他，他必杀死范延光以取悦陛下，唯有如此方能平定大乱。石敬瑭如同抓住救命稻草一般，认为这是个妙计，连忙颁诏加封杨光远，并派人给他送去密信,要他见机行事,刺杀范延光,并许诺范延光的所有兵马将来都归他掌管。

接到密信的杨光远权衡利弊,最终决定重新归顺石敬瑭以保全自己,同时也赢得荣华富贵。此时范延光正率兵赶往六明镇,准备绕道渡河,攻打开封。杨光远出其不意,率兵追击,从后边发动突然袭击,范延光措手不及,一场血战之后,范延光大败,最终被杨光远杀害。

叛乱陆续平定,随着范延光这支主力人马的溃败,各地割据势力见好就收,相继息兵。不过,经过这场变乱,石敬瑭惊吓过度,从此一病不起,时隔不久,于后晋天福七年(942)秋天,在开封病死。按照石敬瑭的遗言,应当立他的小儿子石重睿继位。但石敬瑭临死前守候在身边的顾命大臣刘知远、景延广和冯道商量一番,觉得石重睿年龄过于幼小,让他继位,必定会造成天下大乱,于是便假传遗诏,说是奉皇上遗命,传位于皇侄石重贵。就这样,石重贵白捡了个便宜,登基称帝,改元天运,史称晋出帝。

几乎就在同时,南唐皇帝李昇驾崩,太子李景即位,史称南唐中主。李景登基以后,觉得自己着手执政,朝廷气象应该要有些新的变化,恰好大臣周宗提议说,闽国皇帝王曦被奸臣朱文进杀害,篡权夺位,王曦的弟弟王延政此时正率兵攻打朱文进的老巢福州,应当趁他们国内大乱的时候,尽快发兵,以坐收渔翁之利。李景欣然同意,即刻派大将查文徽为帅,进入闽国地界。

面临前后夹击的危急时刻,王延政采用离间手段,令士兵四处散播说,南唐出兵是来帮助自己攻打福州的,福州城坚守不了几天了。负责镇守福州的将领林仁翰闻听消息信以为真,为了保全性命,他带领将士冲进朱文进行宫,乱刀砍死朱文进及众多妃嫔,开城献降于王延政。而王延政也终于赶在查文徽之前拿下福州,避免了一场灭顶之灾。

福州不攻自破之后,闽国各地兵马纷纷归顺,推举王延政为闽王。此时南唐大军已占据了建阳,听说王延政已攻破福州,不敢贸然进发,便坚守待援。不料王延政以迅雷不及掩耳之势,迅速发兵进攻建阳。查文徽虽然措手不及,但凭借南唐猛将边镐连斩对方两员大将的势头,竟然把闽军打得大败,两军开始旷日持久的对峙。半个多月以后,王延政征调的援兵赶到建阳,双方展开一场决战。南唐兵马大帅查文徽提前察看过地形,令大将祖全恩率兵正面应敌,命大将边镐迂回抄敌后路。边镐勇猛无敌,又出其不意,闽军后部被打得溃不成军,仓皇败退。查文徽随后紧追,丝毫不给对方以喘息的机会,大军很快进攻到闽国都城福州附近。闽王王延政见大势已去,不得已自刎身死,闽国随即灭亡。不过,负责守城的闽国大将李弘羲却始终忠心耿耿,拒不投降。查文徽作为南唐伐闽的兵马元帅,力图要一鼓作气,彻底消灭残敌。然而就在行将攻破福州之际,南唐中主李景却听信朝中宠臣冯延巳、冯延鲁兄弟谗言,猜测查文徽出征许久不归是否有割据自立的企图,又担心查文徽功高震主,将来不好控制,便接二连三地下诏书,让其立刻班师回朝,不得延误。查文徽知道李景生性多疑,身边又有许多大臣不是善类,虽然十分不舍却也只能遵命撤兵,致使南唐兵将拼死争来的大好战果付诸东流。回到朝廷后,李景找借口削夺了查文徽兵权,改派他认为最放心的冯延鲁为元帅,再次出兵讨伐闽国,企图再把已经失掉的良机给夺回来。此刻福州城中,李弘羲已经利用喘息的机会,将城墙加固,给兵马收集粮草,做好了持久战的准备。不过,他知道自己兵力实在太少,要想确保抵御敌军,必须寻求外援才行。再三分析,福州南边是汉国,国力弱小,难以指望。福州北边是吴越国,吴越国自从钱镠创立以来,历经他的儿子钱元瓘和孙子钱弘佐三代治理,国力日渐强盛。如今钱弘佐对北向后晋称臣,多年没有战事,可谓是兵强马壮,唯有向他求救了。于是李弘羲派军师马捷到吴越国求援,想要联合吴越国抵抗南唐。

关于闽国和南唐的战事,吴越王钱弘佐早有耳闻,只是一直拿不定主意该做什么。现在马捷前来求救,许多老臣则禀奏说,自古唇亡齿寒,闽国和吴越国正是如此,倘若南唐完全占据了闽国,那李景的下一个目标必定不是汉国就是吴越国,吴越国必须提早做好准备才好。钱弘佐觉得是这个道理,便答应出兵,命胡进思为元帅,带领三万兵马过海去救闽国。两三天后,吴越国百余艘战船从东海南下,兵临福州。冯延鲁率大军已在福州城外围困数日,得到吴越军大举来援的消息,仓促迎战,被吴越国兵马从海滩上横冲直下,南唐战阵被冲散。冯延鲁一介文官,搬弄口舌有余,指挥作战却是门外汉,顿时军阵大乱,冯延鲁见状带头逃窜,更让南唐兵败如同退潮。幸亏有大将边镐断后,冯延鲁才侥幸逃得性命。福州城下的一场大战,使南唐的军事优势彻底失去,只能死守住已经占据的一些闽国城池,听任李弘羲把福州献给吴越国。

  石重贵继位成为新君之后,首先遇到的一个棘手问题就是要向契丹禀报这个君位更迭的情况。但要是按照石敬瑭的称呼,他是儿皇帝,自己就是契丹的孙皇帝了。这令石重贵十分别扭。大臣景延广提议说,当初先皇之所以如此做是迫于形势。而如今大晋兵精粮足,根本不需要再受契丹的差辱。倒不如只延续先帝的辈分,向契丹称孙但不称臣。石重贵正是年少气盛的时候,对此当然同意,于是在送往契丹的牒文上只称自己为孙,闭口不提称臣的事情。

  耶律德光敏感地意识到这点微妙的变化,同时也有种危机感涌上心头。他立刻命大臣乔荣为使节,到开封去斥责石重贵,令他重新修正牒文上的称呼。大怒之下,石重贵将乔荣打入囚狱,还是在桑维翰的劝说下才没有诛杀,重打一顿后将他赶出了都城。

  石重贵知道拒绝向辽称臣的后果相当严重,遣返了乔荣之后立刻召集文武大臣商议应对辽兵南下的策略,调兵遣将严阵以待。乔荣仓皇返回辽国,心怀愤恨,当然要在耶律德光面前添油加醋地乱说一通,激得耶律德光暴跳如雷,亲自率兵,先后调动十五万铁骑,南下攻打后晋。得到战报,石重贵不敢大意,按照先前部署,任命大将刘知远驻守雁门关拒敌,大将杨光远镇守冀州,防止契丹兵马南下。

  令石重贵没想到的是,大将刘知远畏惧辽兵凶猛,早就私下拿定了主意,准备拥兵自重,表面上征调兵马,却不按朝廷安排积极出战。同时,另一路统兵大将杨光远也怀着同样的心思不愿出兵,一拖再拖,使辽国骑兵长驱直入,根本没受到多少阻挡,晋国形势急转直下。不到一个月的时间,耶律德光率十五万大军攻陷贝州,逼迫杨光远投降归顺,并出兵从东西两面夹击晋军。面对辽军的紧逼,后晋皇帝石重贵越来越惊恐不安，几次想要弃城而逃。好在大将高行周深谙行军用兵之道，他劝石重贵亲往城头督战，以鼓舞士气。石重贵知道如今出逃已经几乎不大可能，只能拼死一搏了。在高行周等将领齐心协力的抗击下，士卒浴血奋战，加之辽兵不熟悉地形，又接连下起大雨，辽兵只得退守河北。而辽军的一时松动，让晋兵看到胜利的希望，在高行周的率领下，乘胜追击，沿途收集各路援军，迅速收复黄河沿岸诸地，把契丹兵马远远赶走，随即又围困青州，迫使叛将杨光远粮草短缺兵源枯竭，城破身死，一场巨大变乱终于得以平息。

　　这次难得的胜利大长了后晋志气，让石重贵觉得，契丹也并非像传说中的那样可怕。抱着初生牛犊不怕虎的雄心，后晋开运二年（945），石重贵决意要收复割让给契丹的土地，让父辈的屈辱在自己手里终结。他任命大将杜重威为大都督，高行周为先锋，率军三十八万之众反攻契丹，扬言要收复幽云十六州。先锋官高行周所向披靡，连克数城，契丹兵马节节败退，各路相继告急。这个始料不及的情形让耶律德光惶恐莫名，慌忙召集众大臣商议对策。辽国大臣乔荣受过石重贵的羞辱，加之他生性奸诈又熟悉后晋内部的情况，他转动眼珠计上心头，提议说："后晋兵力虽然看似强大，其实能征善战的也只有高行周一个。至于杜重威，其实很好对付，他本是石重贵的姑父，养尊处优，石重贵之所以任用他为元帅，只是希图他在这次征战中捞取些资本。他本人并没什么作战经验，只要利用他的愚弱除去高行周，晋军就不足为惧了。"见耶律德光很感兴趣，乔荣便一五一十地提出使用反间计离间杜重威与高行周的办法。耶律德光听后格外高兴，立刻令乔荣亲自出动，悄悄溜进晋军大营，利用贿赂的手段，让后晋大将引荐见到杜重威。在杜重威面前，乔荣做出推心置腹的样子，诉说自己原本就是汉人，虽然迫于形势暂时投靠在辽国，其实内心里一直牵挂着后晋的安危，说着说着潸然泪下，让杜重威不由得不相信。见时机成熟，乔荣神神秘秘地说，他之所以冒险过来，是因为他探听到一件十分重要的军情，他亲耳听耶律德光与高行周派去的使者密谋，耶律德光许诺高行周若肯反叛，便封他为燕王，世袭幽州。自己深感事关重大，这才特意来提醒杜重威有所防备。杜重威闻言倒吸一口凉气,他知道高行周的老家在幽州,世代在幽云一带享有很高的威望,加上他能征善战,这个事情很有可能。见杜重威上钩,乔荣进一步献计说,自己回去之后,会想办法竭力促成耶律德光和高行周反目,并让辽军夜袭高行周的先锋大营,到时候只要杜重威按兵不动,坐观契丹与高行周厮杀,然后就可以坐收全功。杜重威听到这个计划,觉得对自己是有百益而无什么大害,立刻高兴地连连答应。

得知乔荣的计划顺利展开,耶律德光立刻命令大将萧翰和莫刺统率契丹精兵,于半夜时分杀向高行周的先锋大营。高行周全无防备,只能拼死相搏,等待大军前来救援。两军混战,一直厮杀到黎明,契丹兵马四处发射火箭,使晋军大营付之一炬,晋军只得向南退却。然而苦战支撑大半天,派去求救的人回来说,主帅杜重威根本就没援救的意思,分明是要看着先锋人马被敌军吃掉。高行周了解杜重威的为人,立刻猜测出其中的门道,不得已,只好率领残兵突围向西投奔刘知远而去。

没了高行周的羁绊,辽军顿时肆意兴风作浪。杜重威率三十万晋军隔河扎营想拖住辽军,等他们粮草不济的时候再发起进攻。针对这个情况,辽国总监军耶律图鲁主张先截断对方粮路,反过来困死晋军,以取得不战而胜的效果。耶律德光认为可行,命大将萧翰率三万铁骑,连夜绕过晋兵防线,切断晋兵在栾城的粮道。栾城失守,晋军粮草很快不济,更主要的是,知道粮道被切断,晋军兵将无不惶惶不安,士气大为衰落。直到此时,杜重威才知道被人蒙骗,后悔不迭。面对契丹前后夹击席卷而来的铁骑,他竟然率三十万晋军将士投降了耶律德光。

杜重威率大军归降了辽国,几乎就等于把大半个晋国拱手相让,后晋立刻陷入亡国的境地。消息传到开封,后晋朝廷吵闹成一团。石重贵的心腹大臣桑维翰主张降辽,而以大臣景延广为首的一派则主张力战,众人争辩得不可开交。晋军节节退败的战报相继传到,中原又面临一场空前浩劫。大家惶恐而不知如何才好之际,冯道忽然献上一个计谋,说辽国皇帝耶律德光虽然威猛无比,但他生性贪恋美色,听人讲,他知道后晋宫中有个太妃花见羞,特别思恋着想见上一见。如果能满足他的这个意愿,或许事情还有缓和余地,他建议石重贵请太妃花见羞亲自出面,代皇帝献降,倘若耶律德光一高兴,什么问题就都解决了。

如今辽兵已经攻打到开封城下,石重贵无计可施,只要能活命,什么办法他都可以试试。于是慌忙带着冯道前往太妃花见羞的内殿,劝说她答应这个事情。

最初听到这个馊主意,花见羞自然愤怒不已。不过听冯道的分析,花见羞想想其实也没什么好法子。再说自己还有个儿子李从益,几年来母子二人相依为命,将来要是遭遇乱兵,必定连李嗣源的这点唯一血脉也保不住。思来想去,只得忍受屈辱答应下来。

第二天天色微明时分,开封城头高挂白旗,花见羞带领几个婢女走出城门,出迎辽主耶律德光。后晋朝廷竟然派出几个女人前来投降,令耶律德光感到十分意外,立刻派人带到中军大帐。而当他看到自己日夜思慕的美人花见羞时,一切意外都化作了惊喜。花见羞替石重贵提了两个投降的条件:一是要耶律德光不要伤他性命;二是替开封百姓请求免受乱兵之灾。耶律德光怪异地笑着一口答应,当即传令,大军驻扎在城外,自己带领五千精兵进城受降,一边狠狠盯住花见羞,见她虽然比自己想象中的年龄略大些,但花容月貌却丝毫没有减退,满腹的欲望让他不再考虑许多。虽然马上还不能对她动手,但耶律德光不着急,他知道,这个羔羊是无论如何也逃不出自己的手掌的。

进入开封之后,耶律德光听信乔荣的谗言,把景延广等一班主战派打入死牢,又按照先前说的饶了石重贵一命。不过令耶律德光略微不大满意的是,自己进到内宫,在花见羞跟前说了些轻薄的话,可当他动手动脚时,却被花见羞婉辞拒绝了。更何况他看到花见羞的屋里还摆放着李嗣源的灵位,顿时也没了多少兴趣。但耶律德光的耐心并没持续很久,终于有一天,他忍耐不住命人撤掉李嗣源的灵牌,软硬兼施地占有了花见羞,积存的欲望终于得到发泄和满足。至此他日夜厮守在花见羞的内宫,再也不愿意从温柔乡中出来。

远在太原的河东节度使刘知远,手握重兵据守一方,当他听说开封已经陷落、乱世重又降临的消息,感到扩大自己实力的机会到了,于是在心腹大臣苏逢吉的劝说下,对外宣称自己是汉光武帝刘秀的二十七代玄孙,宣布自立为汉王,要南下征讨契丹,恢复汉家江山。一时间前来响应的兵马络绎不绝,这让刘知远更加信心十足,任命大将郭威为元帅,苏逢吉为军师,挥兵南下伐辽救晋,出兵攻占了契丹的重镇阴地关,旗开得胜,士气大振。

  契丹在后晋地界所控制的地盘接连丢城失地,而耶律德光则蜷缩在开封城中醉生梦死,一步也舍不得离开花见羞的内宫。而花见羞也不再有什么羞耻,反倒把他贪恋自己的美色当作一种利器,使出各种柔媚手段,又悄悄弄来许多催情猛药说是养生之物,让耶律德光服下。这样耶律德光更是陷入肉欲不能自拔,几个月的工夫,当刘知远大军渡过黄河围攻到开封城下时,耶律德光已经成了一具骨架,肾精衰竭,到了奄奄一息的地步。花见羞见自己的目的已经达到,趁宫内宫外一片混乱之际,带着许王李从益离开开封,逃奔至洛阳。

  主帅不能理事,京城空虚,四处势力接连起兵响应,耶律德光只得降旨撤出开封,赶在汉兵围城之前退回幽州。一切匆匆准备停当,辽军押解着石重贵等后晋君臣一同返回幽州,冯道和杜重威等几个文武大臣则通过尽力争取,被答应留下来应对开封方面的事情。耶律德光本因贪色过度患上重疾,加之一路颠簸受尽惊吓和煎熬,当辽军行至栾城时,他已病入膏肓,随行太医百般医治,几经折腾,还是死掉了,终年四十六岁。

  走了耶律德光这个大魔头,留守开封的冯道和杜重威等人终于松了一口气。他们担心混乱局势无法收拾,遂合计着请花见羞的儿子李从益回开封主持军政大事。不管怎么说,人家毕竟是先皇李嗣源的亲生儿子,有他在前边当挡箭牌,大家都会感觉轻松不少。

  而此时在洛阳避难的李从益,也认为恢复父辈江山的时机已到,不听花见羞再三劝说,执意要做乱世英雄。花见羞最终拗不过他,母子二人一同回到开封。虽然李从益如愿以偿重新创立大唐朝廷,但也不过持续了几天的时间,刘知远便率领大军围攻到开封城下。李从益面临外无救援内无兵将的尴尬境地。他听从众大臣的建议,派出唯一能征战的大将王峻去当说客,因为王峻和刘知远军中最勇猛的大将高行周是故交,企图通过王峻说服高行周临阵倒戈,化解这场燃眉之急。可是李从益他们万万没有料到,王峻不但和高行周是故交,而且也是刘知远的好友。他拿着李从益写给高行周的密信,并没有去高行周军中,而是直接来到刘知远的大营。高行周对此一无所知,当然没能丝毫解决开封的危机,反倒给刘知远提了个醒,对高行周的兵马加强了控制。时隔一日,在刘知远大军的围攻下,开封城防守顷刻瓦解,冯道和杜重威献城投降。汉兵冲进城中,李从益连同他的雄心壮志一起灰飞烟灭,他的母亲花见羞则趁着一片大乱的时候,在丫头的帮助下悄悄潜出城外,不知所踪。

汉王刘知远占据开封,各地战事逐渐平息之后,如同前代一样,文官武将纷纷迎合他的意思,劝他早日称帝,以满足百姓对大汉的期望。次年二月,刘知远以大汉皇室后裔的身份登基称帝,定国号为汉,史称后汉。后汉皇帝刘知远封夫人李氏为皇后,长子刘承训为太子、魏王。接着对各有功之臣也逐一进行封赏,军师苏逢吉被封为宰相。但考虑到苏逢吉生长在市井之中,无显贵身世和赫赫功劳,难以服众,只怕宰相的权力施行不下去,于是刘知远和太子商议之后,按太子的建议,请前朝旧臣冯道出任宰相。冯道知道刘知远生性残暴,唯恐拂了人家的意而遭到残害,便顺水推舟地答应下来,和苏逢吉同为左右宰相。虽然这个事情只是刘知远父子私下里商谈所得的结果,但无意中被身边的人听去,冯道出任宰相是太子因为不信任现任宰相而推举出来的流言很快传到苏逢吉耳中。苏逢吉为人阴险奸诈,是个典型的小人,他从此对太子怀恨在心,总想寻找机会报复。遍观刘知远的几个儿子,苏逢吉发现,他的次子周王刘承祐生性暴虐,且粗鲁不堪,很容易被自己所利用,一个恶毒计谋很快形成。有天散朝之后,苏逢吉做出闲来无事的样子,溜溜达达来到周王府拜会刘承祐。刘承祐见宰相来访,便邀入客厅叙话。闲聊几句,苏逢吉话题一转切入正题:"殿下,你听说了吗,近来太子见皇上身子骨不大爽利,已经开始笼络人心,结交各方私党,企图提前登基……"果不出意料,刘承祐本来就对太子之位心存觊觎,一听这话便被激怒,拍桌打案地叫嚷着要去禀报父皇。苏逢吉冷眼看他发泄一通,才嘿嘿笑着说:"有道是力耕田不如巧逢年,殿下运气不好,晚出生两年,生气有什么用处?再说,殿下就是禀奏到皇上那里,空口无凭,别人一定以为殿下急于夺取太子之位而代之,反倒显得殿下理亏。"说着看看刘承祐冷静下来,不慌不忙地凑近些压低了声音,"其实要扭转这一事实,说难比登天还难,说简单嘛,也很简单。只要殿下派两个得力高手潜入到太子府中……"说着狠狠做个劈砍的手势。

"哦,哦,"刘承祐立刻心领神会,满眼恶毒地点一点头。没隔几天,在一个月黑风高的夜晚,刘承祐经过充分准备和观察,派了两个自己结交的江湖恶棍混进魏王府,在书房中刺杀了太子刘承训,之后又在府中一片混乱之际翻墙逃窜。

太子被刺,举朝震惊,刘知远则因为痛丧爱子,一时气血攻心病倒了。苏逢吉趁机请刘知远尽快确立继位人选,在他的旁敲侧击下,刘知远终于同意加封刘承祐为太子,并任命苏逢吉和冯道及郭威、史弘肇等人为顾命大臣,辅佐幼主,并嘱咐苏逢吉说,投降过来的后晋大将杜重威为人反复无常,又手握兵权,必定不好控制,将来新皇登基之后,务必以迅雷不及掩耳之势除掉他。

半个月之后,后汉皇帝刘知远病死,享年五十四岁,在位不足一年。刘承祐登基成为新皇帝,改年号为乾祐,史称后汉隐帝。刘承祐在淫逸残暴刁钻方面,比他的父亲有过之而无不及,登基第二天就和顾命大臣苏逢吉商议诛杀杜重威的事情。对于这个事情,冯道是模棱两可,而另两个顾命大臣郭威和史弘肇却极力反对,他们认为杜重威并没什么过错,对他的罪名全是猜测,如果无端治罪,则会让其他投降过来的大臣寒心,不利于局势的稳定。但刘承祐一提到杀人的事情就格外兴奋,加上苏逢吉的全力支持,便不顾他两人的反对,迅速派兵对杜家满门抄斩,对杜重威则施以千刀万剐的酷刑将他处死,让整个开封臣民无不心惊胆战。

护国节度使李守贞听到杜重威被灭门九族的消息,想到自己也是降将,兔死狐悲,唯恐下一个被宰割的对象就是自己。本着先下手为强的想法,他召集凤翔节度使王景崇和永兴节度使赵思绾,商议共同起兵。这两个人和李守贞是一样的情况,大家一拍即合,很快举起造反的大旗,推举李守贞为秦王,三路大军一起攻城略地向东推进。几乎还没来得及平静下来的中原地带,战火又一次开始蔓延。

第二十章

顺时势陈桥兵变 叹兴亡一统江山

石守信等人这才听出了赵匡胤话中有话,连忙离席叩头说:"陛下何出此言?现在天命已定,谁还敢有异心?"赵匡胤神情开始严肃起来:"朕并非说诸位有什么异心,可是诸位想一想,倘若你们的部下想要富贵,一旦把黄袍加在你身上,你即使不想当皇帝,到时也身不由己了。朕就是先例呀!"

后汉皇帝刘承祐得到李守贞等人举旗造反的战报,不敢怠慢,立刻任命大将郭威为征西都招讨,率兵十万讨伐兴兵叛乱的三镇人马。郭威接到命令,赶忙行动,召集部下得力大将郭从义、李重进、石守信和王朴等人,商议出兵的具体安排。大家反复商议,觉得对方来势汹汹,还是应当分而击之,决定先集中兵力攻取河中,再分兵攻打凤翔和永兴。按照这个决策,郭威率大军一路向西冲杀,只用了不到一个月的时间,便围困住了河中城。不过,郭威并没有急于攻城,而是指挥兵卒挖掘战壕,严加困守,企图等城中人困马乏粮草不济的时候,再行攻打,以减少伤亡。

李守贞凭借城池坚固,易守难攻,开始并没遇到什么问题。但随着敌军围困的日子渐久,粮草补给不上,军中接连出现骚动。万般无奈之下,他带兵突围意欲与凤翔友军联合。然而郭威早有防备,大战一场,李守贞大败退回城内。就在这个关键时刻,李守贞身边的副将王继勋献计说,实在不行,可以派人突围出城去向蜀军求援。反正也没别的好办法,只能死马当活马医了,李守贞立刻写好书信,挑选一个水性特别好的兵卒,从河道中潜水出去,向蜀国搬兵求救。

当年李嗣源把大将孟知祥封为蜀王,史称后蜀。孟知祥病故之后,他的儿子孟昶继位,定年号为广政,史称他为后蜀后主。由于连年没有战乱,后蜀倒也百姓安乐,国力逐渐有了起色。正因如此,接到李守贞的求救信后,孟昶认为这是个挺进中原扩张势力的大好机会,当即答应下来,任命安思谦为都督,率领五万大军火速出兵汉中。

汉军主帅郭威得知蜀兵出动的消息,为避免腹背受敌,连忙派大将赵晖带兵两万前去围攻凤翔以抗拒蜀军。赵晖大军抵达凤翔后,凤翔节度使王景崇拒不交战,闭门不出坚守待援。情急之下,赵晖听从军师王朴交代的妙计,派出一部分兵力冒充蜀军,打起后蜀的旗号,绕道后山方向,叫嚷着让城中士兵赶紧打开城门,说他们是后蜀派来的援兵。王景崇信以为真,忙亲自率兵去城外迎接。赵晖则趁机挥兵大肆冲杀,把王景崇杀得大败。王景崇差点儿丢了性命,逃回城中固守凤翔,再不敢再战。几天之后,后蜀援军真的到来,王景崇与蜀兵会合一处,实力大增,蜀汉两军相持不下,开始旷日持久地展开对峙。

而此时远在永兴的赵思绾却没那么幸运。他一直被困死在永兴城中,粮草日益短缺,到处都是饿死的百姓和士兵。虽然赵思绾也派人向后蜀求救,但后蜀大队兵力全投向了凤翔,已经无力顾及这里。看看将近一年过去,当初起兵造反的其他两路大军丝毫没有前来救援的迹象,赵思绾终于崩溃,他主动写信要求投降。永兴最终落入郭威手中,而赵思绾也没能保住性命,被郭威斩首示众。

赵思绾被杀,后汉成功收回了长安,造反的三镇兵马损失一镇,令其他两路大为震惊。前来支援的蜀军兵马在大帅安思谦率领下,急于成功,会合王景崇的所有兵力,出凤翔直奔郭威前锋大将赵晖冲杀而来。赵晖见对方势大,决定固守宝鸡城。坚守几日,郭威派大将郭从义带兵赶到,里外夹击,把安思谦的援兵打得大败。安思谦见中原局势并非想象中那么简单,凭后蜀力量根本达不到预期目的,只好狼狈逃回蜀中。

守候在凤翔的王景崇听到前方兵马溃败的消息,自知无力回天,无奈之下只好自焚而亡了。三镇兵马顷刻丧失了两镇,秦王李守贞知道兵败被擒的后果,杜重威的例子让他不寒而栗,便也自焚身亡,城中将士开城投降,一场兵灾浩劫就此彻底平息。

郭威收复三镇,一边向朝廷报捷,一边安抚当地百姓,然后班师回朝。不料刚走到半路,便接到皇上封赏的圣旨,所有立下战功的将领,如郭从义、石守信等人,都有不等的赏赐,加封郭威为侍中,兼任天雄节度使,令他率本部人马不必回到京城,可直接去大名府上任。虽然加封了官职,但赴任的地方比较偏远,分明是把大家支出朝廷,众将士都感到很气愤。郭威摇头长叹一声:"诸位都不必恼怒了,定是皇上担心我作为顾命大臣,又执掌兵力,权势过重会威胁到朝廷,所以将我远调京师。其实,远离是非之地未尝不是好事啊!只可惜没机会把家小接来,只能等到以后啦!"

诚如郭威所猜测的,调离郭威等将领离开朝廷,正是苏逢吉出的主意,为他自己独揽朝政大权作铺垫。见郭威没敢怎么样,乖乖地去了大名府,苏逢吉更加大胆,他找出各种借口,怂恿隐帝刘承祐,派禁军将领聂文进和后赞在广政殿设下埋伏,召史弘肇、杨邠、王章等重臣进见,三位顾命大臣奉诏入朝,结果正中埋伏,被诬以谋反的罪名,斩首于开封北郊,并诛灭九族。苏逢吉一击得手,更是有恃无恐,派禁军包围郭威府第,将其满门眷属扣作人质,企图以此来要挟郭威不敢起兵造反。郭威有个养子叫柴荣,柴荣的父亲柴守礼是郭威夫人的哥哥,因为家境贫寒,柴荣从小便投奔到姑姑家,被姑父郭威收为养子。这天柴荣恰巧有事出门,回来时发现家中大门外聚集了许多官兵,打听到原来是朝廷禁军在奉旨捉拿郭府老小,忙趁乱逃出开封,赶往大名府给养父报信。

郭威治理大名府虽然时间不是很长,但他注意劝农课桑减轻赋役,努力使当地百姓安居乐业,颇得民心。正当郭威力图抚平连年战乱给当地百姓所带来的伤痛时,皇上接连屠戮大臣的消息陆续传来,令郭威很是不安。他正要安排人去把家人接来,还没来得及动身,忽然柴荣跌跌撞撞跑进大堂,见面便"扑通"跪在地上痛哭着说:"干爹……咱郭家满门都被聂文进、后赞率领的禁军给缉拿走啦!听说是苏逢吉挑唆皇上下的命令……"

尽管几天来总心神不定有种不祥的预感,但真的听到柴荣哭诉,郭威仍然如同遭到雷劈一般,怒火燃烧,让他忍不住一口鲜血喷出,昏厥倒地。众人见状,赶忙七手八脚把郭威扶到榻上,过了良久郭威才缓过劲儿,努力睁开双眼,对众人说:"奸贼当道,昏君主政,不得不起兵为百姓请命!传令各部将士,火速准备,三日之后,传发檄文宣告天下,我要以顾命大臣的身份,讨伐无道,另立英明君主,让天下免遭荼毒!"众人早已愤愤不平,立刻拱手答应。消息传出,前来投奔的兵马和勇士络绎不绝,几天之内,已经聚集有十万兵马。郭威身体略微有些起色之后,立刻任命柴荣为正先锋,石守信为副先锋,大军迅即南下,直指开封。

先锋官柴荣和石守信率三千精兵一路南下,沿途并没受到多少阻挡,几天工夫便直抵澶州。镇守澶州的将领是当朝国舅李业的族弟李洪义。闻听郭威兴兵南下,思虑手下良将实在太少,难以抵挡,便慌忙在澶州城内摆下擂台,张榜招募勇士。也是天意巧合,越州防御使赵宏殷告老还乡后,因家道中落,他的长子赵匡胤空有一身武艺,却难以为家里赚来金银,只好离家到四方闯荡,寻求建功立业的机会,他听说朝廷大将郭威英明神武,又担负着抵御契丹的重任,就一路向北前来投奔。当李洪义为招募大将而举行打擂比武时,赵匡胤恰好途经澶州,由于囊中羞涩,再往前赶路只怕就要饿肚皮了,就自告奋勇上台打擂。他惯用一条镔铁大棍,在台上只四五个回合便打得擂主王殷抱头而窜。李洪义见状很是高兴,当即封他为偏将,负责守卫城池。几天后,郭威的先锋部队进逼到城下。在与柴荣和石守信的交战中,赵匡胤才知道,自己原本要投奔的郭威,竟然是对面的敌军。他灵机一动,诈败而逃,等柴荣随后追赶到一处僻静的山洼中时,他才自报家门告诉柴荣说,自己原本出身将门,对郭威元帅早就深怀景仰,只是错投到李洪义门下,愿意将功折罪。方才交战中柴荣就对赵匡胤的武艺深感敬佩,听他这么一说,大家都是满心欢喜,两人跪地发誓,结成兄弟。合计一番,赵匡胤知道李洪义胆小无谋,完全可以劝降他献城归顺。回城之后赵匡胤把郭威大军如何厉害吹嘘得天花乱坠,李洪义果然万分恐惧,听从赵匡胤的建议,献出澶州城投降了郭威。

　　隐帝刘承祐得到前方惨败的战报,顿时龙颜大怒,令慕容彦超为都督,带领开封几乎所有兵马,前去讨伐郭威。不过,放着许多将帅背主叛乱的前例,他对慕容彦超并不大放心,便听从苏逢吉的献计,让心腹聂文进和后赞担任监军,对他进行监视。慕容彦超接到诏书立刻率兵动身,会合各路兵马驻扎在封丘的刘子坡。但此刻郭威的势力已成燎原之势,纵然慕容彦超善于用兵,却已经是独木难支,加之处处受到聂文进和后赞等人的牵制,接连大败。而就在郭威大胜在望的时刻,传来满门妻儿老小全部被刘承祐下诏斩首的消息,暴虐残忍的刘承祐还把郭威的妻儿老小首级放在两口木箱中,派使者送到郭威军中。郭威骤然受到此番打击,惨叫一声倒地昏厥,半晌工夫才苏醒过来。自古哀兵必胜,第二天的决战中,后汉兵马被杀得大败,四十万大军只剩下四五千人,慕容彦超见这副烂摊子已经无法收拾,只得带领残兵败将逃窜回自己的大营驻地兖州。

没了慕容彦超这支最后的抵御力量,后汉都城几乎没有任何设防,任凭郭威大军长驱直入。一片混乱中,刘承祐被禁卫军乱刀砍死,苏逢吉自知大势已去,悄悄自缢于家中。

郭威率大军浩浩荡荡开进开封,冯道带领百官迎接,这种迎新送旧的大戏,众人早已十分熟练。紧接着,大家按照以前惯例,拥立郭威登基称帝,改国号为周,定年号为广顺,史称后周,郭威就是后周太祖皇帝。

对于已经习惯了动乱的士民百姓而言,皇位更迭似乎成为家常便饭,早就见怪不怪,大家最期盼的,也不过是能过上几天平静的日子而已。当郭威称帝之后,并没引起什么大的动荡,唯有后汉宗室河东节度使刘崇深感自己是后汉皇亲,在新朝肯定不会有好的结局,况且自己目前拥有三晋地盘,兵多粮足,具有雄厚的自立资本,便自立为国君,定国号为汉,自称是大汉世祖神武皇帝,改年号为乾祐,史称北汉,成为五代十国中十国之一。

此时南方一带也是接连发生战乱,各国相互攻击。由于南唐地理位置优越,加之有边镐等一班勇猛战将,吞并楚国大片土地和城池,使楚国只剩下一个名头,而实际百姓和国土全归了南唐,使南唐的实力日渐强大。强大起来的南唐,胃口也越来越大,开始与北汉皇帝刘崇、驻扎在兖州的后汉大将军慕容彦超,商议合兵讨伐后周。而后周也正谋求统一中原的机会,双方很快在兖州一带展开大战。由于南唐毕竟路途遥远,出兵不够及时,兖州失守,慕容彦超战死,有效解除了后周的后顾之忧。南唐与北汉皇帝刘崇再不敢轻易出兵。

征战终于告一段落,平息下来的郭威如同得了卸甲风一般,身心伤痛与疲惫,让他再也支撑不住,终于病倒并很快驾崩,临终传位于养子柴荣,史称为周世宗。

柴荣登基之后,预料到北汉、南唐或者辽国知道了郭威驾崩的消息,一定会趁机发兵侵犯,于是秘不发丧,悄悄派遣已故名将高行周的两个儿子高怀德和高怀亮率精兵三万先驻扎于晋州,兵锋直抵北汉。看看准备好了,柴荣才对外宣布自己继承皇位,紧接着号令三军,亲自率领大军奔杀晋阳。

北汉皇帝刘崇得知郭威驾崩后,满心欢喜,正商议着趁柴荣忙于大丧之际,出兵南下,重新占领中原地盘。不料还没商量出个所以然来,忽然战报传来,说是周主柴荣亲自率大军五万,会合已经抵达晋州的高怀德、高怀亮三万兵马,出阴地关,正向晋阳杀来。刘崇闻言顿时目瞪口呆,惶恐之下,赶忙任命京畿领军都督杨衮为大将军,任命殿前将军张元徽为先锋官,自己带领所有精兵,御驾亲征,大有与北周决一死战的架势。不过,北汉运气并不是很好,当时正是北风,周军的顺风射箭,杀得北汉兵马措手不及,伤亡惨重,先锋张元徽也死于乱军之中。见大势已去的刘崇慌忙逃走,在大将杨衮的保护下,率残部万余人一直退到太原,据城坚守再不敢出战。看看柴荣八万大军随后赶来,把太原城团团围困住,刘崇更加惊慌失措,大有末日将近之感,几度想要献城投降算了,或许还能保住一条活命。在这个关键时刻,杨衮提出自己的儿子杨业在雁门关驻守,部下还有两万多兵将,可以作为外援以解太原之围。刘崇如同得了救命稻草一般,立刻派杨衮出城闯营前去搬兵。柴荣围困太原达两个月之久,后周兵将逐渐懈怠,正是这个时候,杨衮率领救兵赶到,内外夹攻,对后周发起突然袭击。后周大军措手不及,顿时兵败如山倒,不得已只好撤兵回朝,休整兵马。

率军回到开封,柴荣才得知宰相冯道已经病故。老臣去世,心下当然郁郁,不过,更让柴荣心中郁闷的是,征战半载却功亏一篑,实在是太不甘心。正烦闷间,宰相王朴求见,向柴荣提出一个目前局面的最新动向:"陛下,如今南唐李景逐步侵吞楚国,大有一统江南之势。若不抓紧征讨,等他坐大,必有后患。自古兵戈之事,多是起事于东南,收功于西北。可见南下征战胜算更大,陛下应速做安排。"柴荣正苦于找不到增强实力的机会,认为很有道理,便决心亲征南唐。后周显德二年(955)十一月,柴荣任命李榖为军师,以郭从义、赵匡胤和石守信等人为大将,率领大军四十万,沿淮河南下,进军南唐,先锋直指寿州。镇守寿州的南唐大将刘仁赡立即给李景报信,请求发兵救援。李景也正想和北周一争高下,命刘彦贞、姚凤和皇甫晖大将兵分三路,赶来应战。

后周兵将初来乍到,士气正盛,接连取胜。为了绕道从背后攻打寿州,柴荣命赵匡胤率兵两万,前去攻打寿州南侧要道清流关。驻守清流关的皇甫晖、姚凤得知消息,布下严阵死死防守,不管赵匡胤部下如何大骂挑战,就是坚守不出。眼看将近半个月过去,却丝毫没有进展。赵匡胤唯恐耽误整个大军的进程,正焦躁无奈之际,胞弟赵匡义赶到两军阵前来投奔自己。赵匡义和哥哥不同,是个文弱书生,年轻儒雅,谈吐间处处流露出书卷气息。赵匡胤本想封胞弟一个官职,又怕别人不服,正踌躇的时候,赵匡义却表示,自己有办法夺下清流关,并说,自己来的时候已经仔细观察过,清流关一侧有条小河流入到关内,只要派遣水兵从小河中潜游过去,里应外合,必定能获大胜。

"好主意!"赵匡胤连连拍手称妙,当下精心挑选出八百名通水性的士卒,由赵匡义带领,趁着天黑无人注意,从山溪涧潜入关内,先烧毁唐兵粮草,当敌军一派慌乱的时候,赵匡胤从正面发动猛攻,半个时辰不到,清流关被顺利攻下,为后周大军闯出一条行进道路。刚获全胜,赵匡胤的父亲赵弘殷恰巧从此路过,赵家父子兄弟得以团聚,三人喜不自禁,赵弘殷把自己身边的书记官赵普引荐给赵匡胤,说此人足智多谋,是不可多得的谋略人才,留在身边,定有大用。赵匡胤见父亲神情严肃,顿时心有所悟,明白了父亲的意思,点头答应。

虽然后周兵马接连得胜,但越往南进攻,越感觉行军作战的不便。南唐境内河道交错,气候潮湿,这都让后周军队很不适应,以至吃了不少苦头。另外,染上疾病的兵卒越来越多,也严重影响了战斗力,就连最善于出奇谋的军师李毂也不幸染病去世,这给柴荣以很大的打击。就这样彼此互有胜负地接连征战三年,双方都已是精疲力竭。南唐皇帝李景终于支撑不住,听从宰相冯延巳的建议,上书给柴荣,表示愿意自动削去皇帝称号,把名字改为李璟,寓含舍帝而称王的意思,并愿意划江为界,割让江北十四个州送给后周,以求取江南和平。苦苦作战这么长时间,胜利已变得遥遥无期,有了这个台阶和实惠,柴荣当即欣然同意,任命自己的外甥李重进为淮南王,负责镇守治理这十四个州,随后搬兵回师,总算结束了这场艰苦的出征。

从南唐收兵回到开封,经过一段时间的休养生息,后周显德五年(958)五月,后周世宗柴荣为实现江山统一大业,决定收回被辽国侵占的州县土地,任命大将石守信为先锋,御驾亲征,率赵匡胤等精兵强将与辽国展开大战。大军蜂拥北上,一路势如破竹收复大片领土,战事进展格外顺利,先后收复定州、莫州和瀛洲等地,军心很受鼓舞。不料祸福莫测,就在一片必胜的高歌猛进中,柴荣却偶因受寒加之日夜操劳,竟然卧病不起。众将领见主帅病倒不能理事,唯恐辽国得知确切消息趁机反扑,为确保皇上安危,便由殿前都点检张永德做主,班师回朝。一场雄心勃勃的北征,也和讨伐南唐一样,功败垂成。一连几天都处于昏睡中的柴荣清醒过来后,闻听大军已经撤回都城,不禁大吃一惊,当听说是殿前都点检张永德为使自己得到及时医治而自作主张时,想到都点检确实有在危急时刻代君主发布命令的职责,心中虽然不悦,却又不好说什么。

在开封皇宫内休养了一些日子,柴荣的病情非但没有减轻,反而越来越重。大限将至的预感令柴荣心中焦躁不安,这更加重了其病情,柴荣渐渐竟真的病入膏肓。考虑到自己的儿子尚且年幼,朝中大臣唯有赵匡胤和自己曾结为兄弟,或许还比较可靠,柴荣便找个借口,免去了殿前都点检张永德职务,任命由赵匡胤继任。几天之后,柴荣驾崩,终年仅三十九岁,葬于庆陵。

柴荣死后,他的长子柴宗训继位,史称为恭皇帝,当时刚满七岁,正是童心未泯的年龄,一切大事都听从太后安排。

后周经历这番变故,让北汉皇帝刘钧感到这是个大好时机,于是他便以向辽国穆宗皇帝耶律璟称臣为条件,约定与辽军出兵南下,力图一举灭掉后周。边庭接连告急,后周小皇帝却一味贪玩,对这些国家大事一无所知。众大臣心急如焚却无可奈何,还是符太后闻听这个消息,慌忙代拟圣旨,任命赵匡胤为兵马大元帅,授予调兵虎符,准许其自行调度兵力。赵匡胤恭领圣旨和兵符,在朝中向符太后、皇上辞行后即刻出兵北征。大军浩浩荡荡,格外雄壮,当天日暮时分,行至距离开封城四十里的陈桥驿。看看天色已晚,赵匡胤传令就地安营扎寨,明日再加紧行军。

当天晚上,赵匡义和贴身谋士赵普忽然来到赵匡胤的寝帐,赵匡义直奔主题说:"大哥,咱们为大周出生入死,可是你知道吗,如今朝廷中幼子在位,朝政废弛,大周其实已经是气数已尽,大哥称帝正得天时地利。千载难逢之机,难道大哥真的就没这方面心思?"赵匡胤闻言心头一跳,看看旁边的赵普,见赵普面色沉稳,也正目光灼灼地盯着自己。赵匡胤沉吟片刻,走到大案前,拿起调兵虎符仔细看看,复又放在桌上,似乎是自言自语:"皇上年幼,于百姓不利呀!可惜我空有兵权在握,无人牵头,怎好自己跳出来?"

赵匡义和赵普对视一眼,会心地微微一笑。

当晚半夜时分,赵普、赵匡义以及赵匡胤的心腹将领米信等人,突然发动兵变,无数兵马高举火把,围绕在赵匡胤寝帐四周,高声呼喊着请赵匡胤为天子,以解天下百姓倒悬之苦。叫嚷好大一会儿,赵匡胤才昏昏沉沉地走出大帐,睡眼惺忪地问:"咦,三更半夜的,你们不好好歇息准备明日赶路,何事惊慌啊?"

此刻围拢过来的兵将越来越多,周围数万将士高举火把齐声大喊:"请点检为天子,我等愿意追随!"赵匡胤故作惊慌,双手摇摆着叫嚷:"尔等如此大胆,再要胡说,当斩首灭族!"可是他的声音被众人的吵嚷声所淹没,根本无人理会。就在此时,赵匡义、赵普和米信等人从人丛中走出来,不由分说,架起赵匡胤,把一件杏黄色龙袍披在他身上,然后齐刷刷跪倒,口中高呼:"吾皇万岁,万岁,万万岁!"千百将士一起高呼,声震天地,熊熊火光下,赵匡胤脸上终于流露出不易觉察的笑容。

赵匡胤陈桥兵变,成为皇帝,手中又握有重兵,开封城中的后周朝廷简直就是饿狼之下的羔羊,几乎没有任何有效的反抗能力。朝廷大臣中能担当事务的,唯有丞相薛居正,他知道天意已经如此,非人力所能改变,如今要做的,只符有顺应形势了。于是他和众大臣一起,把城外的巨大变故禀告小皇帝和符太后,并直言劝皇上让位,以保全柴家骨血。无奈之下,柴宗训和符太后准备让位,但又担心赵匡胤加害他们母子,派薛居正作为周使,到城外与赵匡胤议和,并没费多少周折,赵匡胤痛快地答应不杀他们母子,安保其世代富贵,以此来回报先帝。

薛居正回到宫中,将议和情况禀奏给符太后和柴宗训,三人痛哭一场,禅让皇位的事情就这样确定下来。后周显德七年(960年)正月,赵匡胤登基即位,定国号为宋,改年号为建隆,赵匡胤就是宋太祖。新皇登基,大赦天下,封赵匡义为晋王,赵普为宰相,其余文武官员也都各有封赏。对于柴家后人,赵匡胤践行承诺,封柴宗训为郑王,让他们举家搬迁至房州,安享富裕平静的生活。后来柴宗训病故,被追谥为恭皇帝。随着大宋朝廷登上历史舞台,持续了五十三年的五代前后历经后梁、后唐、后晋、后汉和后周,自此走向终结。

终于如愿以偿登上皇位的赵匡胤,此刻最担心的莫过于淮南王李重进,不管怎么说,李重进是柴宗训的表舅,是柴家的亲戚,又手握重兵,占据着淮河两岸十四州,自己把柴宗训的位子夺了,他会无动于衷吗?不行,必须先下手为强。一旦李重进投降了南唐,大宋南部疆域将陷入无险可守的境地。本着这个想法,登基没有几天,赵匡胤便颁布诏书,令石守信率领五万大军讨伐李重进,并且一再嘱咐,一定要速战速决,要赶在李重进倒戈南唐之前取得决定性胜利。

赵匡胤夺取皇位并出兵南下的消息接连传来,果然正如赵匡胤预料的那样,李重进自知势单力孤难以抵挡,立刻派使者向南唐国主李璟救援,表示愿意归还江北十四州,请求南唐立刻发兵抵御宋军。当信使快马加鞭日夜兼程来到江宁府献上降表时,李璟此刻正在南方巡游,所有政事都由太子监国负责处理。李璟的太子名叫李煜,处理政务的才干几乎没有,但琴棋书画却十分精通,尤其喜欢写词,别具一番格调,比起乃父更胜一筹。他的王妃周娥皇不仅姿容美丽,诗词琴棋更是无所不通,两人相得益彰,整日夫唱妇随研讨欣赏词曲,小日子倒也优哉乐哉。

当李重进愿意归还江北十四州的书信送到宫内,李煜略微看了两眼,眉头微微一皱。恰好娥皇也在跟前参谋着修改一个曲子,扫视一下书信扑哧一笑:"殿下,早就听人说,如今的江北兵荒马乱,若是和这个李什么联合起来,就等于把江北烽烟引到江南,咱们夫妻哪里还有安宁日子可言?至于十四州,多一州少一州的,有什么关系?"

"对对,我刚才也是这么想来着。"李煜连连点头,对传送书信的太监说,"去,就说此等军机大事待万岁回来之后再做商议!"就这样,南唐迟迟不肯发兵援助,而李重进军心惶惶,根本无力作战,一个多月的工夫,江北十四州就被石守信一一收复,李重进被迫自杀,江北局势也就日益明朗。随着淮南的平定,宋太祖赵匡胤与宰相赵普反复商量,觉得五代之所以连年征战不休,其最根本的原因在于藩镇兵权过重,目下当务之急就是收回兵权,让调令出于一门。再三策划之下,君臣二人终于想出了一个绝妙主意。转眼到了建隆二年(961年)七月初九,临上晚朝时,赵匡胤密令最宠信的部将米信率五百刀斧手埋伏在殿后,叮嘱他说:"朕今夜要做件大事,于酒宴中收回诸位将领的兵权。倘若他们没什么别的说头,你就悄悄撤回。若是朕摔杯在地,你可带兵冲出,将殿内所有将领格杀勿论!"米信点头答应,秘密带人埋伏下去。

晚朝上本来也没多少军国大事,君臣谈论一番便准备各自散去,宋太祖招呼石守信、高怀德等禁军将领不必着急回去,要他们趁自己心情正好留下来喝几杯酒,大家当然立刻同意。赵匡胤让太监把酒宴安排在后殿,和大家闲聊着踱步过去。宴席中君臣推杯换盏,气氛格外热烈。正当酒兴渐浓的时候,宋太祖突然屏退侍从长叹一口气,看看众人,语气平和地说:"诸位爱卿,朕若不是靠你们出力,自然也就不会有今天,为此朕从内心念及你们的功德。但诸位爱卿不明白,朕其实做了皇帝后才知道,坐在这个宝座之上实在艰难哪,反倒还不如做节度使时快乐。不瞒诸位说,这些日子,朕常常是整个夜晚都不敢安枕而卧啊!"石守信等人根本没想到赵匡胤会突然说出这番话来,一个个惊骇地忙问到底发生了什么事情。赵匡胤摆一摆手,继续不紧不慢地说:"诸位都是聪明人,其中原因其实很好理解,朕这个皇位谁不想要呢?"

石守信等人这才听出了他话中有话,连忙离席叩头说:"陛下何出此言?现在天命已定,谁还敢有异心?"赵匡胤神情开始严肃起来:"朕并非说诸位有什么异心,可是诸位想一想,倘若你的部下想要富贵,一旦把黄袍加在你的身上,你即使不想当皇帝,到时也身不由己了。朕就是先例呀!"

软中带硬的一席话,众将领立刻知道其实自己已经受到皇上猜疑,弄不好还会引来杀身之祸，一时无不惊恐万分，有人甚至呜咽着开始低声抽泣。在石守信的带领下，大家连连叩头："臣等愚昧，恳请陛下指点一条君臣合欢之策。"赵匡胤看看大家，不动声色地笑笑，缓缓地说："诸位爱卿，人生在世，如同白驹过隙，大家之所以苦苦争夺杀戮，无外乎想多聚金钱，多享安乐富足，使子孙后代免于贫困而已。诸位不如把兵权交回朝廷，各自回乡多置良田美宅，为子孙安置享用不尽的产业，多买些歌儿舞女，日夜饮酒相欢，以终天年。朕同诸位再结为婚姻，这样君臣之间两无猜疑，上下相安，岂不是美事一件？"

石守信等人见赵匡胤已把话讲得明白，再无回旋余地，加之此刻皇上已牢牢控制着中央禁军，只得俯首听命，齐声感谢皇上恩德。第二天，石守信、高怀德、王审琦、张令铎、赵彦徽等将领上表声称自己有病，纷纷要求解除兵权。赵匡胤欣然同意，让他们辞去禁军职务，到地方任节度使，并废除了殿前都点检和侍卫亲军马步军都指挥司这样的职务。禁军分别由殿前都指挥司、侍卫马军都指挥司和侍卫步军都指挥司指挥，即所谓三衙统领。在解除石守信等宿将的兵权后，赵匡胤另选一些资历浅威望不高的年青一代担任禁军将领。再后来，赵匡胤也兑现了与禁军高级将领联姻的诺言，把守寡的妹妹嫁给高怀德，后来又把女儿嫁给石守信和王审琦的儿子，张令铎的女儿则嫁给太祖三弟赵光美，这就是历史上著名的"杯酒释兵权"，它以平和的方式，使危机四伏的北宋王朝得以巩固稳定。

就在北宋朝廷经过肃整朝政日益理顺、兵马逐渐强壮的这段时期，南唐国主李璟病故，太子李煜继位，史称南唐后主。李煜封太子妃周娥皇为皇后，延用年号建隆。李煜自己喜好词曲歌赋，自然也就格外偏爱有同等爱好的大臣冯延鲁和张洎等文学之士。不过，此时冯延巳病故，他的词曲成就在众大臣之中为最高，但已无缘享受后主的恩宠。他们君臣整日饮酒做词，把军国大事抛在脑后，甚至厌恶听到什么动刀动枪的消息。李煜的策略是向北宋称臣，对于北宋征战蜀国等事务不管不问，做出安分守己的姿态，企图以此来换取北宋的信任和忽略，给自己一个安享小日子的空当。而赵匡胤也顺水推舟，假装亲近拉拢李煜，给自己争取更多的消除南唐外围势力的时间。就这样,李煜根本看不到面临的危机,以为日子就可以这样一直持续下去。更何况,皇后周娥皇已经怀有身孕,李煜儿女情长,在跟前百般照顾,更无暇顾及别的什么事情。尤其是当周娥皇把自己的妹妹周女英叫到宫里伺候自己时,李煜惊喜地发现,周女英长得娇小玲珑婀娜迷人,比她姐姐的美貌真是有过之而无不及。李煜和周女英两个才子佳人,没几天的工夫,就黏糊到一起,开始日夜相伴,把皇后给忘在了一边。周娥皇得知此事后不禁醋意大发,但她知道自己丈夫风流成性,也是无可奈何,只能责怪自己思虑不周。就这样心绪烦乱中,周娥皇生下一子,虽然婴儿康健,但周娥皇却产后受到风寒,卧病不起。李煜对周女英倾心痴迷,哪里顾得上周娥皇,直到闻听周娥皇病故的消息后,才感觉有些难过,降旨为皇后举行大丧,同时迫不及待地册封小姨子周女英为皇后,史书中则习惯上把周娥皇称为大周后,将周女英称为小周后。

南唐后主整日为儿女私情忙乱不已时,北宋大军则趁机攻占了后蜀,后蜀后主孟昶被押解进京,没多长时间,忽然病死,各种情由,虽然大家猜测纷纷,却只能是不了了之。后蜀灭亡,赵匡胤一鼓作气,立刻传旨令镇守荆州的大将潘美为兵马都部署,统率大军讨伐盘踞在广东、广西一带的南汉王国。此时南汉的皇帝是刘继兴,他从小在宫廷长大,除了玩乐几乎是百无一能,并且让太监们教出一身恶习,迷信巫术,嗜血好色,残暴至极。这样的君主早已让兵将离心离德,大宋雄兵压境,而南唐又坐视不顾,南汉顿时成了任人宰割的羔羊。几个月的时间,潘美率领大军攻城略地,很快逼近都城番禺。刘继兴这才如梦初醒,只好率众臣投降。刘继兴被押至京师后,赵匡胤见他龌龊得谈不上什么威胁,便格外开恩,贬其为侯,让他保全了一条性命。

随着西蜀和南汉的覆灭,征讨南唐的事情也就提上日程。而此时李煜和冯延鲁等人仍日夜享乐,沉溺于词曲歌舞中根本不知道今夕何夕。其他大臣知道李煜的脾性,也都缄口不言,只是暗暗寻找日后的出路。朝廷中唯一的一员能将林仁肇,由于向来主战且言辞激烈,最终遭冯延鲁和张洎的猜忌陷害,死于非命。林仁肇被杀,南唐防务土崩瓦解。赵匡胤下令，会合吴越兵马，三面围攻南唐。吴越国的兵马从常州进攻，宋军主帅曹彬则大兵围困润州，宋军大将潘美率兵抢渡秦淮河，各路人马没费多大力气便大败南唐守军，纷纷向金陵靠拢，展开合围之势。李煜到此才知道原先苟且偷安的想法只是一厢情愿，但他仍无法面对刀光剑影的厮杀和血腥，仍只是想如何能求得太平苟安，在这个念头下，听从冯延鲁的提议，不等宋军大举进攻，便率百官开城投降。李煜连同皇族家眷三百余口被押往京师。此时虽前路茫茫惊惧交加，李煜仍不忘诗兴，在船上写了一首《渡中江望石城泣下》：江南江北旧家乡，三十年来梦一场。吴苑宫闱今冷落，广陵台殿已荒凉。云笼远岫愁千片，雨打归舟泪万行。兄弟四人三百口，不堪闲坐细思量。

看到后蜀、南汉和南唐相继覆灭，吴越王钱元俶自知大宋一统天下已是大势所趋，便也识时务地归顺了北宋朝廷，举族迁入开封，大江南北终于走到了同一个天空之下。而吴越王钱元俶的这一明智举动，也得到北宋朝廷的大力认可，这也正是产生于宋朝的《百家姓》中，钱姓何以占据第二位的原因。此后不到一年，赵匡义以皇太弟的身份继承皇位，改名赵光义，他就是宋太宗。登基之后的赵光义大赦天下，除了赏赐有功的文武大臣，那些归降的各地藩王也都各有封赏，南汉王刘继兴为恩赦侯、吴越王钱元俶为忠懿侯、南唐后主李煜为违命侯，他们连同家眷都由朝廷供养，世袭爵位。北宋太平兴国四年（979），赵光义亲征北汉，以摧枯拉朽之势攻陷太原，北汉英武皇帝刘继元献城降宋。自此，先后存在于南方一带的前蜀、后蜀、吴、南唐、吴越、闽、楚、南汉、南平（荆南）和建都北方晋阳的北汉，这号称十国的十个割据政权，全部灭亡。久经战乱的南北百姓终于盼到了久违的太平，而赵光义则顺应形势下诏刀枪入库马放南山，开始了一个全新的时代。历经七十二载的五代十国，终于走到了尽头。在这七十多年中，凝聚了太多的可歌和可泣，汇集了无数的苦难与激励，历史的脚步被这无尽的英雄气儿女情所牵扯，走得步履蹒跚，它实在太累了，终于要停下来，在大宋的疆域从容地歇息片刻。不过，历史的脚步不会停滞，它栉风沐雨，在欢歌与哀痛中继续演绎着无数精彩大戏。